John Habberton

Helenens Kinderchen und anderer Leute Kinder

Eine Kindergeschichte für Erwachsene

John Habberton

Helenens Kinderchen und anderer Leute Kinder

Eine Kindergeschichte für Erwachsene

ISBN/EAN: 9783955631178

Auflage: 1

Erscheinungsjahr: 2013

Erscheinungsort: Bremen, Deutschland

John Habberton

Helenens Kinderchen und anderer Leute Kinder

Eine Kindergeschichte für Erwachsene

Helenens Kinderchen

Widmung

Jedermann weiß, daß es in der Welt Tausende von
Vätern und Müttern gibt, die die besten Kinder besitzen.
Daher fühle ich mich veranlaßt, diesen Band

den Eltern der besten Kinder in der Welt

zu widmen. Zugleich möchte ich diese darauf aufmerksam
machen, daß jede Person, der dieses Buch gewidmet ist,
die Verpflichtung hat, ein Exemplar zu kaufen und zu
lesen.

Erstes Kapitel

Der erste Anlaß für dieses Buch war, soweit sich feststellen läßt, der folgende Brief, den meine einzige verheiratete Schwester mir, Heinz Buren, Kaufmann in Weißwaren, Junggeselle, achtundzwanzig Jahre alt, schrieb, und den ich gerade empfing, als ich mir überlegte, wo ich meinen vierzehntägigen Urlaub zubringen sollte. Der Brief lautete:

Ferch bei Potsdam, 15. Juni 19..

Lieber Heinz, da Du Dich, wie ich mich erinnere, immer darüber beklagst, daß Du niemals zum ungestörten Lesen kommst, und da ich weiß, es würde auch in diesem Sommer nichts daraus werden, wenn Du Deinen Urlaub mit Deinen Freunden verbringen würdest, mache ich Dir folgenden Vorschlag: Komm hierher! Ich muß zugeben, daß diese Einladung nicht reiner Edelmut ist. Tom und ich sind nämlich auf vierzehn Tage von meiner alten Schulfreundin Alice Weinert eingeladen. Du weißt doch, sie ist das süßeste Mädel in der Welt, und es war sehr dumm von Dir, daß Du sie trotz meiner Ermahnungen nicht geheiratet hast, ehe Franz Weinert auf der Bildfläche erschien. Also wir brennen darauf hinzufahren, denn Weinerts machen ein großes Haus. Aber sie haben die Kinder nicht mit eingeladen, weil sie selbst keine

Kinder haben, und so müssen Bär und Teddi zu Hause
bleiben. Ich habe zwar nicht die mindeste Sorge, denn
mein Mädchen ist eine Perle und liebt die Kinder zärtlich,
aber ich würde doch ruhiger sein, wenn ein Mann im
Hause wäre. Das Silber ist ja auch noch da, und Ein=
brecher kommen weniger leicht, wenn ein wildwütig aus=
sehender Mann im Hause ist. (Bitte, es hat nichts zu
sagen, das Kompliment kommt von Herzen.) Wenn Du
kommst, bin ich vollständig ruhig. Die Kinder werden
Dir nicht die leiseste Mühe machen. Sie sind die besten
Kinder der Welt, das sagen alle.

Tom hat eine Menge Zigarren; ich weiß es genau,
denn das Geld, für das er mir ein neues Sommerkleid
kaufen wollte, ging an seine Zigarrenfritzen. Er hat
auch einen neuen Rotwein, über den er jedesmal in Ver=
zückung gerät, trotzdem ich ihn nur an der Farbe von
der widerlichsten schwarzen Tinte unterscheiden kann.
Toms Pferdeleidenschaft hat sich trotz der autoheischenden
Zeit nicht vermindert. Unsere Pferde sind tadellos in
Ordnung, ebenso der Garten. Du siehst, ich habe Deine
alte Blumenliebhaberei nicht vergessen. Und zum Schluß
das Beste: Niemals waren so viele hübsche Mädchen unter
den Sommergästen hier wie diesmal. Die Mädchen, die
Du schon von früher her kennst, werden Dir alle neuen
Errungenschaften vorstellen. Telegraphiere umgehend,
natürlich „Ja".

In größter Eile

Deine Dich liebende Schwester Helene.

PS. Du sollst unser Schlafzimmer haben. Es ist das
luftigste und hat die schönste Aussicht. Das Kinder=
zimmer liegt daneben; wenn den Lieblingen in der Nacht
irgend etwas zustoßen sollte, so kannst Du es sofort
hören.

„Das ist das Wahre!“ rief ich aus.

Fünf Minuten später hatte ich an Helene meine bejahende Antwort telegraphiert und mir im Geiste schon so viel Bücher ausgewählt, daß ich ein Dutzend Ferienwochen damit hätte bestreiten können.

Ich teilte zwar nicht unbedingt Helenes Glauben, daß ihre Jungens die Besten in der Welt wären, aber ich kannte sie doch gut genug, um überzeugt zu sein, daß sie mir keinen Ärger machen würden. Es waren zwei, nachdem der kleine Philipp im letzten Herbst gestorben war. Bär, der Ältere, war fünf Jahre alt. Wenn ich sonst einmal Helene flüchtig besuchte, hatte er immer sehr ernst, sehr schüchtern, sehr nachdenklich ausgesehen, und seine Augen waren so groß, rein und durchbringend, daß ich ihren Blick fast fürchtete. Tom erklärte ihn für einen geborenen Weltverbesserer oder Propheten, und Helene dachte strahlend an die Zeit, wo er auf Liebespfaden wandeln würde. Teddi hatte erst drei Sommer erlebt und war ein glückliches kleines Dummerchen mit einem blonden Lockenschopf. Seine Spezialität war, Sonnenstrahlen zu haschen und darin herumzutanzen.

Vor Toms Geschmack in Zigarren und Rotwein hatte ich immer die größte Hochachtung gehabt. Ich hatte Tom immer um seine Pferde, seinen Garten und sein ganzes Haus beneidet, und die Idee, vierzehn Tage lang unumschränkter Herrscher all dieser Herrlichkeiten zu sein, war äußerst reizvoll. Und was die weibliche Einwohnerschaft von Ferch anbetrifft, so war sie wohl wie die in anderen Sommervororten höchst angenehm und entzückend.

Drei Tage später legte ich also die ungefähr einstündige Fahrt zwischen Berlin und Werder zurück. Da mich leider Toms Wagen nicht erwartete, nahm ich mir eine Droschke, um nach Ferch zu fahren. Kurz vor unserer Ankunft scheuten plötzlich unsere Pferde. Der Kutscher

redete ihnen gut zu, wandte sich dann zu mir und sagte:
„Jeht nich. Det sinn die Rangens!“

„Wer?“ fragte ich.

„Na, eener von die Bengels hat die Pferde scheu je=
macht. Da is er ja mit sonem jroßen Stücke Dings in
der Hand. Jleich wird er hier sind und mitfahrn wollen.
Na, da is er ja schon. Und wo steckt der zweete? Die
stecken immer zusammen. Wir nennen sie immer Ben=
gels von wejen ihre dummen Streiche. Nischt lassen die
aus, nich Pferde, nich Hühner. Pappa und Mamma
ordentliche nette Leute, aber die Bengels... Nee, ick
wees nicht, wo die det her haben!“

Mittlerweile war der kleine Sünder ganz außer Puste
bei unserem Wagen angelangt. Er hatte einen sehr
schmutzigen Matrosenanzug an, einen breiträndigen
Strohhut auf; ein Strumpf hing ihm über den Knöchel,
jedem Schuh fehlten ungefähr ein bis zwei Knöpfe. Als
ich hinsah, erkannte ich meinen Neffen Bernhard, mit
Kosenamen Bär. Ungefähr um dieselbe Zeit brach aus
dem Gebüsch an der Wegseite ein kleiner Kerl in einem
grünen Kittelchen mit einst weiß gewesenem Kragen,
schmutzigen Strümpfen, bläulichen Sandalen, aus denen
die Zehen guckten, und eigenartigen Resten eines alt=
modischen Strohhutes hervor. Er warf einen großen
Zweig auf den Weg, schrie: „Schiesche woll, dasch isch
deine Schensche!“ und schlürfte auf uns zu, eingewickelt
in eine Staubwolke, die den Kindern Israel in Ägypten
recht zweckdienlich gewesen wäre.

Als er stillstand und die Staubwolke sich etwas zer=
teilte, erblickte ich die nicht zu verkennenden Gesichts=
züge des Kindes Tebbi.

„Das — sind — ja meine — — — Neffen!“ stieß
ich hervor.

„Jottedoch!“ rief der Kutscher. „Ick hab ja janich
daran gedacht, daß ick Ihnen zu Oberst Lorenzens fahren

soll. Nee, aber allens wat recht is, ick habe nischte als
die reene Wahrheit jesagt. Na, un wat so Jungens sinn,
na, da sinn se ja janz nett für, aber von die Sorte, wo
sinn zu jut vor diese Welt, nee, det sinn se nich."

„Bernhard," sagte ich und suchte so streng wie möglich auszusehen, „kennst du mich?"

Die forschenden Augen des zukünftigen Weltverbesse=
rers und Propheten prüften mich einen Augenblick, dann
erwiderte ihr Eigentümer: „'türlich; Du bist unser Onkel
Heinz. Hast du uns was mitgebracht?"

„Mittebacht?" echote Teddi.

„Ich wünschte, ich hätte euch ein paar ordentliche
Ruten mitgebracht für eure Unart", sagte ich sehr streng.
„Marsch in den Wagen."

„Los, Teddi," brüllte Bär, trotzdem der Abstand zwi=
schen Teddis entfernterem Ohr und Bärs Mund kaum
zehn Zentimeter war, „Onkel Heinz fährt uns spazieren!"

„Schpaschieren!" kam wieder als Echo von Teddi mit
einem Ausdruck schwärmerischer Verzücktheit. Ich lernte
bald, daß sowohl das Echo wie die Verzücktheit für Teddi
charakteristisch waren.

Als sie in den Wagen krochen, bemerkte ich, daß jeder
von ihnen ein sehr schmutziges Handtuch trug, das in der
Mitte fest zusammengeknotet war. Ich guckte diese Lum=
pen eine Weile angewidert an, ohne über ihren Zweck ins
reine zu kommen. Schließlich fragte ich Bär, wozu denn
diese Handtücher wären.

„Das sind keine Handtücher, das sind Püppchen!"
antwortete mein Neffe schnell.

„Aber großer Gott," rief ich, „warum kauft euch denn
eure Mutter nicht anständige Puppen, anstatt euch öffent=
lich mit solch widerlichen Lappen herumlaufen zu lassen?"

„Gekaufte Puppen mögen wir nicht", erklärte Bär.
„Diese Püppchen sind wunderschön. Meine heißt Maria,
und Teddi seine heißt Marfa."

„Marfa?“

„Kennst du denn nicht die Geschichte von Maria und Marfa? Das waren doch Schwestern und — — —“

„Ach so, Martha.“

„Ja, Marfa, sag’ ich doch, Teddi seine Puppe hat braune Augen und meine seine hat blaue Augen.“

„Will er mal deine Ticketacke schehn“, bemerkte Teddi, womit er sich meinte, zerrte an meiner Kette und strampelte sich auf meinen Schoß.

„Au ja, Ticketacke“, brüllte Bär und wischte en passant seine Schuhe an meinen Hosen und Rockschößen ab. Um fester zu sitzen, legte jeder von den Rangen seinen Arm um mich, und ich holte meine goldene Glashütter Uhr heraus und zeigte ihnen das Zifferblatt.

„Ich möchte aber gerne sehen, wie die Räder herumgehen“, sagte Bär.

„Dern Jäder jumdehn schehn“, echote Teddi.

„Nein, ich kann meine Uhr in solchem Staub nicht aufmachen“, sagte ich.

„Wieso?“ fragte Bär.

„Der Staub kommt in die Uhr und verdirbt sie“, erklärte ich.

„Dern Jäder jumdehn schehn“, sagte Teddi noch einmal.

„Ich sage dir doch, es geht nicht, Teddi“, sagte ich. „Der Staub verdirbt die Uhren.“

Die unschuldigen grauen Augen sahen mich verwundert an, das schmierige, aber unschuldig süße Mäulchen öffnete sich ein bißchen, dann murmelte Teddi weinerlich: „Dern Jäder jumdehn schehn.“

Kurzerhand klappte ich die Uhr zu und steckte sie in die Tasche. Sogleich begann Teddis Unterlippe sich nach außen zu drehen, immer weiter und weiter, so daß ich ernsthaft besorgt wurde, daß nächstens die Knochenteile seines Kinns zum Vorschein kommen würden. Dann

klappte die untere Kinnlade nieder, und er kreischte:
„Aua… auaaa… aua… dern… Jäder… der…
Jäder… schehn…“

„Theodor,“ sagte ich ziemlich energisch, „Höre sofort
mit dem Gebrüll auf! Verstehst du?“

„Ja… aua, aaa… aua…“

„Nun aber ganz still!“

„Dern Jäder… aua…a…“

„Teddi, ich habe wunderbare Bonbons in meinem
Koffer, aber du kriegst nicht einen ab, wenn du nicht mit
diesem höllischen Gebrüll aufhörst.“

„Jaaa, aber… er… dern Jäder… aua… jum=
behn…“

„Teddilein, Liebling, wein' doch nicht so. Sieh mal,
da kommen ein paar Damen in einem Wagen, die sollen
dich doch nicht weinen sehen, nicht? Ich werde dir die
Räder zeigen, sobald wir zu Hause sind.“

Der Wagen, in dem die Damen saßen, war schon be=
denklich nahe, als Teddi von neuem sein Stimmchen er=
schallen ließ: „Aua… aua aah… Jäder… aua…“

Außer mir, riß ich die Uhr aus der Tasche und zeigte
ihm das Werk. Der andere Wagen war dicht bei unse=
rem, und ich senkte den Kopf, soweit ich konnte, um von
den unbekannten Insassen nicht gesehen zu werden, denn
die kurze nahe Berührung mit meinen Neffen hatte mir
ein höchst unangenehmes Gefühl von Unsauberkeit ver=
ursacht. Plötzlich hielt der Wagen mit den Damen an.
Ich hörte meinen Namen nennen und sah schnell auf.
Dabei stieß ich mit dem Kopf dermaßen an Bärs Dick=
schädel, daß mein Hut ganz auf die eine Seite rutschte.
Was erblickten meine Augen? Aufrecht, zierlich, adrett,
helläugig, mit offnem strahlenden Blick saß da Fräulein
Alice Maywald, eine junge Dame, die ich seit ungefähr
einem Jahr aus der Ferne verehrte.

„Wann sind Sie denn angekommen, Herr Buren? Und seit wann spielen Sie Kinderfräulein? Sie bilden da ein allerliebstes Trio — so zwanglos. Ich hasse es, wenn Kinder herausgeputzt sind und steif wie kleine Mannequins im Wagen sitzen. Und Sie sehen aus, als ob Sie sich glänzend mit ihnen amüsierten."

„Ich versichere Ihnen, Fräulein Maywald, daß meine bisherigen Erfahrungen nichts weniger als angenehm sind. Wenn König Herodes noch lebte, würde ich sein freiwilliger Henker werden wollen, um diese nichtswürdigen Strolche sofort in eine bessere Welt zu befördern."

„Sie Wüterich! Mutter, erlaube, daß ich dir Herrn Buren vorstelle, Helene Lorenz' Bruder. Wie geht es Ihrer Schwester?"

„Das kann ich Ihnen leider nicht sagen; sie ist mit ihrem Mann auf vierzehn Tage zu Hauptmann Weinert zu Besuch gefahren, und ich habe törichterweise versprochen, während ihrer Abwesenheit hier Hausverwalter zu sein."

„Aber das ist ja reizend!" rief Fräulein Maywald aus: „Solche Pferde, solche Blumen, solche Köchin!"

„Und solche Kinder", sagte ich düster und versuchte Teddi mein Taschentuch zu entreißen, das er aus meiner Tasche gezogen hatte und als Windfahne benutzte.

„Aber das sind ja die besten Kinder in der Welt. Helene hat mir es gleich gesagt, als ich dieses Jahr hierher auf Sommerfrische kam. Kinder sind Kinder, das ist nun nicht anders. Wir hatten drei kleine Vettern im letzten Sommer mit uns — ich glaube, ich bin in diesen Wochen um Jahre gealtert."

„Wie jung müssen Sie da sein, Fräulein Maywald!" sagte ich.

Ich muß wohl sehr ehrlich ausgesehen haben, denn sie neigte zwar den Kopf und sagte „Danke", aber sie ließ das Kompliment doch nicht in ihrer gewöhnlichen kühlen

Art an sich abgleiten. Mehr als zwei Minuten ließ sich
Alice Maywald übrigens nie aus der Fassung bringen;
so gewann sie auch diesmal sofort ihre Ruhe und Selbst=
beherrschung wieder.

„Wissen Sie noch, Herr Buren, wie Sie im vorigen
Winter die Blumendekorationen zu unserem Logenfest
machten? Auf keinem anderen Fest war es so schön! Ich
will ja nicht mit dem Zaunpfahl winken, aber bei Frau
Dade, wo wir wohnen, ist keine einzige Blume im Gar=
ten. Jedesmal, wenn ich bei Lorenzens vorbeigehe, ver=
sündige ich mich gegen das zehnte Gebot. Leben Sie
wohl, Herr Buren.“

„Tausend Dank für Ihren Wink, Fräulein Maywald,
es wird mir das größte Vergnügen machen! Auf Wieder=
sehen!“

„Sie kommen doch mal zu uns,“ sagte Fräulein May=
wald, als ihr Wagen sich in Bewegung setzte, „furcht=
bar langweilig hier — Männer gibt es nur Sonntags.“

Ich verbeugte mich zustimmend. Bei dem Gedanken
an die angenehmen Möglichkeiten, die mir das kurze Ge=
plauder mit Fräulein Maywald eröffneten, hatte ich mei=
nen staubigen Anzug und die beiden lebenden Urheber des=
selben völlig vergessen. Die Rangen waren in Gegen=
wart von Fräulein Maywald ganz still gewesen. Jetzt
aber löste sich das Band ihrer Zunge schnell.

„Onkel Heinz,“ sagte Bär, „kannst du Pfeifen
machen?“

„Onkel Heinsch, haschu Dame lieb?“ brummelte
Teddi.

„Ach bewahre, Teddi.“

„Daa bischu fubba böscher Mann, un tommsch danich
inn Himmel, wenn du Leute nicht lieb hasch.“

„Gewiß, lieber Bär,“ antwortete ich etwas eilig auf
die erste Frage, „gewiß kann ich Pfeifen machen, und
du sollst auch eine kriegen.“

„Lieba Dott mag fubba bösche Menschen nich leiden, wo anner Leute nich lieb habn", beharrte Teddi.

„Schon recht, Teddi. Ich will mal zusehen, ob ich's dem lieben Gott recht machen kann. — Ein bißchen schneller, Kutscher, ja? Ich möchte dies kleine Gesindel bald dem Mädchen überliefern, damit sie es in die Badewanne steckt."

Helene hatte mit der größten Aufmerksamkeit für meine Bequemlichkeit gesorgt. Ihr Zimmer hatte eine herrliche Aussicht über den Schwielowsee, die bewaldeten Uferhänge und das Wiesental, und sogar die Tatsache, daß das Zimmer der Rangen an meins grenzte, verursachte mir eine gewisse Freude. Ich malte mir das Vergnügen aus, mit dem ich sie betrachten würde, wenn sie schliefen und nicht die Möglichkeit hätten, ihren armen, schwer getäuschten Onkel zu quälen.

Zum Abendbrot erschienen die Jungens sauber angezogen und ungeschminkt. Bär konnte sich selbst auf den Stuhl setzen. Teddi schob seinen hohen Kinderstuhl zurück, kletterte hinauf und rief: „Teck scheine Beine unnern Tisch."

Ich deutete diese Bemerkung richtig als Wunsch, an den Tisch herangeschoben zu werden, und gehorchte. Das Mädchen band den Kindern die Servietten vor, goß mir Tee und ihnen Milch ein und ging hinaus. Mir fiel ein, daß Helene, außer bei Gesellschaften, nie einen Dienstboten im Zimmer haben mochte, weil sie der Meinung war, daß die Leute die Unterhaltungen der Herrschaft nachher mit Vorliebe in der Küche beklatschten. Im Prinzip war ich ganz mit ihr einverstanden, fand aber, daß die praktische Anwendung desselben, wenn man mit zwei solch kleinen Vielfraßen behaftet war, doch mehr Leiden in sich schloß, als ich jemals um eines Prinzips willen bisher erduldet hatte.

Ich klopfte also resigniert auf den Tisch, beugte das
Haupt und sagte: „Komm, Herr Jesus, sei unser Gast
und segne, was du uns bescheret hast." Dann fragte ich
Bär, ob er Weiß- oder Schwarzbrot haben wolle.

„Wir haben doch noch nicht gebetet."

„Aber natürlich Bär, hast du es denn nicht gehört?"

„Meinst du das, was du eben gesagt hast?"

„Ja."

„Das war doch kein Gebet. Pappi sagt ganz etwas
anderes."

„Wie betet denn dein Pappi?" fragte ich mit geziemen-
der Demut.

„Pappi sagt: ‚Lieber Gott, wir danken dir für Speise
und Trank; denke auch an die Hungrigen und Bedürf-
tigen vom heutigen Tag und hilf ihnen. Amen.'"

„So sagt Pappi."

„Das bedeutet doch aber dasselbe, Bär."

„Das glaube ich nicht. Und Teddi hatte nicht mal
Zeit, sein Gebet zu sagen. Ich glaube, der liebe Gott mag
das gar nicht leiden, was du da sagst."

„Doch, doch, Bär, er weiß, was die Leute sagen
wollen."

„Aber wie kann er denn wissen, was Teddi meint,
wenn Teddi gar keine Zeit gehabt hat, was zu sagen?"

„Will er auch schein Debet sagen!" wimmerte Teddi.

Das genügte; mein erstes Treffen mit Teddi hatte
mich gelehrt, die Charakterstärke des jungen Mannes zu
respektieren. Ich beugte wieder meinen Kopf, wiederholte
das, was Bär als Pappis Gebet bezeichnet hatte, und
Bär war so freundlich, mir einzuhelfen, wenn mein Gedächtnis mich im Stich ließ. Sowie ich begann, fing
Teddi an, sehr schnell und sehr laut zu plappern, und
kaum hatte ich „Amen" gesagt, guckte er auf und bemerkte mit augenscheinlicher Befriedigung:

„Hatt er schein Debet schweimal beschagt."

Worauf Bär würdevoll erklärte: „Nun ist alles in Ordnung."

Das Abendessen war ausgezeichnet, aber die Gefräßigkeit dieser schrecklichen Kinder verdarb mir tatsächlich den Appetit. Ich zog mich hastig zurück, rief das Mädchen, sagte ihr, sie solle zusehen, daß die Kinder genug zu essen kriegten und dann gleich ins Bett gebracht würden. Dann steckte ich mir eine Zigarre an und schlenderte in den Garten. Die Rosen blühten gerade, die Luft war voll vom Duft von Jelängerjelieber, auch einige Rhododendren waren noch da, und ich sah, daß manche meiner Lieblingsblumen bald aufbrechen würden. Ich muß bekennen, daß ich mir den Garten mit Rücksicht auf das Bukett für Fräulein Maywald so genau ansah, am liebsten hätte ich die Sache gleich in die Hand genommen, aber eine solche Eile war doch wohl zu aufdringlich. Und so ging ich mit den Händen auf dem Rücken durch die Pfade, eingehüllt in wohlriechenden Zigarrendampf, versunken in Träumen und Luftschlössern. Hatte die Blumensprache vielleicht doch einen Sinn, wie so manche sentimentale Dichter behaupteten? Wie wünschte ich, diesen verborgenen Sinn zu kennen und zu wissen; ob Fräulein Maywald ihn verstünde! Ich bildete mir ein, den Blumengeschmack jeder Dame zu treffen, deren Gesicht ich einmal gesehen hatte. Für Alice Maywald nun gar wollte ich einen Strauß machen, der ihre Augen hell aufleuchten lassen würde. Ich stellte mir gerade vor, wie ihre graublauen Augen strahlen, ihre Wangen leis erröten würden — nicht aus Sentimentalität, o nein, aus echter Freude. Ihre strengen Lippen würden sich teilen und ihr Gesicht weich werden wie sonst nie, wenn sie ihre Züge vollständig in der Gewalt hatte. Ich — ich, ein kühler, strebsamer, erfolgreicher Kaufmann in Weißwaren — ich wünschte wirklich, ich könnte all der technischen und sonstigen Errungenschaften des zwanzigsten Jahrhunderts entraten

18

und eine von den Feen sein, an die nur alberne Mädels
und verrückte Dichter glauben, um ungesehen zu er=
spähen, wie meine Blumen von dem vollkommensten
Exemplar ihrer menschlichen Schwestern aufgenommen
werden würden. Welcher Blume glich sie nun am mei=
sten? Einer Lilie? Nein, dazu war sie zu keck. Keck?
Nein, aber vielleicht zu... zu... Das richtige Wort
wollte mir nicht einfallen, aber keck war es sicher nicht.
Einer Rose? Nicht wie die prächtigen, aber sehr auf=
fallenden Remontantrosen, auch nicht wie jene zarten,
ätherischen Teerosen mit ihrer Andeutung von Duft. Viel=
leicht wie die köstliche Gloire de Dijon. Stark, kräftig,
selbstbewußt unter ihren zarteren Verwandten, doch statt=
lich, vollkommen im Umriß und Form, berückend in nie=
mals voll erschöpften Farbentönen, aber unwiderstehlich
für jeden. Durch den unaussprechlichen Reiz ihrer Voll=
kommenheit, ihrer wunderbaren Anmut...

„Ah—ah—jeh—oh!" tönte es von dem Fenster über
meinem Haupt. Dann folgte mit Bärs Stimme ein
Schrei: „Onkel Heinz!" Ich antwortete nicht. Es gibt
im Menschenleben Augenblicke, wo die Seele voll ist von
Regungen, die man einem kindlichen Ohr nicht mitteilen
kann.

„O—onkel Heinz!" wiederholte Bär. Ein Vorhang
wurde zurückgezogen, und Bär rief aus dem Fenster:
„Du sollst zu uns kommen, uns eine Geschichte er=
zählen!" Ich sah schnell nach oben und wollte gerade
wütend die Bitte abschlagen, als ich im Fenster ein zu=
gleich fremdes und doch wohlbekanntes Gesichtchen er=
blickte. Konnte dieses Wesen mit den großen sinnigen
Augen, dem engelhaften Mund und dem vergeistigten
Ausdruck mein Neffe Bär sein? Es mußte doch wohl!
Denn diese Himmelfahrtsnase, diese ungeheuren Ohren
konnten nur ihm gehören. Ich wandte mich kurz um
und ging ins Haus. Oben am Treppenabsatz wurde ich

von zwei weiß gekleideten Gestalten empfangen, von denen die größere sagte:

„Du mußt uns 'ne Geschichte erzählen! Pappi tut das abends immer."

„Schön! Aber erst marsch ins Bett! Was wollt ihr denn hören?"

„Oh! Von Jonas!" sagte Bär.

„Von Jonasch!" echote Teddi.

„Also! Eines Tages saß Jonas in der Sonne, als plötzlich ein Kürbis aufwuchs und ihm schönen Schatten spendete. Da freute Jonas sich. Aber plötzlich war alles wieder fort, so schnell wie es gekommen war."

Eine Totenstille herrschte einen Augenblick lang. Dann bemerkte Bär entrüstet:

„Das ist doch nicht die Geschichte von Jonas! Ich weiß von Jonas!"

„Oh, wirklich?" sagte ich. „Dann wirst du vielleicht so freundlich sein und mich belehren."

„Was sagst du da?"

„Ich meine, wenn du die Geschichte besser kennst, so erzähle sie, ich höre sehr gern zu."

„Na ja", sagte Bär. „Es war einmal, da sagte der liebe Gott zu Jonas, geh mal nach Ninive und sage den Leuten, daß sie alle sehr bös sind. Aber Jonas hatte keine Lust zu gehen, er wollte lieber Kahn fahren und fuhr nach Joppa. Dann kam aber ein dicker Sturm, und es regnete und wehtete ganz fuchbar, und die größten Wellen, die waren so groß wie unser Haus. Da dachten die Schifferleute: Gewiß ist einer im Boot, den lieber Gott nicht leiden mag. Und Jonas sagte, er glaubte, er wäre es. Da packten sie ihm und schmissen ihm in das Meer. Aber das finde ich gar nicht recht von ihnen, denn der Jonas hatte doch die Wahrheit gesagt. Na, und da kam ein riesiger Walfisch, und der war fuchbar hungrig, weil die kleinen Fische, die er so gern aß, alle unten auf den Meeresboden gegangen waren, wegen weil es oben so sehr wehtete. Aber der arme Walfisch kann das nicht, der muß oben bleiben und manchmal Luft schnappen, sonst erstickt er. Und nu kam er und sah den Jonas und schluckte ihn auf: happs, war er weg! Der arme Jonas. Es war so dunkel, so dunkel wie im Keller in dem Walfisch seinem Bauch, und kein Ofen war da, und alles war dabei fuchbar naß, und er konnte nicht einmal seine Kleider ausziehen zum Trocknen, denn wo sollte er sie aufhängen. Und Fenster gab es auch nicht und nichts zu essen und nichts und nichts und gar nichts. Da bat er den lieber Gott, er solle ihm raushelfen, und er tat lieber Gott leid. Da ließ er den Walfisch ganz dicht ans Land ranschwimmen, und Jonas sprang gerade aus seinem Maul raus. Hat der sich aber gefreut! Und dann ging er nach Ninive und tat, was lieber Gott ihm gesagt hatte; es wäre aber besser gewesen, er hätte es gleich getan.“

„Dleich betan!“ pflichtete Teddy bei. „Nu scheel anner Schichte!“

„Ach nein, sing uns lieber ein Lied vor!“ meinte Bär.

„Sching lieba Lied!“ kam das unvermeidliche Echo.

Ich kramte in meinem Gedächtnis nach einem Lied. Das einzige aber, das mir einfiel, war „Der schwarze Walfisch zu Askalon“, wovon ich denn auch meinen jugendlichen Zuhörern einige Strophen zum Besten gab. Da unterbrach mich Bär: „Ich glaube nicht, daß das ein gutes Lied ist.“

„Wieso nicht, Bär?“

„Darum nicht, weil ich nicht weiß, was all die Wörter heißen, die du sagst.

„Sching mal ‚Wer lieber Dott läscht walten‘!“

Das alte Lied hat eine wunderbare Macht über mich. Ich habe es im Westen beim Feldgottesdienst gehört und in den Schützengräben vor dem Sturmangriff. Es war ganz kurz vor dem Angriff, wir machten uns gerade sturmbereit, und dann klang es erst leise, dann immer lauter, als ob wir die Hilfe Gottes vom Himmel holen wollten. Wir sangen es am Grabe manches toten Kameraden, wir sangen es auch, als wir die Trümmer unseres Regiments sammelten und heimwärts zogen — alle diese Erinnerungen fluteten durch mein Gemüt, während ich sang, und erregten mich wahrscheinlich mehr, als ich es wußte, denn plötzlich bemerkte Bär:

„Das singt man ja nicht alle Tage, Onkel Heinz! Du singst so laut, daß mir dabei der Kopf brummt."

„Verzeih', lieber Junge", sagte ich. „Gute Nacht."

„Aber Onkel Heinz! Du willst schon gehen! Wir haben doch noch nicht gebetet!"

„Na, denn also fang an, Bär!"

„Erst du!" sagte der Unerbittliche. „Pappi macht das auch so."

„Nun schön", sagte ich und sprach ein kurzes Gebet aus dem sonntäglichen Gottesdienst. Kaum hatte ich „Amen" gesagt, bemerkte Bär: „Von so was sagt mein Pappi gar nichts. Ich glaube nicht, daß das ein ordentliches Gebet ist."

„Nun, dann sage du ein ordentliches Gebet, Bär."

Bär schloß die Augen, senkte seine Stimme zum Tone tiefversunkener Andacht, und sein Gesichtchen sah aus wie das eines schlafenden Engels. Dann sagte er:

„Lieber Gott, wir danken dir, daß wir heute soviel Spaß gehabt haben, und wir hoffen, daß alle anderen kleinen Jungens überall auch soviel Spaß gehabt haben. Wir bitten dich, behüte uns und alle anderen Menschen heute nacht und laß uns kein Leid geschehen. Und ja. Onkel Heinz hat Bonbons in seinem Koffer, das hat er uns im Wagen gesagt — wir danken dir, lieber Gott, daß du Onkel Heinz zum Besuch geschickt hast, und wir hoffen, er hat recht viele Bonbons, Haufen und Haufen. Und wir bitten dich auch, daß du für die kleinen

Jungens und Mädels sorgst, die keinen Pappi und
Mammi und keinen Onkel Heinz haben und keine Bon=
bons und Betten zum Schlafen. Und laß uns in den
Himmel kommen, wenn wir sterben, Amen. Nun gib uns
Bonbons, Onkel Heinz."

„Ech, Bär, betet denn Teddi nicht?"

„O ja — los, Teddi."

Teddi schloß seine Augen, wand und krümmte sich,
atmete schwer und stoßweise, kurz er tat, als ob Beten
vorzugsweise eine gymnastische Übung sei, und sprach:

„Lieba Dott, mach ihn nich scho bösch und hüte schüsche
Mammi und Pappi und Budda Bär und Opa un Oma
un anner Oma und alle buten Leute in disch Hausch un
alle un mein schüsches Püppschen, Amen!"

„Nun, die Bonbons", sagte Bär nebst Echo.

Ich holte sofort die Bonbons aus meinem Koffer,
gab jedem ein paar, was mit Jubelgebrüll quittiert
wurde. Dann stand ich auf und sagte nochmals „Gute
Nacht".

„Aber du hast uns ja gar keine Groschens gegeben",
beklagte sich Bär; „Pappi gibt uns jeden Abend welche
für unsere Sparbüchsen."

„Ich habe jetzt keine da — ihr müßt bis morgen war=
ten." —

„Wir müssen auch noch mal trinken."

„Grete kann euch was bringen."

„Püppschen will er haben", murmelte Teddi.

Ich fand die schmutzigen Handtücher, nahm sie mit
den Fingerspitzen und warf sie ihm aufs Bett.

„Nu möcht er Jäder jum..."

Ich stürzte aus dem Zimmer und warf die Tür hinter
mir zu.

Ich sah auf die Uhr — es war halb neun; ganze an=
derthalb Stunden hatte ich bei diesen schrecklichen Kin=
dern zugebracht. Komisch waren sie, das ließ sich nicht

leugnen, und ich mußte lachen trotz meines Ärgers.
Wenn sie aber weiter meine Zeit so in Anspruch nehmen
würden — wie sollte ich dann zum Lesen kommen? Ich
nahm Simmels Philosophie des Geldes aus meinem Koffer, ging ins Wohnzimmer, zündete eine Zigarre und die
Schreibtischlampe an und fing an zu lesen. Ich kam
gerade ein bißchen hinein, da hörte ich das Patschen kleiner Füße, und — vor mir stand mein ältester Neffe.
Jeder Zug seines Gesichtchens drückte Vorwurf und
Kummer aus.

„Du hast nicht ‚Schlaf wohl‘ gesagt und nicht ‚Gott
behüte dich‘ und gar nichts.“

„Ach, also: Schlaf wohl.“

„Schlaf wohl!“

„Gott behüte dich.“

„Gott behüte dich.“

Bär schien noch auf etwas zu warten. Schließlich sagte
er: „Pappi sagt immer: ‚Gott behüte uns allesamt.‘“

„Also: Er behüte uns allesamt!“

„Er behüte uns allesamt“, antwortete Bär, machte
schweigend kehrt und verschwand.

„Gott behüte dein reines Herz, du kleiner Quälgeist‘,
sagte ich leise vor mich hin. „Wenn alle Menschen solches
Gottvertrauen hätten wie du und dein Pappi, dann
brauchten wir keine Pfaffen mehr.“

Zweites Kapitel

Die Nacht war wunderbar. Die reine, frische Luft,
das Summen der Insekten in den Bäumen und
Sträuchern — kurz der ganze Zauber der Jahreszeit
zog meine Aufmerksamkeit von Simmels Buch ab. Ich
legte es fort, stöberte ein wenig in Toms Bücherschrank,
griff nach dem neuen Gedichtband von Ina Seidel und

las ein paarmal das wundervolle Gedicht an den Kastanienbaum. Dann ging ich langsam zu Bett. Meine Neffen schlummerten süß. Es schien unglaublich, daß diese reinen Engelsgesichtchen meinen Quälgeistern vom vergangenen Tage gehören sollten. Als ich im Bett lag, konnte ich den dunklen Schatten des Waldes und der sich im Wasser spiegelnden Hügel sehen. Darüber am klaren Himmel leuchteten die Sterne. Kein Wagengerassel störte mich, nichts von den tausend Geräuschen, die die Luft der Großstadt mit dem Geist der Unrast erfüllen. Ich konnte kaum noch verstehen, wie vernünftige, ruheliebende Menschen es ertragen konnten, in Berlin zu leben, wenn doch so herrliche Vororte verhältnismäßig leicht zu erreichen waren. Dann kam mir Alice in den Sinn, dann ein Kunde, dann kamen Sterne, schlechte Abrechnungen, Buketts und schmutzige Neffen, Bonbons und Eisenbahnbilletts und Simmel und Kastanienbäume — alles bunt durcheinander. Dann kam die Vision eines stolzen Engels in einem fabelhaft modernen Kleid in einem Auto vorbeigefahren, und alles löste sich in die glückseligste Bewußtlosigkeit auf...

„Aua..hhh..a, oo..ee..ee..aaa..eo..o..“

„Scht—scht“, machte ich.

Die Warnung fand Beachtung, und ich versank wieder.

„Ah..a..a..a..uuu..uuuuu...“

„Zum Kuckuck! Teddi, soll Onkel dich verhauen?“

„Nein.“

„Dann lieg’ still.“

„Ooo...eeu...hat er schein Püppschen verflorn.“

„Ich werde sie dir morgen suchen, gleich morgen früh.“

„Musch er ihr jetsch haben. ooee — o —“

„Du kannst sie jetzt nicht haben, also schlaf!“

„De — aua — aua ooouuuuu — eeou —“

Fuchswild sprang ich auf und stürzte in das Zimmer des Schlingels. Unterwegs machte mein Kopf nähere Bekanntschaft mit der offen gebliebenen Tür. Zähneknirschend knipste ich Licht an und sagte etwas — ich will es lieber nicht wiederholen.

„O feu, Onke Heinsch, du hasch fubba beflucht, nu tommschu nich in Himmel, wenn du schtürbst.“

„Du auch nicht, mein Sohn, oder bildest du dir ein, daß man diesen infernalischen Lärm im Himmel brauchen kann?“ (Welcher leichtverständliche Satz dem Bengel gewiß ungeheuren Eindruck machte.) „Willst du jetzt wohl still sein?“

„Scha, aber möcht er schein Püppschen!“

„Wie kann ich denn wissen, wo deine Puppe ist. Denkst du vielleicht, ich werde jetzt das ganze Haus nach deinem verflirten Püppchen absuchen?“

„Ische nich flirt. Püppschen haben.“

„Ich weiß doch aber nicht, wo es ist, glaubst du vielleicht, ich hab’ es gestohlen?“

„Weisch er nich. Möchter Püppschen haben, hier in Bettschen.“

„Theodor,“ sagte ich sanft, „wenn du morgen aufstehst, werde ich bestimmt dein Püppchen finden. Jetzt mußt du aber artig sein und schlafen. Komm, Onkel wickelt dich fein ein.“ Damit zog ich seine Decken zurecht, und, o Glück, die verhängnisvolle Puppe, die Quelle aller meiner Leiden, fiel heraus. Teddi preßte sie an sich, sein ganzes Gesicht strahlte von liebevollem Entzücken, und er schrie:

„Bischu da, mein schüsches Püppschen, tomm schu Pappi, Pappi hat disch fubba lieb. „Und dieses lächerliche Kind war so vollständig beglückt von seinen Zärtlichkeiten, daß mein eigener Zorn einem echt künstlerischem Vergnügen wich. Aber selbst die schönsten Bilder können einem zuviel werden, besonders wenn man mitten aus dem Schlaf kommt und es zieht. Ich deckte also meinen Neffen zu, ging in mein Zimmer zurück und dachte, bis ich einschlief, über die Widersprüche in einer Kinderseele nach.

Am nächsten Tage wurde ich sehr früh durch das hell in mein Zimmer scheinende Morgenlicht geweckt. Die Vorhänge hatte ich nicht heruntergelassen, die Vögel sangen, und am Himmel waren noch die rosa Morgenwölkchen, die man auf Bildern so gern als Kitsch bezeichnet. Aber Leute, die bis Mitternacht lesen, haben keinen Sinn für Morgenröte und Vogelsang. Ich zog deshalb die Gardinen fest zu, legte mich aufs Ohr und dankte dem Himmel, daß es mir vergönnt war, bei solch herrlicher Musik einzuschlafen. Ich weiß bestimmt, ich wünschte allen meinen Feinden nur Gutes, als ich in den entzückendsten Schlaf versank — da plötzlich griff die graue Wirklichkeit, zwar nicht mit rauher, sondern mit einer sehr weichen Hand an meine Backe. Ich fuhr auf und sah, wie Bär erschreckt von meinem Bett zurückwich.

„Ich wollte dich bloß mal liebhaben, weil du so gut bist und hast uns Bonbons gebracht. Bei Pappi dürfen wir immer liebhaben, wenn wir wollen, jeden Morgen."

„Auch so früh wie heute?" fragte ich.

„Ja, sobald wir sehen können."

Der arme Tom! Ich habe nie verstehen können, warum mein Schwager mit einer entzückenden Frau, einem behaglichen Einkommen und einem reinen Gewissen immer so mager und abgespannt aussah — schlimmer, als ich ihn je im Felde gesehen hatte. Jetzt begriff ich alles, aber was war da zu machen? Dieses Kind, mit einem Paar Augen und einer Stimme, die so holdselig war, wie man sie sich bei Engeln denkt — dieses Kind hätte einen zu noch größeren Taten der Selbstverleugnung, als es das Verkürzen des schönsten Morgenschläf=

chens ist, bringen können. Wirklich, meine Schläfrigkeit
war dahin, ich küßte ihn und sagte:

„So, alter Junge, nun krieche noch mal ins Bett und
laß Onkel auch noch ein bißchen schlafen. Nach dem
Frühstück mache ich dir eine Pfeife."

„Au ja, eine Pfeife!" Der Engel wurde plötzlich ein
richtiger Junge.

„Ja, nun lauf aber!"

„Eine laute Pfeife, ja, eine wirklich laute?"

„Ja, aber nur, wenn du fix wieder in dein Bett gehst!"

Die patschenden Fußtritte entfernten sich; ich drehte
mich um und schloß die Augen. Der Vogelgesang wurde
sofort leiser und leiser, meine Gedanken zerbröckelten,
mir war, als schwebte ich auf Lämmerwölkchen, Hunderte
von kleinen Cherubims im Nachtröckchen mit Bärs Zügen
um mich herum —

„Onkel Heinz!" Möge der Himmel das Gebet verzeihen, das ich in diesem Augenblick sprach.

„Onkel Heinz!!!"

„Na warte man, mein Söhnchen", dachte ich.
„Meinetwegen schrei du bir die Lunge aus dem Leibe,
wenn du nicht lernen kannst, deinen guten Onkel, der
gerade anfing, dich recht liebzuhaben, bis aufs Blut
zu peinigen."

„Onnnkel Heinnnz!"

„Brüll' du nur ruhig weiter, mein Engel", dachte ich.
„Um meinen schönen Schlaf hast du mich gebracht, nun
schrei du meinetwegen, bist du platzst!"

Plötzlich hörte ich langsame, schläfrig hingezogene —
Worte, die mir das Blut in den Adern erstarren machten:

„Jäder — jum — behn — schehn —"

„Bär," rief ich, in Todesangst, Teddi könnte ganz
aufwachen, „Bär, was willst du?"

„Onkel Heinz!"

„W a s denn?"

„Aus was für Holz willst du denn die Pfeifen
machen?“

„Ich werde überhaupt keine machen — ich werde
einen großen Stock schneiden und dich gründlich damit
durchhauen, weil du nicht gehorchen kannst.“

„Aber, Onkel Heinz, Pappi haut uns nie mit einem
Stock — er gibt uns höchstens einen Klaps.“

O Himmel, würde er nie aufhören, mir „Pappi“ unter
die Nase zu halten? „Pappi“, „Pappi“ und wieder
„Pappi“! Ich fing zu meinem Schrecken schon an, einen
grausamen Haß auf meinen vortrefflichen Schwager zu
werfen. Eins war jedenfalls sicher: an Schlaf war nicht
mehr zu denken. Ich zog mich also schnell an und ging
in den Garten. Die Schönheit und der Duft der Blumen
und die wunderbare Morgenluft gaben mir meine seelische
Ruhe wieder, und ich freute mich, als mich beim Früh=
stück nach zwei Stunden Bär folgendermaßen ansprach:

„Aber, Onkel Heinz, wo warst du denn? Wir haben
dich überall gesucht und konnten kein Fitzelchen von dir
entdecken.“

Das Frühstück war wieder ausgezeichnet. Ich habe
später erfahren, daß Helene, die treue Seele, für jede
Mahlzeit, die ich in ihrem Hause einnehmen würde, den
Küchenzettel selbst festgesetzt hatte. Da die Tischunter=
haltung zwischen mir und meinen Neffen wohl nicht
allzu große Ansprüche an die Diskretion der Dienstboten
stellen würde, bat ich Grete, die Kinder zu bedienen,
und begleitete meine Bitte mit einem guten Trinkgeld.
Da ich nun der Verantwortung für den furchtbaren
Appetit meiner Neffen enthoben war, konnte ich das
Mahl recht genießen; ja, ich beobachtete mit Interesse
und Vergnügen den Fleiß der Kinder bei der Hand=
habung ihrer winzigen Bestecke. Anfangs aßen sie mit
großer Gier, dann aber ließ der Appetit nach, und ihre
Zungen lösten sich.

„Onke Heinsch," bemerkte Teddi, „ische da fubba tomischa Toffa oben, fubba djoscha Toffa. Wird er dir scheigen, nach Lüschek."

„Teddi is ein dummer kleiner Junge," sagte Bär, „er sagt immer ‚Lüschek‘, wo es doch ‚Früschück‘ heißt."

„Was meint er denn mit ‚Toffa‘?"

„Ich glaube ‚Koffer‘", erwiderte Bär.

Erinnerungen an mein eigenes kindliches Entzücken beim Durchsuchen eines alten Koffers — hundert Jahre oder mehr schien es her zu sein — stiegen in mir auf, und ich blickte Teddi verständnisvoll lächelnd an. Teddi schien beglückt. Wie schön ist es, wenn man eine verwandte Saite in einem Kindergemüt trifft, dachte ich; wie schnell versteht das kindliche Herz den Blick, der ohne Worte Mitgefühl zeigt. Lieber Teddi! Jahrelang hätten wir an einem Tisch sitzen können und aneinander vorbeireden — da läßt die zufällige Erwähnung einer deiner Hauptfreuden unsere Seelen in süßem Gleichklang schwingen. Der „fubba tomische Toffa" löschte plötzlich alle Unterschiede der Jahre, der Lebensstellung, der Erfahrungen zwischen mir und dem kleinen Kinde aus, und —

Eine schauerliche Ahnung durchzuckte mich! Ich stürzte hinauf in mein Zimmer. Es war mein Koffer! Ich weiß gar nicht, was an dem Koffer Komisches sein sollte! Ich konnte nichts finden. Das Seelenband zwischen mir und meinem Neffen war jäh zerrissen. Wenn ich die Sache jetzt, nach einigen Wochen, aus der Entfernung betrachte, sehe ich ein, daß ich damals nicht imstande war, die Sache ruhig und vorurteilslos zu betrachten. Jetzt weiß ich, daß das plötzliche Entstehen und das ebenso plötzliche Schwinden meiner Seelenharmonie mit Teddi schlagende Beweise der menschlichen Unbeständigkeit sind. Meine Seele traf sich mit seiner, weil er gern in Koffern stöberte, und weil ich glaubte, er freute sich an dem

bunten Wirrwar, der beim Aufhäufen der durcheinander=
geworfenen Dinge entstand. Der Anblick meines Koffers
bewies mir klar, daß ich meines Neffen Natur richtig er=
kannt hatte. Aber meine selbstsüchtigen Instinkte ver=
dunkelten die Hellsichtigkeit meiner Seele und hinderten
die Freude, die entsteht, wenn nur Geträumtes Ereignis
wird.

Mein Koffer enthielt sozusagen alles, denn ich hatte
das Packen zu einer Wissenschaft entwickelt. Wenn nur
ein Funken von Stolz in meiner Seele gewesen wäre, so
hätte ich mir ordentlich etwas darauf eingebildet, daß
all diese Sachen in einem Koffer drin gewesen waren. Es
war klar, daß Teddi mehr ein allgemeiner Kenner als
Spezialliebhaber in Packangelegenheiten war. Seine Ar=
beitsmethode erkannte ich schnell, und diese Entdeckung
warf einiges Licht auf die Größe des Haufens vor mei=
nem Koffer. Ein Zylinder und sein Futteral nehmen,
wenn ihr naturgegebenes Verwandtschaftsverhältnis ge=
löst ist, fast doppelt soviel Platz ein als vorher, selbst
wenn in dem ersten eine Wichsschachtel sich befindet, die
dort für gewöhnlich nicht aufbewahrt wird, und in dem
anderen sich einige in Haarwasser eingeweichte Zigarren
aufhalten.

Dasselbe ist von einem Toilettenetui aus Wien zu
sagen, das ich schon im Felde gehabt hatte. Die Riemen,
die den Deckel am Hintenüberfallen hindern sollten,
waren durchgeschnitten, durchgerissen oder sonstwie
kaputt gemacht: in der Höhlung lag mein Smoking, so
fest wie möglich zusammengerollt. Wütend riß ich ihn
auseinander, wickelte ihn auf, und heraus fiel — eine
von diesen höllischen Puppen! Zugleich erklang von der
Tür her ein Jammergeschrei.

„Du hasch schein Püppschen ausch scheiner Deidei be=
nommen, will er schein Püppchen wiegen ooo... e... i
...o...üh...“

„Du nichtsnutziger Schlingel,“ schrie, ja heulte ich,
so wütend war ich, „ich möchte dir am liebsten den Hals
umdrehen! Wie kannst du dich unterstehen, in meinem
Koffer zu wühlen?“

„Weisch er nich.“ Die Unterlippe wurde nach außen ge=
kehrt, ein Anblick, der einem bengalischen Tiger ein
menschliches Rühren abgewinnen könnte, aber in meinem
wuterfüllten Busen war kein Raum für Mitleid.

„Warum hast du das getan? Sprich!“

„Da—jum.“

„Also — warum?“

„Weisch er nich.“

In diesem Augenblick erhob sich aus dem Garten ein
furchtbares Wehgeschrei. Ich guckte aus dem Fenster und
sah Bär mit einem blutenden Finger an der einen Hand
und meinem Rasiermesser in der anderen. Er sagte nach=
her, er habe ein Boot schnitzen wollen, und das olle Messer
habe ihm weh getan. Ich verklebte sofort den Schnitt mit
englischem Pflaster und war mit dieser chirurgischen
Tätigkeit gerade fertig, als der Gärtner=Kutscher er=
schien und mir einen Brief brachte. Er war von Helenes
wohlbekannter Hand und lautete wie folgt. (Die Stellen
in Klammern sind meine eigenen Randbemerkungen.)

Blümenau, den 21. Juni 19..

Lieber Heinz, der Gedanke, daß Du bei meinen lieben
Kindern bist, macht mich ganz glücklich. Und wenn es
mir hier auch ausgezeichnet geht, wünschte ich doch oft,
ich könnte bei Euch sein. (Ich auch.) Es ist mir lieb, daß
Du die kleinen Prachtexemplare einmal gründlich kennen=
lernst. (Ach danke, ich glaube, ich lege gar keinen Wert
darauf, die Bekanntschaft mehr, als irgend nötig ist, zu
vertiefen.) Es kommt mir immer so unnatürlich vor,
daß Verwandte sowenig voneinander wissen, zumal von
den unschuldigen kleinen Wesen, deren Dasein sich fast

unbemerkt abwickelt. (Wenn irgendwo ein offner Koffer steht, ist dies nun wohl nicht gerade der Fall.)

Nun habe ich noch eine Bitte an Dich. Als wir beide noch zu Hause waren, hast Du immer Berge geredet über Physiognomik, Phrenologie und andere untrügliche Charakterzeichen. Damals habe ich das alles für Unsinn gehalten, wenn Du aber jetzt noch daran glaubst, dann b i t t e , sieh Dir doch die Kinder daraufhin an, und gib mir Deine wohlbegründete Meinung über sie. (Ausgemachte Teufelchen, meine Gnädigste, Scheusäler, Rangen, Schurken, wert, gehängt zu werden.)

Ich kann das Gefühl nicht loswerden, daß in Bär etwas Großes steckt. (Ganz recht, eine große Landplage.) Er ist manchmal so in Gedanken versunken, daß ich mich fürchte, ihn zu stören, und dann hat er eine Ausdauer, die vielleicht allein manchem Menschen zur wahren Größe gefehlt hat. (Ausdauer — ja, die hat er. Das habe ich heute morgen erfahren, als ich schlafen wollte.)

Teddi wird wohl Dichter oder Musiker oder sonst ein Künstler werden. (Selbstverständlich; alle nichtsnutzigen Strolche werden „Künstler", um einen Vorwand zum Bummeln zu haben.) — Er lebt vollständig in seinen Phantasien. (O ja, o ja: Jäder... sum...) Er hat nicht Bärs erhabenen Ernst, aber er braucht ihn auch nicht. Sein unwiderstehlicher Zug zum Schönen gleicht diesen Mangel vollständig aus. (Ah, das erklärt die genaue Betrachtung meines Koffers.) Aber ich will Deine eigene Meinung hören, denn ich weiß, Du bist ein besserer Menschenkenner als ich. Ich freue mich sehr, daß ich es bin, die Dir zu solch einer ruhigen und ergiebigen Lesezeit verholfen hat, und ich hoffe, Du gibst mir bald Nachricht, wie es meinen Lieblingen geht.

Deine
Dich liebende Schwester
Helene.

Nie hat mir ein Brief solchen Spaß gemacht wie dieser, und nie habe ich mir von einer Antwort auf einen Brief solch ein Vergnügen erwartet. Das sollte ein Meisterstück von Charakteranalyse und von ruhiger, aber einbringlicher Meinungsäußerung werden.

Zu einem Schritt war ich jedenfalls fest entschlossen. Ich rief das Mädchen und fragte sie nach dem Schlüssel der Verbindungstür zwischen meinem Zimmer und dem der Kinder.

„Entschuldigen Sie, Herr Buren, den hat Teddi in den Brunnen geworfen.“

„Gibt es einen Schlosser im Dorf?“

„Nein, der nächste wohnt in Werder.“

„Ist ein Schraubenzieher im Hause?“

„Gewiß, Herr Buren.“

„Dann bringen Sie ihn mir, und sagen Sie dem Kutscher, er soll sofort anspannen.“

Der Schraubenzieher wurde gebracht, ich entfernte das Schloß, stieg in den Wagen und sagte dem Kutscher, er solle den Waldweg fahren, einen der schönsten in der Umgebung.

„Auau!“ rief Bär, „nach Werder! Da gibt es einen Bonbonladen! Schnell, komm, Teddi!“

„So?“ dachte ich, ergriff die Peitsche und gab den Pferden einen Hieb, „so hab’ ich es ja nicht gemeint. Diesen Weg will ich in Ruhe genießen.“ Die Pferde zogen an, und — es erklang ein markerschütternder Schrei, dann ein entsetzliches Geheul. Beide Kinder mußten tödlich verletzt sein; ich drehte mich um und sah Bär und Teddi dem Wagen nachrennen, herzzerbrechend schluchzend. Es war so jammervoll — selbst wenn sie die Pocken gehabt hätten, wäre ich nicht mehr imstande gewesen, sie zurückzulassen. Der Kutscher hatte auch schon angehalten — wahrscheinlich kannte er sich mit der Taktik der Schlingel aus — und ich half ihnen demütig in den

Wagen. Ich hoffte nur bescheiden, das Auge der Gerech=
tigkeit würde mir diesen Akt von Selbstverleugnung gut=
schreiben. Der Weg war wirklich unbeschreiblich schön.
Wir kamen an einigen Dörfern und Seen vorbei, ganz
ferne war der Himmel erleuchtet von den Lichtern der
fernen Stadt, ein silberner Bach floß zwischen Hecken
vorbei, und Licht und Schatten spielte in wunderbaren
Umrissen. Ich war so voll von der wunderbaren Schön=
heit um mich her, daß mein Herz meinen Neffen wieder
freundlich entgegenschlug.

„Onkel Heinz!"

Da war es also wieder.

„Onkel Heinz!"

„Nun, Bär?"

„Ich meine, das ist wie der Himmel."

„Was denn?"

„Nun, was man hier so sieht, von hier bis zu dem
anderen Himmelsweg da hinten. Da, wo es so leuchtet (er
zeigte in die Ferne — ich glaube, er meinte das von der
Abendsonne beschienene Dach eines Photographen), da
wohnt gewiß der liebe Gott."

Gott segne das Kind! In mir waren Märchengefühle
erweckt worden, und ich tat mir doch schon etwas auf
mein künstlerisches Aufnahmevermögen zugute.

„Und da, wo der ganz, ganz helle Fleck ist, da ist Bru=
der Philli; immer wenn ich da hingucke, sehe ich, wie er
seine Hand herausstreckt."

„Schüscher leiner Phillibubba macht baba in ollen Kasch=
ten, liebe Dott hat ihm ine Himmel denommt", brum=
melte Teddi alles durcheinander, was er vom Tod ge=
sehen und gehört hatte; dann erhob er seine Stimme
und sagte:

„Onke Heinsch, weischu, wasch er tut, wenn er bosch
isch? Holt er schich fubba schönen Hottehühwagen und
Hotteferde, unna fährt er in dansche Welt un über alle

Bäumer und Häuscherſch und über alleſch. Und alle
Vögelſch kommen in Wagen und ſchingen ſchöne Lieder,
und du darfſch auch kommen, und dann gibt eſch Eiſch
und Erdbeern, und keine Fiſchen ſchwimmen inſch Waſcher,
und wir haben ein ſchöneſch Hauſch, und daſch behört
unſch, un wir machen immerſchu, waſch wir wollen.“

„Teddi, du biſt ein Idealiſt.“

„Nich Idaliſcht.“

„Teddi iſt ein Dummſchnack“, ſagte Bär mit Über=
legenheit. „Onkel Heinz, glaubſt du, daß es im Himmel
ſo ſchön iſt wie hier?“

„Aber ja, Bär, noch ſehr viel ſchöner.“

„Na, warum ſterben wir dann nicht ganz fix und
gehen hin? Ich will gar nicht immerzu weiterleben; ich
ſehe nicht ein, warum wir nicht gleich ſterben, wir haben
doch nun ſchon viele Tage gelebt.“

„Der liebe Gott will, daß wir leben, bis wir gut und
ſtark und klug ſind, und dann ſollen wir noch recht viel
Gutes tun, ehe wir ſterben, alter Junge, deswegen ſter=
ben wir noch nicht gleich.“

„Ja, aber ich möchte doch ſo gern den kleinen Philli
ſehen, und wenn der liebe Gott ihn nicht herunterkom=
men läßt, ſo könnte er mich doch ſterben laſſen und in
den Himmel kommen. Klein Philli lachte immer, wenn
ich um ihn rumſprang. Onkel Heinz, Engels haben
Flügel, nicht?“

„Manche Leute ſagen das, mein Junge.“

„Nu, ich weiß, daß es nicht wahr iſt, denn, wenn
Philli und er hätte Flügel, dann würde er richtig runter=
fliegen und mich beſuchen. Alſo haben ſie keine.“

„Aber vielleicht muß er woanders hingehen, Bär, oder
vielleicht kommt er, und du kannſt ihn bloß nicht ſehen.
Wir können mit unſeren Augen keine Engel ſehen, ver=
ſtehſt du.“

36

„Wie konnten denn die Männer im feurigen Ofen
einen sehen? Die hatten doch Augen wie wir, nicht? Na,
mir ist es egal. Ich möchte aber bloß gern Phillibruder
sehen. Weißt du, Onkel Heinz, was ich täte, wenn ich
in den Himmel käme?“

„Also was denn?“

„Erst geh ich zu Philli und gebe ihm einen dicken Kuß,
und dann renne ich schnell zu lieber Gott und habe ihn
ganz doll lieb.“

„Warum denn, Bär?“

„Weil wir immer so furchtbar viel Spaß haben und
Pappi und Mammi und Philli — aber den hat er sich
ja wieder weggeholt — und Teddi — aber Teddi ist
manchmal ein gräßlich unartiger Bengel.“

„Sehr wahr“, dachte ich, eingedenk meines Koffers
und des Zwecks unserer Fahrt.

„Onkel Heinz, hast du eigentlich lieber Gott schon mal
gesehen?“

„Nein, Bär, er ist mir schon manchmal sehr nahe gewesen, aber gesehen habe ich ihn nie.“

„Ich aber; i ch sehe ihn jedesmal, wenn ich in den
Himmel gucke und keiner dabei ist.“

Der Kutscher wandte sich verstohlen um und flüsterte:
„Det sacht er immer. Un ick jloobet ihn ooch. Wenner
so reden dut, nee, de Paster macht det nich scheener, nee,
nee.“

Es war wunderbar. Bärs Gesicht war von einer über-
irdischen Reinheit, als er wieder von dem Jenseits und
seinen Bewohnern sprach. Teddis Zunge war unaufhörlich in Bewegung, wenn auch in kaum hörbaren Tönen.
Wenn ich ein paar seiner Worte erwischte, waren sie so
komisch und phantasievoll, daß ich den kleinen Kerl auf
den Schoß nahm, um mehr davon zu verstehen. Ich
ertappte mich sogar dabei, den Text meines Briefes an
Helene, dessen ich mich jetzt schämte, zu revidieren. Aber

weder Teddis Phantasien noch Bärs Himmelsgedanken
ließen mich den Hauptzweck meiner Fahrt vergessen.
Ich fand den Schlosser und ließ das Schloß dort, um
den Schlüssel danach anpassen zu lassen. Dann fuhren
wir mit dem Wagen an die Landungsbrücke der Dampfschiffe. Der Redefluß der Kinder versiegte nicht einen
Moment. Ich ging mit ihnen in das Hotel an der Brücke,
um mir eine Zigarre und eine Zeitung zu kaufen und
auch, um einen Schluck zu trinken. Das Ganze konnte
kaum drei Minuten gewährt haben. Als ich mich umsah,
waren meine Neffen verschwunden. Ich stürzte heraus
und konnte keine Spur von ihnen entdecken. Plötzlich sah
ich am äußersten Rande der Brücke zwei gelbe Scheiben,
die ich als die Hutränder der Jungen erkannte. Zwischen
diesen Scheiben lagen zwei kleine Figürchen auf der Erde.
Ich fürchtete mich, zu rufen, aus Angst, sie so zu erschrecken, daß sie das Gleichgewicht verlören. Ich lief
die große Brücke herunter, abwechselnd fluchend und
betend. Da lagen sie auf ihren Bäuchen und sahen über
den Brückenrand hinüber. Ich näherte mich vorsichtig auf
Zehenspitzen, warf mich auf den Boden und packte jeden
an einem Fuß

„Oh, Onkel Heinz," schrie Bär in mein Ohr, um den
bedenklich nahe herangekommenen Dampfer zu übertönen, „Onkel Heinz," schrie er, während ich ihn fest an
mich preßte und ihn bald küßte, bald schüttelte, „ich hangtete vie—iel mehr über als Teddi."

„Aber hängtete er auch fubba doll schehr üba", verteidigte sich Teddi.

Drittes Kapitel

Den Nachmittag widmete ich dem für Fräulein Maywald bestimmten Strauß und fand dies eine höchst angenehme Beschäftigung. Es wurde kein Gärtnerstrauß, der nur aus ein paar auf Draht gezogenen, auseinanderstehenden Blumen besteht. Ich verwendete viele seltene Blumen, deren bescheidene Blüten und Farbennüancen für einen Handelsgärtner zuwenig prunkvoll waren. Blumen zu arrangieren ist überhaupt eine meiner Lieblingsbeschäftigungen; diesmal aber bereitete es mir einen besonderen Hochgenuß. Ich war nicht etwa verliebt in Fräulein Maywald. Man kann doch wohl ein hübsches, strahlendes Mädchen ehrlich und warm bewundern, ohne in sie verliebt zu sein. Man kann Entzücken darin finden, ihr ein Vergnügen zu machen, ohne gleich zu verlangen, daß sie sich selbst aus Dankbarkeit schenkt. Ich hatte doch das Alter erreicht, wo man sich über den sogenannten Großmut und die Freigebigkeit der Verliebten lustig macht; mir schien es immer, als ob sie einen ungeheuren Preis für das, was sie boten, verlangten. Solche Gefühle hatte ich gegen Fräulein Maywald nicht. Es hat Heiden gegeben, die aus reiner Verehrung ihren Göttinnen Gaben darbrachten, ohne dafür die exklusive Gesellschaft der Gottheiten zu verlangen. Ich erwies ihr nie eine Aufmerksamkeit, die nicht der Auffassung dieser Heiden würdig gewesen wäre. Je schöner mein Strauß wurde, um so höher schlug mein Herz vor Freude bei dem Gedanken, was sie sagen würde, wenn sie solch einen schlagenden Beweis für meinen Geschmack in Händen hielte.

Endlich war er fertig, aber da kam mir plötzlich der schreckliche Gedanke: „Was werden die Leute sagen?" Wenn wir in der Stadt gewesen wären, so hätte außer mir, dem Boten und der Dame keiner gewußt, ob

oder wem ich ein Bukett geschickt hätte. Aber hier, bei
dem eingeborenen Talent der Einwohner zum Klatsch,
wo jeder jeden kannte — oje, was würde das für ein
Gerede geben. Auf die Diskretion des Kutschers konnte
ich mich freilich verlassen, ich hatte ihm und seiner Familie
schon oft kleine Dienste geleistet, ihnen zu Stellungen ver=
holfen und so weiter. Aber jeder wußte, wo Kuntze in
Stellung war. Und jeder wußte — o geheimnisvoll, un=
sichtbar und schnell sind die Wege der Neuigkeitenverbrei=
tung in kleinen Orten —, daß ich augenblicklich der ein=
zige männliche Bewohner von Oberst Lorenzens Villa
war. Da kam mir ein rettender Gedanke. In der Biblio=
thek hatte ich eine hübsche Schachtel, Hutschachtel oder
so was, gesehen. Die konnte ich gerade brauchen. Ich legte
meine Karte zu unterst hinein, steckte dann das Bukett
fein säuberlich darauf und suchte Kuntze. Er zwinkerte
vergnügt, als ich ihm die Natur des Auftrags ausein=
andersetzte, und flüsterte: „Wer ick schonst machen, jnäjer
Herr, die Köchin von da, mit die jeh ick, und ick weeß da
janz jut, wo so die Türn sinn. Nee, nee, da können Se
man janz ruhig sinn, da wird keener nischt von merken;
uf mir kennen Se sich verlassen."

„Also tausend Dank, Kuntze, da — nippen Sie nach=
her einen auf mein Wohl. Da am Fenster, da steht die
Schachtel."

Eine halbe Stunde später sah ich, wie Kuntze im
Sonntagsstaat sich auf den Weg machte. Ich las noch
eine Weile in Frieden und ging dann höchst vergnügt und
voll angenehmer Gedanken zum Abendessen herunter.
Meine neuen Freunde waren außergewöhnlich artig. Die
Spazierfahrt schien ihren Lärmgeist beruhigt und ihre
Seelen erhoben und geläutert zu haben. Ihre Eßlust
freilich zeigte keine Abnahme der gewohnten Stärke, aber
sie sprachen wenig, aber alles, was sie sagten, war gescheit,
drollig und überraschend — so daß ich, als sie mich nach)

dem Abendbrot aufforderten, sie zu Bett zu bringen, dieser Einladung gern und freudig Folge leistete. Auf einmal verschwand Teddi und kam gänzlich niedergeschmettert zurück.

„Püppchen scheine Heia ische weck", winselte er.

„Macht nichts, mein Kleiner, du darfst auf Onkels Fuß reiten."

„Will er aber schein Püppchen scheine Heia haben", sagte er und kehrte die Unterlippe gefahrdrohend nach außen.

Vor meine Seele trat das schreckliche „Jäder jumdehn schehen", und ich zitterte.

„Mein Teddi," sagte ich mit einer Überredungskunst, die mir — wäre sie mir zu anderen Zeiten geläufig gewesen — als Geschäftsmann jährlich Tausende eingebracht hätte, „mein Teddilein, möchtest du nicht auf Onkel Huckepacke reiten?"

„N—ei—n, Püppschen scheine Heia will er."

„Soll Onkel dir nicht eine hübsche Geschichte erzählen?"

Einen Augenblick lang malte sich auf Teddis Gesichtchen ein schrecklicher innerer Kampf zwischen seinem alten Adam und Mutter Eva — aber die Neugier siegte schließlich über die Lieblingssünde, und er brummelte: „Ja".

„Wovon soll ich denn erzählen?

„Von Haschenova."

„Wovon?"

„Er meint Arche Noah", erklärte Bär.

„Schagt er ja: Haschenova", bestätigte Teddi.

„Gut", sagte ich und frischte schnell mein Gedächtnis durch einen Blick in die Bibel auf, die auf dem Bücherbrett lag. „Es regnete einmal vierzig Tage und vierzig Nächte, und alle Menschen ertranken, nur Noah nicht, weil er ein gerechter Mann war. Der rettete sich mit

seiner Familie in eine Arche, die ihm der Herr zu bauen
befohlen hatte.“

„Onkel Heinz,“ unterbrach mich Bär, nachdem er mich
mindestens zwei Minuten lang mit aufgesperrtem Mund
und Nase angestarrt hatte, „das soll von Noah sein?“

„Gewiß, Bär, hier steht ja die ganze Geschichte in der
Bibel.“

„Das ist aber gar nicht ein Fitzelchen von Noah“, sagte
er mit steigender Emphase.

„Ich fange beinah an zu glauben, daß wir aus verschiedenen Bibelausgaben schöpfen, mein Sohn; nun laß
mal deine Lesart hören.“

„Waaas?“

„Du sollst von Noah erzählen, wenn du’s so schön
weißt.“

„Gern, wenn ich soll. — Einmal da war dem lieber
Gott sehr übel zumute, weil die Leute so bös waren,
und er wünschte, er hätte sie gar nicht gemacht und keine
Welt und gar nichts. Aber der Noah, der war gar nicht
bös, und der lieber Gott, der mochte ihn sehr gut leiden,
und da sagte er zu ihm: ‚Geh und bau dir eine große
Arche.‘ Und dann wollte der lieber Gott es regnen lassen,
und alle Leute sollten vertrinken, bloß nicht Noah und
seine kleinen Jungens und kleinen Mädchens und seine
Hündchen und Miesekätzchens und die Mammakühe und
die Babykühe und die Pferde und alles — sie sollten
man immer in die Arche gehen, und sie würden auch gar
nicht ein bißchen naß werden, wenn der dolle Regen
käme. Und Noah nahm massenhaft zu essen mit in die
Arche, Milch und Haferflocken und Erdbeeren und —
ach ja, und Plumpuddings und Flammeris. Und Noah
mochte nicht, daß alle Leute vertrinken sollten, deswegen
redete er mit den Leuten und sagte: ‚Es wird ganz fuchbar pladdern, ganz bald; ihr solltet lieber artig sein, dann
läßt lieber Gott euch in meine Arche kommen.‘ Aber die

42

Leute sagten man bloß: ‚Ach was, wenn es regnet, so
gehen wir so lang ins Haus, bis es wieder aufhört‘, und
ein paar sagten: ‚Das macht ja nichts, wenn es regnet,
wir haben einen Regenschirm.‘ Und noch welche sagten:
‚Ach was, wir laufen unter durch.‘ Und dann fing es
wirklich an zu regnen, und die Leute gingen in ihre Häuser,
und das Wasser lief da hinein, und dann gingen sie nach
oben, und das Wasser kam die Treppen rauf, und sie
gingen aufs Dach, und sie kletterten auf die ganz hohen
Bäume und auf die Berge, aber das Wasser kletterte
ihnen überall nach und vertrunkte alles und alles, nur
bloß nicht Noah und die Leute in der Arche. Und es reg=
nete 40 Tage und 40 Nächte, und dann hörte es auf, und
da kam Noah aus der Arche, und er und seine kleinen
Jungens und Mädchens gingen, wohin sie Lust hatten,
und alles in der Welt war ihrs. Und keiner sagte zu
ihnen: ‚Geh nach Haus‘ oder ‚Laß das sein!‘ und es gab
keinen Kindergarten und keine Schulen und keine
Straßenjungens, die ihnen was tun wollten. Nun er=
zähl‘ uns eine andere Geschichte.“

Ich beschloß, mich auf biblische Geschichten nicht wieder
einzulassen, meine Erfahrungen in dieser Hinsicht waren
nicht gerade ermutigend gewesen. Ich wollte es also mit
einer Kriegsgeschichte versuchen.

„Wißt ihr, was ein Krieg ist?“ fragte ich, um das
Terrain zu rekognoszieren.

„Na natürlich,“ sagte Bär, „Pappi war doch auch da=
bei, da hängt sein Säbel.“

Ja, da hing er, und der Abstand zwischen dem Ort, wo
ich ihn zum letztenmal gesehen, und dem stillen Zimmer
hier war so groß, daß ich zu träumen anfing, bis mich
Bärs Frage aufscheuchte.

„Erzählst du denn noch immer nichts?“

„O ja, Bär. Eines Tages ritten eine Menge Soldaten
die Landstraße entlang, und sie waren ganz schrecklich

hungrig. Denn sie hatten den ganzen Tag nichts zu essen bekommen.“

„Warum gingen sie denn nicht in ein Haus rein und sagten den Leuten, sie wären so hungrig? Ich mache das immer, wenn ich Landstraßen lang gehe.“

„Ja, weißt du, die Leute in den Häusern mochten die Soldaten nicht leiden; die Brüder und Pappis und Männer von den Leuten waren auch Soldaten, aber sie mochten die Soldaten, von denen ich zuerst sprach, nicht und wollten sie totmachen.“

„Die waren aber nicht ein bißchen nett“, sagte Bär entschieden.

„Nun — ja, aber sie wollten sich ja gegenseitig totmachen.“

„Dann waren sie alle zusammen scheußliche Kerls.“

„O nein, das kann man nicht sagen, da waren auf beiden Seiten sehr gute Leute dabei.“

Der arme Bär sah ganz ratlos aus, und das war auch sein gutes Recht, denn die weisesten und besten Menschen haben sich schon über das große Rätsel „Krieg“ den Kopf zerbrochen.

Beide Abteilungen von den Soldaten waren zu Pferde, und sie kamen immer näher aufeinander zu; als sie sich sahen, ließen sie die Pferde Trab rennen, und die Trompeten schmetterten, und sie legten an und wollten aufeinander los — da kam mit einmal ein kleiner Junge, der im Wald Beeren für seine Mammi gepflückt hatte, über die Straße gelaufen und stolperte und fiel hin. Da rief eine Stimme ganz laut: ‚Halt!‘ und alle Pferde auf der einen Seite hielten an, und dann rief noch eine Stimme ‚Halt!‘ und wieder klangen die Trompeten, und die andere Seite hielt an. Und ein Soldat sprang vom Pferde und nahm den Jungen auf — er war ungefähr so groß wie du, Bär — und tröstete ihn, und dann kam ein Soldat von der anderen Seite und streichelte ihn, und immer mehr Soldaten von beiden Seiten kamen heran, um ihn anzusehen. Und als er sich getröstet hatte und ihm nichts mehr weh tat, ging er nach Haus. Die Soldaten aber ritten alle weg, die einen nach der einen, die anderen nach der anderen Seite, denn ihnen war jetzt gar nicht mehr nach Kämpfen zumute.

„Oh, Onkel Heinz, das war aber ein fuch—bar guter Soldat, der den kleinen Jungen aufhob und extra vom Pferde abgestiegen war?"

„Nicht wahr, und weißt du, wer das ist?"

„Nee, wer denn?"

„Das war — dein Pappi!"

„Aua... aua!"

Wenn Tom jetzt nur das Gesicht seines Erstgeborenen hätte sehen können, als er diesen langgezogenen Jubelruf ausstieß, so würde er den Verlust einer seiner größten Chancen als Kavallerieoffizier nicht mehr so tragisch nehmen, wie er das jahrelang getan hatte. Das Kind schien die Geschichte in ihrer ganzen Bedeutung zu erfassen, und seine großen Augen wurden tiefer und tiefer, als sie einen für ein Erdenwesen schon fast zu weltentrückten Blick annahmen. Und Teddi? — dem eine zärtliche Mutter soviel künstlerisches Einempfinden zutraute — Teddi machte während meiner ganzen Erzählung den Eindruck eines Menschen, der mit seinen eigenen Angelegenheiten beschäftigt ist. Kaum war denn auch Bärs Jubelruf verklungen, als er laut anfing, ein Abenteuer seiner eigenen Phantasie zum besten zu geben.

„Alsch er mal 'n Scholdat war," sagte er, „da hat er nen schönen Jock an und nen Muff und ne Schlanje um Halsch, dasch ische schön warm. Und esch jegnete und wehtete scho fubba, und ihm war übel, da schluckst er schein Schäbel hinter und bjannte mauschetot."

„Und wie kamst du denn hierher?" fragte ich mit berechtigtem Interesse nach diesem tragischen Abschluß.

„Hm, schtetete er wieder auf und tam hierher. Nu will er schein Püppschen scheine Haia.“

Oh! Die Zähigkeit des kleinen Drachens! Was für Aussichten konnte der einmal als Geschäftsmann haben, wenn er groß war.

„Onkel Heinz, ich wünschte, Pappi käme mal ganz schnell wieder“, sagte Bär.

„Warum denn, Bär?“

„Ich möcht ihm mal liebhaben, weil er so gut zu dem kleinen Jungen im Krieg war.“

„Onke Heinsch, will er schein Püppschen scheine Heia, und schein Püppschen ische da inne, und will er schie mal schehn.“ So sprach Teddi.

„Meinst du nicht, Onkel Heinz, daß lieber Gott meinen Pappi fuchbar liebhat, weil er so fuchbar süße Sachen gemacht hat?“

„Ja, lieber Junge, das glaube ich sicher.“

„Lieba Dott Pappi fubba lieb und Teddi lieba Dott fubba lieb,“ fügte Teddi hinzu, „und nu will er schein Püppschen scheine Heia und schein Püppschen.“

„Aber Teddi, ich weiß doch weder, wo das eine noch wo das andere ist — warte bis morgen, dann suche ich sie dir bestimmt.“

„Ich weiß wirklich nicht, wie es der lieber Gott im Himmel ohne meinen Pappi aushalten kann“, bemerkte Bär.

„Lieba Dott nimmt Pappi in ’n Himmel und Bär und Teddi auch, und wir fahn schpaschieren und beschuchen lieba Dott und pschielen mit die Engelsch ihre Flügelsch und müschen nie insch Bett, danich und danich.“

O ihr reinen Kinderherzen, wie stark ist euer Glaube, wie geringfügig eure Fehler, verglichen mit denen von uns Großen — wie erhaben ist eure Liebe —

Ein Klopfen an der Tür unterbrach mich, „Herein!“ rief ich.

Herein ſtampfte Kuntze mit höchſt geheimnisvoller
Miene und händigte mir einen Brief und dieſelbe Schachtel ein, in der ich Fräulein Maywald die Blumen ge-
ſchickt hatte. Was könnte das bedeuten? Ich öffnete haſtig
das Kuvert, und zu gleicher Zeit ſchrie Teddi auf: „Da
iſche ſchein Püppchen ſcheine Heia, da iſchie, da iſchie!“
Damit ſtürzte er auf die Schachtel und holte heraus —
ſeine Puppe! Mir wurde grün vor den Augen, und die
Lektüre der folgenden Zeilen war auch nicht gerade geeignet, mich aufzumuntern.

„Fräulein Maywald ſendet hiermit Herrn Buren das
Paket zurück, das ihr ſoeben mit ſeiner Karte ausgehän-
digt wurde. Sie erinnert ſich, den Inhalt im Beſitze eines
ſeiner Neffen geſehen zu haben, kann aber nicht verſtehen,
zu welchem Zweck ihr derſelbe zugeſandt worden iſt.“

„Teddi,“ ſchnaubte ich ihn an, während er ſein Scheu-
ſal von Puppe liebkoſte und ihm ſchmeichleriſche Worte
zuflüſterte, „wo haſt du die Schachtel hergenommen?“

„Vom Huthalter“, antwortete der Jüngling un-
erſchrocken. „Legt er ſchie ſchonſt immer in Pappi ſchein
Bücherfach, da hat ſchie oller Dieb wegdenommt und
häſchliche olle Blumen eindeteckt.“

„Und wo ſind die Blumen geblieben?“ examinierte ich
weiter.

Teddi ſah mich erſtaunt an, antwortete aber ſofort:

„Hat er wegdeſchmeißt, will er nich olle häſchliche
Blumen in ſchein Püppſchen ſcheine Heia haben. Oh,
mein ſchüſches Püppſchen, ſchlaf ſchön!“

Und dieſer entſetzliche Zerſtörer menſchlicher Hoffnungen wiegte die Schachtel mit der größten Unbekümmert-
heit hin und her und ſang dem widerlichen Buketterſatz
die zärtlichſten Liebesworte vor. Wenn man ſagen wollte,
daß ich Teddi vorwurfsvoll anſah, ſo iſt das eine ſehr
mangelhafte Bezeichnung für meine Gefühle; ich kann
keinen paſſenden Ausdruck für das, was ich in dieſem

Moment empfand, finden. In wenigen Augenblicken
hatte ich entdeckt, wie bemüht ich doch im Grunde meines
Herzens war, Fräulein Maywalds Wohlwollen zu ge=
winnen, und wie verschieden dieses Wohlwollen war von
dem, was ich noch vorige Woche für erstrebenswert ge=
halten hatte. Es war doch zu lächerlich, daß ich, der ich
jahrelang Dutzende von reizenden Damenbekanntschaften
gehabt hatte und doch immer meine Selbstbeherrschung
und meinen klaren Verstand bewahrt hatte — ich, der es
stets für eines Mannes unwürdig gehalten hatte, sich
für eine Dame zu interessieren, ehe er ein jährliches Ein=
kommen von zehntausend Mark hatte — ich, der ich oft
mit viel Scharfsinn dargelegt hatte, daß es eine unver=
zeihliche Torheit sei, Bindungen für das Leben, ja auch
nur Versuche dazu, einzugehn, ehe nicht ein sorgfältiges
Studium der geistigen und gemütlichen Eigenschaften des
anderen Teils vorangegangen war — ich hatte jede ein=
zige meiner eigenen Regeln über den Haufen geworfen,
und meine eigene Dummheit und Schwachheit wurde
mir so recht zum Hohn zu Gemüte geführt durch — ein
dreijähriges kleines Dummerchen und eine schauderhafte
Lumpenpuppe!

Jener heilsame und läuternde Trieb der menschlichen
Seele, die Heftigkeit der eigenen Leiden durch die Lin=
derung fremder Schmerzen zu erleichtern, kam mir bald
zu Hilfe. Teddi verlor unter meinen grimmigen Blicken
nach und nach das Interesse für seine Puppe und seine
Wiege, er fing an, seine Unterlippe nach außen zu drehen
und herzzerbrechend zu weinen.

„Liebe Dott, mach ihn nich scho bösch!" jammerte er
durch seine Tränen. Ich bezweifele, daß er eine klare
Vorstellung von dem hatte, was er sagte, noch an wen
er sich wandte. Ich bin aber überzeugt, daß Teddis zer=
knirschtes Gesichtchen unbedingt Erhörung verdient hat.
Teddi zog sich still in einen Winkel zurück, stellte sich in

eine Ecke und verbarg sein Gesicht in selbst auferlegter
Buße.

„Na, laß man, Teddi," sagte ich wehmütig, „ich weiß
schon, du hast es nicht mit Willen gemacht."

„Will er dich mal liebhaben", schluchzte Teddi.

„Jawohl, komm mal her, du armer kleiner Kerl",
sagte ich und nahm ihn in meine Arme. Solch ein Sünder
schwebte wohl vor den Dichteraugen des Bischofs Tegner,
als er schrieb:

„Der Liebe Tiefen sind der Buße Tiefen, denn Lieb' ist
Buße nur."

Teddi schmiegte sich an mich, weichte mein Oberhemd
mit seinen Tränen auf und sagte nach einem langen tiefen Seufzer:

„Du sollsch Teddi auch liebhaben."

Ich erfüllte seinen Wunsch. Theoretisch hatte ich ja
längst gewußt, daß die höhere Weisheit des Schöpfers
sich häufig durch die Vermittlung seiner unschuldigsten
Geschöpfe offenbart. Hier nun war eine Bestätigung
meiner Theorie; denn wer hatte mich jemals so greifbar
die Pflicht gelehrt, denen wohlzutun, die uns nicht gerade
hassen, aber doch immerhin empfindlich schädigen? Ich
küßte Teddi, liebkoste ihn, und es gelang mir schließlich,
ihn zu beruhigen. Sein mir zugewendetes kleines Gesicht war mit Tränenspuren und Schmutz von größerer
Schönheit, als wenn es vor Freude strahlte. Er sah mich
ernsthaft, voll Vertrauen an, und ich freute mich über
meine Vervollkommnung in der Tugend des Verzeihens,
als Teddi mir die Unvollkommenheit meiner eingeborenen Natur und das Mangelhafte in meiner Verzeihung
wieder deutlich vor Augen führte, indem er sagte: „Tüsch
schein Püppchen auch!"

Ich — gehorchte. Meine Vergebung war vollkommen,
aber auch meine Demütigung. Ich brach unser Beisam-
mensein etwas plötzlich ab. Wir tauschten unser „Gott

behüte dich“ gemäß den Anweisungen von Bär vom letz=
ten Abend aus. Wenigstens einer der Teilnehmer dieser
frommen Übung hoffte bestimmt, daß die von den an=
deren ausgesprochene Bitte in Erfüllung gehen würde.
Dann sank ich in den Lehnstuhl im Arbeitszimmer und
verfiel in Nachdenken. Ich war doch wirklich und ernst=
haft über die Folgen von Teddis Handhabung meines
Buketts beunruhigt. Ich konnte ja Fräulein Maywald
die Geschichte erklären; sie war ein zu verständiges Mäd=
chen, um ein lächerliches Versehen, das ein kleines Kind
hervorgerufen hatte, wirklich übelzunehmen. Aber sie
würde mich auslachen — natürlich. Und das war mir so
peinlich, daß ich schon beim bloßen Gedanken daran dun=
kelrot wurde. Wie jeder junge Mann, war ich unter mei=
nen Kameraden oft die Zielscheibe manches derben Witzes
gewesen und hatte das, ohne mit der Wimper zu zucken,
hingenommen. Und jetzt quälte ich mich voll Feigheit bei
dem Gedanken an ein bißchen Gelächter, das wahrschein=
lich zwischen mir und Fräulein Maywald stehen würde.
Es war entsetzlich! Jedenfalls mußte ich sofort einen Ent=
schuldigungsbrief schreiben. Als ich noch Korrespondent
der Firma war, deren Teilhaber ich jetzt geworden, hatte
ich manchen Kunden, der untreu zu werden drohte, durch
die Kraft meiner schriftlichen Überredungskunst zurück=
erobert. Vielleicht glückte es mir auch in diesem Falle,
meine erschütterte Stellung bei Fräulein Maywald wie=
derzugewinnen.

Schleunigst entwarf ich also einen Brief, schrieb ihn
in gebührender Weise ab und übergab ihn dem treuen
Kuntze zur Bestellung. Dann versuchte ich zu lesen —
aber vergeblich. Stundenlang wanderte ich auf der
Veranda auf und ab und rauchte eine Zigarre nach der
anderen. Endlich ging ich zu Bett, voll von Hoffnungen,
Plänen und Entwürfen. Meinem Amt getreu, sah ich in
das Zimmer meiner Neffen: da lagen sie in Stellungen

von so entzückender Anmut, daß sie nicht Pinsel, nicht
Palette hätte wiedergeben können. Besonders Teddi sah
so liebreizend aus, daß ich ihm einen Kuß geben mußte.
Trotzdem vergaß ich nicht, von meinem neuen Schlüssel
Gebrauch zu machen, und schloß meine Zimmertür zu.

Viertes Kapitel

Der nächste Tag war ein Sonntag. Da ich fest von
der bindenden Kraft und der weltlichen Weisheit
des dritten Gebotes überzeugt bin, soweit es sich auf Ruhe
bezieht, habe ich mich gewissenhaft dazu erzogen, an die=
sem Tage zwei Stunden länger als an Werktagen zu
schlafen. Da ich aber auch außer einer puritanischen Ge=
wissenhaftigkeit eine puritanische Abneigung gegen Ver=
schwendung habe, so bleibe ich am Sonnabend immer
zwei Stunden länger auf als sonst. Der geneigte Leser
wird sich wohl vorstellen können, daß ich auch an diesem
Sonnabend keine Ausnahme von der Regel machte. Um
halb sechs jedoch wurde mir mit Nachdruck klargemacht,
daß meine Neffen über das Mosaische Gesetz anderer
Meinung waren. Sie waren nicht nur wach, sie hatten
auch einen recht lauten und heftigen Disput, so daß ich
jedes Wort vernahm. Mit schläfriger Herablassung ver=
suchte ich, diese lärmenden Gesetzesübertreter zu ignorie=
ren, da wurde mir plötzlich die Lehre von der stellver=
tretenden Buße recht nachdrücklich zu Gemüte geführt,
denn ein Wurfgeschoß von mehr Wucht als Gewicht flog
auf mein Nasenbein, gerade zwischen meine Augen. Einen
Augenblick verbrachte ich in schmerzlicher Überraschung
mit der bangen Frage: „Wie kommt ein Wurfgeschoß
durch geschlossene Türen und Fenster?" Dann entdeckte
ich, daß das Wurfgeschoß eine jener Puppen war, und
zwar, nach seiner besonderen Schmierigkeit zu urteilen,

Teddis Herzallerliebste. Ebenso bemerkte ich, daß die Verbindungstür offen stand.

„Wer hat mit der Puppe geworfen?" fragte ich streng. Keine Antwort.

„Hört ihr nicht?" brüllte ich.

„Was ist denn, Onkel Heinz?" fragte Bär im Tone der vollendetsten Höflichkeit.

„Wer hat mit der Puppe geworfen?"

„W—a—s?"

„Ich sage, wer mit der Puppe geworfen hat?"

„Nu, kein Mensch!"

„Teddi, wer hat die Puppe geworfen?"

„Bär betat", kam in halb unterdrückten Tönen heraus, denen man es deutlich anhörte, daß sich eine brüderliche Hand gewaltsam auf ein paar kleine Lippen legte.

„Bär, warum hast du das getan?"

„Ja — hm... weil... ich wollt — sieh mal, Teddi, der schmißte mir seine Puppe grad in den Mund: puha, ihr olles Haar kam in meinen Mund — puha, und ich wollte seine Puppe nicht in meinem Mund, und ich werfte sie ihm zurück, aber das Bett war nicht hoch genug, und da flog die Puppe ganz von selbst zu dir hin durch die Tür, ja so kam das."

Diese Erklärung trug den Stempel der Echtheit, aber das linderte den Schmerz in meinem Auge nicht. Wohl aber hatte die Anstrengung des Verhörs mich völlig wach gemacht, an Wiedereinschlafen war nicht zu denken. Außerdem — was hatte die offne Tür zu bedeuten? Waren Einbrecher in meinem Zimmer gewesen? Nein, Uhr und Brieftasche lagen an ihrem Platz.

„Bär, wer hat die Tür aufgemacht?"

Nach einigem Zögern, als ob er wirklich darüber nach= denken müßte, wer es gewesen sei, erwiderte Bär:

„Ich."

„Wie hast du das angefangen?"

„Nu, wir wollten mal trinken, und die Tür war fest
zu, da kletterten wir aus dem Fenster und stiegen auf
das Mirandadach und kamen hier in dein Fenster. (Eine
kleine Pause). Das war ein Spaß. Dann schlossen wir
die Tür auf und gingen zurück.“

In Zukunft war ich also genötigt, nachts meine Fenster fest zu schließen, und das im Hochsommer! Oh,
wenn doch Helene gerade vorbeigekommen wäre, als die
weiß gekleidete Prozession auf dem Verandadach entlang
spazierte! Ich dachte an den ungeheuren Vorrat von un-
genützter Erfindungskraft, der in Millionen von Kindern
schlummert, und der nur angewandt wird, um ahnungs-
lose Erwachsene zu quälen. Da hörte ich leichte Fußtritte
neben meinem Bett, und eine kleine Gestalt in Weiß
mit einem ernsten Gesicht näherte sich mir und sagte:

„Möcht er in dein Bettschen.“

„Wozu denn, Tebbi?“

„Tobolschen. Pappi tobolschesch unsch jeden Schonntag; tomm Bär, Onke Heinsch will unsch tobolschen!“

Ein Juchzer war Bärs Antwort. Er stürzte förmlich
aus dem Bett auf die Seite meines Bettes, die noch nicht
von Tebbi besetzt war.

Dann stimmten die beiden kleinen Wilden den Kriegs-
gesang an und stürmten auf mich los. Ich habe manchmal in meinem Leben Tagträume gehabt, die ich niemand erzählt habe. Unter diesen gab es einen — heute ist
er mir nicht mehr so deutlich wie vor der Kriegszeit —,
wo ich in tödlichem Kampf dem bemalten Indianer
der Prärie gegenüberstand, wo ich unerschüttert sein
furchtbares Kriegsgeschrei hörte und in meiner Person
die überlegene Intelligenz des Blaßgesichts verkörperte.
An diesem besagten Sonntag brachen diese stolzen
Träume kläglich und für immer zusammen. Ich kniff
erbärmlich bei dem Anrücken dieser winzigen Krieger,
und ihr Schlachtgeschrei erfüllte meine Seele mit Ent-

setzen. Nach Teddis Angabe sollte ich sie „tobolschen", sie aber waren es, die von Anfang an die Sache in ihre kleinen aber energischen Hände nahmen. Teddi erklärte meine beiden Knie für sein Hottepferd, bestieg sie und lachte jubelnd über meine Versuche, ihn abzuschütteln. Er klammerte sich mit seinen Würstchenfingern in allen Weichteilen meines Körpers fest. Bär schrie: „Ich hab auch ein Pferd", und setzte sich rittlings auf meine Brust. „Hopp, Pferdchen, hopp, Pferdchen, lauf Galopp", sang er und schaukelte sich dabei hin und her. Jetzt fing ich an zu verstehen, woher mein Schwager, der so ein glänzender Turner gewesen war, seinen eingesunkenen Brustkasten her hatte. Plötzlich nahm Bärs Gesicht einen noch beherzteren Ausdruck an, er schnellte auf, um dann mit seinen einundzwanzig Kilo auf meine Lungen niederzusausen. „Hopp! Hopp! Hopp!" schrie er dazu und wiederholte sein Verfahren einige Male, ehe ich mich vor Schreck über seine Frechheit fassen konnte. Der Schmerz gab mir endlich meine Besinnung wieder, und mit einem Ruck setzte ich meine beiden teuflischen Reiter ab und rettete mich in die Mitte des Zimmers.

„Aua — hh — a — uhuaaa — aa", schrie Teddi. „Will er weiter reiten!"

„Puha... puuu..." brüllte Bär, „du bist ja ganz gemein. Ich mag dich gar nicht mehr leiden."

Gleichgültig gegen Teddis Wünsche und Bärs Meinung, ja gegen den Verlust seiner Hochachtung, zog ich mich hastig an.

Trotz meiner verlorenen Ruhe dankte ich Gott, daß Sonntag war. Ich konnte wenigstens in die Kirche gehen und vor meinen Quälgeistern sicher sein. Beim Frühstück boten mir meine Neffen ihre Begleitung an, ich aber lehnte dankend ab. Es gab doch die Möglichkeit, Fräulein Maywald zu treffen, eine Möglichkeit, die ich zugleich

erhoffte und fürchtete. Sollte ich vor ihr mit den Ur=
hebern meiner reizenden Überraschung erscheinen? Bär
protestierte, Teddi weinte, ich aber blieb fest, erklärte
mich jedoch bereit, jedem anderen erfüllbaren Wunsche
nachzukommen; ich machte vor der Kirchzeit mit ihnen
einen langen Spaziergang. Zur Freude der Kinder tötete
ich eine kleine Schlange und zerbrach dabei meinen Spa=
zierstock, wobei mein Trost war, daß die Reste gerade zu
einem Stock für Bär reichten.

Den Rückweg benutzte ich zur Abschließung eines
feierlichen Vertrages mit Bär, dem stillschweigend an=
erkannten Oberhaupt der Firma „Gebrüder Lorenz“.
Bär machte sich verbindlich für sich und seinen Bruder:

1. Keine Versuche zu machen, in mein Zimmer ein=
zudringen.

2. Jede Prügelei zu unterlassen.

3. Losen Schmutz nur mit einer Schaufel aufzuneh=
men und sich bei der Überführung desselben an seinen
Bestimmungsort weder der Hüte noch der Schürzen zu
bedienen.

4. Keine Blumen abzupflücken.

5. Keine Wasserhähne aufzudrehen.

6. Mit allen Streitigkeiten zu der Köchin als Schieds=
richterin zu kommen.

7. Aus den neuen Büchern, die ich auf dem Bib=
liotheкstisch aufgebaut habe, keine Häuser zu bauen.

Unter Voraussetzung des gewissenhaften Innehaltens
dieser Bedingungen willigte ich ein, daß Bär allein in
den Kindergottesdienst gehen dürfe, der sich unmittelbar
an den allgemeinen Gottesdienst anschloß, aber nur,
nachdem ihn Grete sauber und anständig befunden hätte.
Da Teddi täglich von 11 bis 1 Uhr schlafen gelegt wurde,
glaubte ich mich beruhigt entfernen zu können; es war

doch wohl unmöglich, daß Bär allein innerhalb einer
Stunde irgendwelche erheblichen Missetaten vollführen
könnte.

Die Kirche in Ferch war reichlich groß für die Zahl
der Kirchgänger; daher starrten mich die Eingeborenen
sehr ungeniert an. Dies war die erste, aber nicht die
einzige Unannehmlichkeit, die mir vom Schicksal bestimmt
war, denn der Kirchendiener wies mir einen Platz ganz
nahe am Altar an — neben Fräulein Maywald.

Natürlich begrüßte diese junge Dame mich kaum. Sie
hatte zu gute Manieren, um so etwas in der Kirche zu
tun, und ich verbrachte zehn sehr unbehagliche Minuten
damit, im Geiste die Umgangsformen der guten Gesell=
schaft recht herzlich herunterzumachen. Beim Beginn
des Gottesdienstes ging es mir etwas besser, denn ich
hatte kein Gesangbuch — es lag keins auf der Bank —,
da ließ mich Fräulein Maywald in ihr's mit einsehen.
Freilich war ihr Benehmen dabei so vollkommen und
fremd, daß ich im Zweifel war, ob nicht pure Christen=
pflicht sie dazu bewogen hatte. Wenn ich der Schah von
Persien gewesen wäre, hätte sie nicht frostig=höflicher sein
können. Die Melodie des ersten Liedes hatte ich noch nie
gehört, ich stümperte mich also mit meinem Tenor nur
sosolala hindurch, während Fräulein Maywalds Sopran
ohne eine falsche Note erklang. Die Predigt war länger,
als ich es gewohnt war, und meine Gedanken wanderten
hin und her. Auch war ich mir nach Lebensstellung und
Aussehen nie so unbedeutend vorgekommen wie während
dieses Gottesdienstes. Endlich sagte der Pastor: „Und
zum Schlusse, geliebte Gemeinde —", ich betete inbrün=
stig, daß er nun schnell und glücklich zu Ende käme. Es
kam mir so vor, als ob die übrige Gemeinde mit mir
sympathisiere, denn es ließ sich ein allgemeines Rascheln
vernehmen, als diese Worte gesprochen wurden. Im näch=
sten Augenblick aber wurde es klar, daß die Zuhörer von

irgendeinem anderen Gefühl bewegt wurden, denn ich
hörte ein unterdrücktes Kichern. Sogar Fräulein May=
wald drehte sich mit einer Plötzlichkeit um, die nicht mit
der sonstigen maßvollen Anmut ihrer Bewegungen über=
einstimmte, und auch der Pastor machte eine ungewöhn=
lich lange Pause. Nun sah ich mich um und sah — mei=
nen Neffen Bär in seinem Sonntagsstaat, allerdings
unehrerbietig bedeckten Hauptes, seinen Spazierstock
schlenkernd, durch die Reihen gehen. Er blieb an jeder
Bank stehen, musterte die Insassen genau, schien aber
den Gegenstand seiner Forschungsreise nicht zu finden.
Vergebens suchte ich seine Blicke auf mich zu lenken —
er ging beharrlich weiter, ohne mich zu bemerken. End=
lich fand er einen Bekannten, vor dem er sein Herz aus=
schüttete, und so laut, daß man es in der ganzen Kirche
hören konnte, sagte er: „Ich will meinen Onkel suchen.“
    In diesem Augenblick fing er meinen Blick auf. Ein
Freudenstrahl verklärte sein Gesicht, er eilte auf mich zu
und legte seine schlingelhafte weiche Backe vertraulich
gegen meine. Durch die Gemeinde ging ein hörbares
Raunen. Ich wußte nicht, was ich tun oder sagen sollte,
aber meine Verlegenheit verwandelte sich in helles Stau=
nen, als Fräulein Maywald mit einem Gesicht voll von
schlecht verhehlter Heiterkeit und echter Zärtlichkeit den
kleinen Strolch dicht an sich heranzog und herzlich küßte.
Gleichzeitig sagte der Pastor etwas stotternd: „Laßt uns
beten.“ Froh, mein Gesicht verstecken zu können, neigte
ich das Haupt. Während ich aber verstohlen nach dem
Urheber dieser andachtswidrigen Störung sah, begegnete
ich Fräulein Maywalds Blicken. Sie lachte so heftig,
daß die Ansteckung unvermeidlich war, und ich lachte um
so herzlicher, als ich fühlte, daß der eine Schlingel die
Untat des anderen wieder gutgemacht hatte. Nach be=
endigtem Gottesdienst war Bär der Gegenstand allsei=
tiger Aufmerksamkeit, und in der allgemeinen Verwir=

rung ergriff ich die Gelegenheit und sagte zu Fräulein Maywald:

„Finden Sie noch, daß meine Schwester recht hat in bezug auf meine Neffen, Fräulein Maywald?"

„Ich finde sie himmlisch komisch", sagte sie begeistert. „Bringen Sie sie bloß einmal mit zu mir. Ich sehne mich danach, einen originellen jungen Herrn zu sehen."

„Danke schön," sagte ich, „und Teddi soll Ihnen einen Sühnestrauß mitbringen."

„Ja", sagte sie, als wir die Kirche verließen. Es war ein kleines Wort, aber es machte mich sehr glücklich.

„Ja, siehst du, Onkel Heinz," sagte Bär im Weitergehen, „es war doch noch nicht auf für Kinder, und da wollte ich mal gucken, ob sie in der Kirche wieder so schön singen wie sonst, und da kam ich herein, aber du warst nicht auf Pappis Platz, und da mußte ich dich überall suchen."

„Gott segne dich", dachte ich und nahm ihn auf den Arm, als ob es mit dem Kindergottesdienst große Eile hätte, in Wirklichkeit aber, um ihm einen herzlich dankbaren Kuß zu geben. „Du hast deine Sache gut gemacht, mein Junge, ganz fabelhaft gut."

Mein Sonntagsmittagessen war an Qualität wie an Quantität unübertrefflich, und auch der bewußte Rotwein meines Schwagers erwies sich als vorzüglich. Trotzdem war mein Gemüt beunruhigt, und ich konnte deshalb das Mahl nicht so genießen, wie es unter anderen Umständen der Fall gewesen wäre. Diese Unruhe entstammte einer Mischung von Verantwortlichkeitsgefühl und Unwissenheit. Ich meinte, ich müsse meinen Neffen ein bißchen Gefühl für den Sonntag beibringen. Wie aber sollte ich das machen? Ich konnte ihnen doch nichts aus der Bibel vorlesen; und auch sonst schienen sie mir für ruhige Beschäftigung zu lebhaft. Nach längerem Nachdenken beschloß ich, die Kinder selbst zu fragen, wie es ihre Eltern Sonntags zu halten pflegten.

„Bär," fing ich an, „was tut ihr Sonntags, wenn Pappi und Mammi zu Hause sind? Was lesen sie euch vor, worüber unterhaltet ihr euch?"

„Oh," sagte Bär strahlend, „sie schaukeln uns! Berge!"

„Und schie gehn mit unsch Beschinge schuchen", sagte Teddi.

„O ja, Besinge", sagte Bär. „Kennst du Besinge?"

„Ja, ja, ich erinnere mich, als kleiner Junge hab' ich sie auch gesucht. Aber da, wo sie wachsen, ist es doch sehr schmutzig, nicht?"

„Ja, fuchbar! Und da ist auch ein Bach und Farnkraut und Birken, und wenn man nicht aufpaßt und pflückt Birkenreiser, dann fällt man in den Bach."

„Und wir gehn nach dem Krähennest."

„Un' wir dehn nach'm Kjähennescht," piepste Teddi, „und Pappi nimmt ihn huckepacke, wenn er ische müde."

„Und er macht uns Pfeifen", ergänzte Bär.

„Bär," sagte ich überwältigt, „genug, genug. Das Dichterwort ‚Laß, o Welt, o laß mich sein' scheint nicht für euch geschrieben zu sein. Euer Pappi scheint euch auch nicht in diesem Sinne erzogen zu haben. Liest er euch denn nie etwas vor?"

„Aber natürlich," rief Bär, als ob ihm ein glücklicher Gedanke käme, „natürlich. Er holt die Bibel runter, die fuchbar große, weißt du, und dann legen wir uns alle auf die Erde, und dann liest er uns Geschichten draus vor. Von David und v—on Noah und wie das Christkind klein war und Joseph und Pharosheergingunterhallelujah —"

„Und w—a—s?"

„Pharosheergingunterhallelujah . . . weißt du denn nicht, wie Moses seinen Stab über das Rote Meer hielt,

und das Wasser ging auf der einen Seite rauf und auf
der anderen Seite rauf, und alle Jisraliten gingten
durch? Das weißt du nicht?"

„Und Pappi und Mammi dehn mit unsch inn Wald
und schneiden unsch Schtöcker."

„Ja," sagte Bär, „und wo neue Häuser gebaut wer=
den, da dürfen wir auf die Leitern klettern."

„Hält er niemals eine kleine Nachmittagsruhe?"
fragte ich ängstlich.

„Ich weiß nicht", sagte Bär. „Oder meinst du viel=
leicht, wenn er manchmal eine Gummidecke auf den
Rasen legt, und legen wir uns alle hin und spielen, wir
sind Soldaten, und es ist Nacht, und wir schlafen. Aber
manchmal, wenn wir aufwachen, schläft Pappi immer
noch, und Mammi will dann nicht, daß wir ihn wecken.
Das Spiel mögen wir nicht gern."

„Mögen nich dern", echote Teddi.

„Nun, ich meine eine hübsche biblische Geschichte ist
doch schöner als alles andere, nicht?"

Bär schien etwas zweifelhaft. „Ich denke, Schaukeln
ist doch noch viel schöner —," sagte er, „oder — nein:
Laß uns Besinge suchen — oder nein — ich will dir was
sagen, mach uns Pfeifen, und dann können wir die
blasen, wenn wir Beeren suchen. Teddi, sag mal, Pfeifen
und Besinge, das ist doch das allerschönste?"

„Ja — und Schaukeln — und Birkenreischer und
Kjähenneschter möcht er", fügte Teddi hinzu.

„Zuerst wollen wir eine biblische Geschichte nehmen",
sagte ich. „Der liebe Gott wird es nicht mögen, wenn ihr
heute gar nichts Gutes lernt."

„Na, meinetwegen," sagte Bär mit seiner verständigen
Pflichttreue, „denn also los. Ich mag am liebsten von
Joseph."

„Schähl von Doliasch", schlug Teddi vor.

„Ach was, Teddi," wendete Bär ein, „Joseph sein Rock war ebenso blutig wie Goliath sein Kopf." Und sich zu mir wendend, erklärte er, „Ted will bloß deswegen von Goliath so gern, weil Goliath sein Kopf so fuchbar blutig war, als er runterfiel."

Und dann stierte mich Teddi — dieser zarte Genius, von dem seine Mutter behauptete, er fühle sich zu allem, was schön sei, unwiderstehlich hingezogen —, stierte, sage ich, mich an wie ein Schlachterlehrling ein dem Tode geweihtes Lamm und sagte:

„Doliasch schein Topf war fubba balutig, und David schein Schäbel war auch fubba balutig, dansch fubba balutig."

Ich sprach ein kurzes Gebet, schlug die Geschichte von Joseph auf und las sie, da ich sah, wie lang sie war, in kurzem Auszuge, wie folgt, vor:

„Joseph war ein guter kleiner Junge, den sein Pappi sehr sehr liebhatte. Aber seine Brüder mochten ihn nicht. Und eines Tages verkauften sie ihn nach Ägypten. Aber er war sehr klug, und er sagte den Leuten, was ihre Träume bedeuteten, und er wurde ein großer Herr. Und seine Brüder gingen nach Ägypten, um Korn zu kaufen, und Joseph verkaufte ihnen welches, und zuletzt sagte er ihnen, daß er ihr Bruder Joseph sei. Und dann schickte er sie nach Hause, damit sie ihren Vater nach Ägypten holen sollten. Und dann lebten sie alle dort wieder zusammen."

„Ische danich von Joscheph", sagte Teddi mit der Miene eines in seinen Rechten gekränkten Mannes. „Bär, ische dasch woll von Joscheph?"

„Nein," sagte Bär, „du hast es gar nicht gut vorgelesen. Ich will dir mal erzählen, wie es ist. Es war einmal ein kleiner Junge, der hieß Joseph, und der hatte elf Brüder — elf olle scheußliche Brüder. Und sein Pappi schenkte ihm einen neuen Rock, und seine Brüder hatten

nur ihre alten Jacken zu tragen. Und eines Tages, als
er ihnen ihr Mittagessen aufs Feld brachte, da grapsch=
ten sie ihn und schmissen ihm in ein tiefes dunkles Loch.
Aber den neuen Rock, den schmissen sie nicht mit rein,
o nein, sie machten ein Zicklein tot und stippten den Rock
rein — denk mal, den schönen neuen Rock, den stippten
sie in das Blut und machten ihn ganz fuchbar blutig.“

„Fubba balutig“, echote Teddi mit wütender Begeiste=
rung.

Bär fuhr fort:

„Da kamen aber gerade ein paar Kaufmänner entlang,
und da holten die elf ollen Brüder ihn aus dem tiefen
dunklen Loch und verkauften ihn an die Kaufmänner,
und die verkauften ihn wieder in Ägyptenland. Und sein
alter Pappi weinte und weinte, denn er dachte, ein großer
Löwe hätte ihn aufgefressen, weil er doch den blutigen
Rock sah. Und er war doch nicht ein bißchen aufgefressen.
Aber es gab in Ägypten keine Post und keine Eiserbahn
und auch kein Tillergraph, und darum konnte der Joseph
seinem Pappi nicht schreiben, wo er war. Und er wurde
so klug und so gut, daß der König von Ägyptenland ihn
das Korn verkaufen ließ und auf das ganze Geld auf=
passen. Und einmal, da kamen Männer und wollten
Korn kaufen, und als Joseph sie anguckte, da waren es
seine Brüder. Da starrte er sie aber mal an! Ich hätte
ihnen ja eine Ordentliche runtergehauen, aber er guckte
sie bloß immerzu an, und dann sagte er ihnen, wer er
wäre, und er küßte sie und hat sie gar nicht durchgehauen
und hat nicht gesagt: „Früschück gibt’s heute nicht“, und
in die Ecke hat er sie auch nicht mal gestellt, gar nichts
so was. Und dann schickte er sie nach Hause, daß sie ihren
Pappi holen sollten, und als der kam, da lief er ihm aber
entgegen, so doll er konnte, und hat ihn sooo liebgehabt!
Joseph war ja schon groß, er konnte seinen Pappi nicht
fragen: „Hast du mir Bonbons mitgebracht?“ Aber er

freute sich ganz fuchbar, daß sein Pappi nun da war. Und der König schenkte Joseph einen hübschen Bauernhof, und sie lebten immer herrlich und in Freuden."

„Und sie tunkten den Jock in Balut und machten ihn fubba balutig", kam der blutbürstige Teddi noch mal auf sein Lieblingsthema zurück.

„Onkel Heinz," sagte Bär, „was würde wohl mein Pappi machen, wenn er dachte, ich wäre von einem wilden Löwen aufgefressen? Ich glaube, er würde ganz fuchbar weinen, nicht? So — nun erzähl mal was anderes — oder weißt du — lies was — von..."

„Von Doliasch", unterbrach Teddi.

„Erzähl du nun mal von Goliasch, Teddi", sagte ich.

„Na," sagte Teddi, „Doliasch war ein bjoscher dicker Mann, und David war ein bjoscher kleiner Mann, und Doliasch sagte: ,Komm mal her, will er dich aufeschen!' Und David sagte: ,Isch er nich bange', und da nahm er fünf kleine Teine in ne Fleuder und sagte: ,Lieba Dott, hilf ihn', und dann schmißte er die Fleuder und bums in Doliasch schein Auge, und er fiel um und war mausetot. Und David namte Doliasch schein Schwert und schäbelte ihm scheinen Topf ab und machte ihn dansch fubba ba= lutig. Und Doliasch machte fix, daß er weg tam."

Diese kurze Erzählung wurde von vielen sehr lebhaften und treffenden Gesten begleitet, wie sie mancher Redner in einem dreistündigen Vortrag nicht aufbringt.

„Ich mag die Geschichte von Goliath gar nicht leiden, erzähl lieber von Ferus", sagte Bär.

„Von wem?"

„Ferus; kennst du den nicht?"

„Niemals was von ihm gehört!"

„Nanu...," rief Bär, „hattest du denn keinen Pappi, als du ein kleiner Junge warst?"

„Ja, aber er hat mir nie was von einem Mann mit Namen Ferus erzählt, wer war denn das?"

„Na, da war mal ein Mann, und der hieß Ferus=
Offerus; und der ging rum und kämpfte für Könige,
wenn aber so ein König vor irgendwem bange wurde,
dann wollte er nicht mehr für ihm kämpfen. Und eines
Tages konnte er keinen König mehr finden, dem nicht
bange war. Und da sagten ihm die Leute, lieber Gott ist
der größte König in der Welt, und der wär nicht bange
vor keinem und nichts. Und da fragte er, wo er denn
lieber Gott finden konnte, und da sagten sie ihm, er wär
oben im Himmel, und keiner könnte ihm sehen, nur die
Engels, und er möchte lieber, wenn die Leute für ihm
arbeiteten, statt zu kämpfen. Und da wollte Ferus so
fuchbar gerne wissen, was er denn für ne Arbeit machen
könnte, und da sagten ihm die Leute, da ist ein Fluß,
ganz bißchen weit nur, und da ist kein Fährmann, weil
das Wasser da so fix ist; da soll er mal hingehen, und
er könnte ja die Leute rübertragen, da würde der lieber
Gott sich sehr freuen. Da ging nu Ferus hin und schnitt
sich einen ordentlichen dicken Stock, und wenn die Leute
rüber wollten, so trug er sie huckepack rüber.

Eines Abends saß er in seinem kleinen Haus am Ofen
und rauchte seine Pfeife und las die Zeitung, und es
goß fuchbar, und es hagelte und wehtete, und er war
recht froh, daß keiner über den Fluß wollte. Da plötz=
lich hörte er, wie einer rief: ‚Ferus!‘ Und er guckte aus
dem Fenster, und weil er keinen sah, da setzte er sich wie=
der hin. Da rief es wieder: ‚Ferus!‘ und da sah er einen
ganz kleinen Jungen, nicht größer als Teddi. Und Ferus
sagte: ‚Na, junger Mann, weiß deine Mutter, daß du
dich jetzt draußen rumtreibst?‘ ‚Ich will übern Fluß‘,
sagte der kleine Junge. ‚Na,‘ sagte Ferus, ‚du bist aber
ein mächtig kleiner Kerl, daß du so alleine reist, also
hopp!‘ Da sprang der kleine Junge auf Ferus seinen
Rücken, und Ferus ging ins Wasser. Puha, war das kalt!
Und bei jedem Schritt wurde der kleine Junge schwerer

64

und schwerer, so daß Ferus fast hinpurzelte und beide beinahe versäuften. Und als sie nun endlich drüben waren, da sagte Ferus: ‚Na, du bist aber der schwerste kleine Junge, den ich je getragen habe.‘ Und da guckte er sich um, und da war gar kein kleiner Junge, sondern ein ganz großer Mann, und das war? Was denkst du wohl? Das war der liebe Heiland. Und der sagte: ‚Ferus, ich habe gehört, daß du für mich arbeiten willst, und da dachte ich, ich würde mal herunter kommen und dich besuchen, damit du sehen kannst, wer ich eigentlich bin. Du sollst einen neuen Namen kriegen, du sollst Christofferus heißen, das heißt Christträger.‘ Und von nun an nannte ihn jeder Christofferus, und als er starb, da nannten sie ihn den heiligen Christofferus, denn heilig nennt man gute Leute, wenn sie tot sind.“

Bär sah selbst aus wie ein verzückter Heiliger, als er diese Geschichte erzählte. Meine Betrachtung seiner Züge aber wurde von Teddi unterbrochen, dem die unaufregende und gar nicht „balutige“ Geschichte seines Bruders zu langweilig gewesen war, und der sich in den Garten zurückgezogen hatte. Hier hatte ihn sein Forschungsdrang zur Untersuchung eines Wespennestes geführt, dabei war er gestochen worden, und er kam fürchterlich schreiend zu mir.

„Du schollsch mich wiegen!“

Ich nahm ihn in meine Arme, wiegte ihn heftig hin und her und streichelte ihn dabei zärtlich.

Er schluchzte aber weiter und stöhnte: „Sching ‚Schein süsches Törbchen isch nich hier‘.“

„Was meint der Junge?“ rief ich aus.

„Du sollst ihm ‚Süßes Körbchen ist nicht hier‘ vorsingen“, sagte Bär. „Mammi tut das immer, wenn ihm was weh tut, und dann hört er auf zu weinen.“

„Ich kenne es aber doch nicht“, sagte ich. „Wie ist es

denn mit ‚Wohlauf, Kameraden, aufs Pferd, aufs
Pferd‘, Teddi?“

„Ich werde dir vorsagen“, sagte Bär, und nun sang
der Jüngling folgendes Lied, Zeile für Zeile, so daß ich
Text und Melodie nachsingen konnte:

„Mein süßes Körbchen ist nicht hier!“
So schreit aus voller Lunge
Das Karlchen — „wer nahm es mir!
Gewiß ein böser Junge!

Mein Kätzchen! Oh, es ist nicht dort
Nein, das ist nicht zum Lachen.
Mein Körbchen weg, mein Kätzchen fort,
O Gott, was soll ich machen!

Ich will zu Mutti suchen gehn —
Man kann es ja nicht wissen:
Miez hab’ ich öfter schlafen sehn
Auf Muttis Sofakissen.

Sieh, Mutti, sieh! Mein Körbchen, und
Am allerweichsten Plätzchen,
Zum Schlaf geringelt, liegt ganz rund
Im Körbchen auch das Kätzchen!“

Worin das Beruhigungsmittel dieses speziellen Liedes
für meines Neffen Kummer eigentlich bestand, war mir
unerfindlich. Aber das Resultat war, daß sein Schluch=
zen am Ende einem Seufzer der Erleichterung wich.

„Teddi,“ sagte ich, „hast du Onkel Heinz lieb?“

„Hmm, subba doll lieb!“

„Dann sag’ mir doch, wie kann dies lächerliche Lied
dich trösten?“

„Weisch er nich. Wehwehschen fott und allesch but.“

„Würde das Wehweh nicht ebenso fort sein, wenn ich
singen würde: „Es braust ein Ruf wie Donnerhall?“

„Neee. Mag er Dunnerhall nich, wenn Dunnerhall
ihm wasch tut, macht er ihn tot.“

Mit dieser außerordentlich einleuchtenden Erklärung
endete unsere Unterhaltung über dieses Thema; während
einiger besorgter Augenblicke kam mir aber hinterher der
Gedanke, ob etwa die zeitweilige Geistesstörung, an der
unser Großvater gelitten, sich in seinem jüngsten Nach=
kommen wieder zeigte. Diese düsteren Betrachtungen
wurden von Bär unterbrochen:

„So, Onkel Heinz, nu mach’ uns Pfeifen!“

Ich folgte diesem Wink, und wir schlugen den Weg
zum Walde ein. Ich hatte schon lange keine Weidenschöß=
linge mehr geschnitten, nicht seit dem Feldzug, wo ich
gelernt hatte, was sie für ein herrliches Feuer abgeben.
Zum Pfeifenmachen hatte ich keine gebraucht — wahr=
haftig — seit fast einem Vierteljahrhundert.

Diese verschiedenen Gedankenverbindungen drohten
mich in eine Gemütsverfassung zu versetzen, die mög=
licherweise mit einem schlechten Gedicht hätten enden
können, wenn nicht meine Neffen von einer Fragelust
gewesen wären, wie sie nur bei Kindern vorkommen
kann.

Als die Pfeifen fertig waren, marschierten wir mit
Musik an die Stelle, wo die Blaubeeren wuchsen. Es
war solch ein Ort, wie ihn Jungens instinktiv lieben: tief
gelegen, feucht und buschig und, unter Farnkraut und
Gräsern, ein verräterisch verborgenes Bächlein. Die Kin=
der fanden sofort, was sie wünschten, und begrüßten
jeden Fund mit Jubelgeschrei. Zuerst stürzte ich bei jedem
Schrei an den Bach; bald aber gewöhnte ich mich daran
und sah mir aufmerksam die wunderbaren Farnkräuter
an. Plötzlich aber kündete mir ein lang andauerndes Zeter=
geschrei, daß wirklich etwas passiert sein mußte, und über
den großen Farnblättern sah ich ein kleines Gesicht in
Todesangst. Bär rannte schon hin, um seinem Bruder zu

helfen, verſank aber auch ſofort in dem weichen ſchwar=
zen Moraſt, der den Grund des Baches bildete. In einem
Satz war ich bei ihnen, ſtellte mich rittlings über den
Bach und gab jedem Knaben eine Hand, als ein trügeri=
ſcher Grasbüſchel nachgab, und — platſch — fiel ich ſelber
hinein. Dieſer Unfall verwandelte Teddis Kummer in
unbändiges Gelächter. Ich kann aber nicht ſagen, daß
mir ſehr nach Lachen zumute war. Schon in reines Waſ=
ſer zu fallen iſt nicht angenehm, ſelbſt wenn man leiden=
ſchaftlicher Forellenfiſcher iſt, aber in weißen Tennis=
hoſen plötzlich knietief in den Schoß der Mutter Erde zu
ſinken, das iſt noch etwas ganz anderes. Ich zog ſchnell
die Kinder heraus und warf ſie aufs Trockene. Dann
zog ich meine eigenen Beine aus dem Schlamm und ver=
ſuchte mich trocken zu ſchütteln wie ein Bernhardiner. Der
Erfolg war nicht nennenswert, meine Hoſenbeine klatſch=
ten traurig um meine Beine, und Ströme ekelhaften
Moorwaſſers liefen in meine Schuhe. Mein Filzhut, den
ich auf den Raſen geworfen hatte, bekam auch gründlich
ſein Teil, als ich mich herausarbeitete. Ich blickte ſprach=
los vor Zorn auf meinen jüngſten Neffen.

„Onkel Heinz!“ ſagte Bär, „das war aber mal gut
von lieber Gott, daß er machte, daß du hier warſt, ſonſt
wäre Teddi doch gewiß vertrunken, nicht wahr?“

„Ja, ſicher,“ ſagte ich, „und meinetwegen hätte...“

„Onke Heinſch!“ rief Teddi und lief ungeſtüm auf
mich zu, zog mich zu ſich nieder und ſtreichelte mich mit
ſeiner kleinen ſchmutzigen Hand, „hat er dich fubba doll
lieb, weil du ihm jauſchbeſchogen haſch.“

„Laß man gut ſein,“ ſagte ich, „und nun ganz ſchnell
nach Hauſe!“

Wir brauchten nur an einer einzigen Wohnung vorbei,
und die war zum Glück ſo im Gebüſch verſteckt, daß die
Einwohner den Weg nicht ſehen konnten. Wir waren frei=
lich auf dem belebteſten Fahrweg, aber wir konnten in

68

fünf Minuten zu Hause sein und uns nötigenfalls, wenn ein Wagen käme, hinter den Bäumen verstecken. O Himmel, da kam schon einer! Und wie sahen wir aus! Natürlich waren Damen in dem Wagen — das verstand sich ja von selbst. Wer war es? Schickte der böse Geist, der diese Kinder geleitete, jedesmal einen Boten an Fräulein Maywald aus, ehe er seine segensreiche Tätigkeit begann? Jedenfalls, da war sie — wie immer hübsch, zierlich, elegant — scheinbar gefaßt, aber doch auffallend rot. Was half es mir, daß ich wegsah? Sie hatte mich schon erkannt. Ich sah sie also voll an mit dem mutigsten und trotzigsten Ausdruck, dessen ich fähig war.

„Sie scheinen sich ja sehr gut amüsiert zu haben", sagte sie lächelnd, als der Wagen vorbeifuhr. „Vergessen Sie Ihren Besuch morgen nachmittag nicht, alle drei!"

Gottes Segen über das Mädchen! Sie hatte das Herz auf dem rechten Fleck. Jede andere hätte genug damit zu tun gehabt, ihr Lachen zu verbeißen, aber sie konnte die Sache sofort so wenden, daß mein Gemüt erleichtert ward.

Ich fühlte, wie ich unter der durch Teddis Zärtlichkeit verursachten Schmutzdecke rot wurde. Mit mehr Haltung, als man meiner äußeren Erscheinung hätte zutrauen können, leitete ich unseren Rückzug ein. Ich übergab die Jungen dem Mädchen zur Säuberung ungefähr mit der Miene eines Offiziers, der eine Reihe selbstgemachter Gefangener abliefert. Ich zog mir darauf meinen besten Anzug an, nicht weil ich irgend jemand erwartete, sondern nur aus einem Gefühl gesteigerter Selbstachtung. Als die Kinder im Bett waren und ich mit meinen Gedanken allein, verbrachte ich mehrere sehr angenehme Stunden damit, mir einige Veränderungen in meinem Dasein auszumalen, an die ich früher nie zu denken gewagt hätte.

Am Montagmorgen war ich schon bei Sonnenaufgang

im Garten. Teddi sollte Fräulein Maywald heute seinen
Sühnestrauß bringen, und ich wollte keine Mühe sparen,
um diese Sühne so schön wie möglich zu machen. Ich
musterte jede Rabatte, jedes Beet, jeden Strauch, bis
ich alles so genau kannte, als ob ich ein schriftliches In=
ventar aufgenommen hätte. Dann erkundigte ich mich
nach dem nichtschmutzigen Garderobenbestand meiner
Neffen, und nach einer genauen Prüfung suchte ich die
Anzüge für den Nachmittag aus. Ich erzählte dem Mäd=
chen von dem Besuch und band ihr auf die Seele, die
Kinder gut zu waschen und anzuziehen.

„Sagen Sie mir nur, wann Sie gehen wollen, Herr
Buren," sagte Grete, „ich fange eine Stunde vorher an,
damit sie Ihnen keine Schande machen."

Zum Frühstück gab es unter anderem gedämpfte
Austern, die auf Suppentellern serviert wurden.

„O Teddi," schrie Bär, „da sind ja die Schildkröten=
teller wieder, o wie fein!"

„Aua fein," quiekte Teddi, „Fildflötentella!"

„Aber Jungens, was meint ihr denn eigentlich?"
fragte ich.

„Ich will es dir zeigen", sagte Bär, sprang vorsichtig
von seinem Platz herunter und kam mit seinem Teller
zu mir. „Nu steck mal deinen Kopf unter den Teller und
guck rauf, dann siehst du die Schildkröte." Einen Augen=
blick lang vergaß ich, daß ich mich nicht in einem Restau=
rant befand, hielt den Teller hoch und untersuchte den
Boden. „Da," sagte Bär, „da ist sie" und wies auf
die farbige Firmenmarke.

Ich sagte ihm ziemlich kurz, er solle sich wieder setzen,
und blieb auch ungerührt bei Teddis Bemerkung:

„Schind sichtige Fildflöten, tönnen blosch nich jum=
kjabbeln wie annere Fildflöten."

Nach dem Frühstück beschäftigte ich mich sehr ein=
gehend mit mir selbst. Nie war mir meine Garderobe so

dürftig und schlecht assortiert vorgekommen. Niemals habe ich mich sooft beim Rasieren geschnitten; niemals sahen meine Schuhe so schlecht geputzt aus wie heute. Schließlich gab ich meine Anstrengungen, fein auszusehen, verzweifelt auf und widmete mich dem Blumenstrauß. Ich schnitt so viel Blumen ab, daß ich damit eine Kirche hätte schmücken können, und schloß dann unbarmherzig jede aus, die auch nur die geringste Unvollkommenheit aufzuweisen hatte. Beim Binden genoß ich den Vorzug, von meinen Neffen unterstützt und mit Ratschlägen versehen zu werden. Ich wurde auch in eine Unterhaltung über Blumen verwickelt.

„Onke Heinsch," sagte Teddi, „ische im Himmel auch scho, mit lauter Blumen? Dann bjauchen doch die Engelsch nich wegfliegen."

„Onkel Heinz," sagte Bär, „wenn die Blätter immer so auf und ab gehen, sprechen sie dann mit dem Wind?"

„Vielleicht, mein Junge."

„Für wen machst du denn das Bukett, Onkel Heinz?" fragte Bär.

„Für eine Dame, Fräulein Maywald, die Dame, die uns gestern nachmittag traf, als wir so schmutzig waren."

„Oh, die mag ich gern," sagte Bär, „sie sieht so niedlich und hübsch aus — gerade wie ein Kuchen — so, als ob sie sehr gut schmeckte. Oh, die habe ich sehr lieb, du auch?"

„Nun, ich verehre sie sehr, Bär."

„Verehren, was heißt verehren?"

„Nun, es heißt, daß ich denke ... ich halte sie für eine Dame — eine sehr angenehme Dame — wirklich die netteste Dame in der ganzen Welt — so eine Art Dame, die ich gerne jeden Tag sehen möchte — und ganz nah sehen möchte."

„Ach so, das versteh ich, dann ist verehren dasselbe wie liebhaben, nicht wahr, Onkel Heinz?"

„Bär," unterbrach ich ein bißchen haftig, „lauf doch
mal zu Grete und hol' mir ein Stück Strippe, ja?"

„Jawohl," sagte Bär, als er sich trollte, „aber das=
selbe ist es doch, nich?"

Um zwei rief ich Grete zum Anziehen, und um drei
brachen wir zu unserem Besuche auf. Ich mußte Teddis
Strauß tragen und gleichzeitig beide Jungen an der
Hand führen, denn sonst wären sie in die Hecken nach
einem Grashüpfer gekrochen oder in den Rinnstein ge=
fallen auf der Jagd nach einem Schmetterling. Das war
keine leichte Arbeit, aber ich brachte sie doch fertig. Als
wir nahe bei der Pension waren, fühlte ich, daß mir
der Hut in den Nacken gerutscht und mein Schlips schief
war, aber ich hatte keine Gelegenheit mehr, dies in Ord=
nung zu bringen, denn Fräulein Maywald war auf der
Veranda und hatte uns schon gesehen. Ich händigte Teddi
seinen Strauß ein und versprach ihm drei Zuckerstangen,
wenn er sich in acht nehmen und nichts hinfallen lassen
würde. So traten wir ein. Kaum waren wir innerhalb
der Hecke, als Teddi einen Mann mit einer Grasmäh=
maschine über den Rasen kommen sah, und er juchzte
auf: „Scheh, ein Djaschfneider, ein Djaschfneider!" Und
in vollkommener Selbstvergessenheit ließ er den Strauß
fallen. Ich fing ihn auf, ehe er den Erdboden erreichte,
zog den Schlingel den Fußpfad entlang und hieß ihn
seinen Strauß überreichen. Soweit glückte alles, als aber
Fräulein Maywald sich niederbeugte, um ihm einen Kuß
zu geben, entwand er sich wie ein Aal, rutschte die Be=
randatreppe herunter und rief: „Nu tomm, nu tomm!"
Im nächsten Augenblick folgten meine beiden Neffen in
respektvoller Entfernung dem bewunderten „Djaschfnei=
der".

„Dies sind nun meiner Schwester ‚beste Kinder in
der Welt', Fräulein Maywald", sagte ich.

„Sie sind doch aber auch reizend," erwiderte die junge

Dame, „ich finde Kinder immer am entzückendſten, wenn ſie ſich freuen.“

„Ich auch, wenn ich für ihr Wohlergehen nicht verantwortlich bin. Wenn ich die Anſtrengungen, die ich für dieſe Jungen aufwenden muß, im Intereſſe des Geſchäftes verwertet hätte, würden mich meine Kompagnons für unbezahlbar halten.“

Fräulein Maywald machte irgendeine witzige Entgegnung, und wir ließen uns auf der Veranda zu einer behaglichen Plauderei nieder. Wir ſprachen über Bücher, Bilder, Muſik, auch klatſchten wir ein bißchen über gemeinſame Bekannte. Bei ihrem Anblick hätte ich auch über Kants Kritik der reinen Vernunft oder über die neueſten aſſyriſchen Funde geſprochen. — Doch ach, der Genuß war wohl größer, als ich verdiente, denn er wurde nach kurzer Dauer unterbrochen. Es wohnten noch andere Damen in der Penſion, und wie Fräulein Maywald neulich wahrheitsgemäß geſagt hatte — Herren waren ein ſeltener Artikel. So kam eine Dame nach der anderen, natürlich ganz zufällig, auf die Veranda, jeder wurde ich vorgeſtellt, und die gewöhnlichſte Höflichkeit machte es mir unmöglich, mich ausſchließlich mit Fräulein Maywald zu unterhalten. Sonſt wäre ich wohl entzückt geweſen, ſo viele hübſche Damen auf einmal zu ſehen, aber heute — — Plötzlich ertönte ein markerſchütternder Schrei vom Raſen — alle Damen ſprangen auf. Ich folgte ihrem Beiſpiel, nicht ohne erboſt die Zähne aufeinanderzubeißen und zu wünſchen, der wieder einmal zu Schaden gekommene Neffe möchte es recht gründlich fühlen. Eine Hand in ſeinen Mund geſteckt, rannte Teddi auf uns zu, Bär lief neben ihm und redete tröſtend auf ihn ein.

„Armer kleiner Teddi. Wein doch nicht! Tut es ſo fuchbar doll weh? Sei man ſtill, Onkel Heinz macht es wieder gut; wein doch nicht ſo, Teddilein!“

Beide Jungen erreichten die Verandatreppe, kletterten herauf, und Bär rief: „Oh, Onkel Heinz, Teddi kam ein ganz klein wenig an die komischen kleinen Räder vom Grasschneider, und da gingen sie gerade ein ganz klein bißchen los und tateten ihm so fuchbar doll weh!"

Und Teddi lief auf mich zu, umklammerte meine Knie und schluchzte: „Sching!"

Mir erstarrte das Blut in den Adern. Ich hätte den Jungen erwürgen können, trotz seines erbärmlichen Zustandes. Ich beugte mich zu ihm nieder, streichelte ihn, versprach ihm Bonbons, nahm meine Uhr heraus und ließ ihn damit spielen — vergeblich, er beharrte auf seinem ursprünglichen Verlangen. Eine von den Damen — die hübscheste erbot sich, seine Hand zu verbinden, und ich segnete sie im stillen dafür — aber er blieb bei seiner Bitte „Sching" und schluchzte herzzerbrechend.

„Was will er denn eigentlich", fragte Fräulein May= wald.

„Onkel Heinz soll ihm vorsingen. Das will er immer, wenn er sich weh getan hat", sagte Bär.

„So singen Sie doch, Herr Buren", bat Fräulein Maywald, und die anderen Damen schlossen sich ihrer Bitte an.

Zornig nahm ich Teddi auf den Schoß und summte die Melodie des widerlichen Liedes.

„Schetz bich inn Schaukelstuhll" schluchzte Teddi. Ich gehorchte; dann sagte der Quälgeist:

„Du schingst danich die Wörter, will er die Wörter hören!"

Ich sang ihm die Wörter so leise wie möglich ins Ohr, aber er brüllte: „Sching lauter!"

„Ich weiß die Wörter nicht mehr so genau, Teddi", sagte ich verzweifelt.

„Ich werde sie dir vorsagen", sagte der hilfreiche Bru= der. Und so mußte ich also, vor dieser Zuhörerschaft —

vor ihr, diesen albernen Schnickschnack singen, Zeile für
Zeile, mit Bär als Souffleur. Ich biß die Zähne zusam=
men, kalter Schweiß trat mir auf die Stirn, und ich
starrte auf Teddi mit ruchlosen Gedanken. Niemand
lachte — ich war so verzweifelt, daß ein Kichern mir
Erleichterung verschafft hätte. Endlich hörte ich ein Flü=
stern:

„Wie lieb er das Kind hat! Der Arme, er ist ganz
außer sich vor Sorge um das Kind!"

Wenn das Lied jetzt nicht zu Ende gewesen wäre, hätte
ich, glaube ich, meinen verwundeten Neffen über das
Verandageländer geworfen. So aber stellte ich den Jun=
gen wieder auf seine Füße und kündigte mit Entschieden=
heit die Notwendigkeit unseres sofortigen Aufbruchs an.
Ich wollte mich gerade verabschieden, als Fräulein May=
walds Mutter uns bringlich zum Essen einlud.

„Ich für meine Person würde ja mit dem größten
Vergnügen annehmen, gnädige Frau, aber meine beiden
Neffen sind wirklich noch nicht gesellschaftsfähig. Ich
glaube, meine Schwester würde mir nie verzeihen, wenn
sie hörte, ich hätte sie zu einem Abendessen mitgenom=
men."

„Ich werde schon für die Kleinen sorgen", sagte Fräu=
lein Maywald; „bei mir werden sie gewiß artig sein."

„So rücksichtslos kann ich nicht sein, Ihnen diesen
Versuch zuzumuten, Fräulein Maywald", erwiderte ich.
Aber sie bestand auf ihrem Willen, und das Vergnügen,
ihr nachzugeben, war so groß, daß ich mich in noch grö=
ßere Gefahren gestürzt hätte. So nahm denn Fräulein
Maywald beim Essen ein Kind an jede Seite, während
ich glücklicherweise gegenübersaß, von wo ich mit Stirn=
runzeln und Zwinkern erzieherisch auf meine Neffen ein=
wirken konnte. Die Suppe wurde serviert. Ich signali=
sierte den Jungen, sie sollten die Serviette unters Kinn
stecken, und wendete mich dann zu der Dame zu meiner

Rechten, um ein Tischgespräch zu eröffnen. Sie neigte
mir zwar höflich den Kopf zu, aber ihre Gedanken schienen woanders zu sein. Ich folgte ihrer Blickrichtung
und sah, wie mein jüngster Neffe den Teller mit beiden
Händen hochhielt und, den Kopf aufs Tischtuch gelegt,
seine Augen gewaltsam nach oben drehte. Ich wagte keinen Laut, aus Furcht, er würde den Teller fallen lassen.
Plötzlich richtete er seinen Kopf wieder auf, lächelte holdselig, drehte den Teller so, daß ein Teil seines Inhalts
sich auf Fräulein Maywalds schneeweißes Kleid ergoß,
und jubelte: „O scheh — da ischie, da ischie, die Fildflöte!"

Bär wollte sofort auch seinen Teller untersuchen, aber
mein Blick bewog ihn, seine Absicht aufzugeben. Armes
Fräulein Maywald! Sie sah wirklich „begossen" aus,
vielleicht zum erstenmal in ihrem Leben. Sie erholte sich
aber wieder und behandelte den Knaben während des
Verlaufs der Mahlzeit mit wahrhaft christlicher Duld-
samkeit. Nach dem Essen beurlaubte sie sich, ich aber zog
Teddi in einen entfernten Winkel der Veranda und hielt
ihm eine Standrede, daß er jämmerlich zu heulen begann; darauf mußte ich mit Zärtlichkeiten und Schmei-
chelworten den Effekt meiner Rede wieder zunichte
machen. Bär und er zogen sich dann auf den Rasen zurück, und ich erwartete Fräulein Maywalds Wiedererscheinen, um mich für Teddis Betragen zu entschuldigen und
uns zu verabschieden. Die Damen der Pension hatten
die Gewohnheit, nach dem Essen bis zur Dämmerung
spazierenzugehen, eine Gewohnheit, der sie auch heute treu
blieben. Zu zweien und dreien sah ich sie verschwinden,
und ich würde wohl meine Entschuldigung ohne Zeugen
abmachen müssen. Es tat mir eigentlich leid, daß sie
gingen. Es war kein angenehmes Gefühl, allein dazu-
sitzen mit der Verantwortlichkeit für das Betragen meiner Neffen und meine Gewissensqualen nicht einmal

durch Unterhaltung lindern zu können. Fräulein May=
wald brauchte endlos, bis sie wiederkam. Ich rief sogar
die Jungen herauf, um jemand zu haben, mit dem ich
sprechen konnte.

Endlich kam sie. Und ich segnete Tebbi und die ver=
schüttete Suppe. Freilich würde ich lieber den Preis des
Kleides bezahlen als Fräulein Maywalds Kleid beschrei=
ben. Ich kann nur sagen, daß es ihr wunderbar stand!
Vielleicht hatte auch ein sehr verzeihlicher Verdruß über
Tebbis Ungeschick die Farbe ihrer Wange erhöht und das
Leuchten ihrer Augen verstärkt. Wie dem auch sei — sie
sah königlich aus, und ich glaubte in ihren Augen etwas
wie Genugtuung über die unwillkürliche Bewegung be=
wundernden Staunens zu sehen, zu der mich ihr Er=
scheinen hingerissen hatte. Sie nahm meine Entschuldi=
gung huldvollst entgegen, schlug aber dann nicht vor, den
Damen zu folgen, wie ich noch einen Augenblick vorher
gehofft hatte, sondern ließ sich auf einen Stuhl nieder.
Ich folgte ihrer stummen Aufforderung; die Kinder hät=
ten freilich schon vor einer halben Stunde ins Bett ge=
mußt, aber meine Gewissenhaftigkeit war plötzlich fort
— ich weiß nicht wohin. Die kleinen Strolche waren auch
augenblicklich sehr wohl versorgt, denn sie schlossen auf
der anderen Seite der Veranda mit einem großen Bern=
hardiner Freundschaft. Ich aber, der glücklichste Mann
unter der Sonne, sprach mit der entzückendsten Frau und
genoß ihre Schönheit. Die Dämmerung kam, es wurde
dunkel, die Sterne erschienen am Himmel, unwillkürlich
senkten wir die Stimmen, die ihre erklang wie gedämpfte
Musik. Und doch sagten wir nichts, was nicht die ganze
Welt hätte hören können. Die Damen kehrten in kleinen
Gruppen zurück, jedoch — ob auf Grund weiblichen
Ahnungsvermögens oder meines lautlosen inbrünstigen
Flehens — gingen sie an uns vorüber ins Haus. Mich
hatte ein eigenartiges Gemisch von verzweifeltem Mut

und verächtlicher Feigheit gepackt. Ich war fest entschlossen, ihr alles zu sagen, schreckte aber vor diesem Unternehmen mit großer Angst zurück.

Plötzlich tauchte ein kleiner Schatten hinter uns auf, und Bärs Stimme bemerkte: „Fräulein Maywald, Onkel Heinz vreehrt dich."

„Was tut er? Vreehrt? Sag's doch noch mal", sagte die Dame und streichelte seine Wange.

„Bär," rief ich (ich fühlte, wie meine Stimme einem Kreischen gleich kam), „Bär, ich bitte mir aus, daß du vertrauliche Mitteilungen nicht mißbrauchst!"

„Was meinst du, Bär?" beharrte Fräulein Maywald. „Sie kennen doch das alte Sprichwort ‚Kinder und Narren sprechen die Wahrheit'. Was vreehrt er?"

„Nicht vreehrt, vreeheeren."

„Vreeheert?" wiederholte Fräulein Maywald.

„Ja, vreehrt, ich weiß alles, denn ich habe ihn gefragt. Vreeheeren ist, wenn die Leute denken, daß du nett bist und gern mit dir reden und — —"

„Der Junge meint ‚verehren'", sagte ich stotternd, um zu verhindern, daß noch weitere Erklärungen folgten. „Bär kann das Blaue vom Himmel herunter fragen, und so kam es, daß ich ihm heute morgen auseinandersetzen mußte, was man unter Verehrung des weiblichen Geschlechtes versteht."

„Ja, ja ich weiß es alles," sagte Bär, „nur sagt es Onkel Heinz nicht richtig. Wenn er sagt ‚ich vreehere', dann sage ich einfach ‚ich habe lieb'."

Pause.

Endlos, so schien es mir.

Was nun? Ich konnte der Unterhaltung keine andere Wendung geben, und merkwürdigerweise schien auch Fräulein Maywald nichts einzufallen. Es mußte aber etwas geschehen — wenigstens wollte ich ehrlich sein —, es

komme, was da wolle — ich entschloß mich, die Wahr=
heit zu sagen.

„Fräulein Maywald," sagte ich hastig, sehr ernst und
leise, „Bär ist ein Naseweis, aber ein guter Dolmetscher.
Was auch mein Schicksal sein möge, bitte denken Sie
nicht, daß es sich um eine Ferientändelei handelt. Die
Krankheit ist schon Monate alt und —"

„Du erzählst alles allein," beklagte sich Bär, „ich will
auch was sagen. Ich — ich, wenn ich jemand vreehere,
dann hab ich ihm lieb und will ihm einen Kuß geben."

Fräulein Maywald zuckte zusammen, und meine Ge=
danken jagten einander mit unheimlicher Schnelligkeit.
Sie gab dem Gespräch keine andere Wendung — es war
nicht anzunehmen, daß sie es nicht konnte. Böse war sie
auch nicht — sonst hätte sie es gezeigt. War es möglich?
Ich beugte mich über sie und folgte Bärs Anregung. Da
sie keinen Widerwillen zeigte, küßte ich sie ein zweites
Mal. Da erhob sie langsam den Kopf, und trotz Dunkel=
heit und Schatten sah ich, daß Fräulein Maywald sich
auf Gnade und Ungnade ergeben hatte. Ich nahm ihre
Hand, richtete mich zu meiner vollen Höhe auf und
dankte dem Himmel inbrünstiger, als ich es je im Leben
getan hatte. Dann hörte ich Bär sagen: „Ich will dir
auch einen Kuß geben", und ich sah, wie meine Alice den
kleinen Schlingel in die Arme nahm und ihn von Herzen
abküßte. Dann ergriff sie Teddi und gab ihm deutliche
Zeichen ihrer Vergebung — oder — etwa ihrer Dank=
barkeit?

Da erschienen mehrere Damen auf der Veranda.

„Also morgen um drei hole ich Sie mit dem Wagen
ab, Fräulein Maywald; guten Abend."

„Guten Abend", sagte sie mit süßer Stimme. „Ich
erwarte Sie um drei."

„Bär," sagte ich, sobald wir sicher aus der Gartentür waren, „was möchtest du auf der ganzen Welt am liebsten haben?"

„Bonbons", war die sichere Antwort.

„Was noch?"

„Apfelsinen."

„Was noch?"

„Aua, Feigen und Weintrauben und ganz klitzekleine Kätzchen und Bilderbücher und Sandformen und Schildkröten und eine kleine Schiebkarre."

„Was noch?"

„O ja, einen großen schwarzen Hund und einen Ziegenbock und einen Wagen dabei, womit er mich ziehen kann."

„Schön, alter Junge, diese Sachen sollst du alle morgen haben."

„Aua — aua," quietschte Bär, „du bist wohl so was wie der lieber Gott?"

„Wieso, Bär?"

„Weil du so'n Berg Sachen auf einmal tun kannst. Und der arme kleine Teddi, kriegt der denn gar nichts?"

„Ja natürlich, alles, was er will. Was möchtest du denn haben, Teddi?"

„Ne Nuckeladenschipalie."

„Was noch?"

„Will er nicht mehr. Mag er nich scho viel ollen Tjam auf einmal haben."

Meine Gedanken in dieser Nacht — das Gefühl, wie herrlich es ist, ein Mann zu sein, der geliebt wird, die Demut, die einem solchen Siege entspringt — die schnelle Folge von glücklichen Gedanken und edlen Entschlüssen — gibt es jemand, der diese Geschichte nicht viel besser kennt, als ich sie erzählen könnte? Ich brachte meine Neffen ins Bett und erzählte jedem die verlangte Geschichte. Als

Bär in sein Gebet die Worte einflocht: „und behüte die
Dame, wo Onkel vreehrt", unterbrach ich seine Andacht
mit einem herzlichen Kuß. Die Kinder waren so viel spä=
ter als gewöhnlich zu Bett gegangen, daß sie einschliefen,
ohne sich in Betrachtungen über diese Tatsache zu ergehen.
Sie sahen im Schlaf wie kleine Engel aus. Als ich sie im
Lichtschein betrachtete, fiel mir eine schmählich verab=
säumte Pflicht gegen ihre Mutter ein. Ich eilte ins Stu=
bierzimmer und schrieb meiner Schwester folgenden
Brief:

Ferch, Montag abend.

Liebe Helene, ich hätte Dir schon früher geschrieben,
wenn ich mir darüber klar gewesen wäre, was ich Dir
über Deine Jungens sagen sollte. Ich gestehe, daß ich
bis jetzt gegen einige ihrer Tugenden blind gewesen war
und geglaubt habe, ab und an Fehler bei ihnen zu ent=
decken. Aber die Schleier sind von meinen Augen gefallen,
und ich sehe, daß meine Neffen Engel — einfach Engel
— sind. Wenn Du meinst, ich übertreibe, so bitte, wende
Dich an Alice Maywald als Gegenzeugen. Komm nur ja
nicht nach Hause; alles ist hier, wie es sein soll. Wenn
Ihr aber doch kommt, so muß ich mich wohl für den Rest
des Sommers bei Euch zu Gaste laden. Ich bin nicht
mehr der Ansicht, daß es eine Last ist, draußen zu woh=
nen und täglich mit der Bahn zu fahren; Tom soll sich
bitte überlegen, ob er nicht ein kleines Grundstück in
Eurer Nähe kennt, das für mich paßt.

Ich wiederhole: Die Bengels sind Engel, Alice May=
wald desgleichen, und der glücklichste Mensch in der gan=
zen Branche ist

Dein Dich liebender Bruder Heinz.

Früh am nächsten Morgen suchte ich die Unterhaltung
meiner Neffen. Es war unumgänglich notwendig, daß
ich gegen irgend jemand überfloß, gegen ein mitfühlen=

des, unschuldiges, reines Wesen. Ich sehnte mich nach meiner Schwester, meiner Mutter — zu irgend jemand mußte ich sprechen. Bär entsprach meinen Bedürfnissen vollkommen. Er war ein ausgezeichneter Zuhörer, mitfühlend von Natur und schnell von Verständnis. Nicht die Offenbarungen des erfahrensten Weisen hätte meinem Ohr so wohl tun können wie das kindliche Geplauder an diesem wundervollen Morgen. Und Teddi — gesegnet sei das Gesetz der Kompensation — sein Talent zur Wiederholung und zum Nachsprechen alles Gehörten äußerte sich den ganzen Morgen in dem beständigen Gemurmel von „Eule Maywald, Eule Maywald", und die Verstümmelung machte den Klang für mich noch holder. Natürlich ergriff Bär früh und oft jede Gelegenheit, mich an die Versprechungen von gestern abend zu erinnern, und auch Teddi verfehlte nicht, von seiner „Nuckeladenschipalie" zu sprechen. Aber gerade diese Unterbrechungen führten mich immer wieder zu dem einzigen Thema, das für mich Interesse hatte, zurück. Die Besorgung von Bärs Aufträgen nahm fast drei Stunden und den ganzen Wagen in Anspruch. Auch dann mußte das Ziegenfuhrwerk noch hinterherfahren. Das Programm des Nachmittags wurde zu allseitiger Zufriedenheit festgesetzt. Ich gab Kuntze fünf Mark, und dafür sollte er den Ziegenbock einspannen und den Kindern das Fahren beibringen. Dadurch bekam ich die Freiheit, fortzufahren, ohne von zwei erbärmlich heulenden kleinen Gestalten verfolgt zu werden.

Ich bin von jeher der Ansicht, daß ein Pferd die Stimmung seines Lenkers mitempfindet. Meine alten vierfüßigen Kameraden hatten meine Wünsche und Absichten auch immer verstanden, und die Pferde meines Schwagers wurden an diesem Nachmittag deutlich von meinem Geist beeinflußt. Sie trabten stolz dahin, bogen mächtig ihren Nacken und schienen mit den Füßen kaum den

Boden zu berühren. Trotzdem knirschten sie nicht im Gebiß, ja, sie scheuten nicht einmal vor einem Lastauto, das dicht an uns vorbeikam. Alle Damen waren auf der Veranda, als ich vorfuhr. — Das Erinnerungsvermögen von Damen für Zeitbestimmungen ist manchmal erstaunlich gut... Alice erschien sogleich, natürlich gefaßt, aber strahlender als je.

„Nun, und wo sind die Jungen?" sagte sie.

„Ich fürchtete, sie möchten Ihrer Frau Mutter lästig sein, deshalb habe ich sie zu Hause gelassen."

„Oh, meine Mutter ist heute nicht ganz wohl. Sie wird nicht mitfahren, denn sie hat sich ein Stündchen hingelegt."

„Dann können wir ja die Knaben unterwegs aufsammeln", sagte ich Heuchler, eine Bemerkung, für welche die Königin meines Herzens mich mit einem Seitenblicke belohnte. Die Damen auf der Veranda würden gern ihren besten Spitzenschal geopfert haben, wenn sie diesen Blick hätten sehen können.

Wir fuhren so feierlich ab, als ob es Sonntag und wir auf dem Weg zur Kirche wären. Wir zeigten einander beim Fahren höchst eifrig jeden hübschen Garten, jedes schöne Haus, wir beobachteten die Leute, die wir trafen, und sprachen gebildet über Pferde, Kleider, Wagen usw. Als wir aber endlich das Ende des Örtchens erreicht hatten und ich in einen Waldweg einbog, der wegen seiner vielen Windungen ganz unübersichtlich ist und wohl deshalb den Namen „Das Glückliche Tal" führt, da wendete ich mich um und sah meinem Liebling ins Gesicht. Ihre Augen trafen die meinen, und wenn sie auch vor Glück strahlten, so füllten sie sich doch mit Tränen, und ihre Eigentümerin ließ den Kopf auf meine Schulter sinken.

Was wir während dieser langen Fahrt sprachen, dürfte den Leser kaum interessieren. Ich habe aus Erfahrung

gelernt, alle Liebesunterhaltungen in Romanen zu über=
schlagen, auch wenn das Liebespaar noch so reizend ist.
Wenn ich heute an unsere Unterhaltung zurückdenke, so
scheint mir auch nichts Ungewöhnliches daran gewesen
zu sein. Ich will nur sagen, daß mein Glück, das schon
am vergangenen Abend seine Höhe erreicht zu haben
schien, jetzt erst die rechte Weihe erhielt. Mit der Gunst
und Liebe eines jungen Mädchens ausgezeichnet zu wer=
den, das eben erst den Kinderschuhen entwachsen ist,
scheint mir schon größere Ehre, als sie ein Königshof oder
ein Ehrenfeld bieten kann. Wenn aber eine Frau von sel=
tener Geistesbildung, von Gemüt und Takt und von Ver=
ständnis für Gesellschaft und Welt ihr Geschick der Liebe
des anderen anvertraut, dann ist der höchste Gipfel er=
reicht. Frauen von der Art Alices geben sich nur dann so
rückhaltlos einem anderen Wesen hin, wenn ihr Ver=
trauen sowohl auf Kenntnis als auf Liebe beruht, und
dieses Bewußtsein wandelte mich an diesem gesegneten
Nachmittag von dem Menschen, der ich bisher war, zu
dem, der ich zu werden lange gehofft hatte.

Aber die Stunden flogen dahin; zögernd wandte ich
die Pferde zur Heimkehr. Wir waren schon fast aus dem
„Glücklichen Tal" heraus und näherten uns wieder
menschlichen Wohnungen.

„Nun müssen wir uns aber ordentlich benehmen",
sagte Alice.

„Ach ja," sagte ich, „glückliche Torheiten, lebt wohl!"
Ich beugte mich zu ihr und legte sanft meinen Arm um
ihren Hals. Sie erhob ihr liebes Gesicht, und meine Lip=
pen suchten die ihren.

Plötzlich vernahmen wir einen geisterhaften, mißtönen=
den Schrei, der sich in zwei nicht enden wollende Töne
auflöste, die Pferde scheuten, und Alice — o gesegneter
Schreck — klammerte sich fest an mich. Die Töne kamen
näher auf uns zu und wurden von einem lebhaften Ge=

raſſel begleitet, das von einem hölzernen Gegenſtand her=
zurühren ſchien. Und da, gerade an der Biegung des
Weges, ſah ich meinen jüngſten Neffen, aus unbekannten
Regionen kommend, eine Bogenlinie in der Luft beſchrei=
ben, dann ſanft auf einen kleinen Erdhüzel herunter=
rollen und ſchließlich im Rinnſtein am Wegrand liegen=
bleiben. Gleichzeitig kam um die Wegbiegung die Ziege,
hinter ihr der ſchief hängende Wagen und zuletzt Bär,
der krampfhaft den Wagen feſthielt und fürchterlich
brüllte. Als der Wagen an einem Stein anſtieß, ließ
Bär ſeinen Halt los, und die Ziege, nachdem ſie begrif=
fen hatte, daß ſie des Zwanges ledig war, zog gemächlich
ab und bog in einen Weg ein, der zu dem Hauſe ihres
früheren Beſitzers führte.

„Bär,“ donnerte ich los, „hör' mit dem Gebrüll auf
und komm her. Wo iſt Herr Kuntze?“

„Aua — aua — uhuhuhu — er — ſteckte — eben —
aua ſeine Pfeife — aua — an, und da — aua — aua —
— nahmte ich — die Peitſche — aua und kam — aua
damit gegen die Ziege — aua, und da — aua — bürte
— aua — ſie aus.“

„Olle böſche Tſchiege — bügſchte auſch“, erklang das
Echo.

„So, nun macht, daß ihr nach Hauſe kommt, und laßt
euch waſchen und umziehen.“

„Aber Heinz,“ bat Alice, „wo ſie eben in ſolcher Ge=
fahr geweſen ſind! Komm du nur zu Tante Alice, mein
Bär, und du auch, Teddi. Du ſagteſt doch, Heinz, wir
würden die Kinder unterwegs aufleſen. So, ſo, nun nicht
mehr weinen! Nun wollen wir den alten ekligen Schmutz
abwiſchen, nun gibt es einen Kuß, und nun tut gar nichts
mehr weh.“

„Alice,“ proteſtierte ich, „laß doch die ſchmutzigen
Bengels nicht ſo auf dir herumrangeln.“

„Ruhig, mein Herr,“ ſagte ſie mit ſchelmiſcher Würde,

„wem verdanke ich denn meinen Liebsten, wenn ich fra=
gen darf?“

So fuhren wir vor der Pension vor wie Leute, die sich
ein paar höchst fragwürdigen Kindern intensiv gewid=
met hatten, und ich machte, daß ich weiter kam, damit
die Kinder nicht etwa diese Illusion zuschanden mach=
ten. Nach wenigen Minuten kam Kuntze atemlos ange=
laufen. Schon von weitem rief er:

„Ihr verflixten Schlingels — nischt vor unjut, jnä=
jer Herr —, Jott sei Dank, det wir eure Knochen nich
eenzeln ufflesen missen. De Bengels wern woll ooch
mit'n Elefantenwagen fertich wern.“

Weder Ziegen noch Elefanten konnten aber an diesem
Abend den Frieden meines Herzens stören. Selbst meine
Neffen schienen von einem feinen Gefühl für das Pas=
sende und Schickliche umschattet zu sein. Vielleicht tat
es die Berührung mit meiner Zauberin; vielleicht war
es die natürliche Reaktion nach einer großen Aufregung;
jedenfalls umhüllten an diesem Abend zwei schmutzige
Anzüge zwei Kinder, die einem eine Vorstellung von
bem Wesen und der Beschaffenheit der Bewohner seliger
Gefilde geben konnten. Sie aßen sogar ihr Abendbrot
ohne eine ihrer Unarten, von denen sie eine so große Aus=
wahl auf Lager hatten. Sie schleppten keine Butterbrot=
reste auf das Klavier oder die Bücher oder auf andere da=
für ungeeignete Gegenstände. Nach Tisch baten sie um ein
Lied, und als ich sang: „Ich liebe dich in Zeit und Ewig=
keit“, standen sie in ehrfurchtsvollem Schweigen und
mit verständnisvollen Blicken dabei. Ich brachte sie auf
ihren ausbrücklichen Wunsch mit zu Bett, aber sie zeig=
ten diesmal keine Lust auf ihren gewöhnlichen Zubett=
geheunfug mit Höllenspektakel. Als Bär im Bett war,
schloß er die Augen, faltete seine Hände und betete:

„Lieber Gott, behüte Mammi und Pappi und Onkel
Heinz und alle anderen. Und behüte viel vielmals die

liebe, liebe Dame, die mich so schön getröstet hat, als die
olle Ziege so scheußlich zu mir war; und mach, daß sie
mich immer so schön tröstet. Amen."

Tebbi krümmte und wand sich, atmete schwer, warf
den Kopf zurück und betete:

„Lieba Dott, lasch olle bösche Tschiege dasch nich wieda
tun, dasch er mit 'n Topf in'n Jinnschtein fliegt, und
lasch Onke Heinsch und Eule Maywald wieda da schein,
wenn er Wehweh hat. Amen."

Dann wurden die Gutenachtwünsche ausgetauscht, und
ich ging hinaus. Ich war allein mit meinen Gedanken, so
friedvoll, so beseligt, als gäbe es in der Welt keine Weiß=
warenfirmen, keine Geschäftskonkurrenz, keine Politik
noch Parteistreitigkeiten, keine unsicheren Banken, keine
persönlichen Feindschaften, kurz, nichts, was eine kurze
Ferienzeit hindern könnte, ein ganzes Leben lang zu
dauern.

Sechstes Kapitel

Der nächste Morgen hätte jeden anderen als einen
neubackenen Bräutigam mit einem furchtbaren
Schrecken erfüllt. Es goß in Strömen, und zwar in die=
ser dichten, emsigen Art, der man deutlich die Absicht
anmerkt, den ganzen Tag stramm bei dieser Arbeit zu
bleiben. Eine einzige undurchdringliche, bleierne Wolke
überzog den Himmel. Das Wasser stand in Pfützen auf
der Straße, die noch vor wenigen Stunden mit dichtem
Staub bedeckt gewesen war. Alle Blumen ließen die
Köpfe hangen, wie Bummler, die sich die ganze Nacht
herumgetrieben hatten und sich jetzt schämten, ihr Gesicht
dem Tageslicht zu zeigen. Selbst die Hühnchen waren
niedergeschlagen, und einige verirrte Tiere aus anderen
Höfen suchten und fanden in unserem Hühnerstall

Schutz, ohne erst von unserem Hahn auf Kraft und Ge=
schicklichkeit hin geprüft worden zu sein.

Jedoch ein Mensch in meiner Gemütsverfassung läßt
sich nicht so leicht durch schlechtes Wetter niederdrücken.
Ich wäre ja auch lieber bei klarem Himmel spazieren=
gefahren oder im Wald herumgeschlendert oder auch
nachmittags auf die Post gegangen — wobei der Weg
an der Dadeschen Pension vorbeiführte —, aber der
Mensch soll nicht nur an sich denken. Nebenan schlum=
merten zwei kleine Menschenkinder, denen ich viel zu dan=
ken hatte, und die tiefbekümmert über den Zustand von
Himmel und Erde sein würden. Ich mußte mich der
Aufgabe widmen, sie glücklich zu machen, damit sie den
Sonnenschein draußen nicht vermißten. Ich wollte mich
an ihr Bett setzen und eine Geschichte bereit haben, wenn
sie die Augen aufschlügen. Dadurch würde ich sie in eine
Stimmung bringen, daß sie mit mir trotz Wolken und
Regen lachen konnten. Ich begann sofort, mir für sie
eine Geschichte auszudenken. Der Schauplatz sollte ein
Landhaus an einem Regentag sein und die Träger der
Handlung zwei kleine Knaben, die trotz des schlechten
Wetters ausgelassen lustig waren. Es ging mir wie allen
Leuten, die nicht gewöhnt sind, Geschichten zu machen:
ich kam langsam vorwärts. Ich muß gestehen, daß ich
über den eben geschilderten Entwurf noch nicht heraus
war, als ein Laut unverkennbarer Entrüstung aus dem
Kinderzimmer zu mir drang.

„Was ist los, Bär?“ rief ich und zog mich so schnell
wie möglich an.

„Dau — quix — buuhu —“, war die lichtvolle Ant=
wort.

„Was hast du gesagt, Bär?“

„Nischt.“

„Aha, so hab’ ich mir es auch gedacht.“

„Nischt jedacht.“

„Bär, Bär sei doch artig."

„Will aber nicht artig sein."

„Na komm, wir wollen lustig sein. Willst du mal kobolzschießen?"

„Nee, kobolzen ist langweilig."

„Willst du Bonbons haben?"

„Nee — du hast ja gar keine mehr."

„Nun schön, mein Sohn, du bekommst ganz sicher keine, wenn du so ungezogen bist."

Die einzige Antwort war ein kräftiges und hörbares Rascheln mit dem Bettzeug in dem Kinderzimmer nebst einem Geräusch, das deutlich wie ein Klaps klang; dann kam ein längeres Heulen, das an ein ungeschmiertes Wagenrad erinnerte.

„Was gibt's, Teddi?"

„Bär hat ihn behaut — aua — ohoa —."

„Bär, wie kannst du dich unterstehen, deinen Bruder zu hauen?"

„Hab ihm ja janich jehauen!"

„Hasche doch!" schrie Teddi.

„Ich sag' dir doch, ich hab dich nicht gehauen; du bist ein ekliger, scheußlicher Junge, daß du so lügst, Teddi."

„Was hast du denn getan, Bär?" fragte ich.

„Na, ich drehtete mich mal im Bett um — und da fiel meine Hand heraus, und da fiel sie gerade auf Teddi seine Backe, das ist alles."

Inzwischen hatte ich mich angezogen und kam in das Jungenszimmer. Beide saßen aufrecht in ihren Betten, Bär mit der verstockten Miene eines alten Zuchthäuslers, Teddi in Tränen gebadet.

„Jungens," sagte ich, „zankt euch doch nicht so — das ist nicht recht. Was soll denn der liebe Gott von euch denken, wenn er sieht, daß ihr so eklig zueinander seid."

„Gar nischt denkt er,“ sagte Bär, „meinst du denn, er kann durch so einen ollen schwarzen Himmel durch=gucken?“

„Er kann überall durchgucken, und er ist sehr traurig, wenn er sieht, daß kleine Brüder miteinander zanken.“

„Na, ich bin auch traurig, und ich wünschte, es gäbe nicht so 'nen ollen Regen und so was.“

„So? Und woher sollten die Bäume und Blumen was zu trinken kriegen, und wo käme das Wasser im See her, auf dem ihr Kahn fahren wollt?“

„Un buter nascher Lehm schu Kuchenbacken“, sagte Teddi vorwurfsvoll; „bische ein fubba böscher Bengel, Bär“, und Teddis Tränen fingen von neuem an zu fließen.

„Bin gar kein böser Bengel, und ich mag den ollen Regen nicht, und damit Schluß. Und aufstehen will ich auch nicht, und Grete soll mir mein Frühschück an mein Bett bringen.“

„Aua — puhuhu —,“ wimmerte Teddi, „will er auch schein Lüschek in schein Bett haben!“

„Jungens,“ sagte ich jetzt, „nun hört mal zu. Ihr kriegt überhaupt kein Frühstück, wenn ihr nicht sofort aufsteht und fertig seid, wenn es zum zweitenmal gongt. Das erstemal war schon. Jetzt seid brav und macht schnell und kommt zum Frühstück. Dann werdet ihr schon viel vergnügter sein, und Onkel Heinz will den ganzen Tag mit euch spielen und euch Geschichten erzählen.“

Nach dieser Ansprache kroch Bär zögernd aus seinem Bett und griff nach einem Strumpf, während Teddi ein neues Geheul anstimmte.

„Teddi,“ donnerte ich, „augenblicklich bist du still! Was ist denn schon wieder los?“

„Ischer getjübt.“

„Na, zieh dich mal an, dann wird es schon besser werden.“

„Du schollsch ihn anschiehn.“

„Also bringe mir deine Sachen, schnell.“

Neue Tränen.

„Will er schie nich bjingen — oaooowoooao —.“

„So komm her“, schrie ich wütend, griff nach seinen winzigen Kleidungsstücken und zog ihn durch das Zimmer. Seit ich ein kleiner Junge gewesen war, hatte ich keine kleinen Kinder angezogen, und Teddis Kleidungsstücke kosteten mir einiges Kopfzerbrechen. Endlich hatte ich etwas an ihm befestigt, als mich ein verächtliches Lachen von Bär unterbrach:

„Und wie soll er denn unter all dem Krempel sein Hemd ankriegen?“

„Bär,“ gab ich zurück, „und glaubst du, daß du je Frühstück kriegen wirst, wenn du nichts anhast als Strümpfe?“

Der junge Mann wurde etwas kleinlaut, zumal in diesem Augenblick der Gong ertönte. Einen Augenblick war er starr, dann rannte er an die Treppe und rief hinunter:

„Grete?“

„Bär?“

„War das das erste= oder das zweitemal?“

„Das zweitemal!“

Totenstille. Dann rief er dröhnend:

„Wir wollen sagen, es war das erstemal. Du kannst ganz bald zum zweitenmal gongen, dann bin ich angezogen, ja?“

Nach dieser Verbesserung der Hausordnung kam er ruhig zurück und fing an, sich ernsthaft anzuziehen, ich hingegen mußte mich noch mit Teddis Toilette abquälen.

„Wo ist der Schuhknöpfer, Bär?“

„Ja — der — st — hm — ich legte — Teddi, wo hast du gestern den Knopfzumacher hingelegt?“

„Weisch er nicht Nopffchumacher“, sagte Teddi.

„Mußt du wissen. Wir haben doch gestern Zahnaus=
ziehen gespielt, und dem Doktor sein Hund hatte so Zahn=
weh, und ich zog ihm den Zahn mit dem Knopfzumacher,
und du warst mein kleiner Junge, und ich gabte dir den
Zahnzieher zum Halten. Wo hast du ihn hingetan?"

„Weisch er nicht", brummte Teddi, steckte aber seine
Hand in die Tasche und brachte eine halbtote Kröte zum
Vorschein.

„Sieh noch mal nach", sagte ich und warf die Kröte
aus dem Fenster, worüber Teddi in ein entsetzliches Ge=
heul ausbrach.

Er nahm noch eine Tiefbohrung vor und förderte den
Schraubenzieher von Helenes Nähmaschine zutage. Dann
machte ich selbst einen Versuch, blieb aber sofort mit den
Fingern an etwas Klebrigem hängen. Ich zog meine
Hand schnell zurück und rief:

„Was hast du denn da für ekelhaftes Zeug in deiner
Tasche?"

„Ische nich ekaligesch Tscheug, ische schönesch Bjot mit
Honig; haben Schellschaft im Hühnerschtall, und da
eschen wir esch, ische wunnaschön."

Die Sache war klar, aber recht unappetitlich und auch
nicht geeignet, den verlorenen Schuhknöpfer ans Licht
zu befördern. Ich knöpfte schließlich Teddis Schuhe mit
meinen Nägeln zu, die größtenteils bei dieser Operation
abbrachen. Ich war so beschäftigt mit Teddi, daß ich
auf Bär nicht achtgegeben hatte, der nun in halbange=
zogenem Zustand Fliegen an der Fensterscheibe fing. Ich
nahm Teddi auf den Arm und schickte mich an hinunter=
zugehen, als Bär in vorwurfsvollem Tone sagte:

„Onkel Heinz, du darfst kein Frühstück kriegen, du
bist ja nicht angezogen."

Wahr genug, ich war ohne Kragen, Schlips und Rock.
Eilig half ich diesem Mangel ab, als ich wieder ange=
halten wurde:

92

„Onkel Heinz, muß ich heute morgen meine Zähne
putzen?"

„Nein, nun mach' nur schon und komm, wie du bist,
sonst wird es Mittagszeit, ehe wir gefrühstückt haben."

Da wurde der Schlingel zum ersten Male an diesem
Morgen guter Laune und sagte kichernd:

„Aua, da ist unser Bauch aber mal dick, wenn wir
fertig sind, nicht?"

Beim Frühstück begann Teddi wieder zu heulen, weil
ich anfangen wollte, ehe Bär da war. Dann wußte keiner, was er haben wollte und was nicht. Bär gelang es,
den Inhalt seines Tellers auf seinen Schoß zu schütten,
und Teddi goß die Milch auf den Fisch, während einige
Löffel Haferflockenbrei ihren Weg in meine Kaffeetasse
fanden. Ich stand bald auf und überließ die Kinder
Grete. Ich war so abgespannt, als hätte ich eine lange
schwere Tagesarbeit hinter mir, und erschrak ordentlich
bei dem Gedanken, daß der Tag eben angefangen hatte.
Ich steckte mir eine Zigarre an und setzte mich an Helenes
Klavier. Ich bin schon an sich nicht sehr musikalisch, aber
an diesem Morgen würden mir sogar die Klänge einer
Drehorgel himmlische Musik gewesen sein. Die Noten,
die mir zuerst in die Hand kamen, waren Choräle, und
mit vollen Tönen spielte ich die altbekannten Melodien.
Mitten in diesem Genuß vernahm ich eine Art Begleitung — so etwas wie Schnauben —, und mich um-
blickend, sah ich Teddi wieder in Tränen. Schnell brach
ich ab:

„Was ist denn nun schon wieder los, Teddi?"

„Will er die olle Muschik nich, will er Tanschmuschik."

Sofort spielte ich „O du himmelblauer See", und
Teddi, mit der Miene eines Mannes, der entschlossen ist,
seine Pflicht zu tun, koste es, was es wolle, fing an,
im Zimmer herumzutrotten. Dann erschien Bär und
schleppte ein dickes rotes Buch herbei. Kaum erspähte ihn

Teddi, als er mit Tanzen aufhörte und sich wieder seiner Lieblingsbeschäftigung, dem Heulen, widmete.

„Teddi," schrie ich ihn an und sprang vom Klavierschemel auf, „Teddi, was soll denn das eigentlich heißen, daß du über alles und jedes plärrst? Ich werde dich wieder ins Bett stecken, wenn du so ein Baby bist."

„Das macht er immer, wenn es regnet", sagte Bär.

„Möcht er den Walfitsch seh'n, wo Jonasch aufaschte."

„Teddilein, könntest du nicht etwas verlangen, was mehr im Bereich der Möglichkeit liegt?" sagte ich milde.

„Teddi meint den Walfisch hier in dem großen Buch. Warte, ich suche ihn dir", sagte Bär und blätterte. Ein Freudenschrei Teddis zeigte alsbald an, daß das Ungetüm gefunden war, und ich eilte, ihn mir auch anzusehen. Es war wirklich ein schrecklich aussehendes Untier mit einem ungeheuren Rachen, aber Teddi streichelte ihn mit seiner dicken kleinen Pfote, küßte ihn zärtlich und sagte:

„Duta olla Walfitsch, hat er dich fubba lieb. Ische Jonasch jauschbelauftet ausch dein Bauch, mein duta Walfitsch? Ische doch demein von Jonasch jauschschulaufen, nu haschu nichs schu eschen, armer, duta Walfitsch."

„Natürlich ist Jonas weg, der ist doch längst im Himmel", sagte Bär. „Bald nachdem er nach Ninive gegangen ist und getan hat, was lieber Gott ihm gesagt hat. Nu wollen wir schaukeln, Onkel Heinz."

Die Schaukel war auf der Veranda unter dem Regendach; daher gehorchte ich. Nun zankten sich die Jungen, wer zuerst drankommen sollte, und als ich zugunsten Bärs entschied, ging Teddi heulend weg und erklärte, er wolle sich lieber seinen „duten Walfitsch" ansehen. Einen Augenblick später verwandelte sich aber seine Wehklage in einen durchdringenden Schrei; ich stürzte ihm zu Hilfe und sah, wie er einen Finger zärtlich in die Höhe hielt und dabei wütend auf einer Wespe herumtrampelte.

„Was ist los, Teddi?"

„Ooo — oo eee — ii — aua — aua — wollte er die
Wepsche schtreicheln — aua — und die olle Wepsche hat
ihn debeischt. Mag er olle Wepschen nich mehr leiden,
mag er dute Walfitsche — aua — leiden."

Ein glücklicher Gedanke kam mir. „Kinder, ihr könn=
tet doch spielen, die große Spielzeugkiste in eurem Zim=
mer sei euer Walfisch."

Vereintes Jubelgeschrei folgte der Anregung, und beide
Knaben strampelten nach oben. Ich blieb als freier
Mann zurück. Nicht ohne Gewissensbisse sah ich den
Tisch voll von Büchern, die ich hatte lesen wollen, und
die ich die ganze Woche nicht angesehen hatte. Aber auch
jetzt konnte ich mich nicht entschließen, sie aufzumachen,
ich fühlte mich weit mehr zu Toms Bibliothek, zu den
Novellen und Gedichten, hingezogen. Ja und — Liebes=
geschichten — ich sank in einen Lehnstuhl. Da traf
Kuntzes zierliche Stimme mein Ohr.

„Wollt ihr woll machen, dat ihr da weckkommt, ihr
Bengels! Deen Jlick, dat deen Vater det nich sieht. Ick
rufe jleich euern Onkel!"

„Ach was, oller Onkel", piepte Teddis Stimme.

Seufzend legte ich mein Buch beiseite und ging in
den Garten. Kuntze sah mich und rief: „Jnäjer Herr,
nun kieken Se bloß de Bengels!"

Ich blickte zum Kinderzimmerfenster hinauf und sah
zu meinem Entsetzen Teddi auf dem Fensterbrett aufrecht
stehen.

„Teddi, schnell hinein — hörst du!" schrie ich und
lief unter das Fenster, um ihn im Notfall aufzufangen.

„Tann er nich!" quiekte Teddi.

„Kuntze, rennen Sie schnell 'rauf und reißen Sie ihn
herein! Teddi, marsch hinein, sage ich dir!"

„Deht doch nich! Jsche droscher Walfitsch drin, und
isch er Jonasch, un Walfitsch hat ihm auschdeschpukt, und

muſch er hierbleiben, ſchonſcht ſchlukſcht ihm Walfitſch
wieder auf.“

„Ich werde nicht zugeben, daß er dich verſchluckt,“
ſagte ich, „gehe nur hinein, ſchnell!“

„Gib ſchu ihm ’n Groſchen, daß er mich nicht mehr
ſchlukſcht?“ fragte Tebbi.

„Ja, ja, einen ganzen Haufen Groſchen.“

„Na ſchön, Walfitſch, nu darf ſchu ihn nich mehr
ſchlukſen, Onke Heinſch dibt dir ’n danſchen Haufen
Groſchen. Und dann tann ſchu dir Bonbonſch taufen
un —“

In dieſem Augenblick wurde Tebbi von zwei großen
Händen gepackt, und er verſchwand mit einem Wutgeheul, während ich zum erſtenmal in meinem Leben
einer Ohnmacht nahe war. Aber ſofort begab ich mich
auf die Suche nach Hammer, Nägeln und Latten, um
das Fenſter von außen zu vergittern. Latten konnte ich
nicht finden, ſo ging ich in das Kinderzimmer und brach
einige Stücke von der Kiſte los, die ihre Pflicht als Walfiſch getan hatte. Erbärmliches Geſchrei von Tebbi ließ
mich in der Arbeit innehalten.

„Du tuſch ſcheinem lieben ollen Walfiſch weh; du
machſch ſcheinen Bauch danſch putt, du biſche böſcher
Mann, du tuſch Walfitſch weh!“

„Ich tue ihm ja nicht weh, Tebbi, ich mache ſeinen
Mund größer, damit er dich beſſer freſſen kann.“

Ein glücklicher Gedanke verklärte plötzlich Tebbis Geſicht und leuchtete durch ſeine Tränen.

„Dann kann er Bär auch ſchlukſen, und dann dibt
es ſchwei Jonaſche — ha — ha — ha. Mach ſchein Mund
fubba djoſch, daß er auch Tuntſche ſchlukſen tann, und
dann mach ſchein Mund wieder tlein, daſch er nich jauſchtann. Oller ekaliger Tuntſchel!“

96

Ich erklärte, Kuntze würde nicht wieder heraufkom=
men und ging selbst weg, nachdem ich das Fenster ge=
schlossen hatte.

Wieder setzte ich mich nieder und nahm Buch und
Zigarre. Ich hatte das angenehme Bewußtsein, mir das
Behagen durch saure Arbeit redlich verdient zu haben.
Bald kam Bär zu mir. Ich tat, als ob ich ihn nicht be=
merkte; das machte ihm aber nicht den geringsten Ein=
druck.

„Onkel Heinz," sagte er und schob sich auf meinen
Schoß zwischen mich und das Buch, „mir geht es nicht
gut."

„Was hast du denn, lieber Junge?", fragte ich. Ehe
er den Mund auftat, hätte ich ihn gern rechts und links
geohrfeigt; er spricht aber mit so unverkennbar echtem
Gefühl, daß man ihn achten muß.

„Ich habe keine Lust mehr, mit Teddi zu spielen, und
— ich fühle mich so einsam. Erzähl mir doch eine Ge=
schichte."

„Und was wird dann der arme Teddi machen?"

„Och, dem ist's gleich. Er hat jetzt eine tote Maus,
die ist nun Jonas; das macht mir keinen Spaß. Bitte
erzähl doch!"

„Was denn?"

„Erzähl eine Geschichte, die ich noch nie gehört habe."

„Na, laß mich mal nachdenken — vielleicht von —"

„Aua — ahh eee — ee — ee —", erklang es, zwar
noch von fern, aber recht bedrohlich. Es kam näher, es
kam die Treppe herunter und in das Studierzimmer, be=
gleitet von Teddi, der, als er mich erblickte, seine inarti=
kulierten Laute einstellte, beide Hände hochhob und aus=
rief: „Jonasch hat schein Schwansch debjochen."

Es war Wahrheit! In der einen Hand hielt Teddi den
Leichnam einer Maus, in der anderen dieses Tieres hin=
teres Anhängsel. Außerdem konnte man, wenn auch nicht

gerade durch den Gesichtssinn, einen nicht ganz einwand=
freien Geruch im Zimmer wahrnehmen.

„Teddi," sagte ich, „geh, wirf Jonas in den Hühner=
stall; ich gebe dir Bonbons."

„Mir auch," rief Bär, „ich habe ja die Maus für ihn
gefunden!"

Ich machte beide Kerlchens mit Bonbons glücklich, er=
wirkte ein Versprechen, nicht im Regen auszugehen, und
ließ sie auf der Veranda toben. Ich setzte mich wieder
zu meinem Buch. Ich hatte ungefähr ein halbes Dutzend
Seiten gelesen, als ein immer stärker anschwellender
Schrei aus Teddis Kehle an mein Ohr drang. Mit dem
verzweifelten Entschluß, beide Jungen auf Stühlen fest=
zubinden und ihre Mäulchen mit Heftpflaster zuzukleben,
stürzte ich auf die Veranda.

„Bär wollte Teddi schein Bonbon aufeschen", be=
schwerte sich Teddi.

„Is ja nicht wahr", erwiderte Bär.

„Was hast du denn gemacht?" fragte ich.

„Ich hab gar kein Fitzelchen abgebissen, ich wollte
bloß mal sehen, wie er sich zwischen meinen Zähnen an=
fühlte."

Ich fühlte, wie meine Mundwinkel zu zucken anfingen,
und deshalb zog ich mich schleunigst wieder zurück. Eine
ungestörte Viertelstunde lang konnte ich über den demo=
ralisierenden Einfluß nachdenken, den das Lächerliche auf
die Grundsätze der Menschen auszuüben vermag. Eine
Weile vollführten die Jungen nichts Schlimmeres als
einen entsetzlichen Lärm; das rief in mir den Entschluß
wach, eine Methode zu erfinden, um den Schall von
Verandafußböden zu dämpfen, wenn je ich ein Land=
haus mein eigen nennen sollte. In den gelegentlichen
Zwischenräumen von verhältnismäßiger Ruhe fing ich
Bruchstücke einer sehr komischen Unterhaltung auf. Die
Knaben hatten eine ganze Anzahl Worte geprägt, deren

Bedeutung klar und sinnfällig war, trotzdem wunderte es mich oft, warum Tom und Helene ihnen die wirklichen Bezeichnungen nicht beigebracht hatten.

Unter anderen war da das Wort „Sterbser", dessen Bedeutung ich nicht gleich verstand.

„O Ted, da kommt ein Sterbser. Sieh mal, all die Dinger wackeln wie Hahnenschwänze! Guck, es muß ein Sterbser dabei sein."

„Fubba tomisch!" bemerkte Teddi.

„Und guck mal all die Leute, die da kommen", fuhr Bär fort. „Die wissen vom Sterbser und wollen mal sehen, wie er gebuddelt wird."

„Ohao, Sterbser", jauchzte Teddi.

Was konnte wohl „Sterbser" bedeuten?

„Och, da ist es ja, grade vor uns," rief Bär, „und die Menge Leute! Und vier Pferde ziehen den Sterbser! Manche haben bloß zwei."

Meine Neugierde war größer als meine Müdigkeit. Ich ging zum Vorderfenster und erblickte — einen Leichenzug! In einer Sekunde war ich auf der Veranda und hatte die Jungen am Kragen. In einer weiteren Sekunde waren zwei kleine Jungen im Hausflur, die Vordertür ward verschlossen, und zwei energische Hände hielten zwei bedrohlich geöffnete Mäulchen zu.

Als der Leichenzug vorbei war, ließ ich die Knaben los und mußte langgedehntes Wehgeheul über meine Mühewaltung über mich ergehen lassen. Dann fragte ich Bär, ob er sich nicht schäme, so zu reden, wenn ein Leichenzug vorbeizöge.

„Das war kein Leichenzug," sagte er, „das war ein Sterbser, und Sterbsers können nichts hören."

„Aber die Leute in den Wagen können es hören", entgegnete ich.

„Och," sagte er, „die sind ja so froh, daß der andere Teil von dem Sterbser in den Himmel gekommen ist, daß

sie sich nichts draus machen, was ich sage. Jeder freut
sich, wenn der andere Teil von einem Sterbser in den
Himmel kommt. Pappi hat gesagt, ich sollte mich freuen,
als Phillichen in den Himmel kam, aber ich will ihn
doch so schrecklich gern mal wiedersehen.“

„Will er ihm wiedaschehen“, sagte Teddi, als ich
Bär küßte und in das Zimmer lief, unfähig, weitere Belehrung oder Tadel zu erteilen.

Wenn nur der Regen endlich aufhören wollte, daß die
Kinder hinausgehen könnten und ich ein bißchen Ruhe
und Erholung von der Verantwortlichkeit hätte. Aber
die Wolken schienen unerschöpflich zu sein, die Kinder
quengelten auf der Treppe, und meine Geduld schrumpfte
mehr und mehr. Da fiel mir etwas ein, was mir in
meiner Kindheit größtes Vergnügen gemacht hatte: das
Kleben von Sammelbüchern. In der einen Schublade in
der Bibliothek lagen eine Menge Modejournale. Wahrscheinlich hatte Helene sie binden lassen wollen; aber
gleichviel, ich konnte ihr ja die Nummern wieder kaufen.
Der Friede war das Geld wert. Auf einem anderen
Bücherbrett fand ich ein paar alte Kataloge, die doch
früher oder später in den Papierkorb wandern würden.
Eine Flasche Leim fand ich auch, und die Kinder besaßen
eine alte Schere. In fünf Minuten saßen zwei glückliche Kinder im Badezimmer auf der Erde, ich zeigte
ihnen, wie man Bilder ausschneidet — es erwies sich,
daß sie das besser konnten als ich — und diese in das
improvisierte Album einklebt. Dann verließ ich sie, von
meinem guten Einfall innerlich erhoben. Warum hatte
ich nicht vorher daran gedacht, den Geist und die Hände
meiner Neffen angemessen zu beschäftigen? Wer wollte
die kleinen hilflosen Dinger tadeln, daß sie jeder Laune
ihres mißgeleiteten Geistes folgten? Hatte man mir nicht
hundertmal in meiner Kindheit, wenn ich zum Holzstoß
oder zum Unkrautjäten geschickt wurde, gesagt, „Müßig-

gang ist aller Laster Anfang"? Niemals mehr wollte ich
Kinder für Unfug tadeln, wenn die Schuld auf Ver-
nachlässigung des Geistes beruhte. Ich las eine friede-
volle, schöne Stunde, als ich das Bedürfnis nach einer
neuen Zigarre fühlte. Ich ging nach oben, um eine zu
holen, und fand Bär, der die Badewanne mit Wasser
gefüllt hatte und dort Schiffchen, d. h. Haarbürsten,
schwimmen ließ. Dies schien mir ein zu gelinder Verstoß,
um einen Tadel zu rechtfertigen, und ich ging also weiter,
ohne ihn zu stören; so kam ich in mein Zimmer. Von
innen ließ sich Teddis Stimme vernehmen, und da
ich von meiner Schwester gehört hatte, daß seine Mono-
loge hörenswert seien, blieb ich außen an der Tür stehen.
Ich hörte, wie Teddi sanft flüsterte:

„Tomm, hübsche Dame, tomm her. Tomm, tleiner
Junge, deh schu deiner Mutta. Muttasch mögen ihre tleinen Jungens bei schich haben. Tleine Feschter, tomm an
anner Scheite. Bische nun fjoh, dasch Teddi dir deine
tleinen Tinder dibt? Nun muschu schagen „Danke schön,
lieba Teddi, bischu schüscher tleiner Herr!'"

Vorsichtig machte ich eine Türritze auf — dann trat ich
schleunigst ein. Einen Augenblick lang war ich sprachlos
— es war unmöglich, völlig unvorbereitet die Tragweite
des sich mir darbietenden Anblicks zu ermessen. Teddi
hatte einen klar folgernden Verstand — wenn Bilder sich
auf alten Büchern gut ausnahmen, warum sollte ein
ähnlicher Schmuck nicht auf augenfälligeren Gegenstän-
den angebracht sein? Vielleicht hatte er sich das nicht so
überlegt, aber gehandelt hatte er so. Er hatte eine Anzahl Bilder ausgeschnitten und sie auf die Wand meines
Zimmers aufgeklebt, meiner Schwester Zimmer, sage und
schreibe auf die zarte, rosengemusterte Tapete. Als Mit-
glied einer Hängekommission würde er wohl kaum den
Beifall längerer Leute gefunden haben. Er hatte die Bilder ganz regelmäßig ungefähr in seiner eigenen Augen-

höhe aufgeklebt, hatte keinem Künstler vor dem anderen
den Vorzug gegeben und Porträts, Landschaften, Genre=
bilder in bunter Reihe nebeneinandergehängt. Die Unter=
brechung der Fläche durch die Verbindungstür zum an=
deren Zimmer hatte er durch Schließen der Tür beseitigt.
So führte er die Bildreihe auf der Holzfläche ununter=
brochen weiter. Gelegentlich fiel ein Bild von der Wand,
aber der Leim klebte treulich — und glänzte im Schein
der Pflichttreue. Und doch ließ mich diese künstlerische
Schau ganz ungerührt. Ich sammelte meine Kräfte und
rief „Teddi!" in einem Tone, daß der fleißige Kunst=
liebhaber heftig zusammenfuhr, den Leimtopf vor Schrek=
ken fallen und seinen Inhalt auf den Teppich laufen
ließ.

„Was wird Mammi sagen?" fragte ich.

Teddi sah mich an, erst bestürzt, dann fragend; da
er in meinen Gesicht weder Antwort noch Sympathie
fand, brach er in Tränen aus und schluchzte: „Weisch er
nich."

Der Frühstücksgong verwandelte den tränenreichen
Cherubin in ein sehr praktisches, materielles kleines Men=
schenkind, und „Komm Bär, komm fix!" brüllend, stol=
perte er die Treppe hinunter, während ich mir den Kopf
zerbrechen konnte, wie das von ihm angerichtete Unglück
am besten und schnellsten wieder gutzumachen sei.

Ich muß meinen Neffen die Gerechtigkeit widerfahren
lassen, daß sie sich während der Mahlzeiten vernünftig
benahmen. Ihre Zungen hätten gewiß gern ihre beiden
Haupttalente gleichzeitig ausgeübt; da es aber zwischen
Essen und Sprechen nur eine Wahl gab, so entschieden sie
sich für das erstere, und daraus folgte eine ruhige halbe
Stunde.

Gerade als ich eine Melone anschneiden wollte, brach
Bär das Schweigen:

„O Onkel Heinz, wir sind heute noch gar nicht bei dem Ziegenbock gewesen."

„Richtig, Bär. Ich werde dich nach dem Essen unter einem Regenschirm hintragen, und dann kannst du den ganzen Nachmittag mit der Ziege spielen."

„Ei, das ist fein!" rief Bär. „Die arme Ziege! Sie denkt sicher, ich habe sie nicht mehr lieb, weil ich noch gar nicht bei ihr gewesen bin. Kommen Ziegen auch in den Himmel, wenn sie sterben, Onkel Heinz?"

„Ich vermute, nein — ich fürchte, sie machen die goldenen Straßen schmutzig."

„Schade, dann kann Philli meine Ziege nicht sehen! Das tut mir aber leid", sagte Bär.

Teddi meinte freundlich: „Tann Teddi deine Schiege schehn."

„Pah," machte Bär verächtlich, „du bist doch nicht tot."

„Isch er aber bald mal tot, und dann scholl ihn deine olle Schiege danich schehen — mal schehen, ob dasch die Schiege woll mag."

Und Teddi machte einen wütenden Angriff auf eine Melonenscheibe, die fast so groß war wie er selbst. Nach dem Essen wurde Teddi in sein Zimmer zum Nachmittagsschlaf abgeführt, und Bär ritt auf meinen Schultern in die Scheune. Kuntze sollte gegen angemessenes Honorar als Kindermädchen fungieren und dafür sorgen, daß weder die Ziege noch Bär zu Schaden kämen. Dann streckte ich mich auf einen Schaukelstuhl und dachte darüber nach, daß erst ein halber Tag vergangen war, seit ich und das anbetungswürdigste Mädchen der Welt so glücklich miteinander gewesen waren. Wie würde ich erst glücklich sein, wenn ich sie wiedersähe! Die Qualen dieses Regentages würden meine Freude nur noch heller und strahlender machen. Ich träumte ein paar Augenblicke mit offnen Augen; dann fielen sie zu, ohne daß ich es

merkte. Ich träumte von Gewitter mit Schiffbruch und
Donner und Blitz, bis mir plötzlich vorkam, als ob der
Donner nicht so ganz echt war. Ich rieb mir die Augen,
um mich wach zu machen — das Geräusch dauerte fort
— was war es nur? Ich ging auf die Veranda, das Ge=
räusch war gerade über meinem Kopf. Ich sprang in den
Garten, sah nach oben und erblickte meinen jüngsten
Neffen auf dem Zinkdach der Veranda auf und ab stol=
zieren, einen zerrissenen Regenschirm über den Kopf hal=
tend.

„Teddi,“ schrie ich, „geh hinein — augenblicklich!“
Der Klang meiner Stimme erschreckte den jungen
Mann so sehr, daß seine Füße den Halt verloren, er aus=
glitt und das Dach herunterrutschte, und das mit hef=
tigem Geschrei und großer Geschwindigkeit. Ich rannte
hin, um ihn aufzufangen, aber der Rand der Regenrinne
war hoch genug, um ihn aufzuhalten, ohne freilich sein
gewaltiges Geschrei einzudämmen.

„Teddi,“ rief ich ihm zu, „lieg' ganz still, bis Onkel
kommt und dich holt; hörst du?“

„Will er aber nich schtilliegen, ische hier nur Jegen
un Himmel!“

„Du liegst still,“ wiederholte ich, „oder du kriegst
furchtbare Prügel!“

Dann rannte ich nach oben, zog mir meine Schuhe
aus, kletterte hinauf und befreite Teddi, schüttelte ihn
erst gehörig und dann auch mich.

„Wollt er blosch mal Mammi pschielen un mit Schirm
pschaschieren dehn.“

Ich steckte ihn ins Bett und ging hinunter. Es war
klar, daß weder Logik, noch Drohungen, noch Lebens=
gefahr dieses schreckliche Kind davon abhalten konnten,
zu tun, was ihm gerade in den Sinn kam. Was sollte
ich bloß mit ihm anfangen? Zum Überfluß kam jetzt
Kuntze, bat mich um eine Unterredung und um Abhilfe

der Untaten des älteren jungen Herrn. Der hatte der
Ziege den Wagenschwamm zu fressen gegeben, mehrere
Hände voll Hafer in die Pumpenröhre gesteckt, der
schwarzen Stute Haare aus dem Schwanz gezogen und
mit einem spitzen Nagel Bilder auf den Lackfirnis des
Wagens geritzt. Bär leugnete nichts, sah aber tief be=
kümmert aus und erklärte gramgebeugt, er könne ja nie
glücklich sein, ohne daß jemand sich beschwerte; und er
wünschte, es gäbe nur Orgelmänner und Bonbonmänner
auf der Welt. Er folgte mir ins Haus, warf sich mit der
Miene Byrons auf einen Stuhl und rief in tragischem
Tone: „Ich weiß wirklich nicht, wozu kleine Jungens
eigentlich auf der Welt sind. Immer und immer werden
sie ausgescholten, und niemals dürfen sie tun, was sie
gern wollen. Ich wette, wenn ich im Himmel wäre, lie=
ber Gott wäre lange nicht so scheußlich zu mir wie Kuntze
und — und — andere Leute —. Ich wollte, ich könnte
gleich sterben und gebuddelt werden — ich und mein
Ziegenbock —, und im Himmel täteten wir dann, was
wir wollten, und kriegten nicht geschimpft.“

Armer kleiner Kerl! Erst lachte ich über seine Him=
melsvorstellungen, aber dann mußte ich mich doch fra=
gen, ob meine Vorstellungen sehr viel anders und wahr=
scheinlicher wären. Bär war durchnäßt, in seinen Schuhen
stand das Wasser, und einen Schnupfen hatte er so schon.
Ich brachte ihn also in sein Zimmer, zog ihn um und
dachte dabei an ähnliche Vorkommnisse aus meiner Ju=
gendzeit. Ich war so beschäftigt, daß ich anfänglich
Teddis Abwesenheit gar nicht bemerkte. Als es mir auf=
ging, daß Teddi nicht in dem Bett war, in das ich ihn
gelegt hatte, begab ich mich auf die Suche nach ihm. Er
war in keinem der Zimmer, aber aus einer hellen, gro=
ßen Bodenkammer hörte ich sanft murmelnde Laute; ich
sah hinein und erblickte Teddi auf dem Fußboden sitzend,
im Begriff, den Käse aus einer neben ihm stehenden

Mausefalle zu essen. Das Knarren meiner Stiefel ver=
riet mich. Teddi faßte sich schnell, sprang auf und rief:

„Hat er klein Mauschchen nichs tan. Hat ihm bloß
jauschbelaschen, und da jannte tlein Mauschchen weck.“

Es regnete immer weiter. Wenn doch nur eine Stunde
Sonnenschein käme, daß der Schlamm braußen sich in
gewöhnlichen Schmutz verwandeln und die Kinder drau=
ßen spielen könnten, ohne einen halbtotzuplagen! Aber
es sollte nicht sein. Langsam, langsam schlich der Nach=
mittag dahin: Lieder, Geschichten mußten herhalten, ja
eine Menagerie wurde improvisiert, wobei ich sämtliche
Tierrollen nacheinander spielen mußte. Endlich war
Essenszeit, und ich konnte erleichtert aufatmen. Noch ein
paar Stunden, und dann waren die Kinder im Bett!
Oh, wie wollte ich dann den Rest des Tages genießen!
Sogar jetzt benahmen sich die Kinder leiblich anständig:
sie waren hungrig und müde und legten sich auf den Fuß=
boden, um auf das Essen zu warten. Ich benutzte die
Gelegenheit, mich wieder meinem Buch zuzuwenden, aber
ich hatte kaum eine Seite gelesen, als ein Krach und ein
Schrei mich ins Eßzimmer rief. Auf dem Boden lag
Teddi, um ihn herum zertrümmerte Schüsseln, eine ge=
bratene Hammelkeule, Blumenkohl, die Butterdose und
noch einiges andere in wüstem Durcheinander. Etwas
war deutlich zu erkennen: die Soße hatte sich über Teddis
Arm ergossen. Wer konnte wissen, wie schrecklich das
Kind verbrüht war? Hastig schnitt ich seinen Ärmel von
oben nach unten auf und fand den Arm stark gerötet.
Ich erinnerte mich glücklicherweise an das Mittel, das
meine Mutter bei Verbrennungen anwendete, zerdrückte
ein paar Kartoffeln in einer Serviette und verband damit
Teddis Arm. Dann fragte ich, wie das gekommen war.

„Wollt er — aua! — bloß mal ’n Schtück Bjot
haben,“ schluchzte Teddi, „und da schmeißte der olle
eklige Tisch alles auf ihn junter — aua!“

Ohne Zweifel erzählte er die Wahrheit, so gut er sie wußte. Es ist aber auf jeden Fall eine schlechte Gewohnheit von kleinen Jungen, über gedeckte Tische zu langen, zumal wenn ihre Mütter eine Vorliebe für altmodische Erbstücke von Klapptischen haben: ich verbannte also Teddi in sein Zimmer, wo er ohne Abendbrot über seine Schandtaten nachdenken sollte. Bär und ich hatten ein behagliches Abendbrot aus den Resten der Mahlzeit. Dann ging ich nach oben, um mich nach dem reuigen Sünder umzusehen. Von Reue konnte ich nichts sehen, denn sein Rücken war mir zugekehrt. Er drückte seine Nase flach gegen das Fenster. Das aber sah ich auf den ersten Blick, daß sein Verband verschwunden war.

„Wo ist das, was Onkel dir auf den Arm gelegt hat, Teddi?" fragte ich.

„Hat er aufdebeschen", sagte der wahrheitsliebende Jüngling.

„Hast du die Serviette auch aufgegessen?"

„Nee, olle Schaviette hat er ausch'm Fenschter deschmissen. Mag er nich olle schnutzige Schavietten in schein hübschbes kleines Schlafschimmer haben."

Ich war so froh, daß die Verletzung nur leicht war, daß ich ihm verzieh und Bär herauffrief, um beide Knaben auf einmal ins Bett zu bekommen und endlich meiner Sklavenketten für heute los und ledig zu sein. Aber die Arbeit war nicht leicht. Natürlich kennt mein Schwager Tom Lorenz die Bedürfnisse seiner eigenen Kinder besser als ein anderer, aber das weiß ich: soviel Mittel und Wege, die väterliche Gutmütigkeit auszunutzen, sollen meinen Kindern nicht beigebracht werden. Das heutige Programm lautete auf: Geschichten, Lieder, moralische Unterhaltungen, Kobolzen, Groschengeben, klingendes Einstecken derselben Groschen in zinnerne Sparbüchsen, ohrenbetäubendes Schütteln derselben; dann folgten die Gebete, genau nach Pappis Vorschrift, und

endlich durfte ich mich unter dem Austausch von „Schlaf
wohl!" und „Gott behüte dich!" verabschieden. Als ich
an diesem Abend mit dem Nachhall der kindlichen Se=
genswünsche in meinen Ohren ihr Zimmer verließ, über=
kam mich ein Gefühl körperlicher Schwäche, verursacht
durch die Ereignisse des Tages, so daß ich inbrünstig
„Amen" sagte.

O ihr Mütter unserer Knaben, nehmt von mir die
Versicherung einer Hochachtung, für die menschliche
Sprache zu klein ist! Die größten Wunder der Welt ver=
sinken ins Nichts, verglichen mit euch! Eine Verehrung
muß euch gezollt werden, so ernst und tief, wie sie nur
je ein frommer Katholik der Jungfrau Maria gezollt
hat! Ich, ein kräftiger Mann, bin in einem einzigen
Tage geistig und körperlich mürbe geworden durch die
Anforderungen von zwei nicht ungewöhnlich mutwilligen
oder etwa gar bösartigen Knaben. Und ihr — der Him=
mel weiß wie! — macht das ununterbrochen wochen=,
monate=, jahre=, ja ein ganzes Leben lang, und dazu noch
die Sorgen für den Haushalt; körperliche Leiden und
Kümmernisse, seelische Qualen durchbohren euer Herz
wie das Schwert das Herz der Mutter Gottes. Verglichen
mit eurer Dulderkraft ist die Stärke des jungen Mannes,
des Athleten, kindische Schwäche. Das Geheimnis eurer
Nerven ist trotz ihrer Schwäche wunderbar und ein Rät=
sel wie die Gewalt des Windes. Ihr habt häufiger als die
Staatsmänner Gelegenheit, Charakterstärke zu zeigen!
Was ist der Heldenmut auf dem Schlachtfelde, verglichen
mit dem euren! Ihr macht eine diplomatische Schulung
allerersten Ranges durch! Spötter sagen, ihr könntet
nicht die Zügel der Regierung leiten. Es ist leichter, eine
Horde Wilder zu regieren, als Herr zu sein in eurem
kleinen Königreiche. Selbst eure Fehler werden voll Licht,
wenn man sie mit denen der Männer vergleicht. Und
mögt ihr auch Fehler haben, euer einer großer, geheimnis=

voller, unübertrefflicher Erfolg erhebt euer Verdienst
weit über Krieger, Fürsten und Priester!

Solche Hymnen zogen durch mein Gemüt, als ich auf
dem Bett lag, wohin ich mich geworfen hatte, nachdem
ich das Kinderzimmer verlassen hatte. Nichts weiter be=
lastete meinen Geist bis zum nächsten Morgen. Ich wachte
auf und bemerkte, daß ich an derselben Stelle, wo ich
hingesunken war, angezogen eingeschlafen und annähernd
zwölf Stunden in dieser nicht sehr bequemen Stellung
liegengeblieben war. Meine nächste Wahrnehmung war
die, daß ein ziemlich dicker Brief unter meine Zimmertür
geschoben worden war. Sollte vielleicht meine Heißge—
ich griff gierig nach dem Kuvert, fand meiner Schwe=
ster Handschrift darauf und sah, daß das Schriftstück
umfangreicher war, als ich je die Ehre gehabt hatte von
dieser Dame zu empfangen. Ich öffnete, es fiel eine
Einlage heraus, vermutlich eine Liste von Sachen, die ich
so freundlich sein sollte, nachzuschicken. Dann las ich
folgendes:

Blumenau, den 1. Juli 19 . .

Mein lieber, guter Heinzelmann! Was gäbe ich darum,
wenn ich Dich jetzt in meine schwesterlichen Arme schließen
und recht fest drücken könnte! Ich kann's noch gar nicht
glauben und bin doch überglücklich! Daß Du gerade die=
ses Prachtexemplar von einem Mädchen — ein Mädchen,
das ganz andre Partien hätte machen können als Dich
langweiligen, nüchternen, alten, langen Kerl — das
ist einfach himmlisch. Am liebsten möchte ich ja sagen,
,siehst Du, das habe ich mir immer gewünscht, deswegen
habe ich Dich eingeladen' — nur schade, da wäre kein
wahres Wort dran. Du hast immer getan, was Du woll=
test, und woran niemand gedacht hat, diesmal aber hast
Du Dich selbst übertroffen. Eigentlich muß man auch

sagen, daß Ihr direkt füreinander geschaffen seid. Und
der Gedanke, daß meine kleinen Lieblinge eine so wich=
tige Rolle dabei gespielt haben! Das schreibe ich auf mein
Konto, denn wenn ich nicht gewesen wäre, wer hätte Dir
dann wohl helfen können, he? Ich hoffe, daß Du zu
Weihnachten Dich Deiner Ehestifter geziemend erinnerst.

Ich hoffe, ich mache mich keines Vertrauensbruches
schuldig, wenn ich einen kleinen Brief meiner zukünftigen
Schwägerin einlege. Er wird Dich ein bißchen über die
Ursachen Deines Erfolges aufklären, von denen Du Dir,
mit der angeborenen Arroganz des männlichen Ge=
schlechts, nichts hast träumen lassen. Und er wird Dich
auch über erste und natürliche Besorgnisse eines Mäd=
chens in solcher Lage aufklären, Besorgnisse, die Du mit
deinem ehrlichen, großmütigem Herzen möglichst rasch
zu zerstreuen suchen wirst. Da Du ein Mann bist, wirst
Du wohl zu dumm sein, um zwischen den Zeilen lesen zu
können; es ist daher wohl besser, wenn ich Dir sage, daß
Alice fürchtet, Du möchtest ihr schnelles Einverständnis
für einen Mangel an Zurückhaltung und Selbstachtung
halten. Ich brauche Dir wohl nicht erst zu sagen, daß
gerade Alice diese Eigenschaften in höchstem Grade be=
sitzt.

Gott segne Dich, mein alter Junge — Du verdientest
totgeschlagen zu werden, wenn Du nicht der glücklichste
Mensch unter der Sonne bist. Ich muß bald nach Hause
kommen und mit eigenen Augen sehen, daß all dies
Herrliche wirklich wahr ist. Gib Alice einen Schwester=
kuß von mir — wenn Du Dich auf mehrere Sorten
Küsse verstehst — und meinen Engelskindern minde=
stens hundert von ihrer Mammi, die sich sosehr nach
ihnen sehnt.

Mit tausend Grüßen und Segenswünschen

Deine Helene.

Der andere Brief, den ich mit großer Ehrfurcht und noch größerem Entzücken öffnete, lautete wie folgt:

Ferch, den 29. Juni 19..

Liebe Helene, es ist etwas geschehen, was mich sehr glücklich macht, aber auch ein wenig beunruhigt, und da Du dabei nahe beteiligt bist, will ich so schnell wie möglich beichten. Heinz — Dein Bruder, meine ich — wird es Dir ja auch bald erzählen, wenn er es noch nicht getan hat. Ich will Dir schnell die heilige Versicherung geben, ich habe nicht die leiseste Ahnung gehabt, daß etwas geschehen würde, und ich habe auch nicht das leiseste dazu getan, eine Entscheidung herbeizuführen.

Ich habe Deinen Bruder immer für einen prachtvollen Menschen gehalten und habe mich nie gescheut, dies anderen Mädchen gegenüber unumwunden auszusprechen. Gern spreche ich ihn von der bewußten Absicht, sich bei mir in ein gutes Licht zu setzen, frei; wenn die verschiedenen Situationen, in denen er sich mir gezeigt hat, einstudiert gewesen wären, so müßte er der originellste Mensch sein, den es gibt. Deine Kinder sind Engel, das hast Du ja selbst gesagt, und ich habe ganz denselben Eindruck; daß sie aber gerade darauf ausgehen, ihren Onkel in dem vorteilhaftesten Licht erscheinen zu lassen, das kann niemand behaupten. Was er durch ihre Mithilfe öfters für eine Figur gespielt hat — nun, ich will lieber nichts Schriftliches darüber verlauten lassen, er könnte es sonst eines Tages zu Gesicht bekommen und übelnehmen. Aber trotz allem war er immer geduldig und liebreich mit ihnen, und ich dachte mir von Anfang an, daß ein Mann, der so gütig gegen gedankenlose und unvernünftige Kinder ist, hinreißend sein müßte für die Frau, die er liebt. Und doch hatte ich da noch keine Ahnung, daß ich diese Glückliche sein würde. Endlich

kam jener Tag. Ich aber war in seliger Unkenntnis, was
geschehen würde. Teddi hatte sich weh getan und bestand
darauf, daß Dein Bruder ihm ein komisches Lied vorsang;
und das in einem Augenblick, wo dieser junge Herr
einem Dutzend junger Damen auf einmal den Hof
machen wollte. Das Gesicht hättest du sehen sollen! Es
war so unbeschreiblich komisch, bis er seinen Ärger über=
wand und ihm der kleine Kerl wirklich leid tat. Da war
er ganz Zärtlichkeit und Liebe, und ich wünschte einen
Augenblick den ganzen konventionellen Kram zum Teu=
fel, damit ich ihm sagen könnte, wie ich ihn fände. Dann
goß mir Dein Jüngster einen Teller Suppe übers Kleid,
(reg' Dich nicht auf, es ist Musseline und läßt sich
waschen). Nun mußte ich mich doch aber umziehen, und
da kam mir der glückliche Gedanke, so umständlich Toi=
lette zu machen, daß ich für den allgemeinen Abend=
spaziergang zu spät kommen würde. Dann hatte ich die
Chance, eine halbe Stunde oder so einen Herrn allein
zu haben; und das hat in dieser Saison hier noch keine
Dame fertiggebracht. Jedesmal, wenn ich durch die
Gardine guckte, ob die anderen endlich weg wären, sah
ich, wie bekümmert er aussah. Dabei blickte er die Kinder
wie eine Mutter an, und ich dachte: ,Er ist doch sehr gut.'
Er schien sich zu freuen, als ich kam, und ich ließ mir das
darin liegende Kompliment sehr gern gefallen; denn jedes
seiner Worte schien mir deswegen wertvoll zu sein, weil
es von einem guten Manne kam. Dann bestand plötzlich
Dein ältester Junge darauf, mir wortgetreu den Inhalt
einer Unterhaltung, die er mit seinem Onkel gehabt
hatte, wiederzuerzählen, und das Resultat war, daß
Heinz sich erklärte. Er war nicht ein bißchen sentimental,
sondern richtig geradezu und männlich, während ich so
gänzlich verwirrt war, daß ich kein Wort herausbrachte.
Dann fing der unverschämte Mensch an, mich zu küssen,
und da konnte ich natürlich noch weniger sagen. Wenn

112

ich etwas von seinen Gefühlen geahnt hätte, so hätte ich mich ja besser benehmen können, aber, Helene — ich bin so froh, daß ich keine Ahnung hatte! Ich würde noch dreimal so glücklich sein, wenn ich wüßte, daß Ihr beide nicht glaubt, ich hätte zu schnell meine Einwilligung gegeben. Die anderen Leute brauchen erst nach Wochen etwas davon zu erfahren.

Bitte schreibe bald, ob ich recht gehandelt, und ob Du mich als Schwester annehmen willst, ich kann aber wirklich nicht anbieten, Heinz aufzugeben, selbst wenn Du schon eine andere für ihn ausgesucht hast.

Deine aufrichtige Freundin

Alice Maywald.

Konnte es ein entzückenderes Erwachen geben? Alles Jungenhafte kam plötzlich bei mir an die Oberfläche, und anstatt all die geziemenden Dinge zu sagen und zu tun, wie es Romanhelden in der gleichen Lage pflegen, stürmte ich in das Kinderzimmer und schrie: „Hurra!“

Ich tanzte so wild im Kinderzimmer herum, daß Bär sich im Bett hochsetzte und mich vorwurfsvoll anguckte, Teddi aber beglückt auflachte und mittanzen wollte. Da erst bemerkte ich, daß es nicht mehr regnete und die Sonne schien — ich konnte also noch einmal mit Alice spazierenfahren und die Kinder ruhig sich selbst überlassen. Doch plötzlich ging es mir wie ein Stich durchs Herz, daß mein Urlaub beinah zu Ende war, und ich verzehrte mich vor Ungeduld zu erfahren, wie lange Alice noch in Ferch bleiben würde. Es wäre ja grausam, sie vor Ende August in die Stadt zurückzuwünschen, aber ich —

„Onkel Heinz,“ sagte Bär, „mein Pappi sagt, es paßt sich nicht, daß man sich so hinsetzt und nachdenkt, ehe man sich am Morgen die Haare gebürstet hat. Das sagt mein Pappi zu mir.“

„Bitte um Verzeihung," sagte ich und sprang verwirrt auf, „mir ging gerade etwas Wichtiges durch den Sinn."

„Was denn — mein Ziegenbock?"

„Nein, natürlich nicht. Sei doch nicht so albern."

„Na, ich denke sehr oft an ihn, und ich finde gar nicht, daß das albern ist. Ich hoffe, er wird in den Himmel kommen, wenn er stirbt. Haben die Engel Ziegenwagen, Onkel Heinz?"

„Nein, Bär, die können doch ohne Wagen herumfahren."

„Wenn er in'n Himmel tommt," sagte Tebbi und richtete sich im Bett auf, „dann hat er Masse Tschiegenwagen, und er fährt die Engelsch schpaschieren."

Man vergönnte mir noch eine Reihe von Prophezeiungen und Himmelsbeschreibungen, während ich meine Toilette beendete. Dann machte ich schnell, daß ich herauskam, um einen Augenblick ungestört nachdenken zu können. Als ich beim Hühnerhof vorbeikam, sah ich eine nachdenkliche Schildkröte liegen. Ich nahm sie auf und rief nach meinen Neffen, um sie ihnen zu zeigen.

Die Fenster wurden aufgerissen, und ein einstimmiges, wenn auch nicht ganz harmonisches „Oh" begrüßte meine Kostbarkeit.

„Wo hast du das her?" sagte Bär.

„Unten am Hühnerhof."

Bärs Augen öffneten sich sperrangelweit; einen Augenblick schien er in tiefes Nachdenken versunken zu sein. Dann rief er:

„Das hätte ich doch nicht gedacht, daß die Hühner so große Dinger legen können — tu ihn doch mal in deinen Hut, bis ich runterkomme. Ja?"

Ich legte die Schildkröte in Bärs Schiebkarre und machte einen Rundgang zu den Blumenbeeten. Die Blumen, die von jeher voll von Anregung und Beredsamkeit

für mich gewesen waren, enthüllten mir ganz neue Reize
— ja, ich fühlte mich plötzlich gedrungen — ich, ein ge=
setzter Weißwarenhändler —, Verse zu machen! Ich
konnte dem Drang nicht widerstehen. Ich muß freilich
zugeben, das Resultat war erbärmlich mager:

> So leuchtend wie der Rose einz'ge Glut,
> Die Dichter nicht noch Künstler würdig malen,
> Schön, wie der Lilie silbernes Erstrahlen
> Und schlicht wie's Veilchen, das am Bache ruht,
>
> Rein wie der Tau, der sich im Kelch versteckt,
> Bevor der Morgen wachgeküßt die Wiese,
> Zart wie die Primel, süß und bunt gefleckt,
> All dies und mehr, viel mehr bist Du, Alice!

Wenn ich dieses Prachtwerk meinen Lesern nicht vor=
enthalte, so tue ich es nicht etwa in der Voraussetzung,
ihre Bewunderung zu erregen. Ich zitiere es nur, um
spätere Umstände, die sich daran knüpften, verständlich zu
machen. Als ich diese furchtbaren Zeilen verbrochen hatte,
sah ich, daß ich weder Bleistift noch Papier bei mir hatte,
Sollte dieses, mein erstes dichterisches Werk, verloren=
gehen? Das ging nicht an. Es mußte also in meinem
Gedächtnis aufbewahrt werden. Daher wiederholte ich
die lächerlichen Reime immer wieder und begleitete mei=
nen Vortrag mit lebhaften Gesten, um meinen Gefühlen
größeren Nachdruck zu verleihen. Sechs= — acht= — ein
dutzend= — zwanzigmal sagte ich die Verse auf, jedes=
mal mit mehr Gefühl und stärkerer Geste, als eine dünne
kleine Stimme ganz in meiner Nähe sich hören ließ:

„Onke Heinsch, du tusch, alsch ob du schawimmst!"

Ich wurde dunkelrot. Vor mir stand Teddi; wie lange
er schon da war, hatte ich keine Ahnung. Er sah mich
ernsthaft an und bemerkte:

„Onke Heinsch, dein Deschicht ische dansch nasch, wie ein Joschenbukett."

„Wir wollen frühstücken gehen, Teddi," sagte ich laut, innerlich aber brummte ich: „Toms Bengels sehen doch alles."

Gleich nach dem Frühstück schickte ich Kuntze mit einem Briefchen zu Alice, in dem ich ihr mitteilte, ich würde sie um halb zwei zu einer Spazierfahrt abholen. Dann stellte ich mich den Jungen für den Vormittag bedingungslos zur Verfügung, unter dem ausdrücklichen Vorbehalt, daß sie von zwei bis sechs nichts von mir zu erwarten hätten. Zuerst mußte ich den Bock anschirren; diesem Befehl gehorchte ich prompt; dann beschränkte sich meine Tätigkeit darauf, das würdige Tier zu bewachen, während er meine Neffen den Fahrweg auf und ab zog. Er blickte so ehrbar drein, als habe er nicht die geringsten Ausreißergelüste für den Fall, daß ich mal den Rücken kehrte. Da die Räder des Wagens so herzzerreißend quietschten, daß sie dringend geschmiert werden mußten, beredete ich die Jungens auszusteigen und den Bock abzuspannen, während ich die Achsen ölte. Eine halbe Stunde hatte ich mit dieser schmutzigen Arbeit, die mir durch viele Ratschläge der weisen Jünglinge erleichtert wurde, zu tun. Dann spannte ich das gehörnte Roß wieder in die Gabel, Bär knallte mit der Peitsche, der Wagen setzte sich lautlos in Bewegung, da — fing Teddi an, bitterlich zu weinen.

„Tschiegenwagen ische dansch putt," sagte er, „tann dansch mehr schön schingen", und auch Bär meinte:

„Mich däucht, der Wagen klingt jetzt so einsam, nicht, Onkel Heinz?"

„Onkel Heinz," sagte dann Bär nach einer kleinen Weile, „weißt du, was den Donner macht?"

„Ja, Bär, wenn zwei Wolken aufeinanderstoßen, dann gibt es einen Bums, und das nennt man donnern."

„Neee,“ sagte Bär energisch, „als es gestern so don=
nerte, das kam daher, daß der lieber Gott im Himmel
spazierenfuhrte, und sein Wagen bummerte so fuchbar,
und das war der Donner.“

„Mag er nich ollen häschlichen Dunna“, bemerkte
Teddi. „Olla Dunna deht in Tella un macht unsche
Milch schauer, und dann tjiegt er teinen weischen Tee schu
Lüschek.“

„Aber Teddi, du kannst es doch wohl leiden, wenn
der lieber Gott spazierenfährt und alle Engels laufen
hinter ihm her“, sagte Bär, „auch wenn der Donner die
Milch sauer macht. Und es sieht so fein aus, wenn der
Donner bums macht.“

„Kannst du denn das sehen, Bär?“

„Na, weißt du denn nicht, wenn der Donner bums
macht, und da sieht man eine fuchbar helle Stelle am
Himmel? Da hat dem lieber Gott sein Wagen einen
ganz dollen Hopps gemacht, und es hat im Himmels=
fußboden ein Loch gegeben, und wir können richtig rein=
gucken. Aber warum nur können wir nie jemand durch
die Löcher sehen?“

„Das weiß ich nicht, alter Junge — vielleicht weil
es keine Löcher im Himmel sind, die wir sehen, und die
so hell aussehen — es ist so eine Art Feuer, das der
liebe Gott oben in den Wolken anzündet. Das wirst du
alles verstehen, wenn du größer bist.“

„Doch, bloß Feuer? Das ist aber schade! Kennst du
nicht das komische Lied, das mein Papi manchmal singt:

> Donnerrollen, Blitzesflammen
> Preisen Gottes Schöpfermacht?

Ich weiß nicht, was es bedeutet, aber es klingt so fein
doll, nicht?“

Ich freute mich über sein empfindsames kleines Herz

und schloß ihn gerührt in meine Arme. Im selben Augenblick war er wieder ganz ein kleiner Junge.

„Onkel Heinz," schrie er, „du kriechst auf allen vieren und bist mein Pferd, und ich reite auf deinem Rücken!"

„Nein, Bär, dazu ist es wirklich zu schmutzig."

„Dann wollen wir Menagerie spielen, und du machst alle Tiere."

Auf diesen Vorschlag ging ich ein. Wir zogen uns in einen etwas entlegenen Winkel des Hauses zurück, damit niemand erführe, wer durch so grausiges Gebrüll die friedliche Stille störte. Dann nahm die Vorstellung ihren Anfang. Ich war nacheinander ein Bär, ein Zebra, ein Elefant, Hunde von den verschiedensten Rassen und eine Katze. Bei der Darstellung dieser letzteren fiel Teddis Stimme sehr naturgetreu ein.

„Miau, miau," sagte er, „scho schagen tleine Mischetatschen, wenn schie in Bjunnen defallen schind."

„Na, un det muß er ja ooch wissen," bemerkte Kuntze, der sich zu einem Freiplatz in der Menagerie eingeladen hatte und bei dem Applaus, der jeder Nummer folgte, reichlich mithalf, „woll'n Se's jlauben, jnäjer Herr, janz frühmorjens ist der kleene Kerl ins Nachthemb aus's Bett gekrochen und hat dem Doktor seine kleene Katze in'n Brunnen jeschmissen. Der Doktor war nich momentan, abers die Frau, und die is gleich hinjeloofen un hat 'n Brett und 'n Schtrippe rinjehalten, des bet kleene Viech raus konnte. Janz hin is se jewesen. Un' 'n Stücke Jeld hat unser Oberst blechen missen, damit daß der Brunnen wieder reene jemacht wurde."

„Ja," sagte Teddi, der Kuntzes Erzählung sehr aufmerksam gefolgt war, „un' Mieschetätschchen schagte ,Miau, miau', als schie im Bjunnen war. Un' Onke Dotor schagte ,Feu, böscher Junge, tomm nie wieder schu mein Hausch', un nun mag er ihn banich mehr leiden. Nu mehr Tiere, Onke Heinsch. Nu ein Walfitsch."

„Walfische machen aber gar keinen Lärm, Teddi; die planschen nur im Wasser herum.“

„Dann tomm in die djosche Jegentonne und plansche jubba djin rum, nich, Onke Heinsch?“

Siebentes Kapitel

Mittagessen und dann Teddis Schlafenszeit. Der arme Bär war ohne Spielgefährten, denn das kleine Mädchen vom Doktor war krank. Wohin ich ging, folgte er mir mit betrübter Miene, so daß ich mich fast veranlaßt sah, ihn auf die Spazierfahrt, u n s e r e Spazierfahrt, mitzunehmen. Wenn er knurrig gewesen wäre, hätte ich weniger Mitleid mit ihm gehabt; aber nichts ist so rührend und herzerweichend wie der Anblick stummer Ergebung. Endlich tat er zu meiner großen Erleichterung den Mund auf:

„Onkel Heinz, glaubst du, daß man im Himmel auch mal einsam ist?“

„Ich glaube kaum, Bär.“

„Verreisen denn die Pappis und Mammis von den kleinen Engeljungens auch und bleiben so schrecklich lange weg?“

„Das kann ich dir nicht genau sagen, Bär, aber wenn sie es tun, so haben die kleinen Engeljungens ja viele andere kleine Engeljungens zum Spielen, daß sie sich nicht gut einsam fühlen können.“

„Ach du, ich glaube, d i e könnten mich gar nicht glücklich machen, wenn ich gerade mal Pappi und Mammi so fuchbar gern sehen möchte. Wenn ich keinen zum Spielen habe, dann hab ich so fuchbare Sehnsucht nach Pappi und Mammi — so fuchbar, als ob ich sterben müßte, wenn ich sie nicht ganz gleich sehen kann.“

Ich war beim Rasieren und halb eingeseift, aber ich
wischte mich schnell ab, setzte mich auf einen Schaukel=
stuhl, nahm den verlassenen kleinen Jungen in meine
Arme, streichelte und tröstete ihn und widmete mich ganz
der Aufgabe und der Freude, ihn zu erheitern. Wirklich
bekam sein ernstes kleines Gesicht einen glücklicheren Aus=
druck, seine Lippen öffneten sich leicht wie auf den Engels=
bildern alter Meister; seine Augen, erst so trübe und
hoffnungslos, wurden warm. Endlich sagte er:

„Oh, Onkel Heinz, ich bin jetzt wieder ganz, ganz
glücklich. Sag doch Kuntze, er soll die ganze Zeit, wo
du fort bist, bei mir bleiben und bei meinem Bock. Ja?
Und bring uns Bonbons mit Murmeln. Ja? Und einen
neuen Hund.“

Ich war sehr eilig, weil ich gern rechtzeitig zu meiner
Verabredung kommen wollte, aber Bärs krasser Ma=
terialismus berührte mich doch unangenehm; ich setzte
ihn hinunter und nahm wieder mein Rasierzeug. So=
lange er sich einsam fühlte und ich sein einziger Trost
war, kannte seine Hingebung keine Grenzen. Kaum war
er aber wieder obenauf, so benutzte er mich nur, um
schleunigst neue Gunstbezeugungen zu erpressen. Freilich,
wenn ich genau darüber nachdachte, wessen Schuld war
das wohl? Machten es die Menschen im allgemeinen
anders?

Es schien mir, als ob ich Alice seit Wochen nicht ge=
sehen hätte. Inzwischen schien sie unendlich schöner ge=
worden zu sein, gleichsam geadelt durch die Macht der
Liebe. Wie glücklich war ich, der ich der Urheber dieser
Veränderung war. Immer neue Wege entdeckte ich, um
unsere Spazierfahrt zu verlängern, und die Genossin
meines Glücks fragte nicht ein einziges Mal, ob wir auch
richtig führen. Auf einmal aber zog eine Wolke über
ihre heitere Stirn. Bald erfuhr ich die Ursache.

„Heinz,“ sagte sie und schmiegte sich fest an mich,

120

haft du mich lieb genug, um mir zuliebe auch etwas Un=
angenehmes auf dich zu nehmen?"

Meine Antwort drückte ich zwar nicht mit Worten
aus, sie muß aber doch vollständig befriedigend und ver=
ständlich gewesen sein, denn Alice fuhr fort:

„Ich möchte auf keinen Fall das Geschehene unge=
schehen machen. Ich bin die glücklichste, stolzeste Frau
auf der Welt. Aber siehst du, es gibt Leute, die finden,
wir haben uns doch kaum gekannt, und dafür hätten wir
es reichlich eilig gehabt — meine Mutter hat solche alt=
modische Ansichten."

„Das ist alles meine Schuld," sagte ich, „und ich
will es sofort und gründlich wieder gutmachen. Die
Zeit und die Seelenangst, die ich mir bei dir sparen
konnte, die will ich jetzt darauf verwenden, um die Gunst
deiner Mutter zu gewinnen."

Der Blick, den ich zum Dank erhielt, würde mich mit
hundert Schwiegermüttern ausgesöhnt haben. Ihr
Lächeln aber schwand, als sie sagte:

„Du weißt nicht, was du für eine Aufgabe vor dir
hast. Meine Mutter hat ein gutes Herz, aber sie sitzt
in einem eisernen Käfig von ‚Es=schickt=sich=nicht=Regeln‘
und Rücksichten. In ihren Tagen war die Brautschau
eine lange und feierliche Angelegenheit, und das hält
meine Mutter auch heute noch für das richtige. Ich ja
auch, aber es gibt doch Ausnahmen, und das gibt Mutter
nicht zu. Ich fürchte, sie wird gar nicht erbaut sein,
wenn sie die Wahrheit erfährt, und ich möchte sie ihr doch
nicht länger verheimlichen. Ich bin ihr einziges Kind,
weißt du."

„Wir wollen es ihr auch nicht länger verheimlichen,"
sagte ich, „laß mich gleich mit ihr sprechen. Ich über=
nehme die ganze Verantwortung und werde auch die
furchtbaren Strafen, die über mich verhängt werden
können, mit Würde auf mich nehmen."

„Ich habe solche Angst um dich“, sagte mein Liebling und rückte noch näher an mich heran. „Meine Mutter stammt aus einer sehr temperamentvollen Familie, und manchmal hat sie Wutausbrüche! Und nun wirst du vielleicht solch einen abbekommen!“

„Mein Lieb, sei sicher, ich ertrüge für dich noch ganz andere Sachen. Aber wirklich, ich möchte um meinet- und um deinetwillen niemand täuschen, besonders nicht deine Mutter. Außerdem bist du ihr Teuerstes, und sie hat ein Recht, auch das Geringste zu erfahren, das dich angeht.“

„Du bist ein braver Mensch und —“, wenn ihr hier die Worte versagten, so sprachen ihre Augen eine um so beredtere Sprache.

Und doch, wie feige zitterte mein Herz, als du, liebe Alice, einen Augenblick später deine liebe Wange an mich lehntest. Nicht zum erstenmal in meinem Leben zitterte ich vor der Verwirklichung dessen, was meine Pflicht gebieterisch heischte. Diese Schlacht war heiß, aber ich gewann sie, wie ein Mann eine solche Schlacht gewinnen muß, wenn er zu leben verdient. Ich konnte es aber nicht hindern, daß mir bei unserer Heimfahrt recht beklommen zumute war.

„Laß mich jetzt gleich zu ihr, Alice. Aufschub ist Feigheit.“

Ein leichtes Zittern an meiner Seite — ein Augenblick des Stillschweigens, dann sagte Alice leise:

„Wenn das Besuchszimmer leer ist, will ich sie bitten, einen Augenblick hereinzukommen und mit dir zu sprechen.“

Dann ein Blick voll Zärtlichkeit und Sorge, und ihre Augen füllten sich mit Tränen.

„Wir sind gleich da, Liebling“, sagte ich mit ermutigender Umarmung.

„Ja, und du sollst nicht allein als Held dastehen“,
sagte sie sich stolz aufrichtend, jeder Zoll eine Germania.

Als wir um das Gebüsch bogen, das die Aussicht auf
das Haus versperrte, entfuhr mir ein „Du lieber Him=
mel“. Auf der Veranda stand nämlich Frau Maywald,
an jeder Seite einen meiner Neffen, so schmutzig, wie ich
sie noch nie gesehen hatte. In diesem Augenblick vergab
ich ihnen gern, denn ihre Gegenwart gewährte mir die
Gnadenfrist, die mein Pflichtgefühl mir nicht gestattet
hätte.

„Wir wollen mit dir zurückfahren, dazum sind wir
bekommt“, sagte Teddi, und Frau Maywald begrüßte
mich mit einem seltsamen Gemisch von Höflichkeit, Neu=
gier und Humor. Alice brachte uns in das Besuchszim=
mer, flüsterte ihrer Mutter etwas zu und wollte schnell
hinausgehen. Frau Maywald aber rief sie zurück und
deutete stumm auf einen Stuhl.

„Meine Tochter sagte mir, daß Sie mit mir sprechen
wollen, Herr Buren“, sagte sie. „Ich bin neugierig, ob
es sich um dieselbe Angelegenheit handelt, über welche
mir Herr Lorenz der Ältere heute nachmittag einen aus=
führlichen Bericht erstattet hat.“

Alice erstarrte und ich erst recht. Die einzige Rettung
war hier entschlossenes Handeln. Ich stammelte also:

„Wenn Sie auf ein scheinbar unverantwortliches Ein=
dringen in Ihren Familienkreis anspielen, gnädige
Frau —“

„Das tue ich allerdings“, erwiderte die alte Dame.
„Wenn ich zu den Aussagen, die mir das Kind machte,
die mir bis dahin unbegreifliche Veränderung in dem
Aussehen meiner Tochter während der letzten zwei bis
drei Tage hinzunehme, so glaube ich den wahren Sach=
verhalt entdeckt zu haben. Wenn der Schuldige ein ande=
rer wäre als Sie, würde ich aller Wahrscheinlichkeit nach
mit großer Strenge einschreiten, aber wir Mütter von

einzelnen Töchtern haben ein gutes Auge für den inneren
Wert eines jungen Mannes und so —"

Die alte Dame senkte den Kopf, ich sprang auf, er=
griff ihre Hand und küßte sie ehrerbietig. Und Frau
Maywald, deren einziger Sohn vor fünfzehn Jahren ge=
storben war, blickte auf und nahm mich mütterlich als
Sohn an, während Alice in Tränen ausbrach und uns
abwechselnd küßte. Ein paar Augenblicke später nahmen
wir drei glücklichen Leute wieder Stellungen ein, die auch
der Außenwelt passend und unverdächtig erscheinen konn=
ten, und Frau Maywald bemerkte:

„Liebe Kinder, zwischen uns ist die Sache abgemacht,
ich muß aber ernstlich darauf bestehen, daß ihr alle Vor=
sicht beobachtet, um diese Verlobung nicht sofort in die
Öffentlichkeit bringen zu lassen."

„Darauf kannst du dich verlassen", sagte Alice hastig.
„Selbstverständlich", fügte ich hinzu.

„Von eurem guten Willen bin ich fest überzeugt",
sagte Frau Maywald. „Man kann aber nicht vorsichtig
genug sein. Hier ertönte ein lautes Lachen aus dem Gar=
ten unter unserem Fenster, so daß Frau Maywald einen
Augenblick innehielt. Dann fuhr sie fort:

„Wie leicht kann durch Dienstboten, Kinder" — hier
lächelte sie, und ich senkte errötend den Kopf —, „Per=
sonen, die zufällig vorbeigehen —"

Das Lachen im Garten ertönte von neuem.

„Was in aller Welt mögen nur die Mädchen so zu
lachen haben?" sagte Alice und ging an das Fenster, Frau
Maywald und ich folgten ihr.

Auf dem Rasen saßen fast alle Damen aus der Pen=
sion im Halbkreis, vor ihnen stand Tebbi in jenem Sta=
dium freudiger Aufregung, zu welchem ihn sympathischer
Beifall stets hinriß.

„Sage es noch einmal", sagte eine der Damen.

Tebbi nahm den Ausdruck tiefster Weisheit an, machte mit beiden Händen heftige Gesten und deklamierte mit dramatischer Lebhaftigkeit:

„Scho leuchte Jose scheine Dlut,
Die dicke Tünschtler malen,
Schön ische Lilli ihre Schtrahlen
Und schlechtes Vellchen, dasch in Bach djin juht,

Jein wie der Tau in Teich verschteckt,
Vor dasch der Morjen hat betüscht die Miesche,
Schart wie die Pjimel süsch und buntbefleckt,
Allesch diesesch mehr bische du, Alische.“

Ich rang nach Atem.

„Wer hat dich denn das wunderschöne Gedicht gelehrt, Tebbi?“ fragte eine der Damen.

„Hat er daleine delernt.“

„Wann denn?“

„Heut morgen, in Darten. Onke Heisch hat es immer schu un schu desagt, in Darten.“

Die Damen wechselten Blicke. Meine Leserinnen werden wissen, wie. Und auch meine Leser werden wissen, daß ich diese Blicke sehr leicht zu lesen fand. Alice sah mich fragend an; später hat sie mir gesagt, ich hätte ein schafsdämliches und schuldbewußtes Gesicht gemacht. Die arme Frau Maywald wankte zu einem Stuhl und ächzte:

„Zu spät, zu spät!“

Eingedenk ihrer letzten Heldentaten, waren Tebbi und Bär auf der Heimfahrt ein recht bescheidenes Pärchen. Bär machte sogar einen Versuch, für ihr Erscheinen bei Maywalds eine Entschuldigung vorzubringen; er sagte, Grete wäre nicht da gewesen, und sie hätten u n = m ö g l i ch länger warten können. Ich versicherte sie, daß eine Entschuldigung nicht nötig sei, und war überhaupt in so freudig erregter Stimmung, daß diese ansteckend wirkte; wir sangen Lieder, erzählten Geschichten und spielten den ganzen Abend die lächerlichsten Spiele, so daß wir nicht einmal das Abendessen recht würdigten.

„Onkel Heinz," sagte Bär plötzlich, „weißt du, wir haben noch nie gesungen: ‚Es braust ein Ruf wie Donnerhall‘, laß uns doch das mal singen!"

„Gern, lieber Junge."

Das Lied kannte ich natürlich in= und auswendig, die Vorbereitungen, die Bär dazu traf, waren mir aber keineswegs klar. Er schleppte einen großen Schaukelstuhl in die Mitte des Zimmers und rief:

„So, Onkel Heinz, da mußt du dich hinsetzen. Los, Teb, du sitzt auf dem einen Knie, ich auf dem anderen. So, nun beide Hände hoch, wie ich, Teb. Nun kann's losgehen."

Ich stimmte an. Die erste Zeile sang ich solo. Aber bei „Schwertgeklirr und Wogenprall" fingen die zwei Jungen an, mit ihren vier Fäusten auf meinem Brustkasten den Takt zu trommeln. Ich glaube, niemand wird es mir verübeln, wenn ich das Singen einstellte. Nur die beiden Knaben betrachteten die Sache von einem anderen Gesichtspunkt.

„Warum hörst du auf, Onkel Heinz?" fragte Bär.

„Weil ihr mir weh tut, Jungens, das dürft ihr nicht wieder machen."

„Ach, armer Onkel Heinz, du bist wohl ein bißchen
schwach. Bei Pappi machen wir es immer so; dem tut's
nie weh.“

Armer Tom! Kein Wunder, der eingesunkene Brust=
kasten!

„Bische woll tleines Schjeibäby“, beliebte Teddi zu
bemerken.

Sanft ertrug ich diese Verdächtigung, erwähnte aber
dann, daß es Schlafengehzeit sei. Nach den üblichen Mei=
nungsverschiedenheiten über diesen Punkt, die sich immer
einige Minuten hinzuziehen pflegten, schwankte ich mit
Teddi auf den Armen und Bär huckepack die Treppe hin=
auf. Dabei brüllten die Kinder immer noch „Lieb Vater=
land, magst ruhig sein.“

In Aussicht gestellte Bonbons als Prämie für rasche=
stes Ausziehen entfachten einen unerhörten Wetteifer, und
jeder Knabe erhielt den verheißenen Preis. Bär klemmte
seinen zwischen Backe und Zähne, schloß die Augen, fal=
tete die Hände auf der Brust und betete:

„Lieber Gott, behüte Pappi und Mammi und Teddi
und die Schildkröte, die Onkel Heinz gefunden hat. Und
behüte die süße Dame, mit der Onkel Heinz spazieren=
fährt, und mach, daß sie mich auch mitnehmen. Und be=
hüte auch die nette alte Dame mit dem weißen Haar,
die geweint hat und gesagt, ich wäre ein kluger Junge.
Amen.“

Teddi seufzte, als er seinen Bonbon aus dem Munde
nahm; dann schloß er die Augen und sagte:

„Lieba Dott, hüte Teddi un laß ihn schüscher Junge
sein, und hüte die Damensch, die schagten, scholl er esch
noch mal schingen!“

Die Partikel „es“ bezog ich auf mein Gedicht, das
von mindestens drei Erwachsenen richtig verstanden wor=
den war.

Der Verlauf von Bärs Unterhaltung mit Frau May=
wald wurde mir von dieser Dame später folgendermaßen
geschildert:

Sie saß in ihrem Zimmer, das parterre und nach dem
Garten heraus lag, und las. Zufällig rutschte ihr die
Brille von der Nase. Als sie sie aufnehmen wollte, be=
merkte sie, daß sie nicht allein war. Ein kleiner, sehr
schmutziger Junge mit hübschen Gesichtszügen stand vor
ihr, hatte die Hände auf dem Rücken und sah sie fragend
an. „Was willst du hier, Kleiner", sagte sie. „Weißt
du nicht, daß es sich nicht schickt, ohne zu klopfen in ein
Zimmer zu kommen?" „Ich suche meinen Onkel", sagte
Bär mit klangvoller Stimme. „Und die anderen Damen
sagten, du würdest wissen, wann er zurückkommt."

„Wie soll ich denn das wissen? Da hat dich jemand
zum besten haben wollen", sagte die alte Dame ein wenig
ärgerlich. „Ich weiß nichts über die Onkels von kleinen
Jungen. Nun lauf weg und störe mich nicht mehr."

„Sie sagen aber," fuhr Bär fort, „daß dein kleines
Mädchen mit ihm fortgegangen ist, und du mußt doch
wissen, wann die wiederkommt."

„Ich habe überhaupt kein kleines Mädchen", sagte
die alte Dame in wachsender Entrüstung über den ver=
meintlichen Scherz, den man sich herausnahm. „Nun
gehe aber fort!"

„Sie ist ja kein ganz kleines Mädchen," sagte Bär,
ernsthaft bemüht, die alte Dame zu versöhnen, „sie ist
größer als ich, aber wenn du ihre Mutter bist, so ist sie
doch dein kleines Mädchen, nicht? Ich finde sie süß."

„Meinst du vielleicht Fräulein Maywald?" fragte die
alte Dame, und nun schien ihr etwas zu dämmern.

„Ja, ja, so heißt sie, ich kam nicht darauf", erwiderte
Bär eifrig. „Die ist doch bestimmt ganz f u ch b a r nett!"

„Du hast ja ein recht reifes Urteil für deine Jahre,
junger Herr," sagte Frau Maywald, deren Interesse für

Bär sich steigerte, „aber wie kommst denn d u darauf, daß sie ‚fuchbar nett‘ ist? Gewöhnlich sind ihre männlichen Verehrer ein wenig älter.“

„Das hat Onkel Heinz gesagt, und der weiß alles“, war Bärs Antwort.

Da wurde Frau Maywald sehr aufmerksam und legte ihr Buch fort.

„Wer ist dein Onkel Heinz, kleiner Junge?“

„Das ist Onkel Heinz. Kennst du ihn denn nicht? Er kann noch bessere Pfeifen machen als Pappi. Und er hat eine Schildkröte —“

„Wer ist dein Pappi?“ unterbrach ihn Frau Maywald.

„Na, das ist doch mein Pappi, ich dachte, das müßte jeder wissen.“

„Wie heißt du denn?“ fragte sie.

„Johann Bernhard Lorenz“, antwortete Bär prompt.

Frau Maywald machte eine krause Stirn und fragte dann:

„Ist vielleicht Herr Buren der Onkel, den du suchst?“

„Herr Buren? Nein, den kenn ich nicht“, sagte Bär etwas verwirrt. „Onkel Heinz ist Mammis Bruder, und er wohnt bei uns, weil Pappi und Mammi verreist sind, und er fährt uns spazieren und —“

„Hm“, bemerkte die Dame mit so nachdrücklicher Betonung, daß Bär zu reden aufhörte. Darauf sagte sie:

„Ich wollte dich nicht unterbrechen, rede nur weiter, kleiner Junge.“

„Und er fährt mit der süßen Dame aus. Er findet auch, daß sie süß ist, und ich weiß es genau. Und er vrehrt sie.

„Was tut er?“ fragte die Mutter.

„Vrehrt sie — so nennt e r es. Aber ich sage ‚vrehrt‘ ist ebenso, wie wenn man sagt, ‚liebhaben‘. Denn wenn er sie nicht liebhat, warum umarmt er sie und küßt sie?“

Es benahm Frau Maywald einen Augenblick den Atem. Dann sagte sie:

„Wie weißt du denn das — daß er sie umarmt und küßt?"

„Weil ich ihn gesehen habe, an dem Tag, wo Teddi sich geschnitten hat mit dem Grasschneider. Und er war so glücklich, daß er mir am nächsten Tag den Ziegenwagen gekauft hat — oha, der ist knorke, den will ich dir zeigen, wenn du in unseren Stall kommst, und die Ziege auch. Und er hat noch —"

Bär hielt plötzlich an, denn Frau Maywald führte ihr Taschentuch an das Gesicht. Nach ein paar Augenblicken fühlte sie sich leise am Knie berührt. Ihre Tränen trocknend, sah sie, wie Bär sie ehrlich betrübt anguckte.

„Es tut mir leid, daß du getrübt bist, liebe Dame", sagte er. „Hast du Angst, weil dein kleines Mädchen so lange fortbleibt?"

„Ja", sagte Frau Maywald mit großer Entschieden= heit.

„Du brauchst wirklich nicht bange zu sein," sagte Bär, „Onkel Heinz paßt gewiß gut auf sie auf; das tut er auch immer bei uns."

„Er sollte sich schämen!" rief die Dame.

„Gewiß tut er das auch, wenn du es ihm sagst. Er tut immer alles, was er soll. Er ist fuchbar gut. Neu= lich, als die Ziege weglieste, und sie mit dem Wagen vor= beikamen, da nahm er Teddi und mich gleich herein zu ihnen, und er hielt sie ganz fest, daß sie nicht rausfallen konnte."

Frau Maywald setzte ihren Fuß recht heftig auf die Erde.

„Ich weiß, du wirst ihn auch verehren, wenn du mal erst siehst, wie nett er ist", fuhr Bär fort. „Er kann so fuchbar komische Lieder, und er erzählt feine Ge= schichten.

„Ach, Unsinn", sagte die ärgerliche Mutter.

„Gar nicht Unsinn", sagte Bär. „Das ist nicht nett von dir, daß du das sagst, wenn er doch von Joseph und Abraham und Moses erzählt und als Jesus ein kleiner Junge war und von den hebräischen Kindern und von 'ner Masse Leuten, die lieber Gott lieb hat. Er kann soo lieb und zärtlich sein."

„Das kann ich mir denken", brummte Frau Maywald.

„Und wenn wir beten, beten wir auch immer für die süße Dame, die er vreehrt, und das hat er gern — sehr gern."

„Woher weißt du denn das?" fragte Frau Maywald.

„Weil er uns immer einen Kuß gibt, wenn wir es tun, und das tut mein Pappi auch, wenn wir was beten, was er gern hat."

Frau Maywald versank in tiefes Nachdenken, aber Bär hatte noch nicht alles gesagt, was er auf dem Herzen hatte.

„Und wenn Teddi und ich hinfallen und uns tut was weh, da ist es ganz gleich, was Onkel Heinz gerade zu tun hat: er kommt angelaufen und tröstet uns. Neulich hat er sogar ein Zigalle weggeschmeißt, so eilig kam er, als die Wepse mich gestochen hatte, und Teddi fand die Zigalle und aß sie auf, o je, und da wurde ihm nachher übel!"

Dieser letzte Unglücksfall machte auf Frau Maywald einen verhältnismäßig geringen Eindruck, vermutlich weil er zur Lösung der sie interessierenden Frage nichts beitragen konnte. Bär fuhr fort:

„Und wie gut war er heut zu mir! Weil ich so einsam war und keinen zum Spielen hatte, da hat er mit Rasieren aufgehört und mich auf den Schoß genommen und mich so schön getröstet. Und er roch fuchbar nach Seife."

Frau Maywald hatte inzwischen schnell und eifrig nach=
gedacht und war etwas milder gegen den Hauptsünder
geworden.

„Und wenn ich nun meinem kleinen Mädchen nicht
mehr erlaube, mit ihm spazierenzufahren?"

„Dann", sagte Bär, „wird er fuchbar, fuchbar un=
glücklich sein, und ich werde auch ganz fuchbar traurig
sein, denn nette Leute sollten nie unglücklich gemacht
werden.

„Und wenn ich sie nun doch mitfahren lasse, was
dann?"

„Dann, dann kriegst du einen ganzen Berg Küsse, weil
du gut zu meinem Onkel bist", sagte Bär. Und da er der
Meinung war, daß dieser letzte Weg eingeschlagen werden
würde, kletterte er ihr auf den Schoß und fing sofort
mit seiner Zahlung an.

„Gott segne dein liebes kleines Herz", sagte Frau
Maywald. „Du bist vom gleichen Blut, und das Blut
ist gut, das sehe ich, wenn auch ein bißchen hitzig."

Neuntes Kapitel

Als ich am nächsten Morgen aufstand, fand ich
einen Brief auf dem Frühstückstisch. Ich war
eigentlich enttäuscht, daß er nicht Alices Handschrift trug,
aber ich freute mich doch, ein Wort von meiner Schwester
zu erhalten, besonders als der Brief folgendermaßen
lautete:

Blümenau, den 1. Juli.

Lieber alter Bruder, mir ist eingefallen, daß wir ein=
mal als Brautleute schreckliche vierzehn Tage in einer
Pension zubringen mußten, wo man sich nur in dem all=
gemeinen Besuchszimmer sprechen konnte und alle

132

Augenblicke gestört wurde. Daher haben Tom und ich
beschlossen, unseren Besuch abzukürzen, um euch noch
vor Ferienschluß die Gelegenheit zu geben, euch ein paar=
mal innerhalb gemütlicher vier Wände zu sehen. Wir
sind darin einer Meinung; also schick' uns bitte den
Wagen am Freitag um 11.40 an die Bahn. Lade Alice
und ihre Mutter Sonntag zu Tisch ein.

Deine Dich liebende Schwester

Helene.

PS. Natürlich bringst Du unsere Lieblinge mit an
die Bahn.

PS. Würdest Du sehr unglücklich sein, wenn ich Dich
bäte, in unser bestes Fremdenzimmer zu ziehen? Ich
kann nicht schlafen, wenn die Herzenskinder nicht neben=
an sind."

Freitag wollten sie kommen — Gottes Segen über
diese zartfühlenden Menschen! — Aber heute war ja Frei=
tag! Ich lief ins Kinderzimmer und schrie:

„Bär, Teddi, ratet mal, wer heute kommt!"

„Wer?" fragte Bär.

„Leiertaschtenmann?" fragte Teddi.

„Nein. Pappi und Mammi!"

Bär war sofort ganz Engel. Teddi hingegen blinzelte
ein wenig mit den Augen und sagte betrübt:

„Dacht er 'sch wär Leiertaschtenmann!"

„Oh, Onkel Heinz," jubelte Bär, förmlich berauscht
vor Freude, „ich glaube, wenn Pappi und Mammi noch
länger geblieben wären, dann wär ich totgestorben. Ich
hab manchmal so fuchbar Sehnsucht gehabt, ich wußte
nicht, was ich machen sollte. Ich hab mein Kissen ganz
naß geweint, wenn es dunkel war."

„Aber Herzensjunge,“ rief ich, ihn gerührt küssend, „warum bist du denn nicht zu Onkel Heinz gekommen? Der hätte doch versucht, dich zu trösten.“

„Konnt ich nicht,“ sagte Bär, „wenn man so einsam ist, dann ist der Mund fest zugebunden, und ein dicker, dicker Stein sitzt hier“, und damit zeigte er auf seine Brust.

„Wenn dicker Schtein in schein Bauch isch, schmeischt er ihm jausch und schmeischt ihm auf die Hünersch“, versicherte Teddi.

„Teddi“, fragte ich, „freust du dich denn gar nicht, daß Pappi und Mammi wiederkommen?“

„Mja,“ sagte Teddi, „fjeut ihn fubba sehr. Mammi bjingt scho schöne Nukeladenschipalien mit, wenn schie wegdebeht isch.“

„Teddi, du bist wirklich eine schnöde Schacherseele!“

„Isch er nich Schaderbeele. Isch er Teddi.“

Nichtsdestoweniger beeilte sich Teddi ebenso mit seiner Toilette wie sein Bruder. Bonbons und Nukelade waren für ihn dasselbe, was manche philosophische Systeme für ihre Anhänger sind; kein sehr edles Motiv zwar, aber süß, und eins, das er vollkommen verstehen konnte. Dementsprechend zappelte er mit großer Energie in seine Kleider.

„Halt mal, Jungens,“ sagte ich, „ihr müßt euch heute sauber anziehen. Pappi und Mammi sollen euch doch nicht so schmutzig sehen, nicht wahr?“

„Natürlich nicht“, sagte Bär.

„Oho! Tiegt er schein beschtes Tscheug an?“ fragte Teddi, „aua, fein!“

Ich habe Helene immer für reichlich eitel gehalten. Hier trat nun diese Eigenschaft in der zweiten Generation fürchterlich zutage.

„Un scheine Schuhe schollen Nega wern“, sagte Teddi.

„Was?"

„Will er ſcheine Schuhe Nega haben, mit Bürſchte und Flaſche", wiederholte Teddi.

Ich ſah fragend Bär an —

„Seine Schuhe ſollen mit dem Schuhzeug aus der Flaſche und mit der Bürſte blank gemacht werden."

„Will er auch ſcheine Färpe!"

„Schärpe, meint er", erklärte Bär. „Teddi iſt ſcheuß=
lich eitel."

„Un ſchein Nobbelhut und ſcheine joten Handſchuh!"

„Seinen Trobbelhut und ſeine roten Handſchuhe", interpretierte Bär.

„Aber Teddi, du kannſt doch bei ſolcher Hitze keine Handſchuhe anziehen!"

Ein fragender Blick — untrügliche Vorbereitungen zum Weinen. Nein, das durfte nicht ſein! Verweinte Augen zum Empfang der Mutter — ich ſagte ſchnell:

„Zieh ſie nur an; zieh meinetwegen einen Pelz an, aber heule nicht."

„Will er nicht Pelſch, will er ſcheine ſchönen Tleider", erklärte Teddi.

„Oh, Onkel Heinz," rief Bär, „ich möchte Mammi in meinem Ziegenwagen nach Hauſe fahren!"

„Bär, das geht nicht, der Bock iſt nicht ſtark genug, um euch alle zu ziehen!"

„Aber dann laß mich mit dem Ziegenwagen zur Bahn fahren, damit Pappi und Mammi ihn ſehen! Mammi würde zu traurig ſein, wenn ſie hört, ich habe einen Ziegenwagen und hab ihn ihr nicht gleich zuallererſt gezeigt!"

„Das läßt ſich vielleicht machen, Bär, aber du mußt ſehr vorſichtig fahren."

„Na ja, 'türlich, ich will uns doch nicht umſchmeißen, wenn Pappi und Mammi kommen!"

„Schön, also, Jungens, nun spielt bis elf im Hause.
Wenn ihr draußen spielt, macht ihr euch zu leicht
schmutzig.“

„Ich fürchte nur, die Sonne nimmt es übel, wenn sie
uns nicht angucken kann“, meinte Bär.

„Ach nein, die Sonne ist alt genug, die hat warten
gelernt.“

Nach dem Frühstück begaben sich die Knaben zögernd
ins Spielzimmer, während ich Haus und Garten noch
einmal gründlich inspizierte, um bei meinen Geschwistern
Ehre einzulegen. Zwei an Grete und Kuntze verabreichte
Trinkgelder erleichterten mir diese Arbeit beträchtlich, also
hatte ich Muße, die Zimmer mit Blumen zu schmücken.

Als ich in mein früheres Schlafzimmer trat, hörte ich
etwas am Waschtisch plätschern, und ich entdeckte Teddi,
der eben den letzten Schluck aus einem mit einer dunklen
Flüssigkeit gefüllten Glas nahm.

„Ische schwasche Melischin“, sagte er; „mag er fubba
bern.“

„Woraus hast du die denn gemacht?“ fragte ich mit
Anteilnahme, weil ich mich auf den Spuren innerer Ver=
wandschaft glaubte. Helene und ich hatten als Kinder
stundenlang Lakritzen in Wasser aufgelöst und dieses Ge=
bräu als Medizin verabreicht.

„Ische macht ausch Schoda=Mischtur.“

Das war wieder eine Medizin aus meinen Kinder=
tagen, sie wurde aber nach ärztlicher Vorschrift ange=
fertigt und konnte, in zu großen Mengen genommen,
schädlich wirken.

„Wieviel hast du denn genommen, Teddi?“

„Dansche Flasche voll, fneckte wunnaschön.“

In diesem Augenblick fiel mein Blick auf die Etikette:
A u ß e r l i c h — im Nu ergriff ich einen Schal, wickelte
Teddi ein, nahm ihn hoch und rannte in den Stall. Im
nächsten Augenblick saß ich auf einem Pferd und galop=

pierte nach dem Städtchen, den unglücklichen Teddi, dessen gelbe Locken im Wind flatterten, unter dem Arm. Die Leute stürzten aus den Türen und sahen uns nach, als ob ich der wilde Jäger wäre. Ein alter Bauer, der uns entgegengeritten kam, peitschte wie rasend auf sein Pferd ein und schrie: „Haltet den Dieb!" Später erfuhr ich, daß er mich für einen Kinderräuber gehalten hatte, und seiner Phantasie mag eine Belohnung von zwanzigtausend Mark vorgeschwebt haben. Vor der Apotheke hielt ich an, stürzte hinein und rief:

„Rasch ein starkes Brechmittel, das Kind hat Gift genommen!"

Der Apotheker eilte in sein Laboratorium, während Teddi, bei dem das Gift noch nicht gewirkt hatte, die Katze des Apothekers am Schwanz packte, was mit lautem Protest des Tieres endete.

Die Erlebnisse der nächsten paar Minuten waren mehr energisch und umwälzend als angenehm zu erzählen. Es genügt zu sagen, daß Teddis Gewicht bedeutend herabgesetzt und seine Farbe recht bläßlich wurde. Dann ritten wir in gemäßigtem Tempo nach Hause, und ich ließ Teddi durch Grete ins Bett bringen; sie sollte auch versuchen, ihn zum Schlafen zu bringen.

Da vernahm ich folgende Worte des geretteten Jünglings:

„Bär, da war er 'n bjoscher Walfitsch. Schonasch hat er nich auschepuckt, aber den danschen Fuschboden voll von anner Scheugs!"

Zehntes Kapitel

Während der letzten Stunde, die noch bis zum Aufbruch nach der Bahn vergehen mußte, war meine einzige Sorge, die Kinder sauber zu erhalten. Aber der Erfolg war so gering, daß ich entsetzlich ungeduldig wurde. Zuerst bestanden sie darauf, gerade auf dem Teil des Rasens zu spielen, wo die Sonne noch nicht hingekommen war. Dann, als ich einen Augenblick ins Haus gegangen war, um mir ein Streichholz zu holen, war Teddi mit seinen feuchten Schuhen auf die Straße gelaufen, wo der Staub ihm bis an die Knöchel ging. Darauf spielten sie auf allen vieren auf der Veranda Bär. Jeder wollte für die Mutter einen Strauß pflücken, wobei Teddi an jeder einzelnen Blume roch. Bei dieser Maßnahme wurde seine Nase ganz gelb von Blütenstaub, so daß er aussah wie ein übel zugerichteter Boxer. Die Zeiträume der Untätigkeit wurden durch folgende Unterhaltung ausgefüllt:

„Onkel Heinz, warum haben einige Männer in der Kirche gar kein Haar auf dem Kopf?“

„Weil,“ entgegnete ich, nachdem ich Teddi, der versuchte, meine Uhr aus der Westentasche zu ziehen, gehörig geschüttelt hatte, „weil sie recht böse Schlingels von kleinen Jungens haben, die sie die ganze Zeit ärgern, d a r u m fällt ihnen das Haar aus.“

„Aha, dajum fällt schein Haar auch bald ausch“, sagte Teddi mit beleidigter Miene.

„Anspannen, Kuntze“, rief ich. „Und auch die Ziege“, fügte Bär hinzu.

Fünf Minuten später saß ich in Toms leichtem offnen Wagen.

„Kuntze,“ rief ich zurück, „ich habe vergessen, Grete zu sagen, daß sie das Essen fertig haben soll, laufen Sie doch schnell, und sagen Sie es ihr.“

„Jut“, sagte Kuntze und ging.

„Seid ihr fertig, Jungens?“

„Einen Augenmoment“, sagte Bär. „Ich muß bloß noch das festmachen.“ Dann stieg er auf seinen Sitz, nahm die Zügel und die Peitsche und rief: „Nu los!“

„Hör’ mal, Bär, leg’ die Peitsche hin und komm bloß nicht damit unterwegs an die Ziege. Ich fahre ganz langsam, wir haben massenhaft Zeit, du brauchst nur die Zügel zu halten.“

„Nu schön,“ sagte Bär, „aber ich möchte doch so gern wie ein großer Herr aussehen, wenn ich fahre.“

„Ein andermal, Bär, wenn jemand nebenhergeht. Los.“

Die Pferde gingen in sanftem Trab, und die Ziege trottete dicht hinterher. Als wir noch ungefähr eine Minute vom Bahnhof entfernt waren, sah man den Zug einfahren. Ich hatte auf dem Bahnsteig sein wollen, aber augenscheinlich ging meine Uhr nach. Ich gab den Pferden die Peitsche, sah mich um, sah, daß die Knaben dicht hinter mir waren, und kam so dicht an die Plattform heran, daß nur eine haarscharfe Wendung mich vor einem ernstlichen Unfall behütete. Die Tiere bemerkten die Gefahr ebenso schnell wie ich und wendeten in erstaunlich kurzem Bogen. In demselben Augenblick vernahm ich einen heftigen Anprall an die Holzwand des Schuppens, ich hörte ein entsetzliches Geheul und sah meine beiden Neffen übereinander auf den Bahnsteig kullern. Dann hörte ich eine recht brummige Stimme:

„Zum Donnerwetter, wie können Se denn die Bengels un det arme Viech an die Eklipasche anknüppern!“

Ich sah hin — der Mann hatte recht. Wie die Ziege es fertiggebracht hat, Kopf und Schultern während der letzten Augenblicke in ihrem natürlichen Zusammenhang zu behalten, das überlasse ich den Naturwissenschaftlern zu erklären. In dieser Minute hatte ich nicht Zeit, darüber nachzudenken, denn der Zug hielt. Glücklicher-

weise hatten die Kinder den Stoß mit dem Schädel auf=
gefangen, und die Lorenz=Burenschen Schädel sind von
erstaunlicher Haltbarkeit. Ich setzte sie auf ihre Füße,
klopfte sie mit der Hand ab, versprach ihnen für eine
ganze Woche Bonbons, trocknete ihre Tränen und stürzte
auf die Ankunftsseite. Bär raste auf seinen Vater zu
und schrie:

„Pappi, Pappi, sieh, meine Ziege.‟

Helene breitete die Arme aus, Teddi warf sich an ihre
Brust und schluchzte: „Mammi, sching, sching.‟

Wie unbehaglich sich ein Mensch in der Gesellschaft
einer zärtlich geliebten Schwester und eines unvergleich=
lichen Schwagers fühlen kann, das wurde mir erst auf
dieser kurzen Nachhausefahrt klar. Helene war sehr be=
sorgt um ihre Kinder, aber sie fand doch Zeit, mich voll
Mitgefühl, Neckerei, Zärtlichkeit und Herablassung an=
zugucken, so daß ich, als wir das Haus erreicht hatten,
wirklich erleichtert war. Ich ging schnell auf mein Zim=
mer, aber ehe ich die Tür geschlossen hatte, war Helene
bei mir und legte ihre Arme um meinen Nacken. In
diesen Augenblicken kamen wir uns innerlich näher als
je zuvor. Und wie glänzend verlief der Rest das Tages!
Wir hatten ein entzückendes kleines Frühstück, zu wel=
chem Tom eine Flasche Champagner heraufholte und
Helene ohne Widerstreben ihre besten Gläser gab. Dann
wurden Toaste ausgebracht auf „sie und ihre Mutter‟
und auf den Benediktus, der da kommen sollte. Dann
schlug Helene vor, auf das Wohl der Ehestifter Bär und
Teddi zu trinken.

Die jungen Herren stießen laut und vernehmlich an.
Zwar brachten sie keine Gegentoaste aus, starrten aber die
Erwachsenen so ulkig und neugierig an, daß ich aufsprang
und sie recht tüchtig abküßte, ein Vorgehen, das viel=
sagende Blicke zwischen Helene und Tom zur Folge
hatte.

Dann ging Helene in die Pension, um, wie ich hörte, einer dort befindlichen jungen Dame ein Kleid zu zeigen, das sie unterwegs gesehen hatte. Alice begleitete sie dann beim Weggehen bis zur Gartenpforte. Sie hatten aber so viel miteinander zu reden, daß, ganz von ungefähr, Alice Helene beinah bis nach Hause brachte, und dann konnte Helene unmöglich zugeben, daß Alice allein wieder umkehrte, sondern sie mußte mit ins Haus, um nachher mit dem Wagen zurückgebracht zu werden. Wenige Augenblicke später befand sich Kuntze mit einem Brief an Frau Maywald unterwegs, des Inhalts, daß ihre Tochter sich habe erweichen lassen, zum Essen dazubleiben, abends aber unter sicherem Schutz nach Hause gebracht werden würde. Nach dem Abendbrot, als die Kinder zu Bett waren, stöhnte Tom entsetzlich über eine Sitzung der Wegebaukommission, der er beiwohnen müsse, und Helene bat, sie nur für einen Augenblick zu entschuldigen, sie müsse nur eben sich nach dem Befinden der Frau Doktor erkundigen; dazu brauchte sie zwei Stunden fünfundzwanzig Minuten! Gott segne ihr mitfühlendes Herz!

Der gefürchtete Ferienschluß sollte mir nicht soviel Herzschmerzen machen, wie ich gefürchtet hatte. Eines Abends meinte Helene, sie sähe eigentlich nicht recht ein, warum, wenn ihr armer lieber Tom jeden Tag den Weg nach der Stadt hin und her mache, ihr fauler langer Bruder das nicht ebensogut könne, für den Fall, daß sie ihn bis zum Schluß des Sommers in Pension nähme.

Obwohl ich seit Jahren gegen den Unsinn geeifert hatte, daß Städter in Vororten wohnen, fügte ich mich doch der Beweisführung meiner Schwester. Ja, ich tat noch mehr; ich kaufte ein entzückendes kleines Grundstück, wenn auch der Kaufkontrakt in Toms Namen war. Tom brachte eine Reihe von Bauplänen mit, die allabendlich auf dem Eßtische zur Begutachtung ausgebreitet und von vier

Menschen angelegentlichst studiert wurden. Eine gewisse junge Dame hat über die Pläne ihre ganz bestimmten Ansichten, in einem Punkte aber läßt sie nicht mit sich reden: es muß ein schönes Zimmer eigens für Bär und Teddi in dem Häuschen sein. Trotz der Jugend besagter Knaben finde ich häufig Gelegenheit, schauderhaft eifersüchtig zu sein. Düsteres Stirnrunzeln oder Überredungskünste vermögen bei ihnen nichts, und nur schwarze List kann sie hindern, die ganze Zeit eines Wesens, von dessen Gesellschaft ich nie genug bekommen kann, allein für sich in Beschlag zu nehmen. Die Hochzeit soll im Dezember sein, und sie besteht darauf, daß die beiden Rangen Brautführer sind; ich zweifle nicht daran, daß sie ihren Willen durchsetzen wird. Ehrlich gesagt, bin ich auch in die Jungen vernarrt, und wenn ich einmal vergesse, sie abends in ihrem Zimmer aufzusuchen und einen dankbaren Kuß auf ihre süßen Lippen zu drücken, wirft mir mein Gewissen schnöden Undank vor. Wenn ich bedenke, daß ich ohne sie vielleicht ein hoffnungsloser Junggeselle sein würde, so strömt mein Herz über von Dankbarkeit gegen den Geber von „Helenes Kinderchen".

Andrer Leute Kinder

Widmung

Die Eltern der besten Kinder in der Welt, denen „Helenes Kinderchen" gewidmet wurde, haben ihre Pflicht in bezug auf Anschaffung des Buches so reichlich erfüllt, daß der Autor sich durch die allergewöhnlichste Selbstsucht veranlaßt sieht, sein zweites Buch einem noch größeren Leserkreis zu zeigen. Er widmet dieses Buch also

„Jedem, der genau weiß, wie anderer Leute Kinder erzogen werden sollten",

und hofft, daß diese Artigkeit in der üblichen freundlichen Weise aufgenommen werden wird, und daß infolgedessen jeder Einwohner seines Vaterlandes, sei es Mann oder Weib oder Kind, sich veranlaßt sehen wird, ein Exemplar zu erwerben.

Erstes Kapitel

An einem schönen Sommermorgen saß der Verfasser eines vielgeschmähten Buches mit seiner Frau am Frühstückstisch. Wie schon oft, begann sich die Unterhaltung um ein paar unnütze Jungen zu drehen, die den Liebhabern lustiger Kindergeschichten viel Spaß, ihrem Onkel aber sehr viel Mühe gemacht haben.

Frau Alice Buren, geb. Maywald, besaß jenen echt weiblichen Edelsinn, mit dem sie über jede Unvollkommenheit ihres Ehegatten den Mantel deckte, ja, sie war so stolz auf ihn, daß sie sogar sein unseliges Buch bewunderte. Sie machte fabelhafte Anstrengungen, um selbst die unleugbar verfehlten Stellen des Buches zu verteidigen. Nur eines hatte sie an dem Verfasser auszusetzen: seine gänzliche Unzulänglichkeit in bezug auf die richtige Behandlung von Kindern.

An diesem besagten Morgen nun war ihr kritischer Sinn besonders lebhaft, vielleicht infolge einer ungewöhnlichen Reihe von sorgenfreien Tagen, vielleicht weil der Mürbebraten nicht mürbe war, wer weiß? Der Verfasser hatte nicht genügend Zeit, diese Frage logisch zu erwägen und zu entscheiden, denn er mußte seine volle Aufmerksamkeit auf die Kunst der Selbstverteidigung verwenden. Wie ein vorsichtiger General, der sich über die Überlegenheit des Gegners nicht täuscht, versuchte er abzulenken,

die Haltlosigkeit seiner Züge wurde aber sofort erkannt
und mit gebührender Verachtung gestraft.

„Wenn man sich einmal recht klarmacht, Heinz,“
sagte Frau Buren, „wie wenig du dich damals persönlich
um Bär und Teddi bekümmert hast, trotz deiner angeb=
lich so zärtlichen Verwandtenliebe, so muß man sich wirk=
lich fragen, ob manche Leute glauben, Kinder könnten
gedeihen wie Waldbäume, ohne Pflege und Zucht.“

„Den größten Teil meiner Zeit,“ sagte Herr Buren,
indem er sein Stück Mürbebraten mit mehr Energie be=
arbeitete, als er es bei der bequemen Lage seiner Ge=
schäftsstunden eigentlich nötig gehabt hätte, „den größten
Teil meiner Zeit brauchte ich dazu, um ihrer Eltern Hab
und Gut und ihr eigenes Leben vor dem Untergang zu
bewahren. Wann hätte ich dann noch mehr leisten kön=
nen?“

Ein Lächeln selbstbewußter Überlegenheit, dessen Ehr=
lichkeit es nur noch aufreizender machte, flog über das
Gesicht der jungen Frau. „Immer“, erwiderte sie. „Du
vergeudetest deine Zeit damit, wieder in Ordnung zu brin=
gen, was ihr kindlicher Unverstand versehen hatte; wäh=
rend du sie so hättest behandeln müssen, daß alle Aus=
wüchse ihres mißgeleiteten Tätigkeitstriebes unmöglich
gewesen wären. Du weißt, ‚Vorsicht ist die Mutter der
Porzellankiste‘.“

Herr Buren haßte Sprichwörter und brummelte einen
nicht zu wiederholenden Fluch in sich hinein.

„Du hättest ihnen die unbedingte Notwendigkeit von
Frieden, Ordnung, Reinlichkeit und Selbstbeherrschung
auseinandersetzen müssen. Glaubst du nicht, daß die
reinen kleinen Kinderherzen alles gern aufgenommen und
danach gehandelt hätten?“

Herr Buren antwortete mit einer Gegenfrage.

„Glaubst du nicht, mein Liebling, daß die Notwendig=
keit aller dieser Tugenden ihnen einige Male vor Augen

146

geführt worden ist? Hast du nie den hausbackenen, aber
sehr trefflichen Spruch gehört:

‚Man kann das Pferd zur Tränke bringen,
    doch kann man's nicht zum Saufen zwingen.'"

Mit der Sicherheit angeborenen Instinktes ging Frau
Buren um dies in den Weg gestellte Worthindernis her=
um, ohne zu versuchen, es zu widerlegen.

„Du hättest doch wenigstens versuchen können, ihnen
etwas von der inneren Bedeutung der Dinge beizubrin=
gen. Sie würden dann wohl auch sonst bei der Betrach=
tung ihrer Umgebung ein feineres Gefühl gezeigt haben."

Herr Buren sah mit Bewunderung, man kann fast
sagen mit Ehrfurcht, auf dieses reine, edle Geschöpf,
deren Instinkte so unwiderstehlich sicher die wahren Trieb=
federn aller menschlichen Handlungen erkannte. Mit ge=
bührender Demut sagte er:

„Würdest du mir vielleicht sagen, wie du den Jungen
die innere Bedeutung von ‚Schmutz' erklärt hättest? So
daß sie ruhig einen staubigen Weg hätten gehen können,
ohne sich in einen recht sichtbaren, wenn auch nicht gerade
leuchtenden Heiligenschein zu hüllen?"

„Spotte doch nicht über so ernste Dinge", rief Frau
Alice, die mit sichtbarer Hast nach einer Erwiderung ge=
sucht hatte. „Du weißt recht gut, daß das Gewissen, ver=
eint mit dem Sinn für das Schöne, alle Menschen, die
sich diesem Einfluß unterwerfen, dazu erzieht, ihr Leben
zu veredeln; und du weißt auch, daß die reinsten Naturen
die empfänglichsten sind. Wenn sich Männer und Frauen
aus einer irregeleiteten und verdorbenen Jugend unter
richtiger Führung zum Licht und zur Freiheit erheben
können, wieviel mehr nicht die Kinder, von denen es
heißt: ‚Ihrer ist das Himmelreich.'"

Unwillkürlich senkte Herr Buren das Haupt bei den
letzten Worten seiner Frau. Er erhob es aber recht schnell

bei der nächsten Bemerkung, die wahrscheinlich durch das
Bibelzitat bei seiner Frau ausgelöst wurde:

„Ja, und dann erlaubst du ihnen immer, so schrecklich
respektlos über heilige Dinge zu sprechen."

„Aber wirklich, Liebste," wehrte sich das Opfer, „ein
paar von den Fehlgriffen mußt du gütigst den Eltern auf
Rechnung setzen. Die Ausbildung der Gewohnheiten der
Kinder hat doch mit mir nichts zu tun, und die ihnen
eigentümliche Art über das, was du heilige Dinge nennst,
zu sprechen, ist direkte Vererbung von den Eltern. Tom
z. B. leugnet ganz entschieden, daß die bloße Erwähnung
eines Menschen in der Bibel ihm ein Patent auf Heilig-
keit gäbe, und Helene ist genau derselben Ansicht."

Frau Buren hustete.

Es ist erstaunlich, wie vielsagend solch ein Hüsteln sein
kann. Jedenfalls bereitete die kleine Kehlkopfstörung
Frau Burens ihren Gatten reichlich auf das Kommende
vor.

„Ich nehme an," sagte sie, gleichsam als ob sie laut
dächte, „daß Kinder durch Vererbung sehr viele frag-
würdige Eigenschaften bekommen, für die man die armen
kleinen Dinger nachher verantwortlich macht. Ich kann
die Auffassung Toms und Helenes in dieser Sache
durchaus nicht teilen. In der Maywaldschen wie in meiner mütterlichen Familie hatte man immer große Ehrfurcht vor heiligen Dingen. Du hast vollkommen recht,
wenn du sagst, die Schuld liegt bei den Eltern. Wie sie
es aber verantworten können, solche Gewohnheiten bei
ihren unschuldigen Kindern großzuziehen, das begreife
ich einfach nicht; ich begreife freilich auch nicht, daß sie es
aneinander dulden. Aber — es gibt solche und solche
Familien."

Bei dieser letzten Bemerkung nahm Frau Buren ihre
Serviette und strich sich mit peinlicher Sorgfalt ein paar
Brotkrumen vom Kleid. Die gute Seele! Sie mußte

wohl ein bißchen menschliche Schwäche zeigen, um ihrem
Mann zu beweisen, daß sie nicht zu gut für diese Welt sei.
Ihr Gatte nahm den Stich geduldig hin, wie es guten
Ehemännern zukommt; die Art aber, in der er hastig
seine Tasse mit der Bitte um Zucker herüberreichte, so-
wie der Ton, mit welchem er sagte: „Sonst noch etwas,
Liebste?" zeigten deutlich, daß er mühsam nach Selbst-
beherrschung rang.

Sofort begriff Frau Buren, was die Glocke geschlagen
hatte, stand von ihrem Platz auf, um in der zwischen Ehegatten üblichen Form Abbitte zu tun; dann sagte sie:

„Nur noch eins, lieber, alter Junge — und auch das ist
nur eine Wiederholung, glaube ich. Meistens verabsäu-
men Eltern die Pflicht, ihre Kinder zu erziehen, statt sie
bloß zu überwachen, ebenso wie zärtliche Onkels. Vom
ersten Aufdämmern des Bewußtseins an muß man den
Kindern den Stempel des reiferen und weiseren Geistes
aufdrücken, so daß die Charakterentwicklung der Kleinen nach einem bestimmten Plan erfolgt und nicht dem
Zufall überlassen bleibt."

„Und diese Stempelung, meinst du, kann auch von
einem bis über die Ohren verliebten Onkel innerhalb eines
Urlaubs von vierzehn Tagen erfolgen?"

„Gewiß; sogar wilde Tiere werden doch plötzlich beim
ersten Blick von einem überlegenen Geist gezähmt."

„Aber angenommen, diese eindrucksfähigen kleinen
Wesen hätten eigene Meinungen, Wünsche und Absichten?"

„Sie müssen von dem Geist des Erwachsenen über-
wunden werden."

„Und wenn sie sich dagegen wehren?"

„Danach wird nicht gefragt", sagte Frau Buren und
wuchs sichtlich um mehrere Zoll.

„Meinst du wirklich, du brächtest sie dazu, dir zu gehorchen?" fragte Herr Buren mit einem Blick staunen-

der Verehrung, als ob die Antwort die Entscheidung einer unfehlbaren Autorität sei.

„Gewiß", erwiderte die Dame.

„Wahrhaftig," rief der Gatte, „was für ein eigentümliches Zusammentreffen! Genau das hatte ich mir vorgenommen, als ich zuerst die Sorge für die Kinder übernahm. Und doch —"

„Und doch mißglückte es dir", sagte Frau Buren. „Wie wünschte ich, an deiner Stelle gewesen zu sein."

„Das wünschte ich auch, Liebste," sagte Herr Buren, „oder vielmehr ich würde es wünschen, wenn ich nicht daran dächte, daß dann wahrscheinlich all die glücklichen Zufälligkeiten, die dich zu Frau Alice Buren gemacht haben, nicht passiert wären."

Die Dame lächelte huldvoll und antwortete:

„Vielleicht habe ich noch die Gelegenheit. Nämlich — kurz — es ist zu dumm, daß ich immer noch nicht gelernt habe, etwas vor dir zu verbergen — ich habe nämlich schon alles für einen derartigen Erziehungsversuch vorbereitet. Und dann wollen wir einmal sehen, ob nicht Tom und Helene und auch du mir hinterher recht geben werden."

Hastig warf Herr Buren ein:

„Ich hoffe doch, du machst das Experiment, während ich auf meiner Frühjahrsgeschäftsreise bin. Oder, wenn das nicht geht, so gib mir doch beizeiten einen Wink, damit ich mich irgendwohin retten kann. Wann soll es denn losgehen?"

Die Antwort bestand in einem rätselhaften Blick, den ihr Mann nimmer ergründet hätte, wenn ihm nicht von ganz unvorhergesehener Seite plötzlich Hilfe gekommen wäre. Es ertönte ein starkes und anhaltendes Geklingel und dann ein fürchterliches Gepolter an der Hintertür, augenscheinlich verursacht durch das Klopfen mit einem halben Ziegelstein. Darauf ein heftiges Türzuwerfen,

150

ein Getrampel im Flur, als ob Pferde im Haus wären.
Dann schrie eine ganz helle Kinderstimme:

„War er schuerscht bjin!"

Darauf eine lautere, tiefere:

„Neee, ich!"

Und dann, als Herr und Frau Buren voll Angst und
Sorge aufsprangen, wurde auch schon die Eßzimmertür
aufgerissen, und Bär und Tebbi kamen wie aus der
Pistole geschossen herein.

„Hallo", rief Bär statt jeder Begrüßung, während
sich Tebbi den Umarmungen der Tante entwand und
den Familien-Skyeterrier am Schwanz ergriff.

„Und was sagt ihr nu? Wir haben ein neues Baby,
und Ted und ich sollen ein paar Tage bei euch bleiben,
hat Pappi gesagt. Na, euer Frühstück ist nich sosehr,
was?" schloß Bär nach einem kritischen Blick auf den
Eßtisch.

„Esch isch nich göscher wie scho," sagte Tebbi, aus
dessen Haft sich der Hund Terry schleunigst durch die
Flucht gerettet hatte, „scho djosch", wiederholte Tebbi,
hielt seine dicken kleinen Pfoten ein paar Zoll auseinander und zog sein Gesicht krampfhaft in Falten zusammen, um die außerordentliche Kleinheit des Neu-
geborenen anzudeuten.

Frau Buren küßte ihre Neffen und ihren Mann mit
ungewöhnlicher Wärme und erkundigte sich nach dem
Geschlecht des neuen Einwohners.

„Aua, das ist gerade das Feine!" sagte Bär. „Es ist
ein Mädchen. Mir sind diese Masse Jungens so über —
Tebbi ist so schlimm wie'n ganzer Haufen —, und ich
muß auf ihn manchmal aufpassen. Nur das ist dumm,
wir wissen keinen Namen für sie. Mammi hat gesagt,
wir sollten an das Allerschönste auf der ganzen Welt
benken, und da dachte ich gleich an Apfelsinencreme; aber
Tebbi meinte, Karamelpubbing wäre schöner. Aber

Pappi sagte, so einen Namen könnte man einem kleinen
Mädchen nicht geben. Ich seh aber nicht ein, warum
,Rose' oder ,Georgine' oder all das andere dumme Zeugs,
wonach man kleine Mädchen nennt, besser sein soll!"

Während Bär seine Mitteilungen auskramte, rief
Teddi unentwegt:

„Will er — will er — will er —", wie ein Parla=
mentarier, der sich dauernd zum Wort meldet.

In seiner Aufregung verpaßte er den Moment, wo
sein Bruder mit Reden fertig war; schließlich aber brachte
er heraus:

„Will er ihr scheine Fildflöte schenken, und will er ihr
scheigen, wie er Lehmkuchen mit Joschinen macht."

„P", machte Bär verächtlich. „Mädchen mögen so
was gar nicht. Ich schenke ihr meinen blauen Schlips
und fahre sie in meinem Ziegenwagen pschazieren."

„Ja, aber denn," sagte Teddi mit der Miene eines
Mannes, der leidenschaftlich um die Palme des Sieges
kämpft, „dann schenk ich ihr Jaupen; die mag schie fubba
bern, denn schie haben scho schüsche Pelschjacken an, bansch
himmeldjün un jot un bjaun, wie die bjoschen Da=
mensch."

„Und was haben Ted und ich zusammenbeten müssen,
bis das Baby endlich da war", sagte Bär. „Mir wird
noch ganz übel, wenn ich daran denke. Tage und Wochen
und Monate!"

„Aua", sagte Teddi. „Un Bär, der wollte manch=
mal aufhören, weil er meinte, liebe Dott hättete nun
teine Tscheit mehr. Aber hat Teddi schagt, ,liebe Dott
ische allerdjöschter Pappi und macht, wasch bute Pappisch
machen'. Un immerschu tut unscher Pappi schuerscht, was
scheine tleine Jungensch wollen, un dasch musch liebe
Dott auch. Na, und dann war dasch Baby da. Un wir
muschten fubba artig schein. Wajum scheid ihr denn nich

scho subba artig und betet immerschu? — dann kjichtet
ihr valleicht auch ein schüschesch zeitschendes Kind!"

Das zeitweilige Wiedererscheinen des Hundes Terry
machte der Unterhaltung ein Ende, denn beide Knaben
strebten auf ihn zu, ein Streben, das bald in eine leb=
hafte Jagd ausartete. Terry, der die Kinder kannte und
wußte, daß ihre Barmherzigkeit sehr an die der Gott=
losen erinnerte, nahm Reißaus und fand im Wald ein
Versteck. Die Jungens kamen ganz außer Atem zurück
und setzten sich niedergeschlagen auf den Brunnenrand
vor dem Hause.

Frau Buren, die gerade auf die Schulter ihres Mannes
gelehnt am Fenster stand, blickte zärtlich zu ihnen hin
und sagte:

„Die armen Kleinen! Schon Heimweh! Jetzt ist der
Augenblick für mich gekommen!" (Laut rufend:) „Kin=
der!"

Beide Jungen sahen herauf. Frau Buren im Fenster
bildete ein gut gerahmtes, anmutiges Bild, und ihr Mann
lauschte mit bewundernden Blicken ihren Worten.

„Jungens, kommt herein und laßt uns recht behaglich
von Mammi plaudern!"

„Will er nich von Mammi plaudern", knurrte Teddi
erbost; „will er mit Terrymann pschielen."

„Aber Mammi und das Baby sind doch soviel netter
als Hunde", sagte Frau Buren nach einem zerschmet=
ternden Blick auf ihren Mann, der Teddis Bemerkung
mit einem Kichern quittiert hatte.

„Na, das finde ich aber auch nicht", sagte Bär nach=
denklich. „Mammi und das Baby, die haben wir nu
immerzu, aber Terrymann nur ein kleines Weilchen, und,
komisch, er will uns gar nicht mal so gern."

„Mein Liebling," sagte Herr Buren bescheiden, „wenn
dir an der Erfahrung anderer Leute gelegen ist, so möchte
ich dir raten, die Jungen sich mit ihrer Enttäuschung allein

abfinden zu lassen. Sie werden es trotz dir auf ihre
eigne Weise tun."

„Es gibt Erfahrungen," sagte Frau Buren mit eini=
ger Würde, „die uns nur dadurch nützen, daß man ihre
vollkommene Wertlosigkeit erkennt. Kinder sich selbst
überlassen, das kann jeder. Herzenskinder, habt ihr schon
mal die Geschichte von Martchen Brumm gehört?"

„Neee", knurrte Bär in einem Ton, der jeden zurück=
geschreckt hätte, der sich nicht ausdrücklich zum Herrschen
berufen gefühlt hätte.

„Nun, Martchen Brumm war ein nettes kleines Mäd=
chen, nur heulte sie, sowie etwas nicht so ging, wie sie
es sich gerade gedacht hatte. Eines Tages hatte sie eine
schöne Zuckerstange geschenkt bekommen, mit der spielte
sie Verlieren und Wiederfinden; aber einmal versteckte
sie sie so sorgfältig, daß sie vergaß, wo sie sie hingetan
hatte. Sie setzte sich also hin und maulte und schmollte.
Da kam ein Regenschauer und schmolz die Zuckerstange,
welche die ganze Zeit ganz in der Nähe, eben um die Ecke,
gelegen hatte. Hätte Martchen —"

„Ist Terrymann auch eben blosch um die Ecke?" fragte
Teddi und sprang plötzlich auf, während Bär brummig
mit der Stiefelspitze im Schmutz bohrte und sagte:

„Hätte sie die Zuckerstange gleich aufgegessen, dann
hätte sie keinen Ärger davon gehabt."

Onkel Heinz zog sich schleunigst in das hintere Zim=
mer zurück, um ohne offenkundige Mißachtung behag=
lich lachen zu können. Der Hausfrau aber fiel es plötz=
lich ein, daß es Zeit wäre, nach der Köchin zu klingeln,
damit sie Frühstück bringen solle. Einen Augenblick später
sah sie aus dem Fenster, aber die Knaben waren fort
und mit ihnen ein großer Steinkrug, eines jener Erb=
stücke, die den Männern ein Greuel sind, von den Frauen
aber zärtlicher gehütet werden als die Gewänder und
Edelsteine der Ahnen. — Frau Buren hatte jene Manie

für Einmachen, der selbst die herrlichsten und besten ihrer
Geschlechtsgenossinnen verfallen sind; und der in Frage
stehende Krug war am Morgen ausgebrüht und in die
Sonne zum Trocknen gestellt worden, um mit Johannis=
beermarmelade gefüllt zu werden.

„Heinz,“ sagte Frau Buren, „kannst du nicht schnell
mal hinausgehen und mir den Krug wiederholen? Er
muß doch jetzt trocken sein.

Herr Buren sah auf die Uhr.

„Nein, Liebste, ich bekomme kaum noch den Schnell=
zug in die Stadt; die Jungen finden sich ja sicher zum
Essen ein, und dann wirst du ja feststellen, wo der Krug
geblieben ist.“

Herr Buren verschwand eiligst durch die Vordertür und
Frau Buren mit nicht geringerer Eile durch die Hintertür
in der entgegengesetzten Richtung. Die Knaben waren
nicht zu sehen, und auch die aufmerksamste Umschau über
das nächstgelegene Gelände zeigte keine Spur von ihnen.
Frau Buren rief die Köchin und das Hausmädchen zu
Hilfe, und alle drei durchforschten in verschiedenen Rich=
tungen das leicht bewaldete Grundstück neben ihrem
Hause. Bald hörte Frau Buren wohlbekannte Stim=
men, ging ihnen nach und kam an die Grenze des Grund=
stücks, das an der Knaben eigenes Heim angrenzte. Die
Stimmen führten sie bis zu Lorenzens Scheune, und sie
trat in die Tür. Da erblickte sie ihren geliebten Topf auf
dem Boden in der Mitte, angefüllt mit grünen Tomaten,
über welche die Jungen den Inhalt einiger Flaschen
gossen, auf denen die Etiketten waren: „Mexikanische
Pferdetinktur“ und „Prima Wagenschmiere“. — So=
bald die Kinder die Tante bemerkten, sagte Teddi mit
einem Lächeln, in dem sich Zutraulichkeit mit dem Stolz
über ein wohlgelungenes Werk mischte:

„Wir machen Pickelsch ein für dich, weil du unsch
schüsche tleine Deschichte vertschählt hascht. Scho macht

schie Mammi, blosch tonnten wir dasch Tscheug in die Flaschen nich heisch machen."

Frau Burens gewöhnliche Schlagfertigkeit ließ sie in diesem Augenblick im Stich; als sie aber den Ort haftig verließ und die Jungen bei der Hand nahm, kennzeich= nete Bär die wahre Natur ihrer Gefühle durch den Aus= ruf:

„Aua, Tante Alice, kneif mich doch nicht so doll!"

„Junge," sagte sie streng, „warum habt ihr ohne Er= laubnis meinen Krug fortgenommen?"

„Was meinst du?" fragte Bär. „Meinst du, was wir damit wollten?"

„Natürlich."

„Na, wir wollten dir 'ne Überraschung machen."

„Das ist euch allerdings geglückt", war die schnelle Antwort.

„Nu muscht du unsch auch 'ne schöne Jaschung machen", sagte Tebbi; „Jaschungen schind fein. Pappi macht auch immer Jaschungsch. Manchmal schind esch Nukeladenschipalien, und manchmal schind esch Bananen."

„Was würdet ihr dazu sagen, wenn ich euch den gan= zen Morgen in ein dunkles Zimmer einsperren würde, damit ihr über eure Ungezogenheit nachdenken könnt?"

„Nee," sagte Bär, „das würde gar keine nette Über= raschung sein. Das können wir auf ein andermal ver= schieben, wenn wir unartig waren und Pappi und Mammi haben es gemerkt. Aber du hast ja deine Pickels ver= gessen. Sehr nett gehst du eigentlich mit Geschenken und Überraschungen nicht um."

Frau Buren gab weiter keine Erklärungen ab und ließ sich überhaupt nicht weiter auf Unterhaltungen ein. Als sie zu Hause angekommen waren, sagte sie:

„Kinder, ihr dürft jetzt überall auf dem Hof herum= spielen, wo ihr wollt; aber ihr sollt nicht fortgehen und auch nicht hereinkommen, bis ich euch rufe, um zwölf.

Ich habe sehr viel zu tun und will nicht gestört werden. Wollt ihr nun versuchen, artige und liebe Kinder zu sein?"

„Will er", rief Teddi und hielt ihr sein treuherziges kleines Gesicht zum Kuß hin, er zog die Tante zu sich herunter, bis er seine runden Armchen um ihren Hals schlingen und sie zärtlich drücken konnte. Bär dagegen war in tiefes Nachdenken versunken. Erst das Schließen der Tür brachte ihn zur Erde zurück.

„Tante Alice, Tante Alice!"

„Was denn?"

„Komm doch mal her, ich muß dich mal was fragen."

„Es gehört sich, daß du zu mir kommst, wenn du etwas von mir willst", ertönte Tante Alices Stimme aus dem Wohnzimmer.

„Ach soo! Ich möchte bloß gern wissen, wie der lieber Gott die allererste Wespe schöpfte — die allerallererste, die es überhaupt gab?"

„Ebenso, wie er alles andere geschaffen hat", erwiderte Frau Buren. „Er sagte, es solle da sein, und dann war es da."

„Hat denn Noah auch Wespen in seiner Arche gerettet?" fuhr Bär fort. „Weil ich nämlich nicht weiß, wie er es machte, daß sie seine kleinen Jungen und Mädel nicht piekſten und dann totgeschlagen wurden."

„Frage mich all das lieber nach Tisch, Bär," sagte Frau Buren, „ich will es dir dann erklären, so gut ich kann. Nun lauft und spielt."

Die Tür wurde wieder zugemacht, und Frau Buren, etwas verwirrt, aber entschlossenen Geistes, setzte sich an das Klavier, um zu üben. Sie hatte ungefähr zehn Minuten lang gespielt, als ein langgezogener Seufzer, der nicht ihrer eigenen Brust entstiegen war, sie veranlaßte, sich umzusehen — und sie erblickte ihren Neffen Bär. Ein strenger Verweis schwebte auf ihren Lippen, aber er kam nie an seine Adresse. Frau Buren sagte, er habe ein so unglaublich kummervolles Gesicht gemacht, daß sie glaubte, sein reges Gewissen habe ihm die Ungehörigkeit der Kruggeschichte klargemacht, und er sei gekommen, um sein Unrecht einzugestehen. „Tante Alice, weißt du was? In eurem Garten ist eigentlich nicht sehr viel los. Keine Schildkröte von einem Ende bis zum anderen und keinen netten Grasberg zum Runterrutschen wie bei uns.“

„Begreifst du nicht, lieber Junge,“ sagte Frau Buren, daß wir unser Haus und unseren Garten nach unserem Geschmack und für uns eingerichtet haben? Nicht für die kleinen Jungen, die zu uns zu Besuch kommen?“

„Na, nett kann ich das nu weiter nicht finden“, erklärte Bär. „Mein Pappi sagt immer, wir müssen ebensogern anderen Leuten Freude machen wie uns selbst. Siehst du, ich zum Beispiel hatte gar keine Lust, dir den Topf mit Pickels zu machen, aber Teddi sagte, du würdest dich so fuchbar doll freuen, na, und da gingte ich und machte mit; trotzdem ein Mann mit einem Wagen vorbeikam und mich ein bißchen mitnehmen wollte. So muß man es auch mit seinem Garten machen.“

„Ich denke, du gehst jetzt wieder draußen spielen. Weißt du nicht mehr, daß ich gesagt habe, ihr sollt nicht hereinkommen, bis ich euch rufe?“

„Ich weiß schon, aber ich wollte ja auch nur meinen Brummkreisel holen — ich hab ihn ins Eßzimmer gelegt, als ich reinkam, und nu ist er weg. Ich möchte wohl wissen, was ihr damit gemacht habt, und warum die Großen die Sachen von kleinen Jungens nicht zufrieden lassen können?“

Frau Buren drehte sich ein wenig plötzlich auf ihrem Klavierstuhl um.

„Hör' mal, Bär, es kommt mir so vor, als ob hier
irgendwo ein recht patziger kleiner Junge wäre. Denk'
mal, ich hätte irgend etwas verloren —"

„Irgend was?" sagte Bär mit beleidigter Würde. „Er
hat dreißig Pfennig gekostet."

„Nun also, wenn ich einen Brummkreisel verloren
hätte, was meinst du wohl, was ich tun würde?"

„Das Mädchen rufen, daß sie ihn dir sucht. Und das
solltest du nur jetzt auch tun."

„Ach bewahre", wehrte Frau Buren ab. „Denk' ein=
mal nach, was ein verständiger Mensch in solchem Fall
tut."

Trübsinnig zeichnete Bär mit seiner Fußspitze die
Figuren des Teppichs nach und schien in Gedanken ver=
sunken. Plötzlich erheiterte sich sein Gesicht, er guckte ein
bißchen nach oben und sagte, eine ganze Tonleiter von
Tönen auf die vier Worte verwendend:

„Jetzt hab ich es."

„Ich habe doch gleich gedacht, daß du's herausfinden
würdest", lobte die Tante und zog ihn an sich. Aber Bär
entwand sich ihrer Zärtlichkeit.

„E i n e Siegesmeldung für meinen erhabenen, lieben,
alten, dummen Vorgesetzten", murmelte Frau Buren,
als sie sich wieder zum Klavier wendete. Ehe sie aber
Zeit hatte, sich aufs neue in geistigen Rapport mit dem
Komponisten zu setzen, stürzte Bär strahlend mit dem
vermißten Kreisel ins Zimmer.

„Ich sagte doch, ich wüßte, was man tun müsse!" rief
er. „Und ich ging schnell hin und tat es. Ich hab zu
lieber Gott gebetet. Ich ging rauf in die Toilette und
schloß die Tür zu und kniete mich nieder und sagte:
,Lieber Gott, segne alle zusammen und mach mich gut
und gib, daß ich meinen Brummkreisel wiederfinde, und
laß mich nicht so lange darum beten wie um unser neues
Baby. Amen.' Und dann als ich runterkam, da lag der

Kreifel da auf dem Bücherbrett, grad da, wo ich ihm hingelegt hatte. Weißt du, Tante Alice, es kommt mir vor, als ob Früschück schon fuchbar lange her ist. Hast du nicht vielleicht ein paar Keks oder Apfelsinen für kleine hungrige Jungens?"

„Kinder dürfen niemals zwischen den Mahlzeiten essen", erhielt er prompt zur Antwort. „Das verbirbt den Magen und macht schlechte Laune."

„Dann hab ich mir wohl schon den Magen ver= dorben," meinte Bär, „denn ich bin manchmal ganz fuchbar schlechter Laune, und Kuntze sagt immer, ,Ein faules Ei verbirbt nicht mehr'. Du kannst mir also ruhig ein paar Keks geben, die mit Schokoladenüberzug mag ich am liebsten."

„Also dieses eine einzige Mal", murmelte Frau Alice und ging zum Büfett. Das hatte auch das Gute, daß sie ihr Gesicht verbergen konnte. „Heinz braucht es ja nicht zu erfahren", sagte sie sich mit vermehrter Energie.

„Hier ist auch einer für Teddi," fuhr sie fort, „nun denkt aber bitte beide daran, daß ich vor dem Mittag= essen nicht gestört werden will."

Bär verschwand, und die Tante genoß eine Stunde so ungestörten Friedens, daß es ihr zuviel wurde und sie ihre Neffen wieder zu sich ins Haus rief. Bär folgte dem Ruf mit fliegender Eile und gab freiwillig die Er= klärung ab, daß der Burensche Hühnerstall sehr viel netter als ihrer zu Hause wäre, denn der letztere habe keine Eingangstür für kleine Jungens. Teddi hingegen näherte sich mit sichtlichem Zögern und setzte sich auf halbem Wege mitten ins Gras, wo er in höchst gezwunge= ner Weise hin und her zu rutschen begann.

„Was ist denn los, Teddi?" fragte die Tante, die so= fort merkte, daß dem jungen Mann etwas fehlte.

„M," wimmerte Teddi, „krochtete er in der Henne ihr Nescht und wollt er auch mal kleine Tücken aufsch=

160

bjüten, un welche schollten weisch wern, un welche
bjaun, un welche schwarz, un alle schuschammen scho
jeitschende Bällschen, und schie schollten alle in schein
Bett tommen — un schüsches Baby schollte die weischen
haben und du auch, weil du scho schüsch bischt, und hat er
sich dansch, dansch lesse auf Nescht beschetscht, weil er doch
teine Federn hat — und da — und alsch er aufschtand,
da war da nix alsch scheußlicher oller Mus. Aua, deht
ihm subba schlecht!"

Frau Buren begriff die Sachlage sofort.

"Bleibe ganz still sitzen, Teddi. Bär, lauf schnell nach
Haus und sage, Gretchen soll für Teddi saubere Sachen
herbringen! Hanne, machen Sie gleich für Teddi ein
Bad zurecht."

"Will er nicht auf dem Gjasch schitzen", winselte Teddi.
"Isch ihm übel, will er liebdehabt wern!"

"Tante hat dich sehr lieb, Teddilein", tröstete Frau
Buren aus der Entfernung. "Macht dich das gar nicht
ein bißchen glücklicher?"

"Neee," sagte der junge Mann mit großer Entschie=
denheit, "schon'n Liebhaben nütscht banix für Jungens mit
Eiermustleibern. Musch du tommen schu ihm im Gjasch
und bei ihm schitzen und ihm liebhaben!"

Teddis Augen waren noch beredter als seine Lippen,
und seine Tante ging wirklich zu ihm, breitete aber vor=
sichtigerweise ein Tuch über sich. Teddi begrüßte sie mit
einer Zärtlichkeit, die in doppeltem Sinne eindrucksvoll
war, wovon Frau Burens Kleid auch dem oberflächlich=
sten Auge nachher Zeugnis ablegen konnte. Als Bär zu=
rückkam, wurde Teddi sorgfältig in ein altes Tuch ge=
wickelt und in das Badezimmer getragen. Er war mit der
ihm widerfahrenen Behandlung so zufrieden, daß er beim
Herausgehen sagte:

"Tante Alische, tjiegt er jeden Tag scho ein schönes

Bab, wenn er schich Mühe bibt, tleine Tücken auschschu=
bjüten?"

Die Ereignisse des Morgens bewirkten, daß das Mit=
tagessen eine Stunde später als sonst stattfand, so daß
Frau Buren nachher sich sehr beeilen mußte, um mit einer
Reihe von Besuchen, die sie sich vorgenommen hatte, fer=
tig zu werden. Da sie zu vorsichtig war, um die möglichen
Gefahren zu vergessen, denen ihr Haus während der Zeit
ihrer Abwesenheit ausgesetzt sein konnte, rief sie ihre Nef=
fen zu sich und hielt ihnen eine Vorlesung über die Pflich=
ten und Rechte des Nachmittags. Ihr Mann, natürlich
blind wie alle Männer für die edleren Regungen der
Kinderseelen, würde finstere Drohungen und plumpe Be=
stechungen für zweckmäßig erachtet haben; Frau Buren
aber war ihrem Geschlecht und ihren Grundsätzen treu
und appellierte an das bessere Ich ihrer Schützlinge.

„Lieblinge", sagte sie und legte einen Arm um jedes
Kind, „Tante Alice muß heute nachmittag ein paar
Stunden weggehen. Wenn ich nur wüßte, wer unterdes=
sen auf ihr Haus aufpassen wird?"

„Will er mit dir auschdehn", sagte Teddi mit einem
Kuß.

„Ich kann dich nicht mitnehmen", sagte die Tante, die
Liebkosung erwidernd. „Der Weg ist viel zu weit, aber
Tante kommt, so schnell sie kann, zu ihrem lieben kleinen
Teddi zurück."

„Doh, du behscht schu Fusch, wo du hindehschst; dann
will er nich mit, oh, da nich will er!"

Tante Alices zärtliche Umschlingung ließ beträchtlich
nach, aber sie blieb ihrer Pflicht treu.

„Hört mal, Jungens. Ihr mögt doch gern, wenn
Häuser so hübsch und ordentlich sind wie Mammis und
meins?"

„'türlich", sagte Bär. „Ich denke mir, so ist es auch
im Himmel, lauter Zimmer und Bücher und Bilder und

ein Klavier. Bloß zu fegen brauchen sie da nicht, weil's
keinen Schmutz gibt. Aber weißt du, was ich wissen
möchte? Wie der liebe Gott die Engelchen glücklich macht,
wenn sie Lehmkuchen machen wollen und kein Lehm da
ist."

„Das wird dir Tante Alice erklären müssen, wenn sie
zurückkommt, Bär, mein Junge. Aber die kleinen Engel
wollen gar keine Lehmkuchen backen."

„Nanu? Pappi sagt, wenn einer auch stirbt, dann
bleibt sein Geist doch wie vorher; wenn also kleine Jun=
gens Engel werden, so müssen sie doch wohl Lehmkuchen
backen wollen?"

Frau Buren tat ein heimliches Gelübde, sie wolle zu
einer gelegeneren Zeit einen Kursus systematischer Theo=
logie einrichten, um ihres Schwagers lockere Lehren zu
berichtigen. Jetzt aber neigte sich die Sonne gegen Abend,
und sie hatte noch wenig dazu getan, ihr Haus und ihre
Habe gegen Unfälle zu versichern. Sie begann also
wieder:

„Ihr mögt also beide hübsch aufgeräumte Zimmer?"

Da erhob Teddi Einsprache.

„Neee, mag er danich! Wenn tleine Jungensch da
mal 'n bißchen luschtig schein wollen, dann heischt esch
immer bleich: ‚Lasch dasch!‘"

„Aber Teddi," belehrte die Tante, „lustig ist man
doch, wenn man an hübschen Dingen seine Freude hat.
Seit die Erde steht, haben sich die Menschen Mühe ge=
geben, ihre Wohnungen hübsch und behaglich einzu=
richten."

„Neee", sagte Teddi, „Adam und Eva haben dasch
nicht tan. Lieba Dott tat es für schie, und der liesch schie
immer tun, wasch schie wollten. Und Kain un Abel hatteten
viel mehr Schpaß alsch annere tleine Jungensch."

„Das stimmt nun aber nicht, Teddi," sagte die Tante,
„denn sie waren ja nie in dem schönen Garten. Ihre

Eltern mußten sehr viel nachdenken, um ihr Heim hübsch
zu machen. Und nun denkt mal, wieviel Leute nachdenken
und sich plagen mußten, bis es auf der Erde so hübsch
geworden ist, wie es jetzt ist. Seht auch mal Mammis
und mein Wohnzimmer an, tausend Millionen von Leuten haben arbeiten müssen, um all das zustande zu bringen, was da drin ist."

„Du meine Düte," sagte Teddi, und seine runden
Kulleraugen rundeten sich noch mehr, „dasch ische fa-
mosch!"

„Ja", sagte die Frau Tante, sehr ermutigt durch den
Eindruck, den sie gemacht hatte, „und so machen es alle
netten, guten Leute. Und kleine Jungen sollten versuchen,
es auch so zu machen. Anstatt das, was schön ist, zu verderben, sollten alle sich daran freuen und sich bemühen,
es noch schöner zu machen statt häßlicher. Auch kleine
Jungen können das."

„Will er esch auch tun", sagte Teddi mit abwesendem
Blick. „Find er esch fubba fein, wenn tleine Jungensch
daschschelbe denken wie die bjoschen Leute."

„Du Herzensjunge", sagte Tante Alice, sich erhebend,
„du wirst also nicht zugeben, daß irgend jemand etwas
in Tante Alices Haus in Unordnung bringt? Du wirst
auf alles gut aufpassen, gerade wie ein großer Mann,
nicht wahr?"

„Ja!" versicherte Teddi.

„Ich auch", sagte Bär.

„Ihr seid ein paar brave kleine Kerls", sagte Frau
Buren und küßte ihre Neffen zum Abschied. „Ich werde
euch wohl was Schönes mitbringen müssen, wie?"

Als sie aus der Gartentür trat, sagte sie vor sich hin:
„Was wird nun wohl mein Herr und Meister zu diesem
Siege über die unvollkommene Menschennatur sagen?
Ist das nicht ein deutlicher Beweis, daß man Kindern
ein Verständnis für den inneren Wert der Dinge bei-

bringen kann? Er würde sie natürlich den Dienstboten anvertraut haben. Ich hingegen habe es so weit gebracht, daß ich sie getrost sich selbst überlassen kann."

Zwei Stunden später wurde die Heimkehrende von zwei sehr schmutzigen kleinen Jungen mit unendlich wichtigen und erwartungsvollen Gesichtern begrüßt.

„Wir haben alles so gemacht, wie du uns gesagt hast!" rief Bär.

„Wir haben nischt taputt bemacht, wir haben die Welt subba viel hübscher bemacht!" rief Teddi. „Nu tomm und sieh!"

Mit ziemlich beschleunigten Schritten folgte Frau Buren ihren Neffen in das Hinterzimmer. Möbel — Bücher — Bilder — Nippsachen — alle an Ort und Stelle. Aber — da — hier gab es unverkennbare Verschönerungsversuche. Ein Stück Wand von einer Länge von etlichen Metern, die von oben bis unten kahl war, hatte schon lange Frau Burens Künstlerauge verletzt, und siehe da, sie mußte entdecken, daß sich auch kunstliebende Seelen wie die bekannten „schönen" zu finden wissen.

„Ich mag keine Zimmer ohne Blumen leiden", sagte Bär. „Pappi und Mammi auch nicht. Darum wollten wir dich mit ein paar Blumen überraschen."

Vor der Wand, auf dem Fußboden hatten die Kinder nicht ganz ohne Geschmack eine Art Grotte aufgeführt. Eine Karre voll Steine hatten sie ausgeschüttet, die Ritzen mit Sand ausgefüllt, und dazwischen guckten Farnkräuter hervor. Ein bißchen welk waren sie freilich, und man konnte deutlich erkennen, daß sie verschiedene Male wieder herausgenommen und auf die trockene Erde, die ihre Wurzeln nur halb bedeckte, gefallen waren. Um den Fuß der Grotte waren mehrere Meter Schlingpflanzen gelegt, während das Ganze von einem breitverzweigten Exemplar von Datura Stramonium (auch Stechapfel oder Stinkkraut genannt) gekrönt war. Die drei Verwalter des

Schönen auf Erden starrten einen Augenblick stumm auf
das Werk, dann blickte Teddi mit geradezu engelhaftem
Ausdruck auf und sagte:

„Isch esch nich entschückend?"

„Ich hoffe, daß du uns was wirklich Hübsches mit=
gebracht hast", sagte Bär. „Denn es war warraftig ein
gräßliches Stück Arbeit, den Felsgarten fertigzukriegen.
Ich glaub, ich war noch nie so müde in meinen Leben.
Mammi ihrer steht auf einer großen Kiste, aber wir konn=
ten nirgends eine finden, und wir konnten auch keins
von den Mädchen finden und sie fragen. Es ist nicht
dieselbe Distel, die wir im Garten haben, aber Pappi sagt,
die ist viel gesünder als die zahme. Die Farnkräuter sehen
ein bißchen durstig aus, aber wir wußten nicht, wie wir
sie begießen sollten, ohne den Teppich naß zu machen, und
da dachte ich, wir wollten lieber warten, bis du wieder
da bist."

Ein plötzliches Rascheln von seidenen Gewändern und
— die beiden Knaben waren allein. Als der Herr des
Hauses eine halbe Stunde später aus der Stadt zurück=
kehrte, fand er seine Frau schweigsamer, als er sie je
vorher gesehen hatte. Zwei Reinmachefrauen schleppten
mächtige Körbe voll Steine aus dem Hause heraus, mach=
ten dabei die Flurteppiche ungeheuer staubig und errich=
teten dann in dem Rinnstein vor dem Hause einen recht
ansehnlichen Steinhaufen.

Zweites Kapitel

An dem zweiten Experimentiertag erwachte Tante
Alice mit einem ungewöhnlich gesteigerten Gefühl
von Verantwortlichkeit. Ihres Gatten Schilderung einer
besonders reizvollen Auktion von Nippes und Porzellan
erregte ganz ungewöhnlich schwaches Interesse, und die

Köchin empfing heute nicht den Morgenbesuch ihrer auf=
merksamen Herrin. Frau Buren dachte darüber nach,
welcher ihrer mannigfachen Pflichten gegenüber ihren
Neffen sie zunächst nachkommen sollte. Als sie dies lange
und erfolglos getan hatte, kam ihr die gütige Vorsehung
zu Hilfe: die Kinder erwachten und vollführten einen
derartigen Tumult über ihrem Kopfe, daß ihr sofort klar
wurde, ein Verweis wäre das dringendste. Sie zog sich
hastig an, ging in das Zimmer der Unschuldsengel und
entdeckte, daß der Lärm von einem schweren antiken
Mitteltisch herrührte, den ihre kleinen stämmigen Arm=
chen von einer Ecke des Zimmers in die andere rollten.

„Aua, Tante Alice, das ist mal famos, daß du
kommst!“ rief Bär. „Der Tisch ist nämlich unsere Moko=
lotive, und meine Ecke ist Berlin, und Teddi seine ist
Werder. Und Teddi ist Knipser an seiner Station und
ich an meiner. Aber die Mokolotive hat keinen Zugmann,
und wir müssen sie immerlos schieben, und es ist doch ein
bißchen viel von den Knipsern verlangt, daß sie noch all
die Arbeit von den Zugmännern mitmachen sollen. Nu
kannst du sein Zugmann sein — spring mal fix auf!“

Die improvisierte Maschine wurde dem neuen Ange=
stellten in entgegenkommender Weise mit solcher Gewalt
zugeschoben, daß die Gestalt der Tante bedenklich ins
Schwanken geriet; trotzdem gelang es ihr zu bemerken:

„Geht ihr mit eurer Mutter Fremdenzimmermöbeln
ebenso um?“

„Neee!“ sagte Teddi. „Und weißt du wajum? Weil
unscher Beschuchschimmer immer abdeschlossen isch. Un
auscherdem hat Pappi von unschern Tischen scheine Beine
alle Jäder abdenehmt. Unschere Tische schind schu un=
juhig, hat er besagt.“

Frau Buren schob den Tisch mit einer Energie, die sicht=
lich Eindruck machte, an seine richtige Stelle zurück.

„Kleine Jungen", sagte sie, „dürfen nie die Sachen anderer Leute benutzen, ohne um Erlaubnis zu fragen. Sie dürfen überhaupt keine Sache, wem sie auch gehört, zu etwas anderem benutzen, als wozu sie bestimmt ist. Hat wohl einer von euch jemals einen Tisch auf einem Bahngeleise gesehen?"

„'türlich", sagte Tebbi schnell. „Ein Umbjehtisch isch in Potschdam und in Wannschee und auf dem Potsch=damer Bahnhof. Wie kann schich schonst die Mokolive umbjehen, wenn keiner da isch?"

„Zieht euch schnell zum Frühstück an", sagte die Tante etwas verwirrt und räumte das Feld.

Die Kinder erschienen pünktlich beim Glockenschlag am Frühstückstisch.

Sie brachten einen verheerenden Hunger mit. Frau Buren legte ihr Gesicht in feierliche Falten, klopfte mit dem Griff des großen Messers auf den Tisch, und alle Köpfe senkten sich, während Hausherr und Hausfrau ein stilles Tischgebet verrichteten. Als die Erwachsenen wieder aufblickten, sahen sie die zwei Kindergesichter im=mer noch hinter zwei Paar kleinen Händen verborgen. Frau Buren nickte ihrem Gatten ehrfurchtsvoll ergriffen zu, denn diese tiefe Andacht festigte in ihr die Überzeu=gung, daß diese jungen Seelen ein guter Boden für bessere Samenkörner wären, als Tom und Helene Lorenz sie ausstreuten. Jetzt aber bildeten sich aus den zweimal zehn Fingern kleine Lattenzäune, und sehr große runde Augen guckten fragend zwischen ihnen durch. Dann ließ Bär seine Hände sinken, richtete sich gerade auf seinem Stuhl auf und sagte:

„Aber Onkel Heinz, hast du richtig wieder das Tisch=gebet vergessen?"

Und Tebbi sah seinen Onkel vorwurfsvoll und das Beefsteak sehr hungrig an und bemerkte:

„Hat er schein Debet beinah fuffschigmal besagt."

„Einmal würde genügt haben, Teddi“, sagte Frau
Buren.

„Wajum haſcht du deinſch denn nich einmal beſagt?“
fragte Teddi.

„Das habe ich getan; der liebe Gott kann uns hören,
auch wenn wir nicht laut ſprechen“, erklärte Frau Buren.

„Weiſch er nich,“ ſagte Teddi, „find er eſch nich an=
ſtändig, lieba Dott waſch ſchuſchuflüſchſtern. Wenn Teddy
flüſchtert, ſchagt Mammi, Teddi, waſch flüſchterſcht du?
Muſcht du dich ſchämen? Na, du und Onkel Heinſch,
ihr ſchämt euch wohl doll über waſch.“

Onkel Heinz hätte über die Maßen gern ſeiner Ehe=
hälfte eine kleine ſpitzige Bemerkung verſetzt, aber er
ſcheute ſich vor den wachſamen Kinderohren. Ein glück=
licher Gedanke kam ihm, und er ſagte in ſeinem jam=
mervollen Franzöſiſch:

„Meinſt du nicht, daß es jetzt Zeit iſt, mit der Refor=
mation zu beginnen?“

Mit untadeliger Grammatik und Ausſprache entgeg=
nete Frau Buren:

„Das wird bald geſchehen.“

„Das iſt mal ein komiſcher Schnack!“ ſagte Bär. „Ich
wollte, ich könnte das auch. So reden manchmal die
ſchmutzigen, zerriſſenen Kerls, wenn ſie zu Pappi kom=
men, und dann gibt er ihnen lauter Groſchens. Warſt
du und Tante Alice auch ſo zerriſſen und ſchmutzig, als
ihr ſo reden gelernt habt?“

„Aber Bär, was iſt das für ein Unſinn. Tauſende von
reichen und orbentlichen Leuten — alle Franzoſen
ſprechen ſo.

„Auch wenn ſie beten?“

„Gewiß“, war die Antwort.

„Donnerwetter,“ rief der junge Mann aus, „muß
der liebe Gott aber klug ſein, daß er das alles ver=
ſteht!“

Herr Buren wiederholte seine Frage, Frau Buren tat aber, als ob sie nichts hörte, und runzelte leicht die Stirn.

„Nun, Jungens, was wollt ihr und die Tante denn heute anfangen?“ fragte Herr Buren.

„Ich fürchte, es wird regnen“, sagte Bär nach einem Blick aus dem Fenster. „Dann wird es wohl das beste sein, wenn Tante Alice uns den ganzen Tag Geschichten erzählt. Geschichten kann man nie genug hören.“

„Ausgezeichnet“, sagte die Tante, und ihr Gesicht hellte sich zusehends auf.

„Haschu viele Geschichten in dein Bauch?“ fragte Teddi und piekte mit seiner Gabel in die Luft, ohne daß ihn die heruntertropfende Soße auch nur im mindesten gestört hätte.

„Dutzende“, sagte Frau Buren. „Denkt nur, man hat mir zehn Jahre lang in der Sonntagsschule Geschichten erzählt, und ich habe nie jemand gehabt, dem ich sie wiedererzählen konnte.“

„Ach, von Sonntagsschulgeschichten halte ich nicht viel“, sagte Bär mit der Miene eines Mannes, dem eine unangenehme Erinnerung in die Quere kommt. „Da kommt immer hinten so was nach, was die ganze Geschichte verschimfiert, so was von ‚gute, fromme Kinder sein‘.“

„Aber Tante Alices Geschichten enden nicht so“, sagte Onkel Heinz mit der heimtückischen Absicht, seine Frau dazu zu verführen, die Kinder lediglich unterhalten zu wollen. „Sie weiß, daß kleine Jungen immer gut sein wollen; sie will ihnen mit ihren Geschichten nur Vergnügen machen.“

„Tante Alices Geschichten werden euch schon gefallen, Bär, das kann sie euch versprechen“, sagte Frau Buren, und heitere Zuversicht malte sich in ihren Zügen. „Wir schicken Onkel Heinz gleich nach dem Frühstück fort, und dann sollt ihr soviel Geschichten haben, wie ihr wollt.“

„Und auch Kuchen?" erkundigte sich Teddi. „Mammi dibt unsch immer Kuchen, wenn schie unsch wasch ertschält, damit dasch wir schtillschitschen un nich scho jangeln."

„Kein Kuchen", sagte Frau Buren freundlich, aber fest. „Essen zwischen den Mahlzeiten verdirbt den Magen und macht kleinen Jungens schlechte Laune."

„Das wird wohl auch mit Terry gestern losgewesen sein," sagte Bär, „er aß einen Knochen zwischen den Mahlzeiten, draußen im Garten, und als ich ihn an den Hinterfüßen packte und mit ihm Schiebkarre spielen wollte, da hat er mich gebissen."

Herr Buren klopfte Terry mitfühlend auf den Rücken und ließ ihn zum großen Entzücken der Kinder „schön machen", indem er ihn auf die Hinterbeine setzte und ihm ein Stück Fleisch hinhielt.

Dann verabschiedete er sich von seiner Frau mit einem zärtlichen Kuß und teilnahmsvollem Blick und eilte in die Stadt.

Frau Buren ging mit den Kindern ins Arbeitszimmer und nahm eine kleine Bibel in die Hand.

„Was für eine Geschichte möchtet ihr denn zuerst hören?"

„Von Abjaham, weil er beinah fast einen totgemacht hat", sagte Teddi eifrig.

„Och nee," sagte Bär, „lieber von Jesus, weil der gegen alle Menschen gut war."

„Du lieber Junge," sagte Frau Buren gerührt, „gute Menschen hat man doch immer lieb, nicht? Güte macht alle Menschen liebenswert, nicht wahr?"

„Na ja," sagte Bär, „aber man muß nicht immer zu kleinen Jungens davon reden. Du, Tante Alice, sag mal, warum sterben die guten Menschen eigentlich immer?"

„Der liebe Gott wird sie wohl im Himmel brauchen,
Bär."

„Braucht er mich denn gar nicht?" fragte Bär mit
rührend betrübtem Ausdruck.

„Natürlich, Liebling, aber erst mußt du andere Men=
schen glücklich machen. Viele gute Leute läßt der liebe
Gott deswegen auf der Erde."

„Und warum ließ er denn Jesus nicht da?" fragte
Bär. „Der konnte doch die Leute glücklicher machen als
alle anderen zusammen."

„Das wirst du verstehen, wenn du größer bist."

„Na, denn will ich mal fix ein bißchen schneller wach=
sen", sagte Bär. „Warum können kleine Jungens nicht
so wachsen wie die Blumen? Die brauchen bloß in die
Erde gesteckt zu werden und begossen und geharkt. Unser
Spargel, der kann lachen, der wächst jeden Tag fast 'n
Meter."

„Feui, bisch du 'n schmutschiger Junge", sagte Teddi
angewidert. „In olle schmutschige Erde willscht du be=
schteckt werden? Mammi hat beschagt, scholl er nicht mit
schmutschige Bengelsch pschielen."

„Bist selbst ein schmutziger Bengel," schrie ihn Bär
entrüstet an, „als wenn du nicht grad im größten Dreck
am liebsten spielst. Bloß wenn jemand mit Wasser zu
dir kommt und dich waschen will, dann brüllst bu! Sag
mal, Tante Alice, wie lange bleibt man eigentlich in der
Erde, eh man in den Himmel kommt?"

„Drei Tage, denke ich, Bär", sagte Tante Alice.

„Weil's so bei Jesus war?"

„Ja, mein Lieber."

„Und dann kommen alle die, die lieber Gott liebhat,
in den Himmel?"

„Jawohl."

„Du, aber Pappi sagte, manche Leute glauben gar
nicht, daß gesterbte Leute in den Himmel kommen.“

„Laß sie glauben, was sie wollen, Bär, glaube du nur,
was man dich gelehrt hat.“

„Aber ich möchte es doch sicher wissen.“

„Das wirst du auch, zu seiner Zeit.“

„Na, dann wolltete ich, die Zeit machte mal ein biß=
chen schnell. Nu, eine Geschichte!“

Frau Buren zog die Kinder zu sich heran und öffnete
die Bibel.

Da sah sie zu ihrem Erstaunen, daß Teddi weinte.

„Hat er immer losch und immer losch banix ver=
tschählt!“ schluchzte der Kleine.

„Was wolltest du denn erzählen, Teddi“, fragte Frau
Buren.

„Weisch er allesch über Begjaben“, sagte Teddi.
„Mammi hat ihm allesch vertschählt mal. Un geschtern
haben Bär und ich gansch alleine Begjäbnisch gehabt,
alsch wir den entschückenden toten Vogel fanden. Und wir
wickelten ihm in ein Schtück Papier, weil die Schtiefel=
blankmachbüksche schu tlein war schun Scharg. Und wir
gjagten ein Gjab, und wir knieten hin und beteten und
baten lieba Dott, ob er nich bitte wollte tlein Vogel in’n
Himmel nehmen. Und dann machten wir esch mit
Schmutz wieda schu und flanschteten Blumen obenauf.
Schiehscht du woll?“

„Ja, und dann taten wir einen kleinen Stein oben
auf das Grab, wie bei den großen toten Leuten“, sagte
Bär. „Wir konnten keinen finden mit was Geschreibtes
oben drauf, aber ich ging nach Hause und holte ein Bil=
derbuch, und da schnitten wir einen Vogel aus und kleb=
ten ihm mit Teer fest. Den Teer hab ich rausgepolkt
aus dem Kaufmann sein Wagenrad, damit der Engel,
wenn er kommt die Geister holen, gleich sieht, daß hier
ein kleiner toter Vogel auf ihm lauert.“

„Ja, und ein tleiner Vogel isch ja nich wie wir, der wunnert schich nich, wenn er fliegen tann. Weischt auch wajum? Weil er schon Flügelsch hatte, eh er ein Engel wurde."

„Vögel kommen doch gar nicht —", wollte Frau Buren die Ansichten der Kinder über das zukünftige Leben der Tiere berichtigen. Aber da fielen ihr ihre eignen kindlichen Grübeleien über diesen Punkt ein, und sie wurde sich der Unvollkommenheit ihrer reiferen Erfahrung bewußt. So verschob sie wieder die vor ihren Augen ins Ungemessene wachsende Aufgabe, die Ansichten der Knaben über himmlische Dinge zu reformieren, zumal die Köchin erschien und über das Verschwinden von zwei silbernen Eßlöffeln Klage führte.

Ungeduld, Argwohn, Ärger — Gefühle, die jede mit Dienstboten behaftete Hausfrau kennt, bemächtigten sich Frau Burens.

„Wo ist das Stubenmädchen?"

„Auf die sollen gnädige Frau man keenen Verdacht nich haben", sagte die Köchin. „Da sollten sich gnädige Frau mal lieber in ihrer eignen Familie umsehen", und die Köchin warf einen nicht mißzuverstehenden Blick auf die beiden Knaben. Frau Buren verstand ihn.

„Kinder, hat einer von euch zwei Löffel weggenommen?"

„Nein", sagte Tebbi sofort; Bär hingegen schlug so heilig und scheu die Augen auf, als ob er etwas wüßte, das er weniger aus Furcht als aus Zartgefühl nicht zu sagen wagte.

„Ja, siehst du," sagte er mit den süßesten Tönen, „wir brauchten gestern was, um dem Vögelchen sein Grab zu machen, und da schienen uns Löffel am aller= besten. Es lagen da viele olle eiserne rum, aber Vögel sind doch so reizend, daß ich die ollen nicht nehmen wollte. Und zwischen dem Geschirr lagen die silbernen, da nahm

174

ich zwei. Daß sie noch nicht abgewaschen waren, machte
nichts, wir haben sie ordentlich gewaschen, daß sie ganz
blank waren, damit sich der kleine Vogelgeist nicht ekelt,
wenn er sie sieht.“

„Und wo sind die Löffel jetzt?“ fragte Frau Buren,
gänzlich unempfänglich gegen den Zauber in des Kindes
Wesen und Worten.

„Weiß nicht“, sagte Bär, auf der Stelle wieder ein
gewöhnlicher Erdenjunge werdend.

„Aber Teddi weisch!“ protzte Teddi. „Hat er schie
wohin deschteckt; wajum? damit, dasch wenn wir Hausch
pschielen, wir schie bleich haben und nicht schu schagen
bjauchen, tleine Schtöcke schind Löffelsch.“

„Zeige mir augenblicklich, wo sie sind“, befahl Frau
Buren aufstehend.

„Ja.. a —, aber leihscht du schie unsch dasch nächschte
Mal, wenn wir Hausch pschielen?“

„Nein“, sagte Frau Buren mit grausamer Deutlich=
keit.

Teddi maulte, bohrte sich die Handknöchel in die Augen
und führte dann durch den ganzen Garten bis in das
hinterste Ende, wo sich in einem Loch im Apfelbaum die
gesuchten Löffel fanden. Neugierig, ob nicht vielleicht
noch sonstige Wertgegenstände in dem Loch verborgen
wären, untersuchte Frau Buren die Höhlung vorsichtig
mit einem Stock. Eine Damastserviette kam zum Vor=
schein.

„Dasch scholl unscher Tischtuch schein,“ erklärte der
Kleine, „und dasch (eine ungeöffnete Dose mit engli=
schem Senf kam zum Vorschein) isch unschere Pickelsch.“

Tante Alice steckte eilig ihr Eigentum zu sich in ihre
Schürzentaschen, führte ihre Neffen ins Haus, setzte sie
mit ganz unnötiger Heftigkeit auf ein Sofa, schloß die
Tür mit beträchtlichem Lärm, schob einen Stuhl dicht
vor ihre Gefangenen und sprach:

„So, jetzt werdet ihr dafür bestraft, daß ihr ohne Erlaubnis Tantes Sachen aus dem Hause getragen habt.“

„Du schollsch ihm nich hauen!“ schrie Teddi in Tönen,
die der Versuch eines Duetts zwischen einer Sägefeile
und einem ungeölten Wagenrad zu sein schienen.

„Schlagen werde ich euch nicht“, fuhr Frau Buren
fort. „Aber ihr müßt lernen, nichts ohne Erlaubnis weg-
zuschleppen. Ich glaube, ihr werdet euch am besten über
die Ungezogenheit eures Betragens klar, wenn ihr heute
kein Mittagessen bekommt.“

„Un er isch jetscht schon beinah tot vor Hunger!“
wimmerte Teddi unter Tränen. (Seit dem Frühstück
war, nebenbei gesagt, kaum eine Stunde vergangen.)

„Ich werde euch also in ein leeres Zimmer sperren,
und dort bleibt ihr, bis ihr begriffen habt, daß ihr so
etwas nicht wiedertun dürft.“

Teddi schrie, als ob er die tausend Marterkünste des
chinesischen Henkers erdulden müßte, und Bär sah so
elegisch aus wie ein verliebter Jüngling, dem die poetische
Ader nicht nach Wunsch fließt. Aber Frau Buren führte
trotzdem die beiden in eine leere Bodenkammer, stellte
in jede Ecke einen Stuhl, setzte die Jungen hin und sprach:

„So. Keiner rührt sich von seinem Stuhl. Ihr sitzt
still und denkt darüber nach, wie unartig ihr gewesen
seid. In ein paar Stunden komme ich wieder und werde
mich erkundigen, ob ihr künftig artig sein wollt.“

Damit ging sie hinaus. Ihr folgte ein Schrei, der die
Wände wanken machen und über den Erdball gehört werden konnte.

Erschrocken sah sie sich um, aber keiner der beiden war
vom Stuhl gefallen, noch in Krämpfe verfallen, noch
von einem wilden Tier gebissen; sie machte die Tür also
zu, verschloß sie und schob leise einen Stuhl davor, um
sich hinzusetzen und zu horchen. Es verflossen einige

Minuten, bis Teddi sich müde gebrüllt hatte. Dann ent=
spann sich folgende Unterhaltung:

„Ted!“

„Wasch?“

„Was machen wir nu?“

„Tante Alische in lauter tleine Schtücker haun! Dasch
wäre fein!“

„Doch, das würde ja fuchbar unartig sein,“ sagte Bär,
„wir müssen was Gutes tun, wie die großen Leute, wenn
sie böse waren.“

„Wasch tun denn die gioschen Leute?“

„Na,“ sagte Bär, „die lesen in der Bibel und gehen
in die Kirche. Wir können nicht in die Kirche gehen,
weil nicht Sonntag ist, und ne Bibel haben wir auch
nicht, und wenn wir auch eine hätten, könnten wir sie
nicht lesen.“

„Dann wollen wir nix tun, alsch blosch fubba doll
bösch schein“, sagte der unbußfertige Teddi. Dann —
nach einer kurzen Pause —: „Wir tönnen ja auch machen
wie die Maggalene auf Mammi ihrem Bild, weil schie
auch unartig war, und dann tatete esch ihr leid. Wir
wollen auch scho bjummig und jeuvoll auschschehen wie
schie. Schieh scho!“

Anscheinend lieferte Teddi jetzt eine Illustration der
mustergültigen Büßerstellung und Miene, denn Bär rief:

„Nee, so fuchbar hübsch finde ich das nich! Du siehst
aus wie ein totes Hundejungens mit gräßlich verdrehte
Augen. Ich werde dir was sagen: In der Bibel lesen wie
die Großen können wir nicht, aber wir können uns Ge=
schichten aus der Bibel erzählen, und das ist gerad so gut,
als wenn wir sie lesen.“

„Au ja,“ sagte Teddi mit plötzlich erwachter Buß=
fertigkeit, „will er dansch fubba artig schein!“

„Na ja, womit wollen wir denn anfangen?“

„Aſch Jeſchuſch ein kleiner Junge war", ſagte Teddi.
„Denn er war ſcho fubba artig."

„Nee," ſagte Bär, „das geht nicht, denn wir waren
unartig, und da müſſen wir zuerſt von wem erzählen, der
auch fuchbar unartig war. Ich glaube der olle Pharoho,
der paßt gut."

„Na ſchön, nu loſch."

„Alſo: Es war einmal ein oller böſer König in Gyp=
tenland, der hatte alle Rislaliten in ſein Land, und die
mußten immerzu für ihn arbeiten. Und wenn ſie mal
keine Luſt hatten, gab es Kloppe. Aber der ſüße kleine
Moſesjunge, wo in einem Körbchen im Schilf gelegen
hat, der wurde ein großer Mann, der machte einen von
den ollen Prügelleuten tot, und dann türmte er und
verſtach ſich. Da ſah lieber Gott, den Moſes, den kann
man brauchen, und er ſagte ihm, er ſoll mal zu Pharoho
gehn und ihm ſagen, er ſoll die Rislaliten hinziehen
laſſen, wo ſie mögen. Moſes ging hin und ſagte es
Pharoho. Aber Pharoho ſagte: ‚Denk ich nicht dran.‘
Das ſagte Moſes lieber Gott wieder, und der wurde
mächtig wütend und machte alles Waſſer im Fluß zu
Blut."

„Feuibabba", ſagte Teddi. „Wenn da mal einer
wollte fubba balutig auſchſchehen, da bjauchte er bloſch
mal hinſchugehn und ſchu baden, nich?"

„Aber er wollte ſie doch nicht laufen laſſen", fuhr Bär
fort. „Da ließ lieber Gott aus allen Flüſſen und Gräben
und Pfützen Fröſche hupfen, und die gingen in die Häu=
ſer, und keiner konnte ſie rausſchmeißen."

„Aua, da wünſchte er, daß er mit Mammi in Gypten=
land beweſcht wäre; da hätt ſchie nich ſagen tönnen:
‚Laſch deine Hoppefjöſche bjauſchen‘, wo lieba Dott will,
baſch ſchie jeintommen. Hat er Hoppefjöſche fubba lieb;
neulich hat einen aufdeſchluckt, und iſch er bleich in ſchein
Bauch bejutſcht."

„Hat er da nicht fuchbar gebort?" fragte Bär mit sehr erklärlichem Interesse.

„Doch nee", sagte Teddi. „Hat er ihm erscht entschweidebeischt. Aber isch Hoppefjosch wieder schuschammendewakscht und oben auch schein Topf jauschdehoppscht."

„Zeig' mir mal das Loch", sagte Bär und verließ seinen Büßerstuhl.

„Dleich wieder schubewakscht," sagte Teddi eilig, „und du bischt ein bansch unartiger Junge, basch du von dein Schtuhl aufschtehst, und Tante Alice hat esch verboten. Dleich ertschähl noch ne Deschichte von unartige Leute schu Schtrafe!"

Bär ging auf seinen Stuhl zurück und fuhr fort:

„Und der olle Pharoho ging zu Moses sein Haus und sagte zu ihm: „Bitte lieber Gott, er soll die Frösche weghopsen lassen, und meinetwegen kannst du dann deine ollen Rislaliten haben, ich will sie nicht mehr. Das machte nun der lieber Gott, und Pharoho war fuchbar froh, daß er die ekligen Frösche los war, aber die Rislaliten behielt er nu doch. Da dachte lieber Gott, ‚dem will ich nu aber mal', und er machte aus Lehm lauter scheußliche Käfers."

„Und was machten die kleinen Jungensch, wenn schie Lehmkuchen backen wollten?" fragte Teddi."

„Die Käfers waren nur aus trocknen Lehm gemacht, so aus Straßenschmutz, denk ich."

„Ob esch wohl Tatoffeltäfer waren?" fragte Teddi.

„Weiß ich nicht", sagte Bär, „aber einige waren sone, welche Mammis mit ganz feinen Kämmen aus den Haaren ihrer kleinen Jungens kämmen, wenn sie mit schmutzigen Jungens gespielt haben. Und Pharoho seine klugen Männer, die sich immer einbildeten, sie könnten alles machen, dachten hin und dachten her, aber Käfer konnten sie doch nicht machen."

„Nanu," sagte Teddi, „wollte Phajo noch mehr haben?"

„N...n...ein", sagte Bär, „ich glaube nicht; er blieb aber bös, und da kriegte er es wieder. Lieber Gott schickte ganze Schwärme von Fliegen ins Land, und da gab es nirgends Fliegenfenster und so was. Dann wurde denn Pharoho fix wieder artig, und der lieber Gott nahm ihm die Fliegen fort, und da wurde er gleich wieder bös. Da machte lieber Gott alle Pferde und Kühe krank, und alle sterbsten."

„Da konnte doch Phajo danich aufschjeiten?"

„'türlich nicht", sagte Bär, „der mußte laufen, und wenn er es auch fuchbar eilig hatte zur Bahn. Und da wurde er so wütend, daß er sagte, nu sollten die Rislaliten erst recht nicht weg. Da nahm Moses eine Hand voll Asche und schmiß sie in die Luft, und da kriegten alle Leute in Gyptenland olles scheußliches Wehweh.

„Aua", sagte Teddi, „hat er auch mal scheußliches Wehweh gehabt. Hat er nicht gewußt, daß esch von Asche kommt. Wird er schich merken."

„Und Pharoho sagte wieder ‚nein' und wurde wieder ganz brummig. Da mußte sich lieber Gott was Neues ausdenken, und da ließ er große Eisklumpen vom Himmel fallen, und der Donner machte gräßlichen Krach, und die Blitze hupften auf der Erde rum wie die Zischfrösche an meinem Geburtstag. Und alles, was wachste, ging kaputt."

„Auch Erdbeeren?" fragte Teddi.

„Ja."

„Und die kleinen zeitschenden Mutterschtiefelchen?"

„Ja."

„Armer alter Phajo!" sagte Teddi seufzend. „Weiter!"

„Da kamen Pharoho seine Freunde und sagten zu ihm: ‚Du olles Kamel, meinst du, du bist stärker als der

lieber Gott?' Da merkte er denn was, und er sagte, die
Rislaliten können gehen, wohin sie Luſt hätten, aber bloß
die Männer."

„Iſch der woll vajückt? Un wer ſcholl denn da kochen
un ſchu Schule dehn?"

„Weiß ich nicht; aber der lieber Gott kriegte ihm ſchon.
Er ſchickte Haufen und Haufen von Heuſchrecken —
weißt du, das ſind ſone großen Grashüpfer —, und ſie
aßen in den Gärten alles auf, und die Ägypter wurden
ganz verrückt vor Angſt."

„Na, da werden ſchie woll nich ſchu ihre kleinen Jungs
beſchagt haben, ſchie ſchollen keine Gjaſchhopperſch tot=
machen, wie Mammi immer ſagt. Wünſcht er, er wär
dabei geweſcht. Was machte Phajo nu?"

„Och, der war und blieb 'n olles Schwein," ſagte Bär,
„darum ſagte lieber Gott: ‚Moſes, halt doch mal eben
beine Hand rauf nach dem Himmel'. Das tat Moſes,
und da wurde es ſo dunkel wie in einer Kohlenkiſte.
Kein Menſch konnte nirgends was ſehen, und wo ſie mal
waren, da mußten ſie bleiben, drei Tage und drei Nächte
lang."

„Aua," ſagte Teddi, „wenn Moſes jetzt auch wieder
die Hand aufſchſchtreckte, und wir müſchten hier ſchitzen=
bleiben. Aua, wir wollen mal bjüllen, iſch er ſcho bange,
valleicht kommt Tante Aliſche!"

„Nee, Ted, jetzt kann er doch nicht, er iſt doch tot,
und dann haben wir ſeine Rislaliten auch nicht feſtge=
halten. Der alte Pharoho war auch fuchbar bange, und
er ſagte, Moſes ſoll man ſchnell mit alle ſeine Leute ab=
ziehen, aber ihre Sachen, die ſollten ſie dalaſſen, der olle
Gierpanſch. Aber Moſes wußte, was ſie hatten arbeiten
müſſen, um die paar Sachen zu kaufen, und da ſagte
er: ‚Puſtekuchen, entweder wir kriegen unſere Sachen,
oder wir bleiben da, und da könnt ihr ja mal ſehen,
was der lieber Gott noch macht.' Da wurde Pharoho

ganz wütig und brüllte: ‚Mach' daß du rauskommst! Wenn ich dich zu fassen kriege, schlage ich dir den Schädel ein!‘ Und Moses sagte: ‚Immer mit die Ruhe! Ich komme bloß, wenn du mich rufst!‘“

„Kann er ihm nich verdenken!“ sagte Tebbi beifällig.

„Wird Moschesch woll bleiben laschen, wer wird denn bei eim König gehen, der eim 'n Schädel einschlagen will! So dumm sind ja nich mal unschere Tükensch; die laufen fix weg, wenn Tuntsche kommt un will schie tot= machen. Nu weiter!“

„Nun sagte der lieber Gott etwas zu Moses, daß ihm angst und bange wurde. Er sagte ihm, daß in der näch= sten Nacht ein Engel runterfliegen sollte und in jedem Haus den größten kleinen Jung totmachen. Bin ich froh, daß ich damals nicht auf der Welt war! Ich möcht doch gewiß gern mal 'n Engel sehen, aber nicht, wenn er so was mit mir machen will. Was würdest du tun, Teb, wenn ein Engel käme und mich totmachen wollte?“

„Dann nimmt er alle deine Murmeln, un der Tschie= genwagen behört ihm dansch allein“, sagte Teb ohne Be= sinnnen. „Nu weiter.“

„Also der lieber Gott sagte es alles Moses, und Moses sagte es allen Leuten, und er sagte den Rislaliten, sie müßten ein kleines Lamm schlachten und ihre Finger in das Blut stippen und an ihre Türen damit ein Kreuz malen, damit daß, wenn der Engel kommt, er sieht, daß hier ein kleiner Rislalitenjunge wohnt. Und richtig, in der Nacht kam der Engel. Und alle Gyptenleute wachten auf und fingen gräßlich an zu weinen — viel döller als du neulich, als du die Treppe runterfielst —, denn alle ihre größten kleinen Jungens und Mädchens sterbteten. Überall gab es Pappis und Mammis, die weinten.“

„Hatten schie denn nu alle Begjäbnis?“

„'türlich“, sagte Bär.

„Lieba Himmel,“ sagte Tebbi, „da konnten ja die

kleinen Gyptenjungens, die nicht tot waren, den ganzen
Tag bei den Sterbsers schmucken, nicht? Und was machte
nu Phajo?"

„Der schickte gleich nach Moses und seinem Bruder
und sagte ihnen, er wär ein böser König gewesen —
als ob sie das nicht schon längst gewußt hätten! Und
er sagte, sie sollten alle Rislaliten nehmen und alle
Sachen und bloß machen, daß sie wegkämen — er war
so eilig, daß er nicht mal Moses zum Begräbnis einlud,
trotzdem er selbst einen toten größten kleinen Jungen
hatte. Und alle Gypter kamen und baten die Rislaliten,
nur schnell zu machen und nicht so zu tröbeln. Sie waren
so froh, sie los zu sein, daß sie ihnen alles zu leihen
gaben, was sie nur wollten."

„Auch Nukelade und Kuchen?" fragte Teddi.

„Unsinn," sagte Bär verächtlich, „wenn einer auf
vierzig Jahre verreisen will, wird er woll nicht zuerst ans
Essen denken. Kleider nahmen sie und Geld und was
sie sonst kriegen konnten, den Gypterleuten ließen sie
nicht viel. Und dann zogen sie los."

„Mit 'n Extjaschug?" fragte Teddi.

„I bewahre," sagte Bär, „so viele Extrazüge für so
viele Leute gibt es doch gar nicht. Sie ritten auf Kamelen
und Esels, und viele mußten laufen."

„Doch," sagte Teddi bedauernd, „dasch ische aber nich
'n bischen schpaschig."

„I was, die fanden es schon spaßig, wo sie vorher sooo
hatten arbeiten müssen! Weißt du nicht mehr, wie du mal
hast arbeiten müssen, als du alle Steine von unserm
neuen Haus nach die Veranda geschleppt hast und
Mammi sagte, du müßtest sie alle wieder wegtragen?
Da hast du aber fix getürmt und bist beinah bis nach
Werder gelaufen!"

„Na—jaha, aber wuscht er doch, dasch schie mit dem
Wagen nach ihm schuchen würden. Nu weiter."

„Die Rislaliten reisten nu also in ein wunderschönes
Land, wo lieber Gott Moses von erzählt hatte, und sie
gingen und gingen. Da kamen sie an ein großes Meer,
wo es gar keine Übersetzboote gab. Ich weiß ja nicht,
warum sie Moses dahin gerade gebracht hat, aber vielleicht wollte der lieber Gott ihnen zeigen, daß er stärker
ist als eine Fähre. Plötzlich aber hören sie hinter sich
fuchbares Getrampel, und eine dicke Wolke Staub ist da,
— und einer schreit: ‚Ogottegott, da kommt ja der olle
Pharoho!‘“

„Hat der denn noch nich benug von schie?“ fragte
Teddi. „Oder wollt er ihnen Adschö winken mit schein
Taschentuch?“

„Nee“, sagte Bär. „Er wußte, daß da keine Fähre
war, und er wollte sie wiederholen, daß sie für ihn arbeiten sollten.“

„Feui, hat er denn teine Angscht, daß lieber Dott ihm
schelber totmacht?“

„Vielleicht; aber, siehste du, er war so ’n scheußlicher
oller Faulpelz und mochte gar nichts tun. Pappi sagte,
es gibt ’n Menge Leute, die wollen lieber sterben als
arbeiten.“

„Was machen die denn? Tönnen die Tischaliten tjiegen für schie schu arbeiten?“

„Nee—e“, sagte Bär unsicher. „Aber hör’ mal weiter. Als die Rislaliten sahen, daß Pharoho kommt, da
fingen sie an zu brummen und zu schimpfen über den
armen Moses. Und sie sagten ihm, er solle sich mal
schämen, daß er sie hierhergeschleppt hätte, bloß um totgemacht zu werden. Denn das hätten sie auch in Gyptenland haben können, und dann hätten sie nicht erst so
weit laufen müssen. Aber Moses sagte: ‚Seid man still,
lieber Gott wird es schon machen.‘ Und lieber Gott sagte:
‚Moses, halt mal eben deinen Stock über das Wasser!‘
Und in derselben Minute, wo Moses das tat, da ging das

Wasser auf der einen Seite rauf und dann auf der andes
ren, gerade wie in der Badewanne, wenn wir plants
schen — und unten auf dem Grund da war ein richs
tiger Weg. Und da gingen nun die Leute durch.“

„Haben schie ihre Dummischuhu anbeschogen?“ fragte
Teddi. „Schonscht haben woll ’n Haufen Jungensch
Kloppe beksiegt, als schie jüberkamen und hatten dansch
schmutschige Schuhe?“

Bär dachte einen Augenblick nach.

„Ich glaub doch wohl nicht. Ich muß mal Pappi das
nach fragen. Aber als sie drüben waren, fingen sie wies
der an zu brummen, denn da kam Pharohos Heer ihnen
nach.“

„Dasch waren aber kleine Schjeipuppen!“ sagte Teddi
verächtlich.

„Doch, meinst, du hättest nicht geheult, wenn du durch
den ganzen Dreck getrampelt wärst und auf einmal da
kämen alle Soldaten mit Wagen und Speeren und Feils
unbogen hinter dir her und wollten dich totmachen?
Aber lieber Gott wußte schon, was er machen wollte —
das wußte er immer. Pappi sagt, er kommt immer,
wenn man schon denkt, es ist zu spät. Er sagte zu Moses:
‚Halt mal bitte eben wieder deinen Stock über das
Wasser!‘ Und Moses tat es, und ritsch ratsch kam das
Wasser von beiden Seiten runtergeplantscht, und Phas
roho und all sein scheußliches Gesindel vertrank.“

„Heulten nu die Fischaliten nich wieder?“

„Doch, so fuchbar nicht“, sagte Bär. „Sie stellten sich
alle auf einen Klumpen und fingen an ganz doll zu
singen.“

„Weisch er, wasch schie schangen“, sagte Teddi. „Esch
bjauscht ein Juf wie Dunnerhall.“

„Ach bewahre“, sagte Bär. Sie sangen: ‚Nun danket
alle Gott mit Herzen —‘ Viel weiter kam Bär nicht.
Er brach in Tränen aus.

„Wasch heulscht du denn?“ fragte Teddi. „Pschielscht
du, du bischt ein Jischalit?“

„Nein,“ sagte Bär, „aber immer bei das Lied kommt
mir was in den Hals, und dann muß ich weinen.“

Da flog die Kammertür auf — eilige Schritte — und
Frau Buren drückte mit tränenüberströmtem Gesicht Bär
an die Brust und küßte ihn ab, während Teddi mit dem
Sinn für das Schöne bemerkte:

„Wenn wasch in Teddi schein Halsch kommt, flurscht
er esch einfach junter.“

Frau Buren führte ihre Neffen herunter und sagte:

„Kinder, es ist Zeit zum Essen. Nun laßt euch fein
und sauber machen, damit ihr wie kleine Herren aus=
seht, wenn jemand zu Besuch kommt.“

„Isch esch nu schu Ende mit dasch Bestjasen?“ erkun=
digte sich Teddi.

„Ja,“ sagte Frau Buren freundlich, „ich traue euch
zu, daß ihr euch jetzt wie artige Kinder benehmen
werdet.“

„Doch,“ sagte Bär, „da quäl ich mich nich um, ich
habe Teddi eine fuchbar lange Geschichte aus der Bibel
erzählt, ganz wie die großen Leute, wenn sie böse waren,
aber Teddi, der hat gar nichts erzählt, und der muß auch
noch seine Strafe abkriegen.“

„Er kann heute abend eine Geschichte erzählen, wenn
Onkel Heinz nach Hause kommt“, sagte Frau Buren.

„Aber er muß auch dabei oben auf einem Stuhl in
der Kammer sitzen.“

„Diesmal wird das wohl nicht mehr nötig sein, Bär“,
sagte Frau Buren.

„Das geht aber nicht, das ist fuchbar ungerecht“,
schmollte Bär.

„Bische du man juhig, Bärbjuba,“ sagte Teddi mit
einem brüderlichen Kuß, „will er auch fubba doll getjübt
sein!“

Das Mädchen holte die Jungen zum Anziehen, und Frau Alice saß eine Weile in ernstem Sinnen. Ihr Gemahl hatte von gestern abend bis zum Frühstück mit aufreizender Gründlichkeit nach dem Resultat ihrer Erziehungsexperimente gefragt, und ihr glänzendes Selbstverteidigungstalent hatte sie schmählich im Stich gelassen. Sie fühlte, daß sie bis jetzt gänzlich unterlegen war. Ihr Mann hatte ihr früher einmal gesagt, daß die besten Feldherrn in ihren ersten Schlachten geschlagen zu werden pflegen. Wenn es Männern gelang, sich aus Niederlagen zum Sieg zu erheben, so mußte es auch ihr gelingen. Die Aussicht auf ein fortwährendes „Hab’ ich’s dir nicht gleich gesagt?“ bestärkte sie in dem Entschluß, allen Gewalten zum Trotz sich den Sieg zu erkämpfen. Aber gleich den anderen Feldherrn mußte sie sich sagen, daß Wollen und Vollbringen zweierlei sei, und daß die klare Erkenntnis des Zieles noch nicht die richtigen Mittel und Wege zeige, dies Ziel zu erreichen.

Ihre Träumerei hatte sie in das dunkle Tal der Demütigung geführt, aus welchem die Mittagsglocke sie aufschreckte. Sie fand ihre Neffen schon am Tisch ihrer wartend, Bär in einem schicken Matrosenanzug, Teddi in weißem Kittel mit reiner Schürze. Einer früheren Erfahrung eingedenk, machte sie Teddis Forschungsversuchen, ob die Teller auch „sichtige Fildflötenteller“ wären, ein schnelles Ende. Auch hinderte sie Bär gewaltsam, Terry etwas von der Majonnaise (statt Brothäppchen, wie es der Onkel tat) in den Mund zu werfen. Im übrigen betrugen sich die jungen Herrn nicht schlechter oder vielmehr nicht einmal so schlecht, wie es oft Leute der „guten Gesellschaft“ tun.

Drittes Kapitel

Das Mittagessen war beendet.

„Hört mal, Jungens,“ sagte Tante Alice, „heute ist Tante Alices Empfangstag. Es werden wahrscheinlich mehrere Leute kommen, die gern etwas von dem kleinen Schwesterchen hören wollen. Darum müßt ihr hierbleiben und ihnen etwas von ihr erzählen. Haltet euch recht sauber und ordentlich. Ihr mögt ja selbst nicht, wenn schmutzige Leute in Tantes gutem Zimmer sind.“

„Will er abschlutsch nich in ’n gutesch Schimmer“, sagte Teddi. „Will er delbe Mummeln holen.“

„Heute nicht“, sagte Frau Buren freundlich, aber fest. „Mit reinen weißen Schürzen geht man nicht Mummeln pflücken. Was würdest du von mir denken, wenn du sehen würdest, daß ich mit einer hübschen weißen Schürze in dem morastigen Graben nach Mummeln suchte?“

„Hm, würde er denken, du kannscht viel mehr nach Hause bjingen alsch Teddi, weil deine Schürtsche glöscher ischt.“

„Ich will dir mal was sagen, Ted“, sagte Bär, zog Teddi in eine Ecke, und es entspann sich ein eifriges Geflüster. Bärs unschuldsvolles Gesicht und die zarte Scheu, mit der er den Blicken der Tante, wenn er sie auf sich gerichtet fühlte, auszuweichen bestrebt war, veranlaßte sie unwillkürlich ihr Gesicht abzuwenden, aus Achtung vor einem sicherlich sehr sinnigen kindlichen Geheimnis. Selbst Teddi schien etwas weniger prosaisch zu sein als sonst. Schließlich verschwanden beide Knaben durch die Haustür, wobei Bär sich noch einmal umdrehte und mit schlechthin engelhaften Tönen versicherte:

„Wir sind ganz bald wieder da, Tante Alice!“

Frau Buren zog sich an, dann spielte sie ein bißchen Klavier — endlich stellte sich ein Besuch nach dem anderen ein und nahm ihre Zeit in Anspruch.

Plötzlich, inmitten ihrer Bestrebungen, auf eine würdige Dame der alten Schule Eindruck zu machen, marschierten beide Knaben durch das Eß= in das Wohnzimmer. Heftig winkte sie ihnen umzukehren, da sowohl Bärs Hosen wie Teddis Schürze so schmutzig wie möglich aussahen. Keines der Kinder aber sah den Gast, der von dem einen Türflügel verdeckt war, und so trappsten sie beide unbekümmert auf die Tante zu, indem Bär rief:

„Jedenfalls kommt man am zweiten Tag noch nicht in den Himmel! Wir haben nämlich dem Vögelchen sein Grab mal eben aufgemacht, und da lag er noch genau so wie gestern."

„Und ein danscher Haufen Täfersch waren auch da", fügte Teddi hinzu. „Die wollen wohl dern mit in'n Himmel, und schie denken, wer Flügelsch hat, tann schie schön mit jaufnehmen, nicht?"

„Bernhard," rief Frau Buren in eisigem Ton, „wie hast du es fertiggebracht, deinen Anzug so zu beschmutzen?"

„Ja, siehst du," sagte der Kleine, vertraulich näherrückend und, die Ellbogen auf ihre Knie gestützt, mit treuen Augen zu ihr aufblickend, „ich konnte und konnte doch den kleinen Vogel nicht wieder in die Erde tun, ohne noch mal zu beten. Und da vergaßte ich, mir die Knie abzuputzen."

„Und du, Teddi," wandte sich Tante Alice an den anderen Schmutzfink, „du hast doch unmöglich auf Brust und Bauch knien können. Wie ist also deine Schürze so schmutzig geworden?"

Teddi sah erst die Schürze, dann die Tante an — streifte mit seinen Blicken ein paar Bilder und das Klavier — folgte mit den Augen der Linie der Deckenverzierung — und plötzlich schien er gefunden zu haben, was er suchte.

„Meinſch du, die Schürtſche iſch ſchmutſchig? J be=
wahje! Will er dirſch ſagen, waſch iſch: daſch Weiſche
iſch abdedangen!"

„Geht in die Küche!" gebot Frau Buren, und die bei=
den Knaben trollten ſich ſchmollend.

Eine halbe Stunde ſpäter war Herr Heinz Buren,
der ſein Bureau mit dem löblichen Wunſche, noch einige
der Damen anzutreffen, etwas früher verlaſſen hatte,
auf dem Wege nach Hauſe. Auf halbem Wege fand er
ſeinen Neffen Teddi auf dem Gerüſt einer im Bau be=
griffenen Villa. Sofort trat er unter das Gerüſt und
ſchrie ihm zu:

„Spring herunter!"

„Tann er nicht!" brüllte Teddi zurück.

„Spring ſofort!" ſchrie Herr Buren wieder mit ver=
mehrter Energie.

„Schagt er doch, daſch er nicht tann", wiederholte
Teddi. „Wir pſchielen Turm ſchu Babel, und unſchere
Pſchache iſch danſch umbetehrt, wie eſch bei den Babel=
leuten war, und wenn er ſchu Bär ſchagt ‚Bjing
Schteine‘, ſcho bjingt er Talkſch, und wenn er ſchagt,
‚Bjing Talkſch‘, bjingt er Schteine. Und dann pſchechen
wir wie du und Tante Aliſche beſchtern bei Tiſch."

„Ja," kam es von Bär, der mit einer Ladung Steine
aus dem Inneren des Gebäudes erſchien. „Hör mal zu!"
Und der junge Mann begann in einer Sprache zu ſchnat=
tern, die höchſtens in einer Affenverſammlung exiſtenz=
berechtigt geweſen wäre.

Vorſichtig erkletterte Herr Buren eine Leiter, holte erſt
den einen, dann den anderen Schlingel herunter, gab
jedem einen Kuß und ließ noch ein gehöriges Durchſchüt=
teln als Ermahnung folgen. Dann machte ſich das Trio
auf den Heimweg. Die Anzüge der Kinder ſtrotzten
außer von dem bereits vorhandenen Schmutz auch noch

von Kalk und Sägemehl. Die meisten der von Frau Alice heimkehrenden Damen trafen sie in diesem Aufzuge.

Herr Buren fand seine Frau in der reizendsten Unterhaltungsstimmung; nur das Thema „unsere Neffen" schien nicht für sie zu existieren. Die Anstrengungen, die die jungen Architekten unternommen hatten, um das vielberufene Baudenkmal von Babel zu vollenden, hatten ihnen zu einem ausgezeichneten Appetit verholfen und ihre Zungen für eine Weile in den Stand der Ruhe versetzt. Nachdem die Leistungsfähigkeit seines Magens auf die äußerste Probe gestellt worden war, sagte Bär:

„Ist es nicht Zeit, daß Ted jetzt seine Strafe kriegt, Tante Alice?"

Tante Alice zwinkerte ihrem Gatten zu und nickte zustimmend.

„Nu los, Teddi," sagte Bär, „nu bist du an der Reihe; nu erzähl ne gräßlich traurige Geschichte und sei fuchbar doll getrübt."

„Will er vertschälen von Pita Plumm; dasch ischa fubba tjaujige Deschichte."

„Wer ist denn Piter Plumm?" fragte Tante Alice.

„Dasch isch der Herr, wo der schmutschige Junge nebenan immer unsch wasch von vorschingt. Aber schingt er nicht, vertschählt er blosch — dasch isch ebenscho tjaujig."

„Also los", ermunterte Bär.

„Da war mal 'n Mann," sagte der Büßer mit großer Feierlichkeit und umflorter Stimme, „und der hiesch Pita Plumm. Und er liebte eine Dame. Und er sagte schu ihrem Pappi ‚Lasch mir dein tleinesch Mädschen heijaten!' Un wasch meint ihr, dasch der Pappi schagte: ‚Nein', schagte er." (Dieses „Nein" kam mit ungeheurem Nachdruck heraus.) „Er hat esch noch döllerer besagt, aber Teddi tann esch nich döllerer. Wenn Paule dasch schingt, isch esch dansch schjecklich anschuhören. Pita Plumm war giäßlich getjübt, und er lief weg, und er lief nach Mejika, und er käufte sich Häuter von wilde Tiere; und ob man davon vagnüchter wird, weisch er nicht. Paule schingt dasch nicht mit. Und bösche Innianer fingten ihm und schogen ihm all schein Haar herunter, wie esch manche Damensch machen. Und alsch die annere Dame dasch schuhören kjiegte, da war schie fubba tjaujig, und schie ding schu Bett und sterbste. Nun isch esch ausch. Onke Heinsch, muscht du nich auch für wasch bestjaft werden, dasch du eine Deschichte vertschählen muscht?"

„Jetzt ist es Zeit zu Bett zu gehen", sagte Tante Alice, stand auf und nahm Teddi auf den Arm.

„O je," sagte Bär, „ich wünschte, ich wäre ein kleiner Junge in China, wo sie jetzt gerade aufstehen."

„Auja," sagte Teddi, „und dann hättescht du scho 'n djolligen Schwansch am Topf, wo er immer djan schiehen tönnte."

Als die Knaben im Bett waren, überwand Frau Alice ihre Zurückhaltung so weit, daß sie ihrem Gatten die Geschichte aus der Bodenkammer und die Vogelgeschichte mit ihren Folgen erzählte und ihn bat, am nächsten Morgen möglichst früh aufzustehen und den Vogel auszugraben und wegzuwerfen.

„Es ist doch sündhaft, die Kinder darin zu bestärken, mit heiligen Dingen ihr Spiel zu treiben. Ich habe mir fest vorgenommen, durch Beseitigung der Ursachen den üblen Wirkungen vorzubeugen."

Der Gatte schüttelte wenig ermutigend das Haupt. —

Die Sonne stand am nächsten Morgen zu jener pervers zeitigen Stunde auf, für die sie im Juni eine Vorliebe hat. Aber Frau Buren war ihr noch zuvorgekommen. Ihr Mann war am Abend in einer Stadtverordnetensitzung gewesen und erst kurz vor Mitternacht heimgekehrt. Er bedurfte der Ruhe, und sein treues Weib hatte beschlossen, ihn so lange wie möglich ausschlafen zu lassen. Es gab aber Dinge, die ihr noch mehr am Herzen lagen als die Ruhe ihres Mannes, und dazu gehörten die ihr überlieferten Grundsätze über die heiligen Lehren der Kirche. Da sie überzeugt war, daß ihre Neffen die grundlegende Hoffnung der Christenheit durch Untersuchung des Vogelgrabes auf die Probe stellen würden, so dachte sie mit Schaudern an die sich daran knüpfenden Unterhaltungen und Nutzanwendungen. Um diesen Schwierigkeiten aus dem Wege zu gehen, hatte sie sich folgenden Plan zurechtgelegt. Sie wollte ihren Mann nur wecken, wenn sie merkte, daß ihre Neffen wach wären. Dann würde sie sie unterhalten, bis das Grab leer und wieder zugeschaufelt wäre. Es wäre ja einfacher gewesen, wenn sie das Gastzimmer einfach zugeschlossen hätte, denn dann hätte sie ihren Mann nach Herzenslust schlafen lassen können. Da sie aber bei der Ankunft der Knaben den Schlüssel nicht abgezogen hatte, so war er natürlich verschwunden und absolut nicht aufzufinden. Augenblicklich waren die Jungen noch ruhig; also hatte Frau Buren Muße, sich den Tag so zurechtzulegen, daß er ihr möglichst wenig Verdruß von seiten ihrer Neffen, dennoch aber Gelegenheit bringen würde, ihnen den Stempel ihrer Überlegenheit aufzudrücken, wenn sie auch, wie sie zögernd zugeben mußte, bisher eher unter= als überlegen gewesen war.

Gewaltige Tritte gegen die Haustür und heftiges Klingeln schreckten die junge Frau aus ihren Betrachtungen und den Hausherrn aus seinen Träumen, während der Hund Terry, der gewöhnlich auf der Matte innerhalb der Haustür zu schlafen pflegte, jämmerlich zu heulen anfing.

„Du meine Güte,“ knurrte Herr Buren und rieb sich die Augen, „wem sind wir denn Geld schuldig?“

„Ach, wenn bloß nichts mit Helene oder dem Baby

ist!" sagte Frau Buren und rief aus dem Schlafzimmer=
fenster:

„Wer ist da?"

„Ich", antwortete Bärs nicht zu verkennende Stimme.

„Isch er auch da", sagte ein dünneres, ebenso ver=
trautes Stimmchen.

„Wir müssen dir was ganz fuchbar Entzückendes er=
zählen, Tante Alice", rief Bär. „Mach doch schnell mal
auf!"

„Entschückender alsch Tuchen oder Pudding oder
Nuckelade", brüllte Teddi.

Eins der Mädchen war schon heruntergelaufen, die
Tür öffnete sich, und flinke Füßchen trippelten nach
oben. Terry, ohne die gewohnte Morgenliebkosung sei=
nes Herrn abzuwarten, flüchtete unter das Bett, wo
er der Angst seiner Seele in den fürchterlichsten Falsett=
tönen Ausdruck verlieh. Dann mit einem Getrampel,
wie es nur Kinder vollführen können, schossen Bär und
Teddi ins Zimmer. Jeder suchte den anderen zur Seite
zu drängen, um die Geschichte zu erzählen, von der ihr
Herz überfloß. Endlich schrie Teddi, eingeklemmt zwi=
schen dem Bettpfosten und Bärs Bein:

„Der entschückende tleine Vogel isch in 'n Himmel be=
tommt!"

„Ja," sagte Bär und lockerte nun die Umklammerung
seiner Beine, „die Engels haben ihm geholt!"

„Und die tleine Täfersch alle mit", sagte Teddi.

„Den Grabstein, den haben sie dagelassen", sagte
Bär. „Sag mal, Tante Alice, wozu sind die Grabsteine
noch da, wenn man in den Himmel gekommen ist?"

„Dasch weischt du nicht?" sagte Teddi mit unaus=
sprechlicher Verachtung. „Dacht er, dasch wüschte jeder;
dasch isch, dasch die Leute wischen, wo schie schöne Blu=
men hinflanschen schollen, damit dasch der Engel, wasch
in Gjab war, wasch Schönes zum Juntertucken hat."

„Na," sagte Bär mit der Miene eines Kämpfers, der
bereit ist, für seine neuentdeckten Lehren zu sterben, „nu
werd ich aber mal Pappi fragen, wer das gesagt hat,
daß er nicht glaubt, daß Sterbsers in den Himmel kom=
men. Denen werde i ch mal sagen, was sie für Schafs=
köpfe sind."

„Engelsch schind benau wie Vögelsch, nicht, Tante
Alische?" fragte Tebbi. „Schie haben Flügel und
Kjallen."

„Krallen, Kind, wie kommst du denn darauf?" fragte
Frau Buren.

„Weil da tleine Tjatschelöcher waren an der Scheite
von das Ejab", sagte Tebbi. „Dansch tleine Tjatsche=
löcher, wie tleine Vögelsch schie immer machen. Waren
woll tleine Engelsbabys."

Herr Buren zwinkerte seiner Frau zu, die ratlos drein=
schaute, und stieß schnell und leise ein Wort hervor:

„Katzen!"

„Wie seid ihr denn überhaupt herausgekommen?"
fragte Tante Alice.

„Aus'm Küchenfenster gesprungen", sagte Bär. „Aber
rein konnten wir so nicht wieder, es ist zu hoch. Es muß
doch nu wohl Frühstückszeit sein, wir sind mindestens
schon zwei Stunden auf."

„Dies ist der richtige Augenblick für eine orthodoxe
Vorlesung", schlug der Herr Gemahl vor. „Je leerer der
Magen, desto tätiger der Geist, sagen die Physiologen."

„Danke für den Rat", sagte Frau Buren und ent=
schwand in die Küche. „Aber der Geist dieser Jünglinge
ist mir auch bei vollem Magen noch rege genug."

Das Frühstück erschien rechtzeitig, und der Appetit der
Knaben war durchaus ansehnlich. Nachdem er einiger=
maßen befriedigt war, sagte Bär:

„Tante Alice, wie lange meinst du eigentlich, daß wir

es aushalten können, ohne unser kleines Schwesterkind=
chen zu sehen?"

„Liebesch tleinesch Mädschen Schwestertindschen", ver=
besserte Teddi.

„Ich glaube, noch eine ganze Weile", sagte Frau
Buren. „Ich weiß, ihr habt Mammi und Schwesterchen
viel zu lieb, um ihnen Unruhe machen zu wollen, wäh=
rend sie beide noch schwach sind. Ihr habt sie doch gewiß
viel lieber als euch selbst, nicht?"

„Gewiß", sagte Bär. „Deswegen will ich sie ja auch
so fuchbar gern mal sehen."

„Find er esch subba bemein, dasch tleine Schwesterchen
nicht ihre Bjudasch schum pschielen kjiegen."

„Ich will mir's mal überlegen. Wenn ich sicher bin,
daß ihr ganz artig sein werdet, so wollen wir heute zu=
sammen herübergehen."

„Aua, fein", schrie Bär. „Wir wollen allergutest sein.
Weißt was, Ted, nach dem Frühstück halten wir Sonn=
tagsschule — das ist doch sicher was fuchbar Gutes."

„Weisch er noch wasch Güteresch", sagte Teddi. „Wir
pschielen Danschel in die Löwengjube. Du bischt der Tönig
und läscht Danschel wieder jausch, und er isch Danschel.
Dasch isch viel güterer alsch Schonntagsschule. Denn
wenn einer einen wegholt von gjäschliche Fjeschlöwen,
isch viel güterer alsch blosch beten und schingen wie in
die Schonntagsschule."

„Wieder eine schauderhaft ketzerische Anschauung, die
du überwinden mußt", neckte Herr Buren. „Dies un=
selige Kind bekennt sich zur Lehre der Werkgerechtigkeit,
anstatt der Gerechtigkeit durch den Glauben."

„Ich werde ihnen die Geschichte von Daniel schon so
erzählen, wie es sich gehört", sagte Frau Buren. „Dann
wird der Irrtum vor der Macht der Wahrheit fliehen."

Herr Buren brach zur Stadt auf, und seine Frau wid=
mete sich ihren Haushaltspflichten. Die Kinder besprachen

das Programm des in Aussicht stehenden Besuchs bei
dem Schwesterchen.

„Weißt du, Ted, wir müssen dem Schwesterchen Ge=
schenke mitbringen. Das war das Allernetteste von Jesus
seiner Geschichte, als all die Schäfer ihm so viele Ge=
schenke brachten.“

„Und wasch wollen wir ihr mitbjingen?“ fragte Teddi.

„Nun“, sagte Bär, „die Schäfers brachten Geld und
son Zeug, das schön riechte. Das könnten wir doch auch.“

„Schön,“ sagte Teddi, „aber wo schollen wir dasch
herkjiegen?“

„Wir gehen ganz, ganz fuchbar leise ins Haus, und
dann schütteln wir was aus unseren Sparbüchsen. Das
ist das Geld. Und für das schöne Riechzeug, da nehmen
wir ein paar Blumen aus dem Garten.“

„Dasch isch nich sichtig, Bär. Dasch schind ja lauter
Schachen, die wir schu Hausche haben. Wir müschen ihr
wasch von hier mitbjingen, scho alsch ob wir die Schäfe
behütet hätten.“

„Dann will ich dir mal was sagen, Ted. Wir quälen
Tante Alice, daß sie uns Pfennige gibt. Hätten wir man
blos dran gedacht, als Onkel Heinz noch hier war.“

„Au ja“, sagte Teddi. „Und es ischt eine wunnaschöne
Flasche mit Fiechtscheug in Tante Alische ihr Schimmer.
Davon nehmen wir wasch. Wollen wir schie fjagen, oder
wollen wir scho tun, alsch ob esch unfersch isch?“

„Wir wollen man ehrlich sein“, sagte Bär. „Klauen
ist gemein.“

„Ische doch nicht tlauen, wenn wir ’n bischen nehmen
für schüschesch Schwestertindschen. Und unschere schönen
Deschenke schind doch auch eine Jaschung für Tante
Alische.“

„Weißt du was?“ rief Bär plötzlich, und sein Ent=
zücken über den neuen Einfall war so groß, daß er die
Geschenke ganz vergaß, „Du weißt doch, wie doll die

Spitze von unserem Blitzableiter leuchtert? Nu spielen wir, das ist unser Stern aus dem Morgenland, und er zeigt uns, wo wir das Kindchen finden können."

„Fumosch," jubelte Teddi, „und vielleicht läscht unsch Tante Alische Huckepacke seiten, und dann isch schie unscher Tamel, wie bei die Schäfersch auf unscher Weihnachtsch= bild, wasch wir dann abjeischteten und Minascherie von pschielten."

Das Erscheinen eines großen Grashüpfers unterbrach diese Unterhaltung plötzlich, beide Knaben begaben sich sofort mit der gewöhnlichen Erfolglosigkeit auf die Jagd. Eine halbe Stunde später kamen beide staubig und keuchend zurück und warfen sich erschöpft in dem Haus= flur auf den Boden. So fand sie die Tante, die einen großen Schreck bekam und sofort mit der Unerfahrenheit einer Frau, die nicht zugleich Mutter ist, anfing, sie aus= zufragen: „Wo seid ihr gewesen? Warum seid ihr so staubig? Warum so außer Atem, was fehlt euch über= haupt? usw."

Ein schwerer Seufzer entrang sich Bärs Brust.

„Große Leute verstehen nicht viel von kleiner Leutes Bekümmertheiten."

„Fubba böscher oller Gjaschhopper", beklagte sich Teddi. „Immerlosch ding er hin, wohin er wollte, und danich unter Teddi schein Hut.

„Er dachte sich vielleicht, daß er es bei dir gar nicht so gut haben würde, Teddi", sagte Frau Buren; „was hättest du mit ihm gemacht, wenn du ihn gekriegt hät= test?"

„Hinterhoppersch auschgejeischtet", sagte Teddi ohne Zögern.

„Wie greulich", sagte Tante Alice entrüstet; „warum wolltest du dann das tun?"

„Damit er fliegen musch", sagte Teddi. „Isch doch schu dumm, hat einer Flügelsch und hoppscht immerschu

198

auf ſcheine Hinterhopperſch. Waſch würdeſcht du woll
ſagen, wenn Teddi Flügel hätte und lauftete und hoppſch=
tete immer jum?“

„Mein lieber Junge,“ ſagte Frau Buren und nahm
den kleinen Naturveredler liebevoll auf den Schoß, „ver=
ſtehſt du denn gar nicht, daß es ſehr, ſehr unrecht iſt,
Tiere ſo zu quälen? Jedes Tier iſt ſo, wie es der liebe
Gott gemacht hat, und wie er es will.“

„Alle Tiere?“ fragte Teddi.

„Gewiß“, antwortete Frau Buren.

„Ja, aber wajum fängſt du dann die ſchüſchen tlei=
nen Mäuſchens mit ſon Tlappbingſch und machſcht ihnen
tot?“ fragte Teddi, die Augen weit aufreißend.

„Weil ſie ſehr läſtig und unangenehm ſind“, entgeg=
nete Frau Buren; „ſelbſt läſtige Menſchen werden be=
ſtraft, wenn ſie ſich mit anderer Leute Sachen befaſſen.“

„Das wiſſen wir ſchon“, ſagte Bär ſeufzend.

„Aber“, und damit ging Frau Buren geradeswegs auf
ihr Ziel los, „die Tiere haben Gefühl und Fleiſch und
Blut und Knochen wie kleine Jungen; und gerade wie
ſie ſind, hat ſie der liebe Gott geſchaffen.“

„Balut —?“ unterbrach Teddi. „Will er mal daſch
Balut ſchehn, wenn er daſch nächſchte Mal Hinter=
hopperſch ausjeiſcht.“

„Das barfſt du nie wieder tun“, ſagte die Tante. „Du
mußt glauben, was die Tante dir ſagt, und barfſt die
armen Tiere nicht quälen. Denk’ doch mal, Teddi, es gibt
viele ſehr kluge Menſchen, die jeder liebhat, die ihr
ganzes Leben ſolche Tiere ſtudieren, kleine Inſekten, wie
Grashüpfer und Fliegen und Weſpen —“

„Und werden die nich bepiekt?“ fragte Teddi. „Wie
machen ſie das?“

„Daraus machen ſie ſich nichts“, ſagte Frau Buren.
„Sie wollen nur wiſſen, wie die Tiere gemacht ſind, und
woburch ſie ſich von den Menſchen unterſcheiden. Und

sie finden heraus, daß manches winzige Tierchen, zum
Beispiel ein Grashüpfer, viel wunderbarer eingerichtet ist
als irgendein Mensch.“

„Das glaub ich woll“, sagte Bär. „Wenn ich so
hopsen könnte wie ein Grashopser, dann hopste ich viel
besser als alle Jungens hier. Und wenn ich stechen könnte
wie eine Hornisse, puha, da wären mal alle doll ge=
schmollen!“

„Schtubieren schie auch gjosche Tiere?“ fragte Teddi.

„Aber ja,“ belehrte Frau Buren, „und einige haben
auch herausgefunden, wie zum Beispiel Pferde aussahen,
als sie noch nicht von den Menschen gezähmt waren.“

„Wenn Teddi auch mal scho schtubiert, haben ihm
dann auch alle Menschen lieb?“

„Wahrscheinlich.“

„Dann will er mal“, erklärte Teddi und glitt von dem
Schoß der Tante herunter.

„Es hat ja noch ein bißchen Zeit“, sagte Frau Buren.
„Jetzt wollen wir doch Mammi und Baby besuchen
gehen. Zieht euch ordentlich an und macht schnell!“

Die Kinder entfernten sich eilig, und Frau Buren, die
schon fertig war, nahm ein Buch. Sie war sehr stolz,
daß sie wenigstens eine von Teddis irregeleiteten Nei=
gungen in das von Gott bestimmte Fahrwasser gelenkt
hatte.

„Wieder ein Erfolg!“ dachte sie triumphierend. „Aber
ich glaube, ich habe Heinz noch nicht einmal von den
gestrigen Erfolgen berichtet.“

Es dauerte ziemlich lange, bis die Jünglinge erschienen,
waren dann aber so über allen Tadel erhaben, daß die
Tante sie ausdrücklich belobte. Auf dem Wege nach
Hause waren sie außerordentlich vergnügt, aber inner=
lich sehr mit irgend etwas beschäftigt, denn sie versuch=
ten fortgesetzt miteinander zu tuscheln.

Zu Hause angelangt, kannte ihre Ungeduld keine Gren=
zen. Und als die Wärterin mit dem kleinen Paket er=
schien, stürzten sich beide Knaben gleichzeitig darauf. Bär
versuchte ein paar Pfennige in die kleine, fest zusammen=
gepreßte Faust zu zwängen, während Teddi dem Baby
eine Flasche mit der Aufschrift „Flüssiges Waschblau“
unter die Nase hielt. Fast im selben Augenblick fing das
Baby an heftig zu niesen, und ein starker Kampfergeruch
verbreitete sich im Zimmer.

„Wo kommt bloß der Kampfergeruch her?“ fragte die
Wärterin besorgt. „Frau Lorenz kann den nicht aus=
stehen.“

Das Niesen hörte auf, aber nun fing der Säugling
an kläglich zu schreien; Teddi nahm eilig seine Flasche
wieder an sich. Jetzt bemerkte die Wärterin auf den bis
dahin makellosen Hüllen des Kindes blaue, nach Kamp=
fer riechende Flecken. Inzwischen trampelte Teddi seiner
Tante auf ihr neues Kleid, hielt ihr die Flasche unter die
Nase und rief:

„Ische doch dumm! Tlein Schweschter djappschte da=
nach und hat fascht allesch auf die Tische debiescht!“

„Wo hast du denn den Kampfer her,“ rief Frau
Buren, „und warum hast du ihn mitgebracht?“

„Ische nich Tamfir!“ sagte Teddi. „Ische schönes
Sichtscheug. Hat er benommt ausch der bjoschen Flasche
von dein Tisch, wo du deine Taschtucher schön jiechen
mit machst. Bär und ich haben demacht wie die Schä=
fersch, alsch schie tamen schu tleine Jeschuschtind — wir
haben unscher Baby Deld gebjacht und wasch schu
jiechen.“

Frau Buren küßte Teddi, und die Wärterin tat des=
gleichen. Dann setzte sich die Wärterin auf den Boden
und zeigte den Kindern das Gesichtlein des Schwester=
chens. Die kleinen Äuglein öffneten sich weit und sahen
ernst und milde auf die großen Brüder; und die Knaben

knieten vor dem Kind, richtig wie die „Weisen aus dem Morgenlande". Eine Weile herrschte andachtsvolles Schweigen; dann brach Teddi den Bann und sagte:

„Tante Alische, wajum hat unscher Tind nich schone Schonne um 'n Topf wie tlein Jeschuschtindschen?"

Somit kam man in irdische Regionen zurück, und die Wärterin schlug vor, daß jeder Anwesende auf fünf Minuten die Mammi besuchen dürfe. Zuerst ging die Tante. Sie kam mit einem Gesichtsausdruck zurück, der Bär und Teddi sehr beachtenswert vorkam. Als Bär wieder herauskam, versicherte er hoch und teuer, er würde seine Mammi nie wieder ärgern, solange er lebe, Teddi aber bemerkte:

„Wenn er mal 'n tleines Tindschen triegt, wird er aber nich den danschen Tag schu Hausche in Bett bleiben. Neee — er stundete fir auf und tanschtete jum."

Auf dem Heimweg sagte Bär:

„Nu haben wir zu Hause noch wen mehr, der Geburts= tag hat, nicht? Du, Tante Alische, wie lang ist es noch hin, bis tlein Schwesterbaby Geburtstag hat? Wie viele Tage?"

„Dreihundertzweiundsechzig", war die Antwort.

„Ach du herrjemine!" rief Bär. „Und wie lange ist Weihnachten noch hin?"

„Fast zweihundert Tage."

„Ach du, ich glaube, ich muß sterben, wenn nicht bald mal jemand Geburtstag hat, daß ich ihm was schenken kann."

„Nun, du kleiner lieber, großherziger Junge," sagte Frau Buren und beugte sich nieder, um ihm einen Kuß zu geben, „morgen ist mein Geburtstag."

„Aua famos," schrie Bär, „hör mal Teddi —", und der Rest der Unterhaltung wurde im Flüsterton und mit unendlich wichtigen Mienen geführt; ja, es erwies sich als notwendig, daß die Knaben einen anderen Heimweg

einschlugen, weil sie, nach Bärs Erklärung, „ein fabel=
haft dickes Geheimnis" zu besprechen hatten.

Frau Buren wurde unterwegs noch hie und da durch
kleine Unterhaltungen zurückgehalten, so daß sie etwas
später als ihre Neffen zu Hause ankam. Vor dem Hause
sah sie den ihr bekannten Einspänner des Gemüsehänd=
lers stehen. Der Mann selbst war wohl im Hause, um
seine Sachen abzuliefern. Was bedeutete aber jene weiße
Masse, die unter dem Pferd auf der Erde lag? Rasch
näher kommend, erkannte sie in besagter weißer Materie
ihren Neffen Teddi, der in seinem sauberen Anzug auf
dem Rücken im Schmutz lag und des edlen Tieres Bauch
mit heiterer Neugier betrachtete.

Es gibt im Menschenleben Augenblicke, wo königliche
Würde sich beugen und hoheitsvolle Haltung sich ver=
gessen lernt. Solch einen Augenblick erlebte Frau Buren,
als sie, ihren Schirm fallen lassend, Teddi mit vorsich=
tigem, aber festem Griff packte und ihn aus seiner ge=
fährlichen Lage riß.

„Mach', daß du ins Haus kommst, augenblicklich, du
schmutziger Junge", rief Frau Buren und stampfte sogar
im Zorn mit dem Fuß auf.

Der Schrecken in Teddis Gesicht wich dem Wunsch,
sich zu entschuldigen, als er stammelte:

„Wollt er doch bloß mal —"

„Marsch, ins Haus", wiederholte Frau Buren.

„Au, au...oeeeeeaaua", fing Teddi an zu heulen und
drehte dabei seine Unterlippe so freigebig nach außen, als
ob er noch ganze Ellen davon zur Verfügung hätte.
„Wollt er doch blosch mal schtubieren... wie... aua...
basch... Fer...rd... schusammen... de... näht isch,
da...mit... ihm... alle Leute liehieb... haben schol=
len... aua... Konnt...er doch nicht... schu die In=
schanerferdschen... dehen... und... aua... da bing...

er schu Demüschemann schein Ferdschen ... aua ... aua
... ische ... ebenscho ... buhut.“

„Aber deswegen brauchst du dich doch nicht in deinem
reinen Pikeeanzug in den Schmutz zu legen!“

„Au ...a, hat er doch allesch annerde schon fertig schtu=
biert“, fing Teddi wieder an. „Alsch er esch aber von
unten schehen wollte, tonnte er esch nich scho weit auf=
heben. Hat er esch verschucht, aber Ferdschen hat ihm
scho subba diftig andeschehen, da hat er esch schein be=
laschen.“

„Gehe jetzt hinein und laß dich umziehen“, sagte Frau
Buren. „Du weißt ganz gut, daß es gar keine Entschul=
digung dafür gibt, wenn kleine Jungen mutwillig ihre
Sachen schmutzig machen. Wenn Onkel Heinz nach Hause
kommt, werden wir uns eine Strafe für dich ausdenken,
die dich lehren wird, besser auf deine Sachen achtzu=
geben.“

„Aua ... uhu ... auauuu ...“, brüllte Teddi von
neuem los. „Woll er, lieber Gott machte da teine Ferd=
schen mehr und teine tleinen Jungs, die blosch mal schtu=
bieren wollen und nachher Stjafe tjiegen, weil ihre
Sachen ein tlein bischen schmutschig schind! Aua .. uhua!“

Damit verschwand er ins Haus und erfüllte alles mit
seinem zornigen Gebrüll.

Frau Buren blieb auf der Verandatreppe stehen und
bekämpfte tapfer einen kleinen Herzkrampf. Es brängte
sich ihr nämlich der Gedanke auf, daß nach einem weniger
wandelbaren Gesetz als dem einer wohlgeregelten Haus=
ordnung das Beschmutzen von Kleidern vielleicht nicht
die Sünde aller Sünden sein möchte, und daß Teddi in
Wahrheit durch ihre eigenen Hinweise auf den hohen
Zweck und das Ziel zoologischer Wissenschaft zu seiner
Handlungsweise veranlaßt worden war. Es war tlar, daß
nur sein aufrichtiger und hingebungsvoller Forschungs=
brang ihn zwischen die Pferdehufe geführt hatte. Und

einem so beseelten Menschenkind konnte man es wohl
verzeihen, wenn es seine äußere Erscheinung außer acht
ließ. Freilich, reine Kleider rangierten in der Maywald=
schen Familie gleich nach reinen Herzen, und Frau Buren,
geborene Maywald, hatte sich vorgenommen, alles, was
ihr selbst heiliger Grundsatz war, ihren Neffen liebevoll
einzuimpfen. Teddi schien aber ernstlich gekränkt zu sein,
und da sie einen in gutem Glauben begangenen Irrtum
zu achten wußte, beschloß sie, das weinende Kind zu
trösten. Sie fand das Opfer der Wissenschaft im Zimmer
am Boden liegend, mit Händen und Füßen strampelnd,
schreiend und auf jede Weise seiner Wut Luft machend.

„Teddi,“ sagte die Tante, „es ist zu traurig, daß du
jetzt Kummer hast, wo du eben bei Mammi und Schwe=
sterchen gewesen bist.“

„Weisch er allein, dasch er tjaujig isch,“ schrie Teddi,
„kannsch machen, dasch du wieder jauschtomnisch, wenn
du ihm weiter nix sagen willsch.“

„Aber Teddilein,“ sagte Frau Buren hinkniend und
seine heiße Stirn streichelnd, „Tante will dich wieder
glücklich machen.“

„Dann leg ihm wieder unter Ferdschen, dasch ihm alle
Menschen liebhaben“, schluchzte Teddi.

„Du hast heute schon genug vom Pferd gelernt, mein
Junge“, tröstete Frau Buren. „Dein Pappi wird dich
noch mehr lehren, wenn du wieder zu Hause bist. Armer
kleiner Junge, wie heiß deine Bäckchen sind! Komm her,
Tante will dich gar zu gern wieder froh und vergnügt
sehen.“

Teddi hörte mit Heulen auf, richtete sich hoch und
sah seine Tante mit unendlich wichtiger Miene an; schließ=
lich sagte er:

„Hat dich lieba Dott saufbeschickt, dasch du abbitten
sollsch, weil du scho bösch gegen arm tlein Teddi warsch?
Dann verscheiht er dir, aber schei nich wieder scho bösch,

hörsch du? Scho, wenn du ihm nu schauberesch Tscheug anschiehen willscht, darfscht du."

Mittlerweile war Bär hereingekommen.

„Tante Alice, du hast Onkel Heinz beim Früschück gesagt, du wolltest uns von Daniel erzählen; meinst du nicht, daß jetzt die richtige Zeit dafür ist?"

„Au ja," sagte Teddi und fuhr eiligst mit seinem Kopf durch einen reinen Kittel, „und wie die Löwen die böschen Männer aufaschten, die den Tönig baschu detjiegt hatten, Danschel in die Gjube schu schmeischen."

Tante Alice begann:

„Es war einmal ein sehr frommer Mann, der hieß Daniel. Und obgleich der König geboten hatte, niemand sollte zu anderen Göttern beten als zu denen, die sein Volk verehrte, betete Daniel jeden Tag zu dem Gott, den auch wir lieben."

„Der war doch auch damals schon in'n Himmel wie jetzt, nicht?" fragte Bär.

„Ja, gewiß."

„Und wo war den anderen Leuten ihr Gott?"

„Oh, auf Brettern und in Kammern und allerlei Arten von Plätzen", sagte Frau Buren. „Sie waren ja nur Stückchen Holz oder Stein — Götzenbilder oder Abgötter."

„Sind Abgötter nicht gut?"

„Nicht die Spur", erwiderte Frau Buren.

„Na, das finde ich aber ganz und gar nicht nett", sagte Bär. „Pappi sagt manchmal, ich bin Mammis Abgott. Bin ich denn von Stein oder von Holz? Und bin ich denn gar nicht gut?"

„So ist das nicht gemeint. Pappi will nur sagen, daß Mammi dich ganz besonders liebhat, weiter nichts. — Daniel betete also, wann und wie er wollte. Und die Leute, die ihn nicht leiden konnten, die gingen hin zum König und sagten: ,Sieh einmal, der Jüngling, den du

so gern haſt, der betet zu dem Gott, an den die Juden
glauben.' Dem König tat es ſehr leid, das zu hören, aber
Daniel wollte nicht lügen. Er gab alſo zu, daß er betete,
wie er wollte. Und nun mußte der König ihn in die
Löwengrube werfen laſſen. Er war ſehr bekümmert dar=
über, denn Daniel war immer gut und ehrlich geweſen,
und wirklich gute Menſchen ſind immer ſchwer zu fin=
den.“

„Muſch er Mammi vertſchählen, wenn ſchie wieder=
mal ſchagt: ‚Tebbi, ſchei dut!‘ Nu weiter!“

„Sie warfen alſo den armen Daniel in die Löwen=
grube,“ fuhr Frau Buren fort, „und ihm muß wohl
ſchrecklich bange auf dem Wege dahin geweſen ſein, denn
er wußte, wie wild und blutgierig die Löwen ſind. Ein
einziger Löwe kann ja ſchon mit Leichtigkeit einen Men=
ſchen auffreſſen, und in der Grube waren eine ganze
Menge Löwen.“

„Zum Abendbrot reichte er wohl nicht mal für alle?“
fragte Bär.

„Bewahre! Er tat alſo, was verſtändige Menſchen
immer tun, wenn ſie in Not ſind: er betete. Der König,
der konnte aber in dieſer Nacht nicht gut ſchlafen. Wer
auf den Rat anderer gegen ſein Gewiſſen handelt, der
fühlt ſich nachher recht unbehaglich. Jedenfalls wachte
der König ſehr früh am anderen Morgen auf, eilte zur
Grube, guckte hinein und rief: ‚Daniel! War der Gott,
an den du glaubſt, ſtark genug, dich von den gefräßigen
Löwen zu erretten?‘ Und da antwortete Daniel. Denkt
euch mal, wie glücklich der König geweſen ſein muß,
Daniels Stimme zu hören und zu wiſſen, daß er noch
lebte. Und obgleich der König ſich ſo ſchlecht gegen Daniel
benommen hatte, vergaß der nicht, höflich zu dem König
zu ſein, ſondern er begrüßte ihn und ſagte: ‚Der Herr
ſchenke dir ein langes Leben!‘ Dann erzählte er dem
König, daß er ganz unverletzt ſei, und der König freute

sich sehr, und er ließ Daniel herausholen, und die Männer, die schuld daran waren, daß der arme Daniel in die Löwengrube gekommen war, die wurden hineingeworfen, und die Löwen fraßen sie alle miteinander auf."

„Ich weiß, warum die Löwen den Daniel zufrieden ließen und all die anderen Kerls auffraßen", sagte Bär mit verständnisvoller Miene.

„Das dachte ich mir wohl, daß du es weißt, mein Liebling," sagte Frau Buren, „aber sage doch, was du darüber denkst."

„Nun," sagte Bär, „Daniel war doch man bloß einer, und dann hätten doch die Löwen alle nur einen kleinen Happs gekriegt — so wie wenn kleine Jungens bloß einmal vom Kuchen abbeißen dürfen. Wenn nun aber viele Männer da waren, so daß jeder einen ganzen für sich kriegen konnte, so hatten sie doch davon ein richtiges Mittagessen."

In dieser Antwort mußte etwas gelegen haben, was Tante Alice die große moralische Nutzanwendung der Geschichte von Daniel vergessen ließ. Plötzlich fand sie es dringend nötig, eine Inspektionsreise nach der Küche anzutreten. Ihr wurde mit schrecklicher Deutlichkeit klar, daß sie, anstatt die Kinder zu belehren und nach ihrem Vorbild zu leiten, bis jetzt nur ihrem regen Geist und Körper neuen Stoff zu möglichst unliebsamer Verwendung zugeführt hatte. Mehr als einmal fand sie ihren Geist schwankend zwischen den zwei entgegengesetzten Grundsätzen der Herrscherweisheit: entweder äußerste Strenge walten zu lassen oder den natürlichen Anlagen der Kinder innerhalb vernünftiger Grenzen freie Entwicklung zu gestatten. Der erste Grundsatz ging gegen ihr Gefühl, teils, weil sie von Natur aus nicht grausam war — und das gehört zu einer strengen Kindererziehung —, und teils, weil die Kinder nicht ihre eignen waren. Aber der andere Grundsatz war ihr ebenso wider wärtig. Wurden nicht in allen guten Familien die Kinder daran gewöhnt, aufs Wort zu gehorchen? Freilich, die so Erzogenen pflegten in späteren Jahren selten zu halten, was sie in der Jugend versprochen hatten — aber das war ihre eigene Schuld — wessen wohl sonst? Sollten etwa Erwachsene, sollte sie selbst, deren Wille niemals von Eltern oder Gatten beengt worden war, sollte sie ihre eignen Neigungen zwei unausgebildeten, unlogischen kleinen Menschengeistern zuliebe beiseitesetzen?

Wie die meisten Menschen, die vom Zweifel geplagt werden, tat Frau Buren ein paar Stunden lang nichts und verlor dabei die Jungen von Mittag bis beinahe Sonnenuntergang aus den Augen. Dann aber, getrieben von jenem Instinkt, der bei unreifen Naturen am stärksten ausgeprägt ist, kehrten die jungen Herren heim. Trotzdem sie ruhig waren, konnte man an ihrer inneren Zufriedenheit nicht zweifeln. Ihre Kleider waren sehr schmutzig, ebenso ihre Gesichter, aber aus diesen leuchtete jenes unbeschreibliche Etwas, das der unverkennbare Ausdruck eines guten Gewissens und eines mit dem Ergebnis seines rechtschaffenen Wandels zufriedenen Gemütes ist. Sie waren trotz zahlreicher Fragen nicht sehr gesprächig, und Herr Buren meinte schließlich wie im Selbstgespräch:

„Ich möchte doch wissen, was die wieder ausgefressen haben.“

„Wovon redest du, Heinz?“ erkundigte sich Frau Buren.

„Ich möchte nur gern wissen, was für ein originelles und kostspieliges Experiment die lieben Kleinen wieder angestellt haben“, erwiderte das Oberhaupt des Hauses.

„Sicher gar keins“, sagte Frau Buren. „Ich verstehe nicht, wie ihr Männer so blind sein könnt. Sieh ihre süßen, unschuldigen, freilich auch schmutzigen Gesichter an; kein Engel kann sich freier von Schuld fühlen.“

„Das ist es ja gerade, mein Lieb“, sagte Herr Buren. „Wenn sie sich häufiger ihrer Übeltaten bewußt wären, würden sie viel schlimmere, aber auch viel bequemere Kinder sein. Kommt mal zu Onkel, Bengels. Wollt ihr nicht mal auf Onkels Knien reiten?“

Beide Kinder drängten sich mit ungeheurer Hast in Onkels Arme. Bär fing an, ernsthaft zu flüstern.

„Ja, ich glaube“, war Onkels Antwort.

„Aua, schick“, rief Bär, in die Hände klatschend. „Tante Alice, was du von mir zum Geburtstag kriegst!“

„Teddi auch“, folgte es prompt.

„Es ist was zu essen“, sagte Bär.

„Teddis auch.“

„Vorsichtig, Bär,“ sagte Onkel Heinz, „sonst verrätst du noch dein Geheimnis.“

„O nee“, sagte Bär. „Ich hab ja nur gesagt, es ist was zu essen. Aber sag mal, Tante Alice, weißt du, wie Bananen wachsen?“

„Teddi weisch, wo weische Weintjauben wackschen“, sagte Teddi, und dabei schüttelte er energisch und kräftig seinen Lockenkopf.

„Und ich weiß,“ sagte der Hausherr, indem er plötz= lich Teddi von seinem Knie absetzte, „daß entweder ein kleiner Junge oder sonst etwas entzweigebrochen ist und ordentlich leckt. Was ist denn das?“ Und er zeigte auf einen naßen Fleck in Teddis Schürze, gerade über der Hosentasche. „Und hier“ (er öffnete mit spitzen Fingern besagte Tasche und guckte hinein) „was ist denn das für ein scheußlicher Mantsch in deiner Tasche?“

Teddi machte große verwunderte Augen, dann aber ein recht langes Gesicht.

„Esch war nur ’n tleiner Schweig, und wollt er ihm unterwegs aufeschen, hat er esch verdeschen.“

„Es sind wirklich weiße Weintrauben, mein Herz“, sagte Herr Buren. „Die Kinder müssen in einem Treib=

haus eingebrochen sein; Tom hat keine. Wo habt ihr das
her, Jungens?"

„Sch... sch... sch...", flüsterte Teddi eindringlich.
„Niemand darf nie Deheimnische auschtwatschen."

„Wo habt ihr die Weintrauben her?" fragte nun auch
die Tante und untersuchte den tropfenden Anzug.

Teddi brach in Tränen aus.

„Da hat man freilich allen Grund zu weinen, wenn
man andrer Leute Obst stiehlt."

„Dajum weint er danich", schluchzte Teddi. „Schon=
dern weil du scheine dansche Deburtschtagsjaschung putt
machscht und immerschu davon twatscht."

„Alice, Alice," sagte Herr Buren leise, „vergiß nicht,
daß das arme Kind viel zu jung ist, um zu wissen, was
Diebstahl bedeutet."

„So soll er es jetzt lernen", rief Frau Buren mit
dem ganzen Eifer ihres empörten Rechtsgefühls.

„Was sollte wohl aus dir werden, Teddi, wenn du
heute nacht stürbest, wie?"

„Will er nicht sterben", schluchzte Teddi. „Wenn
Engelsch tommt, ihm totmachen wie die Gypterjungensch,
scho verschticht er sich."

„Vor dem Engel des Herrn kann sich niemand ver=
stecken", sagte Frau Buren, fest entschlossen, durch das
Erwecken von Furcht der mangelnden Vernunft nachzu=
helfen.

„Hat er nachtsch ne Lanterne mit?" fragte Teddi.

Herr Buren lachte, aber Frau Buren wies ihn mit
einem Blick zur Ruhe und antwortete:

„Auch ohne Laterne kann er böse kleine Jungens fin=
den, wenn er sie sucht."

„Isch er nicht bösch", schrie Teddi. „Und nu kjiegscht
du danich die andern Weintjauben, wo wir im Blumen=
topf nach Hause debjacht haben."

„Komm mal zu Onkel, alter Junge", sagte Herr

Buren und nahm das bekümmerte Kind wieder auf seine
Knie und streichelte ihn zärtlich. „Erzähl' mal Onkel alles,
wie es war, und er wird mal sehen, ob er es nicht wieder
gutmachen kann."

„Und du läscht den ollen Totmachengel nich kom=
men?" fragte Teddi, zuversichtlich zu ‚Onke Heinsch'
hinkriechend.

„Ich will dir alles genau sagen, Onkel Heinz", sagte
Bär. „Wir wollen Tante Alice was Schönes schenken
zum Geburtstag, ich Bananen und Teddi Weintrauben.
Wo Bananen wuchsten, das wußten wir nicht, aber daß
Herr Buschmann viele wunnaschöne Weintrauben in sei=
nem Treibhaus hat, das wußten wir, denn da waren
wir mal mit Pappi. Und Herr Buschmann hat zu Pappi
gesagt, er sollte sich welche holen, wenn er welche wollte.
So, nu machteten wir ein großes Geheimnis zusammen,
und Teddi und ich gingten heut nachmittag hin und woll=
ten ihm fragen, ob er uns nicht bitte ein paar geben
wollte, weil unsere Tante Geburtstag hat. Aber er war
nicht da, und der Treibhausmann war auch nicht da,
aber die Tür war offen, und da gingten wir rein und
sahen die Weintrauben, und da dachten wir, Herr Busch=
mann wird sich freuen, wenn wir ein paar nehmen, denn
er hat es ja Pappi gesagt, und da nahmen wir drei oder
vier kleine Trauben und legten sie in einen Blumentopf
mit Blätter unter und nur einen ganz kleinen Zweig
nahmten wir für uns für unterwegs zu essen. Unterwegs
fanden wir so viele Himbeeren, und da hat Teddi wohl
seinen Zweig vergessen, meiner ist schon gut aufgehoben
in meinem Magen. Und es war schrecklich heiß und stau=
big, und ich war noch nie so müde in meinem Leben. Wir
wollten doch Tante Alice zu ihrem Geburtstag fuchbar
glücklich machen; darum kehrten wir uns nicht dran."

„Und nu schagt schie, dasch wir Diebe schind — die
häschliche olle Perschon, die!" schluchzte Teddi aufs neue.

212

„Na, sei man still, Teddilein“, beschwichtigte die ‚olle Person‘, deren moralische Entrüstung sich verflüchtigte, als sie die tränenüberströmten, schmutzigen Backen küßte und ihren Neffen zum Abendbrottisch trug.

Teddi war diesmal schnell mit seiner Mahlzeit fertig. Er schien etwas auf der Seele zu haben und entfernte sich eilig, kam aber ganz bereitwillig wieder, als die Tante zum Zubettgehen rief. Ungefähr eine halbe Stunde später trat Herr Buren auf die Veranda, um eine Zigarre zu rauchen. Da sah er an jeder Seite der Haustür ein plumpes großes Kreuz mit roter Tinte gemalt. Jeder Mensch hat seine Schwachheiten. Herrn Burens Schwachheit bestand darin, daß er höchst penibel in bezug auf die Außenseite seines Hauses war. Er brauste die Treppe hinauf, stürzte in das Zimmer der Knaben und fuhr sie an:

„Wer hat die Tür mit Tinte beschmiert?“

„Teddi“, sagte Teddi unbefangen. „Dacht er, wenn Onke Heinsch blosch nicht verbischt, dem Engel schu sagen, dasch Teddi tein oller Dieb isch, dajum hat er ein Kreutsch an die Tür demacht wie die Jischlaliten, damit dasch er vorbeideht. Dacht er, er wird nicht merken, dasch esch Tinte und nicht Balut isch, weil esch dunkel isch in der Nacht.“

Ganz plötzlich fanden sich die Kinder wieder allein.

Viertes Kapitel

Frau Alices Geburtstag brach mit hellem Sonnenschein an, und da es ihr erster seit ihrer Verheiratung war, ist es nicht erstaunlich, daß die Zeit bis zum Frühstück vollständig ausgefüllt wurde. Es blieb ihr also kein Augenblick übrig, an die beiden kleinen Knaben zu denken, die ja überdies auch schon zur Genüge gezeigt

hatten, daß sie willens und fähig waren, für sich selbst
zu denken. Die jungen Herren selbst erwachten mit der
Lerche und unter dem Druck einer schweren Verantwort=
lichkeit. Das Hausmädchen schlief in dem anstoßenden
Zimmer, und da sie von ihrer Herrin mit der nächtlichen
Aufsicht über ihre kleinen Nachbarn betraut worden war,
hatte ihr Schlummer nach und nach jene Festigkeit ver=
loren, die den Schlaf der Hausangestellten so auffällig
von dem anderer Sterblicher unterscheidet. Beim ersten
Laut von nebenan pflegte sie zu erwachen; an diesem
Geburtstagsmorgen erwachte sie von dem Ruf:

„Ted!"

Keine Antwort; einen Augenblick später erklang es
wieder:

„T—e—e—e—d!"

„Uhhhäo—ohä!" knurrte eine zweite Stimme, mehr
beleidigt als schläfrig.

„Wach' doch auf, lieber, süßer Teddi, es ist ja Tante
Alices Geburtstag!"

„Dajum bjauchschst du ihm nicht die Ohren aufschu=
jeischen!" maulte Teddi.

„Ich hab' doch bloß in dein Ohr gebrüllt, Ted," ver=
teidigte sich Bär, „und du solltest doch Tante Alice so
liebhaben, daß du lieber ein bißchen Wehweh hast, als
daß du die Zeit verschläfst."

Dann folgte eine Reihe von schnarrenden, stöhnenden,
brummenden, winselnden, schnaubenden Tönen und halb=
artikulierten Einwendungen; endlich unterschied das lau=
schende Ohr heftiges Wühlen, Strampeln und Boxen.
Da sagte Bär:

„So ist's recht, nu wollen wir fix aufstehen und uns
fertigmachen. Du, wir haben gar nicht an die Musik
gedacht. Weißt du nicht, wie Pappi an Mammis Ge=
burtstag auf dem Klavier spielte, als sie runterkam, und

214

wie sie so glücklich war, und wie wir beide in der Stube
rumtanzteten?"

„Au ja", meinte Teddi. „Man losch!"

„Ich weiß", sagte Bär. „Wir wollen beide auf dem
Klavier zusammen losballern, wie Mammi und Tante
Alice manchmal tun."

„Fumosch!" schrie Teddi. „Wir wollen dansch fubba
doll ballern, ehe schie kommt und sagt, ‚lasch schein!'"

Eiliges, patschendes Fußtrippeln nach allen Richtun=
gen, wo in den Ecken, auf Stühlen, Kommoden, Tischen
die am Abend hingeschleuderten Kleidungsstücke verstreut
lagen. Das Mädchen kam helfen, und bald waren die
Knaben fertig. Ein Teller mit Bananen und einer mit
den sauer erworbenen Weintrauben standen auf dem
Schreibtisch. Die Kinder nahmen sie und gingen auf
Zehenspitzen die Treppe hinunter ins Wohnzimmer.

„Au backe", rief plötzlich Teddi, als er seinen Teller
auf das Büfett stellte, „wenn die Bananen und die
Tjauben blosch nich schauer deworden schind! Wir müschen
mal pjobieren, wie Mammi, wennsch heisch ischt, mit
die Milch macht", und Teddi ließ seinen Worten sofort
die Tat folgen, indem er die schönste Beere der Traube
abriß und sich zu Gemüte führte. „Fürchtet er beinah",
— und prüfend schnalzte er mit den Lippen wie ein ge=
übter Weinschmecker, „fürchtet er, schie schind ein biß=
chen schauer deworden."

„Zeig mal", sagte Bär.

„Neehe", sagte Teddi und nahm mit der einen Hand
eine zweite Beere, während er mit der anderen sein Ge=
schenk zu schützen versuchte, „tann er dansch allein pjo=
bieren. Oder," fügte er von einer glücklichen Eingebung
getroffen hinzu, „musch er auch schusehen, wasch deine
Bananen machen."

„Na, meinetwegen, aber nur einen Happs, Ted. Und

dafür muß ich sechs Weinbeeren kosten, denn deine
Happse sind gewiß so groß wie sechs Traubenbeeren.“

„Schön“, sagte Teddi, und der Austausch der Pflicht=
leistungen begann. Bär brauchte die Vorsichtsmaßregel,
die Banane selbst zu halten, damit sein Bruder in der
Zerstreutheit nicht etwa ein zweites Mal abbiß, und Teddi
zählte die Beeren peinlich genau ab.

„Sie sind ein bißchen sauer“, sagte Bär und verzog
das Mäulchen. „Vielleicht ist eine von den anderen Trau=
ben besser. Ich glaube, wir müssen jede mal probieren.“

„Und auch jede Banane,“ beantragte Teddi, „die eine
war dut, aber tann schein, die anderen schind schlecht.“

Der Antrag wurde angenommen, und bald war jede
Banane um ein Viertel ihrer Länge verkürzt, und bei jeder
Traube sah man einen kräftig entwickelten Stengel=
wuchs. Dann aber schien es Bär doch aufzufallen, daß
sein Geschenk nicht mehr so sehr stattlich aussah, weshalb
er mit einer Schlauheit, als ob er ein geborener Obst=
händler wäre, die Früchte so umdrehte, daß die unver=
sehrte Seite nach oben kam. Als er damit fertig war,
rief er:

„Nu brauchen wir noch Besucherkarten. Wie kann sie
sonst wissen, von wem die Geschenke kommen?“

„Wir schind ja hier, wir tönnensch ihr doch sagen“,
meinte Teddi.

„Sch, nicht doch, das macht sie nicht halb so glücklich;
hast du nicht gesehen, wenn Kusine Flora Blumen ge=
schickt kriegt, wie doll glücklich sie ist, wenn sie die Karte
sehen tut, die dabei ist?“

„Na schön“, sagte Teddi und nahm aufs Geratewohl
zwei Karten vom Visitenständer.

„Nu müssen wir ‚Herzlichen Glückwunsch‘ hintendrauf
schreiben“, sagte Bär und untersuchte seine Taschen, aus
denen er schließlich ein Endchen Bleistift zutage förderte.

Dann beugte er sich über die Karte und malte mit An=

dacht, indem er laut buchstabierte und mit der Zungen=
spitze hin und her fuhr:

Herbligin Kligwunz.

„So, nu komm her; du mußt den Bleistift selber hal=
ten, sonst ist es nicht lieb, sagt Mammi.“

Teddi nahm den Bleistift, und Bär führte ihm die
Hand. Und die beiden Kinderhäupter neigten sich, dicht
aneinandergelehnt, über ihre Arbeit, bis diese nach vie=
lem Drehen, Schubsen und Wackeln endlich fertig=
gestellt war.

„Nu muß sie gleich kommen!“ sagte Bär. (Es war,
nebenbei gesagt, ungefähr eine Stunde vor der üblichen
Frühstückszeit.) „Doch! es hat ja noch nicht mal geläu=
tet; komm fix, wir wollen läuten!“

„Du meine Güte,“ rief Frau Buren ganz entsetzt,
„wie schnell doch die Zeit vergeht, nun müssen wir uns
aber eilen!“

Herr Buren sah auf die Uhr:

„Das ist aber stark! Ich möchte wetten, wir sind noch
keine halbe Stunde wach. Ach so — ich habe gestern
abend vergessen, meine Uhr aufzuziehen.“

Unten stürzten die Knaben jetzt wieder ins Wohn=
zimmer.

„Ich höre sie rumtrampeln“, rief Bär in höchster
Aufregung. „Aua, das Klavier ist zu! Das ist doch zu
gemein! Wart mal — hier ist Onkels Geige.“

„Un’ wo scholl Ted nu abersch auf pschielen?“ fragte
Teddi und tanzte wie wahnsinnig herum.

„Wart ’n Augenblick“, rief Bär, legte die Violine hin
und stürzte nach oben, von wo er mit einem Kamm wie=
derkam. Ein Band Rembrandtscher Radierungen lag auf
dem Tisch. Bär riß ohne weiteres das Seidenpapier von
einem der Bilder ab und wickelte es um den Kamm.

„So, nun fiedelst du, und ich blase auf dem Kamm.
Warum kommen sie bloß nicht? Ach, Teddi, nun haben

wir ja vergessen, Groschen unter ihren Teller zu legen,
und wir wissen auch gar nicht, für wie viele Jahre wir
Groschens legen müssen.“

„Wir haben ja gar keine Groschens“, sagte Teddi.

„Ich weiß was!“ Dann eilte Bär in Onkels Zimmer
und nahm aus einem Schreibtischfach einige Exemplare
einer recht kostbaren Münzsammlung. „Diese Groschens
sind ja nicht hübsch, aber sie sind größer und sehen auf
dem Tisch auch ganz schön aus. Wie alt wird sie wohl
sein?“

„Weisch er nich“, sagte Ted, sich in ziemlich hoff-
nungslosen Vermutungen ergehend. „Sie isch scho giosch
wie wir schuschammen.“

„Na,“ sagte Bär, „du bist vier, und ich bin sechs —
also ist sie elf.“

Um den Frühstücksteller wurden also die Münzen im
Kreis aufgebaut. Man mußte oft zählen, addieren und
subtrahieren. Dabei gab es erhebliche Differenzen in der
Abschlußrechnung, aber schließlich lagen die sogenannten
Groschen ordnungsgemäß zu dreien und zweien zusammen. Da kamen Schritte die Treppe herunter. Bär warf
schleunigst die überflüssigen Münzen auf einen Haufen,
stülpte den Teller darüber und griff nach seinem Kamm,
während Teddi die Geige zwischen seine Knie klemmte,
wie er es von kleinen herumziehenden Italienern gesehen hatte. Als ein paar Sekunden später der Hausherr und die Hausfrau ins Zimmer traten, wurden sie
durch Töne begrüßt, die das Geburtagskind veranlaßten,
sich die Ohren zuzuhalten, und Herr Buren schrie auf:
„Autsch!“

Dann warfen die beiden Künstler ihre Instrumente
hin, wobei Teddis Füße in ernsthafte Verwicklungen mit
den Geigensaiten gerieten. Mit glückstrahlenden Gesichtern begrüßten die Kinder ihre Tante, laut schreiend:
„Hertschlischen Glückwuhunsch!“

Herr Buren eilte zunächst mal seiner geliebten Violine
zu Hilfe, Frau Buren aber küßte die Jungen mit Tränen
in den Augen und dankbarem Herzen. Dann fiel ihr
Blick auf die Früchte, und sie griff nach den Karten:

„Frau Frank Rommel! — Die ist immer so über=
schwenglich! Ich habe sie doch erst zwei oder dreimal
gesehen. Und hier: Karl Tews. Was manche Menschen
für ein Gedächtnis haben!" Eine Wolke überschattete
Herrn Burens Stirn. Herr Tews hatte sich auch ein=
mal sehr um Alice Maywald bemüht. Was hatte Alice
so gedankenvoll auszusehen? Und ihr Gemahl war so
lächerlich eifersüchtig, wie es nun einmal neubackene Ehe=
männer oft sind. Da rief Frau Buren aus:

„Da hat jemand ganz unverschämt an den Trauben
herumgenascht. Jungens!"

„Ische danich von Jommelsch und Tewschens", sagte
Teddi. „Ische Bär und Teddi, und wir haben blosch mal
betoschtet, ob schie schind sauer beworden über Nacht."

„Und wo sind die Karten her?" fragte Frau Buren.

„Aus dem Korb im Wohnzimmer", sagte Bär. „Aber
hintenrum, da ist das Schönste!"

Als das Ehepaar die Inschriften entziffert hatte, ver=
schwand der gedankenvolle Ausdruck und die Stirnwolke,
und alle begaben sich an den Frühstückstisch. Beide Kna=
ben zappelten vor Ungeduld, bis die Tante den Teller ab=
gehoben hatte; dann rief Bär:

„Ein Groschen für jedes Jahr!"

„Einunddreißig!" zählte Frau Alice. „Sehr schmeichel=
haft!"

„Du, Tante Alische," erkundigte sich Teddi, als das
Frühstück da war, „wasch tuscht du eidentlich für tleine
Jungensch an dein Burtschtag? Mammi macht maschen=
haft!"

„Ja," sagte Bär, „Mammi sagt, wenn man andere
glücklich macht, ist man selbst am glücklichsten. Und

Mammi muß es besser wissen als du, weil sie länger
verheiratet ist."

Obschon Frau Alice diese Tatsache zugeben mußte, er=
schien ihr die Schlußfolgerung nicht ganz logisch.

„A—a—a — einerlei", sagte Teddi. „Mammi hat
immerschu Beschuch, un wir kriegen scho viel Tuchen, wie
wir wollen."

„Dann werdet ihr heute aber glücklich sein, Kinder",
sagte Frau Buren. „Ein paar Freunde von uns kommen
zum Essen, und wenn ihr sehr artig bis dahin seid und
euch sauber und ordentlich haltet, dürft ihr mit uns zu=
sammen essen."

„Schön", sagte Teddi. „Isch esch bald schoweit?"

„Ted ist nur Bauch", sagte Bär mit einiger Verach=
tung. „Aber ich hoffe, Tante Alice, du hast an Obst=
kuchen gedacht? Den mögen wir am liebsten."

Tante Alice überhörte die Frage.

„Ich hoffe, du kommst heute zeitig, Heinz?"

„Spätestens um zwölf, mein Herz, ich sehe nur die
Post und die bringendsten Sachen durch."

„Warum kommst du so früh, Onkel Heinz?" fragte
Bär.

„Um mit Tante Alice spazierenzufahren", sagte Herr
Buren.

„Aua fein, Ted, hast du gehört? Ist das nicht famos?
Wir fahren spazieren!"

„Ich sagte, ich wollte mit Tante Alice spazierenfahren,
alter Junge", sagte Herr Buren.

„Na ja, ich hör woll; aber das schadet nichts, Onkel
Heinz. Tante Alice unterhält sich doch lieber mit dir als
mit uns, und wir wollen gern, daß sie glücklich ist. Wann
geht es los?"

Das arme Französisch mußte wieder heran, um fest=
zustellen, daß die Lorenz=Burensche Offenherzigkeit in
ihrer Natürlichkeit wahrhaft entzückend sei; Frau Buren

war aber doch der Meinung, daß ihre Pflicht erheische, ihre Neffen ein wenig zu dämpfen. Der Ehemann wünschte ihr zu dem Versuch viel Vergnügen und stellte einige eingehende Fragen nach den bisherigen Erziehungsresultaten; so war Frau Buren eigentlich recht froh, als Teddi, aus tiefem Nachdenken erwachend, ausrief:

„Da, wo'sch Wascher entschweidebjochen isch, isch esch am schönsten!"

„Was soll das heißen?"

„Na, weißt du nicht vom vorigen Jahr, Onkel Heinz, wo wir so doll überhangten?"

„Ach ja, eine recht erfreuliche Erinnerung!" sagte Onkel Heinz.

„Hör' mal, Teddi", nahm statt weiterer Erörterungen Frau Buren das Wort. „Für gewöhnlich nehmen wir euch ja gern mit, wenn wir ausfahren, aber heute möchten wir beide ganz allein sein. Du wirst mit Bär zu Hause bleiben — wir werden höchstens zwei Stunden wegbleiben."

„Will er auschfahren!" rief Teddi.

„Das weiß ich wohl, mein Liebling, aber du mußt auf ein anderes Mal warten."

„Auschfahren möcht er!"

„Ich möchte es aber nicht, also geht es nicht", sagte Frau Buren in einem Ton, der jeden vernünftigen Menschen von der Hoffnungslosigkeit seines Wunsches überzeugt hätte. Teddi aber ließ sich nicht einschüchtern und sagte:

„Auschfahren möcht er!"

„Nun geht der Tanz los", murmelte Herr Buren vor sich hin. Dann stand er eilig auf und sagte:

„Ich will doch lieber versuchen, den früheren Zug zu bekommen, zumal ich ja so schnell wiederkommen will."

Frau Buren stand auf, um ihrem Manne Lebewohl
zu sagen; der Abschiedskuß war inniger als sonst, und
einen Augenblick lang hielt Herr Buren seine Frau auf
Armeslänge von sich und schaute ihr mit einem rätsel=
haften Blick in die Augen — seine Bedeutung sollte ihr
erst nach einigen Stunden klar werden. Sie begleitete
ihn ein Stückchen, kehrte dann in das Zimmer zu den
Knaben zurück, nahm Teddi auf den Schoß, umschlang
ihn zärtlich und sagte:

„Nun, Teddilein, höre mal aufmerksam zu, was
Tante Alice dir sagt. Wir haben mehrere Gründe,
warum wir euch heute nicht mitnehmen können, und
wenn Tante Alice sagt, ‚es geht nicht‘, so meint sie das in
vollem Ernst. Und wenn ihr hundertmal bettelt, so macht
das nicht den geringsten Unterschied. Ihr könnt heute
nicht mit, und ihr müßt nun aufhören, daran zu denken.“

Teddi hatte sehr verständnisvoll dieser Rede von An=
fang bis zu Ende gelauscht. Dann sagte er:

„Möcht er doch aber aufchfahren!“

„Du kannst aber nicht, also Schluß damit!“

„Nich die Bohne Schlusch! Möcht er noch viel dölle=
rer!“ beharrte Teddi.

„Du wirst aber nicht mitkommen.“

„Will er aber ganz fubba schehr!“ sagte Teddi und fing
zu weinen an.

„Vermutlich, und du tust auch Tante furchtbar leid“,
sagte Frau Buren freundlich. „Aber das ändert die Sache
nun einmal nicht. Wenn große Leute ‚nein‘ sagen, müssen
kleine Leute einsehen, daß sie’s ernst meinen.

„Aber er will doch blosch mit euch aufchfahn!“ sagte
Teddi wieder.

„Und i ch will bloß, daß ihr zu Hause bleibt; also da=
mit gut“, sagte Frau Buren. „Nun wollen wir nicht mehr
davon sprechen. Willst du nicht mit Bär in den Garten
gehen und Erdbeeren pflücken, ganz für euch allein?“

222

„Neee. Auschfahn will er!"

„Teddi! Ich will das Wort ‚ausfahren' nicht wieder
hören!"

„Aber will er mit!"

„Teddi, wenn du jetzt noch einmal anfängst, werde ich
dich bestrafen müssen, und das würde mich sehr unglück=
lich machen. Du willst doch Tante Alice an ihrem Ge=
burtstag nicht traurig machen, nicht?"

„Nein — aber auschfahn will er!"

„Jetzt höre, Teddi," rief plötzlich Frau Buren, stampfte
heftig mit dem Fuß auf und ließ ihren ganzen Vorrat von
Geduld fahren, „sprichst du nun noch ein einziges Wort
von dieser Geschichte, sperre ich dich in die Bodenkammer,
wo du gestern warst; und Bär darf nicht zu dir kom=
men. Verstanden?"

Teddi gab einen Strom von Tränen von sich und rief:

„Auaaa... will er nicht eindepscherrt werden — ausch=
fahn will er!"

Teddi fühlte sich im Nu von den festen Armen seiner
Tante umklammert und trotz seines wütenden Schreiens,
Strampelns, Umsichschlagens und Brüllens zwei Trep=
pen hinaufbefördert.

Der Moment seiner endgültigen Einkerkerung wurde
gekennzeichnet durch einen Schrei, der, aus dem Kammer=
fenster dringend, den Hund Terry veranlaßte, seinen be=
haglichen Lagerplatz auf dem Brunnenrand aufzugeben,
während ein vorüberziehender Fuhrmann seinen Pferden
in die Zügel fiel und in lauschender Haltung wenigstens
fünf Minuten lang verharrte.

Inzwischen kehrte Frau Buren erhitzter, unordentlicher
und ärgerlicher, als man sie je vorher gesehen hatte, in
das Wohnzimmer zurück. So traf sie der Blick ihres
Neffen Bär, ein Blick, so feierlich fragend und vorwurfs=
voll, daß ihr Zorn augenblicklich schwand.

„Wie würde dir es wohl gefallen, wenn jemand käme und schleppte dich die Treppe hinauf und sperrte dich ganz allein in ein Zimmer, bloß weil du ein bißchen ausfahren möchtest?" fragte Bär.

Seine Tante konnte sich zwar in eine derartige Lage nicht hineinversetzen, aber sie antwortete:

„Ich würde nicht so töricht sein, immerfort etwas zu wünschen, wenn ich wüßte, ich könnte es nicht bekommen."

„Wirklich?" sagte Bär. „Was sind große Leute doch aber schlau, nicht?"

Frau Buren empfand nicht unbeträchtliche Gewissensbisse und beeilte sich, das Thema zu wechseln. Sie widmete sich geflissentlich ihrem älteren Neffen, als könnte sie so das dem jüngeren zugefügte Unrecht wiedergutmachen. Ein gelegentlicher Heulton aus dem Bodenfenster vermehrte ihre Bemühungen um Bärs Wohlbehagen. Bei jedem schwand aber auch ihre Standhaftigkeit dahin. Schließlich eilte sie unter einem heuchlerischen Vorwand gegen Bär hinauf zur Tür von Teddis Gefängnis und fragte durchs Schlüsselloch:

„Teddi!"

„Wasch?" kam es von innen.

„Willst du nun ein guter Junge sein?"

„Ja, wenn du ihm ausschfahn läscht!"

Tante Alice machte kurzum kehrt und flog die Treppe nur so hinunter. Bär, der sie unten erwartete, trat unwillkürlich zur Seite und rief aus:

„Meine Güte! Ich dachte, du tätest runterpurzeln. Warum hast du ihn nicht runtergebracht?"

„Runtergebracht? Wen?" fragte die Tante entrüstet.

„Oh, ich weiß woll, warum du raufgingtest. Das konnte ich bir ansehen", sagte Bär.

„Du bist wirklich ein recht unbequemer Gesellschafter", murmelte die Tante, ihr Gesicht abwendend. „Du könn=

test einmal nach Hause laufen und dich erkundigen, wie
es Mammi und Schwesterchen geht. Bleibe aber nicht
lange, wir essen heute früher als sonst.“

Bär verschwand, und Frau Alice versank in Betrach=
tungen. Unbedingter Gehorsam, das war der Inbegriff
aller Pflichten gewesen, seit sie denken konnte. Ihr Eigen=
wille war mindestens so stark wie Teddis. Wenn es ihr
möglich gewesen war zu gehorchen, so mußte es dem
armen kleinen Jungen in der Dachkammer doch auch ge=
lingen — warum sollte er es nicht tun? Freilich, mußte
sie zugeben, hatte sie wohl etwas von dieser Fähigkeit
zu gehorchen geerbt, was man von Teddi keineswegs
behaupten konnte. Das war ein Charakterfehler. Wie
sollte sie den besiegen? Sollte sie dies überhaupt tun?
Sollte sich jemand, der nur vorübergehend mit der Sorge
für das Kind betraut war, vielleicht gar nicht in diese
Sache mischen? Ein neuer Schrei von Teddi erschütterte
ihre Grundsätze völlig — da fiel ihr Blick auf ein Bild
ihres Mannes, und es kam ihr vor, als ob er sie spöttisch
anblinzelte —, ihre ganze Willenskraft kehrte mit dop=
pelter Kraft wieder.

Ein paar Augenblicke später kam Bär zurück. Das
Anhören seines Berichtes dauerte nur wenige Augenblicke,
dann ging Frau Alice sich für die Ausfahrt anziehen.
Um Teddis Schreitöne auszusperren, schloß sie alle
Türen, aber es nützte nichts. Es war, als ob Wände
und Holz mit ihm Mitgefühl hatten — so mühelos
drang seine Stimme durch. Allmählich jedoch hörte es
auf, und in dem Grade wie die Töne an Kraft ab=, die
Zeichen der Erschöpfung aber zunahmen, wuchsen Frau
Alicens Lebensgeister wieder. Nachdem sie sich beim An=
ziehen Zeit gelassen hatte, ging sie nach oben, um die
Erklärung der Reue des Sünders entgegenzunehmen und
gnädige Verzeihung zu gewähren.

„Teddi!“ sagte sie, leise an die Tür klopfend.

Keine Antwort.

Frau Buren wiederholte ihr Klopfen mit mehr Energie, ohne Erfolg. Eine schreckliche Angst befiel sie. Sie hatte schon von Kindern gehört, die sich zu Tode geschrien hatten. Schnell machte sie auf und sah den Gefangenen tränennaß und schmutzig auf dem Boden liegen. Sie beugte sich über ihn, um sich zu vergewissern, daß er noch lebe. Er atmete so sanft und süß durch seinen halb geöffneten Mund, daß sie nicht anders konnte als sich niederbeugen und ihn küssen. Dann nahm sie die schlafende, rührende kleine Leidensgestalt in ihre Arme, der kleine Kopf sank auf ihre Schulter, und ein weiches Armchen legte sich um ihren Nacken, während ein süßes Stimmchen murmelte:

„Auschfahn möcht er."

In diesem Augenblick kam Herr Buren herein und fragte mit empörend gut geheuchelter Teilnahme und Spannung:

„Nun, hast du seinen Willen gebrochen?"

Seine Frau vernichtete ihn mit einem Blick und ging mit dem Knaben auf dem Arm ins Eßzimmer. Unterwegs erwachte Teddi, rieb sich die Augen, erkannte seinen Onkel und sagte: „Onke Heinsch, weisch wasch wir heute nachmittag machen? Wir fahn auch!"

Herr Buren versteckte sein ganzes Gesicht bis auf die Augen hinter seiner Serviette, und seine Frau wünschte, daß die Augen auch noch dahinter gewesen wären, denn nie hatte sie sich so ungern in die ihrigen schauen lassen.

Die fabelhafte Sittsamkeit der beiden Knaben während der Nachmittagsspazierfahrt nahm der Tante den Stachel. Sie kauderwelschten miteinander über Blumen, Blätter und Vögel und ergriffen Besitz von einzelnen Sommerwölkchen, die sie dann wieder untereinander austauschten. Selbst den Hund Terry, der verstohlenerweise dem Wagen nachgelaufen und dann wegen Übermüdung

von seinem Herrn hineingenommen worden war, ließen
sie heute zu ihren Füßen liegen und behelligten ihn nicht
durch Fußtritte, durch Ohrzwicken noch Schwanzziehen.

Und Herr Buren — welcher ordentliche Ehemann
quält wohl seine Frau an ihrem Geburtstag? So vergaß
sie bald die Demütigung vom Vormittag und kehrte in
der strahlendsten Laune und mit rosigstem Antlitz heim.
Nach und nach stellten sich dann auch die Gäste ein.

Als alle versammelt waren, führte das Mädchen die
beiden jungen Herren in tadelloser Toilette herein. Aber
es erschien auch Terry, und kaum hatte ihn Teddi erblickt,
als er sich eiligst bemühte, mit ihm einen Meinungsaus=
tausch anzubahnen. Dabei hatten beide das Pech, in un=
entwirrbare Verwicklung mit den Beinen eines leichten
Blumenständers zu geraten, der mit großem Gepolter
hinstürzte. Die Übeltäter wurden in höchster Ungnade
entlassen, womit sie aber ganz zufrieden waren. Es war
nur die Frage, ob es Terry vergönnt sein würde, die
stille Abgeschiedenheit, nach der sich sein Herz sehnte, zu
genießen.

Bär folgte bald den beiden Ausgestoßenen mit väter=
licher Sorgfalt in den Mienen, und nun endlich konnte
Frau Buren sich ihren Gästen widmen, mit denen sie bis
jetzt nicht einen einzigen Satz ohne Unterbrechung hatte
reden können.

Gelegentlich bedeutete Frau Buren ihrem Gatten, er
möchte doch einmal nachsehen, wo die Jungen wären, und
was sie täten; dieser aber war nicht oft der einzige Mann
unter einem Dutzend hübscher, intelligenter Frauen und
hatte daher gar keine Lust, diese angenehme Situation zu
unterbrechen. Da er alles Zutrauen zu der Fähigkeit der
Knaben besaß, sich aus der Klemme zu helfen, blieben
die Knaben für zwei Stunden sich selbst überlassen.

Mittlerweile brach ein Sommerregenschauer aus. Wirt
und Wirtin sangen ein Duett, als in der Mitte der zwei=

ten Strophe Frau Buren zu husten, Herr Buren ängst=
lich zu schnuppern anfing und einige Damen erschreckt
aufsprangen.

Kein Zweifel, das Zimmer füllte sich mit Rauch!

„Ich bitte Sie, meine Damen," sagte Frau Buren,
„Gefahr ist ausgeschlossen. Sicher hat unsere Köchin mit
ihrem Zartgefühl das Feuer in dem Herd angezündet und
die Küchentür aufgelassen. Ich will gleich einmal nach=
sehen."

Sofort erhob sich eine angeregte Unterhaltung über
das beliebte Thema „Dienstboten". Dabei kam eine der
Damen mit der Fußspitze an den Hahn der Zentral=
heizung — sprang zurück und stieß einen durchbringen=
den Schrei aus — aus dem Leitungsrohr stieg eine dicke
Rauchsäule.

„Feuer!" kreischte eine Stimme.

„Wasser!" schrie eine andere.

„Hilfe!" jammerte ein ganzer Chor.

Einige Damen rannten nach oben, einige auf die nasse
Straße, eine fiel in Ohnmacht. Eine besonders praktisch
veranlagte junge Frau, die seit Jahren an einem Ret=
tungsplan für Feuerunfälle arbeitete, wickelte schleu=
nigst ein Dutzend Prachtbände in eine Tischdecke und
schleppte diese durch den Regen in ein Gartenhäuschen,
während der herbeigeeilte Terry nach bestem Wissen und
Gewissen seine Pflicht tat und besagte Dame wütend an=
kläffte und nach ihren Beinen schnappte. Inzwischen kam
der Hausherr, ohne Rock, mit wirrem Haar, schmutzigen
Händen und rußigem Gesicht, nach oben und versicherte
den Damen, daß keine Gefahr sei, während Bär und
Teddi, der eine leichenblaß, der andere mit nahezu apo=
plektischer Färbung, in ihr Zimmer schlichen.

Die Gesellschaft löste sich auf. Damen, die ihre Wagen
bestellt hatten, warteten sie nicht ab, sondern zerrissen
sich beinah um die von Frau Buren zur Verfügung ge=

stellten Regenmäntel und Schirme. Eine Viertelstunde
später war Terry der einzig Übriggebliebene in dem
Wohnzimmer und lag, allerdings mit wachsam gespitz=
ten Ohren, auf der Chaiselongue.

Von ihrem Gatten zärtlich gestützt, kam Frau Buren
die Treppe hinunter und besah sich mit zusammengepreß=
ten Lippen und flammenden Augen ihr verödetes Wohn=
zimmer. Als sie aber den gedeckten Tisch sah, über dessen
Anordnung und Ausschmückung sie seit Wochen nach=
gedacht hatte — da brach sie in einen Strom von Tränen
aus.

„Ich will euch mal sagen, wie es gewesen ist", ließ
sich plötzlich Bärs Stimme vernehmen, der ungerufen er=
schienen war und nun im Bewußtsein seiner reinen Ab=
sichten feuerfest wie ein Diamant den Drohblicken von
Onkel und Tante standhielt.

„Ich denke immer, Freudenfeuer sind das Allerschönste
bei Geburtstagen, und da haben Teddi und ich schon seit
zwei Tagen trockene Stöcker gesammelt, damit wir auf
dem Hof ein großes Feuer machen könnten. Aber da
fingte es an zu regnen, und regnerische Stöcker wollen
gar nicht brennen, und da dachten wir, wir könnten es
ebensogut im Keller machen, weil die Decke aus Stein
ist und unten lauter Schmutz, und regnen kann es da
doch nicht. Und dann holten wir einen Haufen Zeitun=
gen und Ansteckholz und gossen ein bißchen Pitroljum
drauf, und es brannte ganz fumos; da wollten wir ge=
rade kommen und euch holen, und da kam Onkel Heinz
und schmiß mich an die Wand und Teddi mang die Koh=
len und schmiß einen ollen Teppich auf unser schönes
Feuer und goß alles voll mit Wasser."

„Tleine Jungens tönnen danix machen, ohne dasch
giosche Leute sagen: ,Lasch schein!'" sagte Teddi. „Tuck
mal, wasch er für nen gioschen Pschlitter in scheine Hand
bekjiegt hat, alsch er Holsch im Feuer schmisch. Und hat

nich ein bischen beweint. Weil er dachtete, er wollte
annere Leute blücklich machen, scho wie lieber Dott esch
will. Aber schie schind danich blücklich, und nu weint er
über Pschlitter."

Und Teddi erhob ein Geheul, welches seinen gewöhn=
lichen Schreileistungen in demselben Grade überlegen
war wie auf Bestellung gelieferte Arbeit der Fabrikware.

„Wir wollten auch noch einen Fackelzug machen",
sagte Bär. „Er sollte oben in der Dachkammer sein, aber
da war es nicht sehr hübsch. Es sind doch keine Bäume
da, wo das Licht drin rumtanzen kann, drum haben wir
wieder aufgehört. Wir würden ganz fuchbar traurig ge=
wesen sein, wenn wir nicht noch das Freudenfeuer gehabt
hätten."

„Und wo habt ihr die Fackeln gelassen?" fragte Herr
Buren aufspringend.

„Weiß nicht", sagte Bär nach kurzem Besinnen.

„Hat er in die Bodenkammer, wo Lumpen schind, be=
schmeischt, damit duter Teppich nicht schmutschig wird"
sagte der ordnungsliebende Teddi.

Herr Buren eilte nach oben und löschte einen qual=
menden Lumpenhaufen, während seine Frau, ihrem eige=
nen Wesen treuer, als sie es selbst wußte, Teddi auf
ihren Schoß zog und liebevoll sagte:

„Ja, ja, lieber Junge, andere Leute glücklich machen
wollen und es wirklich tun, sind zwei verschiedene
Dinge."

„Ja, das hab ich gemerkt", sagte Bär mit einer
Emphase, die viele Dinge unausgesprochen ließ.

„Tleine Jungens schind Gänsche, dasch schie gjosche
Leute blücklich machen wollen", sagte Teddi und fing
wieder zu heulen an.

„O nein, das sind sie nicht", sagte Frau Buren und
nahm das bekümmerte Kind von neuem in ihre Arme.
„Sie wissen nur nicht immer, wie man es anfangen

muß, und daher ist es besser, wenn sie die großen Leute
danach fragen."

„Dann schind esch doch aber teine Faschungen", klagte
Teddi. „Schag mal: Schollen wir all diesch Abendbjot
aufeschen?"

„Ich vermute; wenn wir's schaffen", seufzte Frau
Buren.

„Oh, dansch leicht — Bär und Teb schuschammen. Ische
aber fein, dasch alle die Damensch wegbedangt schind."

Am Abend dieses ereignisreichen Tages, als die Kna=
ben sich zurückgezogen hatten, schien Frau Alice etwas
auf dem Herzen zu haben.

Endlich sagte sie zu ihrem Manne:

„Weißt du, ich mache mir eigentlich Vorwürfe, daß ich,
seit die Knaben hier sind, noch nie abends die Andacht
der Kinder geleitet habe; ich meine, heute ist gerade der
geeignete Augenblick."

Herr Buren folgte seiner Frau ehrfurchtsvoll, als sie
das Zimmer verließ. Sie fanden die Kinder in einer hef=
tigen Kissenschlacht begriffen.

„Kinder," sagte sie, „habt ihr schon gebetet?"

„Nein", sagte Bär, „erst muß einer umfallen. Dann
wollen wir."

Ein plötzliches Hinpurzeln von Teddi war das Signal
zur Andachtsübung, und beide Knaben knieten neben
ihren Betten nieder.

„Lieblinge," sagte Frau Buren, „ihr habt heute
manche große Dummheit begangen; daraus könnt ihr
recht lernen, daß man auch, wenn man es noch so gut
meint, die Hilfe eines Größeren braucht, nicht?"

„Jawoll," sagte Bär, „doll."

„Neee", sagte Teddi. „Döllerer jemand hilft, schlim=
merer esch wird. Will er annermal allesch dansch allein
machen."

„Ich weiß schon, was ich lieber Gott heut sagen
werde", sagte Bär.

„So ist's recht. Also fang an."

„Lieber Gott, immer sind wir noch reingefallen, wenn
wir versucht haben, andere Leute glücklich zu machen.
Lieber Gott, bitte sag du es den großen Leuten, wie doll
kleine Jungens nachdenken müssen, wenn daß sie sie
glücklich machen wollen. Und mach doch, daß die großen
Leute das einsehen und nicht immerlos die kleinen Jun=
gens so unglücklich machen, wenn sie man bloß die Gro=
ßen ein bißchen glücklich machen wollen.

Bitte, laß sie doch ebenso doll nachdenken wie die
Kleinen. Amen. Ja, und behüte Mammi und Schwester=
kindchen. Amen. War das gut so, Tante Alice?" Keine
Antwort folgte, und Bär, sich umwendend, sah nur ihre
verschwindende Gestalt. Teddi aber sagte:

„Nu aber isch er bjan! Lieba Dott, wenn er mal 'n
tleiner Engeljung oben in Himmel isch, bitte lasch teine
gioschen Engelsch tommen und sagen: ‚Lasch schein!'
immer gjad, wenn er schehr nett schein wolltete. Und
schmeiß ihm nicht in die schmutschigen Kohlen, hörsch woll,
lieba Dott? Amen."

Fünftes Kapitel

Mit einem heimlichen Gefühl der Erleichterung
wurde sich Frau Buren beim Erwachen am
nächsten Morgen klar, daß es Sonntag sei. Selbst die viel=
geplagten Schullehrerinnen haben einen Ruhetag in der
Woche; wieviel mehr verdient ihn eine freiwillige Er=
zieherin, die nicht nur für ein paar Stunden am Tage,
nein, von Morgen bis Abend, zwei Kinder zu überwachen
hat, zwei Kinder, gegen deren Drang zum Lernen wie
zum Unfugmachen kaum eine ganze volle Schule voll
Knaben aufkommen kann.

Frau Buren konnte daher den Wunsch, die Kinder für
den heutigen Tag ihrem Onkel zu überlassen, nicht unter=
drücken. Wenn sie ganz ehrlich gegen sich gewesen wäre,
so hätte sie sich bekennen müssen, daß der Hauptgrund
ihrer Sehnsucht nach Ablösung die Angst war, einen
Zeugen für ihre dauernden Mißerfolge zu haben. Wie
war das aber anzustellen?

Alle ihre Pläne zerflossen samt und sonders in nichts
— denn Herr Buren wachte auf und klagte über rasende
Zahnschmerzen.

So barmherzig und mitleidig Frau Alice auch sonst
war, sie benahm sich merkwürdig gefaßt angesichts der
Tatsache, daß ihr Gemahl wohl den ganzen Tag auf
seinem Zimmer würde zubringen müssen, und daß daher
die Kinder außer Seh= und Hörweite zu halten wären.
So hatte er wenigstens keine Gelegenheit zum Kriti=
sieren. Mochte noch soviel schief gehen — er jedenfalls
würde nur von den Erfolgen zu hören bekommen.

Ein leises Klopfen ließ sich hören, und ohne ein
„Herein" abzuwarten, erschienen zwei frische, rosige Ge=
sichter, zwei Wuschelköpfe in weißen Nachthemden. Der
Inhaber des längeren Nachthemdes rief lebhaft:

„Onkel Heinz, weißt du auch, daß Sonntag ist? Was
machst du heut Feines mit uns? Pappi macht immer
massenhaft, weil es der einzige Tag ist, wo er zu Hause
ist."

„M — ja — weiß schon —, hab schon mal was da=
von gehört", brummelte sein Onkel mühsam zwischen
seinen Fingern, die er auf die schmerzende Stelle ge=
drückt hatte.

„Oha," sagte Teddi, „ich glaub, er will Bjummbär
pschielen! Losch, Bär, wir schollen Hunde schein!"

Und Teddi versteckte sein Gesicht unter der Bettdecke
und brachte einen recht echten Wadenbiß zustande. Ein
Schmerzensschrei des Dulders verscheuchte den Hunde=

darſteller keineswegs, und das gepeinigte Opfer konnte
ſich nur durch einen Griff an die Gurgel ſeines Peinigers
entledigen.

„Scho pſchielt man doch aber nicht Bjummbär!“ be=
ſchwerte ſich Teddi. „Du muſcht immerſchu heulen, und
der Hund muſch immerſchu beiſchen, weiſch daſch? Und
ſchuletſcht bibſcht du ihm Gjoſchens, daſch er aufhört —
ſcho macht eſch Pappi.“

„Verſtehſt du, wie Tom ſo idiotiſch ſein kann?“ meinte
Frau Buren.

„Vielleicht — wenn ich — nur nicht ſolche Zahn=
ſchmerzen hätte!“ war die Antwort.

„Armer Junge“, ſagte Frau Buren zärtlich. „Hört
mal zu, Kinder. Onkel Heinz iſt heute ſehr krank, er
hat ſchreckliche Zahnſchmerzen, und von jedem Geräuſch
werden ſie noch ſchlimmer. Ihr müßt alſo beide aus die=
ſem Zimmer wegbleiben und euch auch ſonſt im Haus
recht ruhig verhalten. Wer Zahnſchmerzen hat, kann es
kaum aushalten, daß in ſeiner Gegenwart geſprochen
wird.“

„Da biſchu aber eine ſubba böſche Frau, wenn du
in Tſchube bleibſcht und immerſchu jedeſcht“, ſchalt Teddi.
„Davon werden Onke Heinſch ſcheine Schähne danſch
ſchlecht von; deh bleich jauſch!“

Frau Burens Herr und Gebieter war nicht ſo von
Schmerzen benommen, um nicht innerlich herzlich über
dieſen unerwarteten Verweis zu lachen, und Frau Alice
ſelbſt war zu verdutzt, um eine Entgegnung zu finden.
Die Knaben machten ſich alſo daran, die ganze Stube,
einſchließlich ihres Onkels Rock= und Hoſentaſchen durch=
zuſtöbern. Nach Vollendung dieſes Werks verlangten ſie
Frühſtück.

„Frühſtück gibt es erſt um acht, und jetzt iſt es ſechs“,
ſagte Frau Buren. „Wenn ihr nicht ſchrecklich hungrig

234

werden wollt, müßt ihr wieder ins Bett gehen und ganz,
ganz stilliegen."

„Wird man da nicht hungajig?", fragte Teddi mit
weit aufgerissenen Augen, die das Merkmal eines emp=
fänglichen Geistes sind.

„Nein", sagte Frau Buren. „Wenn ihr 'rumlauft,
dann erschüttert ihr euren Magen, dann wird der Magen
unruhig, und ihr werdet hungrig."

„Himmel!" sagte Teddi. „Wasch für ne Menge
Tscheugsch kleine Jungensch lernen müschen. Komm,
Bär, lasch unsch unschere Magensch schu Bett bjingen,
dasch schie nicht verschüttert werden."

„Schön", sagte Bär. „Aber, Tante Alice, meinst du
nicht, unsere Magen würden viel schläfriger und nicht so
unruhig sein, wenn ein paar Zwiebäcke oder ein biß=
chen Butterbrot drin sein täte?"

„Es kann jetzt keiner hinuntergehen und dir was
holen."

„Wir wissen, wo alles in der Speisekammer und im
Vorratsschrank ist!"

„Wenn ich doch auch so klug wäre", seufzte Frau
Buren. „Nun geht nur und holt euch, was ihr wollt.
Aber kommt nicht wieder in dieses Zimmer, und laßt mich
nachher keine Unordnung finden, sonst dürft ihr nie wie=
der in die Küche."

Fort flogen die Kinder, aber nur, um einer Qual in
einer anderen Gestalt Platz zu machen, denn mitten im
Rasieren hielt der Hausherr inne und sagte:

„Ich habe mich schon deinetwegen auf den Sonntag
gefreut, mein Herz. Es ist ja nicht zu leugnen, daß die
Knaben, wie du schon öfter hervorgehoben hast, merk=
würdige Vorstellungen von heiligen Dingen haben, trotz=
dem sie von Natur durchaus religiös gesinnt sind. Das
bist du auch und außerdem noch frei von Aberglauben
und Vorurteilen. Der Sonntag wird seinen geheimnis=

vollen Einfluß auf die unschuldigen Kinderherzen aus=
üben, und du wirst die Gelegenheit haben, falsche Lehren
zu berichtigen und neue Gefühle und Wahrheiten ein=
zuflößen."

Herrn Burens Stimme klang gegen Ende dieser Rede
ein wenig unsicher, so daß seine Frau argwöhnisch in
seinen Zügen nachforschte, ob vielleicht irgendwo ein ver=
stecktes Lachen sich zeigte. Die eine Wange war von einem
gefälligen Überzug von Seifenschaum bedeckt, während
die andere sowieso durch den bösen Zahn ganz schief
gezogen war — Frau Buren konnte also nichts ent=
nehmen und mußte daher schweren Herzens die neue
Verantwortlichkeit auf sich nehmen.

„Ich will schon auf sie aufpassen, solange du in der
Kirche bist," sagte Herr Buren, „zu Kranken sind sie
immer engelhaft."

Frau Buren seufzte erleichtert auf. Sie nahm sich
vor, gleich nach dem Frühstück einen „Kindergottes=
dienst" zu improvisieren, der den Kindern die weihevolle
Bedeutung des Tages einprägen sollte. Wenn dann ihr
Mann das begonnene gute Werk fortsetzte, so konnten
die Kinder in der Zeit von Mittag bis Abend kaum aus
dem Zustand der Gnade fallen.

Voll von ihrem Plan, vergaß sie, daß sie dem Mädchen
erlaubt hatte, zum Morgengottesdienst zu gehen. Daher
erschienen ihre kleinen Gäste nicht mit der gewohnten
Pünktlichkeit am Frühstückstisch, und sie eilte hinauf,
um ihnen beim Anziehen zu helfen. Beim Eintritt der
Tante genossen sie gerade eine Mahlzeit, die wenigstens
in bezug auf Reichhaltigkeit bemerkenswert war. Auf
einem Tisch, den sie sich ans Bett gerückt hatten, zeigte
sich: eine Fleischpastete, ein Glas eingemachte Gurken,
eine Schüssel mit Wabenhonig, ein Päckchen Zimt=
stangen. Mit Löffel, Messer, Gabeln und Fingern führ=
ten sich die Jungen diese Herrlichkeiten zu Gemüte. Als

sie die Tante sahen, machte Tebbi ein etwas schuld=
bewußtes Gesicht, Bär dagegen hatte das zuversichtliche
Lächeln des Gerechten: „Siehst du, sone Essens mögen
kleine Jungen gern, Tante Alice. Ich hoffe, du wirst
dran denken, solange wir hier sind.“

„Wie könnt ihr euch unterstehen, solche Sachen nach
oben zu bringen!“ rief Frau Buren entrüstet.

„Aber du hast doch gesagt, wir sollten uns nehmen,
was wir Lust hätten, und da dachten wir, du sprächest
die Wahrheit“, sagte Bär.

„Und nu isch er nich mehr scho hungajig, wie er war,“
sagte Tebbi, „und schein Magen wird immerschu giosch
und immerschu tlein, und weh tut er auch. Wollt er, er
tönnt schein Magen weglegen, wenn er ihn nich mehr
bjaucht, wie man tut mit die Hüter und mit die Dummi=
schuhe.“

Die Überreste dieses unvergleichlichen Morgenimbisses
zusammenzuraffen und ihren Neffen zu entziehen, war
das Werk weniger Minuten. Darauf wurden die Knaben
mit einer noch nie dagewesenen Geschwindigkeit ange=
zogen. Am Frühstückstisch betrachteten sie ein tadelloses
Kotelett mit vernichtender Geringschätzung, ebenso knus=
prige Bratkartoffeln und einen Korb voll Brötchen.

„Aus sonem Früschück machen wir uns nicht die
Bohne“, sagte Bär.

„’türlich nicht,“ sagte Tebbi, „wenn wir scho voll
schind von anner Tscheugs. Weisch er danich, ob er
Platsch hat für Mittageschen, wennsch schoweit isch.“

„Sorg dich nicht darum, mein Ted“, sagte Bär.
„Weißt du, Pappi sagt immer son schönen Spruch aus
der Bibel, wo drin steht: ‚Quäl dich nicht, bis es so=
weit ist.‘“

Voll ratlosem Entsetzen zog Frau Buren die Augen=
brauen hoch; ihr Mann aber wußte sofort den richtigen

Spruch: „Es ist genug, daß ein jeglicher Tag seine eigene Plage habe."

Diese Erklärung beseitigte zwar Frau Burens Ratlosigkeit, aber nicht ihr Entsetzen. Daher sagte sie schnell:

„Kinder, gleich nach dem Frühstück wollen wir für uns allein im Wohnzimmer Sonntagsschule halten."

„Hurra!" schrie Bär. „Und gibst du uns auch Billetters und gehst mit der Sammelbüchse rum, wie in der großen Sonntagsschule?"

„Ich — ich denke wohl", sagte die Tante, die an diese besondere Anziehungskraft einer erfolgreichen Sonntagsschule bisher noch nicht gedacht hatte.

„Wollen gleich reingehen, Ted", sagte Bär. „Der Hund ist auch schon drin. Ich sah ihm, als ich die Treppe runterkam, und da machte ich fir alle Türen zu, daß er nicht wieder raus konnte. Wir können vor der Sonntagsschule noch ein bißchen Spaß mit ihm haben."

Beide begaben sich nach der Wohnzimmertür, und geleitet von dem wunderbaren Instinkt, mit dem die Vorsehung die Schwachen gegen die Starken schützt, näherte sich der Hund Terry gleichzeitig der Tür von innen. Diese wurde geöffnet, und in demselben Augenblick hörte man ein krampfhaftes Geheul und das Fallen kleiner Körper, und — der Hund kam in das Speisezimmer gerast und verkroch sich in den Morgenrockfalten seiner Herrin. Ein paar Minuten später kam Bär mit sehr wehleidigem Gesicht ins Zimmer und bemerkte:

„Wir brauchen die Sonntagsschule nu ganz fir, Tante Alice. Der Hund will nicht mit uns spielen, und da müssen wir ein bißchen getröstet werden."

„Ganz wie die Großen, aufs Haar", lachte Herr Buren.

„Wieso?" fragte die Frau.

„Ich meine nur, wenn den Erwachsenen was fehlschlägt, haben sie es sehr eilig mit den Tröstungen der

Religion", erklärte Herr Buren. „Darf ich auch mit in
die Sonntagsschule kommen?"

„Ich fürchte, ich werde dich nicht daran hindern kön=
nen", seufzte Frau Buren auf dem Weg ins Wohnzim=
mer. „Jungens, zuerst wollen wir ein Lied singen. Wel=
ches wollt ihr?"

„Abjam hatte schieben Schöhne", sagte Tebbi ohne
Besinnen.

„Aber das ist doch kein Sonntagslied", sagte die
Tante.

„Na denn:

      Er isch mit allen buten frommen
      Nigersch in den Himmel tommen.

Da isch wasch von Himmel, dasch isch doch ein Schonn=
tagslied."

„Da find ich doch aber ‚Die Väter haben sein ge=
harrt' noch schöner; das hab ich auch in der Kirche ge=
hört", sagte Bär.

„Na schön", sagte Tebbi und fing sofort an, dieselbe
Melodie mit den Worten zu singen:

      „Die Väter haben Sand bekarrt,
      Bisch dasch der Kjeutschberch fertich wart.
      Da sandte Dott von scheinem Tjon
      Fünf Silbergjoschen Arbeitschlohn!"

Der Gesang brach jäh ab, denn Tante Alice hinderte
den Sänger durch energisches Schütteln an der Fort=
setzung; Onkel Heinz aber tanzte im Nebenzimmer mit
einer Inbrunst umher, die nicht nur von Zahnschmerzen
herrühren konnte.

„Das ist auch kein Sonntagslied, Tebbi", sagte die
Tante. „Das sind ja Straßenjungenverse. Wo hast du
denn so was gelernt?"

„Eben um die Ecke von unſcher Hauſch“, war die
ſchnelle Antwort. „Und meinſchwegen ſching du deine
ollen Lieder alleine, wenn du ſcheine nich magſcht.“

Frau Buren ging an das Klavier und ſpielte einige
Akkorde, um dann in die Melodie eines bekannten Liedes
überzugehen, in das Teddi ſo engelhaft einſtimmte, als
ob er nie an pöbelhaften Geſchmacksverirrungen gelitten
hätte.

„Nu müſſen wir woll erſt mal mit der Sammelbüchſe
rumgehen, ehe kleine Jungens ihre Groſchens verlieren“,
ſagte Bär, eilte ins Eßzimmer und kehrte mit einer Kon=
ſervenbüchſe wieder, die er ſich für dieſen Zweck ſchon
zurechtgeſtellt hatte. Dieſe hielt er ernſthaft vor Teddi
hin, und Teddi ſtreckte ſo ſorgfältig ſeine Hand darüber
hin, als habe er Hunderte zu deponieren. Dann ergriff
Teddi die Büchſe und hielt ſie Bär hin, der dieſelbe
Pantomime aufführte, dann die Büchſe nahm, ſie ſchüt=
telte, horchte und bemerkte: „Kluckert gar nicht; wird
woll lauter Papiergeld ſein.“ Dann ſtellte er den
Kirchenſchatz auf das Fenſterbrett, ſetzte ſich und be=
merkte: „Nu kann die Bibelſtunde losgehen.“

Frau Alice öffnete ihre Bibel mit dem Gefühl äußer=
ſter Hilfloſigkeit. Mit dem natürlichen Inſtinkt durch
und durch gründlicher Menſchen ſchlug ſie das Buch ganz
vorn auf; ſie machte es aber haſtig wieder zu. Der erſte
Teil der Geneſis hatte ſelbſt ihrem rechtgläubigen Geiſt
manches Rätſel aufgegeben. Haſtig blätternd, gelangte
ſie ſchließlich zum Neuen Teſtament und teilte ihren klei=
nen Zuhörern mit:

„Ich will euch von Jeſus erzählen.“

„Von tlein Jeſchuſchjung oder von djoſchen Jeſchuſch=
mann?“ fragte Teddi.

„Von — ne — von — beiden“, erwiderte die Lehrerin
etwas unſicher.

„Na ſchön; nu loſch!“ ermunterte Teddi.

„Es gab einmal eine Zeit, wo alle Menschen unglück=
lich waren, ohne zu wissen warum“, fing Frau Alice an.
„Der liebe Gott aber, der wußte es, denn er weiß alles.“

„Weisch er auch, wie esch isch, wenn man armer tleiner
Jung isch und insch Bett musch und mag nich?“

„Er beschloß also die Menschen zu trösten, wie er es
immer tut, wenn er findet, daß sie es allein nicht kön=
nen“, fuhr die Tante fort, ohne Teddis Zwischenfrage zu
beachten.“

„Waren denn da teine tleine Jungensch, und muschten
die denn nicht ebenscho but detjöschtet werden wie die
großen Leute?“

„Das wohl; aber er wußte, wenn er die großen Leute
tröstete, so würden die wieder die kleinen Leute glücklich
machen.“

„Dann wünscht er abersch, er tjöschtete dich und Onkel
Heinsch jeden Morgen“, sagte Teddi. „Nu weiter!“

„Er schickte also seinen eigenen Sohn — seinen ein=
zigen Sohn — auf die Erde, und er wurde ein süßes
kleines Kind.“

„Mir deucht, er hätte eigentlich ein kleines Schwester=
baby draus machen müssen, wenn er wirklich jeden glück=
lich machen wollte“, äußerte Bär.

„Das muß er wohl am besten selbst wissen“, sagte
Frau Buren. „Während nun die klugen Leute überall
Mittel und Wege suchten, um die unruhigen Herzen der
Menschen zu —“

„Isch unjuhige Hertschen baschschelbe wie unjuhige
Bäucher?“ fragte Teddi. „Scho plumschig und ballerig?“

„Vielleicht“, war die etwas ungeduldige Entgegnung.

„Arme Leute“, sagte Teddi. „Tun ihm fubba leid.“

„Während also die klugen Menschen darüber nachdach=
ten, was man tun könne, saßen ein paar einfache Hirten
draußen im Freien bei Mond= und Sternenschein und
dachten über alles mögliche nach, was sie nicht verstehen

konnten, als sie plötzlich einen wunderbaren Stern am
Himmel erblickten.“

„War esch ein Flickerflackerschtern oder ein Schtill-
schtchschtern?“ fragte Teddi.

„Das weiß ich nicht“, sagte die Tante nach kurzem
Nachdenken. „Warum fragst du das?“

„Dajum, weil er weisch, wasch der Schtern schollte,
und er war bewisch ein Flickerflackerschtern. Denn die
behn dajum scho offen und schu, weil schie doll lachen und
nicht aufhören tönnen. Und wenn Teddi ein Schtern
wäre, oh, da hätte er woll doll belacht, wenn er alle
Leute fubba galücklich machen schollte. Nu weiter.“

„Und plötzlich,“ fuhr die Erzählerin fort, „da sahen
sie einen Engel, und da fürchteten die Hirten sich sehr.“

„Tann er schich woll denken“, bemerkte Teddi. „Vor
wem, wo fubba but isch, hat man imma fubba Angscht.
Da benkt man, bleich wird er schagen: ‚Lasch schein!‘“

„Aber der Engel sagte, sie brauchten nicht bange zu
sein, denn er brächte ihnen eine gute Nachricht. Ein süßes
kleines Baby sei in Bethlehem geboren, und das würde
alle Menschen glücklich machen.“

„Du,“ rief Bär entzückt, „das wär mal fein, wenn
der Engel kämte und täte es alles noch einmal. Aber da
sollt er sich lieber kleine Jungens aussuchen und keine
ollen Schafmänner. Ich würde mich vor dem Engel nicht
fürchten.“

„Teddi auch nicht,“ sagte der Knabe im Vollgefühl
seiner Sittenreinheit, „aber lieftete er mal fir hinter ihm
und tuckte nach, wie scheine Flügel festgemacht schind.“

„Es kamen also eine große Menge Engel,“ erzählte
Frau Buren weiter, „die sangen alle zusammen. Die
armen Hirten konnten das gar nicht verstehen; als dann
der Gesang zu Ende war, machten sie sich auf den Weg
nach Bethlehem, um das wunderbare Kind zu sehen.“

242

„Genau so wie wir, als wir hingingen, um klein
Schwesterbaby zu sehen.“

„Ja, aber sie fanden das Kind nicht in einem schönen
Haus und einem hübschen Zimmer, sondern draußen im
Stall in einer Krippe.“

„Das kam daher, weil er so fuchbar klug war und
alles machen konnte, was er wollte“, sagte Bär. „Denn
er war doch ein kleiner Junge, und kleine Jungens mögen
immer Ställe lieber als Häuser — ich wünschte, ich
könnte immer im Stall wohnen.“

„Will er auch,“ sagte Teddi, „und immerlosch in
Kjippe schlafen. Dann hauten die Ferde immerschu hinten ausch, wenn jemand kämte und wollte ihm schaubere
Kleider anschiehen, wenn er danich wolltete. Und mit-
bebringt haben schie auch noch wasch, nich?“

„Ja,“ sagte Frau Buren, „Gold, Weihrauch und
Myrrhen.“

„Wajum haben schie ihm nich lieber Tlappersch und
Twietschbällchen mitdebjingt, wie die Leute immer Bjuda
Philli taten?“

„Weil,“ sagte die Tante, froh die leitende Idee der
Geschichte wieder in ihre Hand zu bekommen, die ihr
leider schon zu Anfang der Erzählung entglitten war,
„weil er kein gewöhnliches Baby war wie andere Kinder, er war doch Gott selbst.“

„Wa—as?“ schrie Bär erstaunt. „Lieber Gott war
mal ’n kleiner Junge?“

„Ja“, sagte Frau Buren, entsetzt, daß die Kinder noch
nie etwas von der Dreieinigkeit gehört hatten.

„Pschielte er auch immer scho jum wie annere tleine
Jungensch?“ fragte Teddi weiter.

„Wahrscheinlich“, sagte die Tante unsicher.

„Und schagte teiner schu ihm: ‚Lasch schein‘, immer
wenn er wasch anfing?“

„Nei—i—in," ſtotterte Frau Buren, „weil er immer gut war."

„Doch, baſch iſche danſch egal", ſagte Teddi. „Duter ein tleiner Junge iſch, döllerer ſchagen die gioſchen Leute: ‚Laſch ſchein!' Wird ſchon teiner waſch annerſch ſchu tlein Jeſchuſch beſchagt haben."

„Was tat er nu weiter?" fragte Bär, als ob er die Geſchichte zum erſten Male hörte.

„Er wurde ſtark an Körper und Geiſt, und jeder hatte ihn lieb. Aber noch vorher kam ein Engel und erſchreckte ſeinen Vater im Traum und ſagte ihm, daß der König des Landes den kleinen Jeſus töten würde, wenn er ihn kriegte. Da ſtanden Joſeph, ſein Pappi, und Maria, ſeine Mammi, mitten in der Nacht auf und machten ſich auf den Weg nach Ägyptenland."

„Ägyptenland ſcheint damals ſo bös geweſen zu ſein wie jetzt Amerika. Immer wenn Pappi ſagt, daß einer einen nicht finden kann, ſagt er: ‚Der iſt woll nach Amerika.' Was taten ſie, als ſie dahin gekommen waren?"

„Ich weiß es nicht", ſagte Frau Buren nachdenklich. „Wahrſcheinlich mußte Vater Joſeph ſchwer arbeiten, um ſeiner Frau und ſeinem Kinde Nahrung und Kleidung zu verſchaffen. Und ich denke, Maria ging alle Tage mit ihrem ſüßen Kindchen auf die Felder und pflückte mit ihm Blumen. Und dann jauchzte das kleine Jeſuskindchen und tanzte und ſpielte und wurde müde und ſchlief auf ſeiner Mutter Schoß ein. Und die Mutter hielt es ganz feſt und warm und weich und ſchaute in das liebe Geſicht ſo lange und ſo tief, als ob ſie ihm ins Herz ſchauen wollte. Dabei dachte ſie wohl daran, was aus dem Kna=ben werden würde, wenn er einmal groß wäre und von ihr fortgehen müßte, wo ſie ihn doch ſo unbeſchreiblich lieb hatte."

Die Stimme der Erzählerin war ein bißchen unsicher geworden, und zuletzt versagte sie ihr vollständig. Bär stellte sich vor die Tante hin. Er sah sie forschend, aber mit großem Mitgefühl an, lehnte dann seine Ellbogen auf ihre Knie, stützte sein Gesicht in die Hände und bemerkte:

„Du, Tante Alice, die war grad wie meine Mammi, nicht? Und du bist wie beide zusammen."

Frau Buren zog ihn hastig in ihre Arme, um ihn zu küssen, wobei sie die treffliche Gelegenheit verpaßte, ihm den Unterschied zwischen dem Himmlischen und dem Irdischen klarzumachen. Teddi aber betrachtete sich das Paar mit sichtlicher Mißbilligung und sagte:

„Meint er, du scholltescht mal nachschehen, ob dasch Eschen nich bald fertig isch, anschtatt dasch du mitten in die Deschichte aufhört und dem Bär liebhascht. Schein Magen ische schon wieder dansch tlein deworden."

So kehrte Frau Buren, nicht ohne heimlichen Seufzer, wieder in die Welt der Wirklichkeit zurück, und der Hund Terry, der in richtiger Würdigung der durchaus friedlichen Situation unter dem Stuhl seiner Herrin gelegen hatte, zog sich zu dem denkbar kleinsten Umfang zusammen und entfleuchte leise durch die Tür in das nächste Gebüsch. Teddi aber hatte ihn erspäht und Bär von seiner Flucht unterrichtet; beide nahmen sofort die Verfolgung auf. Terry suchte daraufhin einen sichereren und entlegeneren Schlupfwinkel auf, wie ihn jeder einigermaßen in kleinen Jungen bewanderte Hund zu finden und zu behaupten weiß.

Als der Morgen vorrückte, wurden die Kinder unruhig, balgten und zankten sich, hämmerten auf dem Klavier, maulten, wenn man es verschloß, faßten alles an, was sie erreichen konnten, und wurden schließlich so unnütz, daß die Tante einsah, verlieren wäre hier billiger als gewinnen. Deshalb überließ sie das Haus den Kindern und setzte sich neben ihren wieder schwer leidenden Gatten. Der Spürsinn der Knaben aber entdeckte sie bald, und Bär kam mit der Mahnung:

„Tante Alice, wenn du zur Kirche willst, wird es nu aber bald Zeit.“

„Ich kann ja nicht in die Kirche gehen“, versetzte die Tante mit einem Seufzer: „Wenn ich weggehe, stellt ihr Jungen das ganze Haus auf den Kopf und bringt euren armen Onkel zur Verzweiflung.“

„O nee,“ versicherte Bär, „du weißt gar nicht, wie fein wir kranke Leute pflegen können. Pappi sagt, das kann sich keiner vorstellen, der es nicht mit eigenen Augen gesehen hat. Wenn du’s nicht glaubst, so laß uns mal mit Onkel Heinz allein und guck durchs Schlüsselloch.“

„Geh nur, Alice,“ sagte Herr Buren, „wenn du gehen willst. Um mich brauchst du keine Angst zu haben. Ich glaube, du solltest gehen nach deinen Erfahrungen von heute morgen. Ich glaube, dein Gemüt wird erst zur Ruhe kommen, wenn du mit der ganzen Gemeinde bekannt hast, daß du ein armer, elender Sünder bist.“

Frau Buren zuckte etwas zusammen, ging aber doch hinaus und kam nach einigen Minuten fertig zur Kirche angezogen wieder. Sie küßte ihren Mann und ihre Neffen, gab Verhaltungsmaßregeln und ging fort. Bär folgte ihr mit den Augen, bis sie aus dem Garten hinaus war, und sagte dann mit einem Seufzer der Erleichterung:

„So! Nu kriegen wir mal ‚’ne gute alte Zeit‘, wie Pappi immer sagt. Wir sind sie glücklich losgeworden.“

„Bär!“ Der Onkel sprang entrüstet auf. „Weißt du auch, was du sagst? Weißt du, daß eure Tante Alice meine Frau ist, daß sie euch vor mancher Schelte behütet, euch manchen Gefallen getan hat und sich immer als euer guter Freund erweist?“

„Natürlich", sagte Bär mit großer Betonung, „aber
Freunde für täglich und Freunde für Sonntags ist doch
was anderes, nicht? Sie kann doch keine Pfeifen machen
und Frösche fangen und uns huckepack den Berg rauf=
tragen oder richtig doll singen: Es braust ein Ruf wie
Donnerhall!"

„Denkt ihr denn, ich werde das heute alles tun?"
fragte der Onkel.

„Nei—ei—n", sagte Bär, „wenn es dir nicht besser
geht und du vielleicht Lust dazu kriegst. Aber wir sind
gern bei wem, wer es könnte, wenn er wolltete. Wir
mögen Damens, wo ganz bloß Damens sind, und Män=
ners, wo ganz bloß Männer sind. Tante Alice ist aber
beinah schon ein Engel, weißt du — und du — du bist
das gar nicht. Und immerzu mit Engels zu tun haben,
nee, das wollen wir nicht, bis wir selbst mal richtige
Himmelengels sind."

Bei diesem ehrlichen Eingeständnis der größten aller
menschlichen Schwächen wandte sich Herr Buren plötz=
lich um und betrachtete die Rückwand seines Sofas an=
gelegentlich. Bär fuhr eifrig fort:

„Du, Onkel Heinz, du sollst kein Himmelengel wer=
den, drum möchten wir gern wissen, wie wir dich schnell
wieder gesund machen können. Würde es dir nicht ein
bißchen besser gehen, wenn ich Pappis Wagen und Pferde
borgte und dich ein klein wenig pschazierenfahren täte?
Er würde sie mir schon geben, wenn ich sage, du willst
mit ihnen fahren."

„Und daß du mich begleiten und auf mich aufpassen
mußt?"

„Na ja", sagte Bär, so zögernd, als ob ihm solch Ge=
danke nie gekommen wäre. „Wir könnten ja mal ein
bißchen um den See rumfahren; das scheint mir für
kranke Männer eigentlich am allerbesten. Wenn du dann

keine Luſt mehr zum Fahren haſt, könnten wir mal aus=
ſteigen, und du ſchneideſt uns Stöcker oder Pfeifen, oder
du läßt uns im See baden, wenn du uns los ſein willſt.“

„Hm“, brummte Onkel Heinz.

„Schollteſcht auch waſch ſchu eſchen mitnehmen“,
ſchlug Teddi vor. „Wenn du müde wirſcht und dich ein
biſchen elend fühlſt, nicht? Daſch is iche giab daſch Sichtige
für’n Mann mit Schahnweweh. Und wir tönnen dir da=
bei helfen.“

„Ich will mal ſehen, wie es mir nach dem Eſſen geht“,
ſagte Onkel Heinz. „Was aber werdet ihr denn nun bis
dahin für mich tun?“

„Zeig mich mal den Zahn“, ſagte Bär. „Soll ich ihn
dir vielleicht mit der Zuckerkneife rausziehen?“

„Um Gottes willen“, ſchrie der entſetzte Patient und
hielt ſich den Mund zu.

„Na, daſch laſch lieba“, meinte Teddi. „Deſchichten
verſchählen, daſch mögen kjanke Leute immer am
liebſchten.

„Schön“, ſagte der Onkel. „Fang gleich an.“

„Dut“, ſagte Teddi. „Scholl eſch eine tjaujige oder
eine luſchtige Deſchichte ſchein?“

„Wie du willſt. Männer mit Zahnweh können alles
ertragen. Brauchſt deine Phantaſie nicht allzuſehr an=
zuſpannen.“

„Pantervieh ſchpannt er niemalſch an, nur Ferde.“

„Auch gut; nun alſo die Geſchichte.“

Teddi ſetzte ſich auf einen kleinen Schaukelſtuhl und
ſtarrte die Decke an.

„Wird er von Abjamuniſchak verſchählen. Mal da
ſagte der lieba Dott ſchu ein Mann, der hieſch Abjam:
‚Deh auf’n Berg und ſchneid tlein Jung ſchein Halſch auf,
und bjenn ihm auf’n Nalta.‘ Und Abjam bingte loſch und
wollte eſch tun. Und er ſagte ſchu ſchein tlein Jung Iſchak,

dem er totmachen wollte: ‚Nimm und tjag dasch Holtsch
jauf.‘ Und Onkel Heinsch, findsch du dasch nu woll nett
von ihm?“

„Ne—i—n, das wohl nicht“, sagte Onkel Heinz.

„Ich tät ja sonst was, als Stöckerholz rauftragen
nach nem Berg, und wenn’s schonst mein Pappi sagte“,
warf Bär dazwischen.

„Alsch schie jauftamen, da machte Abjam nen Nalta
und legte tlein Ischak jauf und nahm dasch Mescher
un wollte ihm schein Halsch aufschneiden. Da tam ne
Schtimme auschm Himmel und bjüllte: ‚Lasch dasch
scheinl‘ Abjam liesch esch schein, und Ischaktchen hopschte
junter; und Abjam schah ein Schaf, dasch sasch im De=
büsch fescht, und dasch holte er, was dantsch leicht war,
und machte esch tot. Denn er wollte doch nicht blosch scho
den Berg jaufdelaufen schein und dar tein balutigesch
Mescher nachher haben. Nicht? Und dann brannte er dasch
Schaf. Und dann ding er nach Hausche.“

Bär war immer noch entrüstet. „Ich wette, Isak seine
Mammi hatte keine Ahnung, was sein Pappi mit ihm
vorhatte, sonst hätt sie ihn an dem Morgen nicht mit=
gehen lassen. Wollen wir wetten?“

„N—ein, lieber nicht. Aber wie wär’s, wenn ihr jetzt
ein bißchen rausgehen würdet und Onkel versuchte ein
bißchen zu schlafen?“

Der Wink wurde angenommen, und die Knaben ver=
schwanden.

Als Frau Alice ungefähr eine halbe Stunde später in
Begleitung des Generals von Schweinichen nach Hause
ging und mit der Geduld einer Heiligen seine Kompli=
mente über ihre Kindererziehung entgegennahm, drangen
plötzlich aus der Besitzung des alten Herrn, an der sie
gerade vorbeigingen, kreischende Töne voll Furcht und
Todesangst.

„Was ist denn das?" rief der General, indem sich sein kurzes Haupthaar sträubte wie die Borsten seines Namensvetters. „Wir haben doch keine Kinder im Hause."

„Ich — ich glaube, ich kenne die Stimmen", stammelte Frau Buren erbleichend.

„Himmelkreuzbombenwetter," rief der General, „Sie meinen doch etwa nicht —"

„Doch, doch," entgegnete Frau Buren, händeringend, „Bitte, bitte kommen Sie schnell!"

Unter Pusten und Schnaufen eilte der dicke alte Herr durch seinen Garten hinten nach dem Fischteich, von wo die Töne zu kommen schienen.

Frau Buren kam noch gerade zur rechten Zeit, um zu sehen, wie Bär seinem Bruder aus dem Teich half, während der General an einem großen Bachkrebs riß, der sich mit seinen Scheren an Teddis Finger klammerte. Der Krebs hielt sich tapfer, plötzlich jedoch, bei einem mächtigen Ruck des Generals und einem unmenschlichen Schrei Teddis, rissen Krebs und Scheren voneinander, und der sieghafte General, krampfhaft den Rumpf seines Feindes festhaltend, flog rücklings in den Teich.

„Auuuaaauuuaaa", heulte Teddi, mit verderbenbringender Umarmung seiner Tante Kleid umklammernd. Die alte Exzellenz zappelte und schnaubte wie ein Walfisch in Todesängsten, worüber Bär so lachte, als ob das Ganze nur zu seinem Privatvergnügen arrangiert sei.

Kaum stand der General wieder auf festem Boden, da eilte Tante Alice mit ihren Neffen fort; ja, sie vergaß in ihrer Verlegenheit, dem General für seinen Dienst zu danken. Da Teddi immer noch aus Leibeskräften schrie, hielt sie ihm mit der einen Hand den Mund zu.

„Tut fubba weh", brummelte Teddi.

„Warum hast du denn bloß den Krebs angefaßt?" erkundigte sich die Tante.

„War scho'n tleinesch jeitschendes Hummertindschen,“ schluchzte Teddi, „und hat er tleine Tindschen so jubba bern — alle Sorten tleine Tindschen — da wollt er ihn liebhaben. Und dann wollt er ihn wieder loschlassen.“

„Und warum hast du das nicht getan?“

„Ding er nich losch,“ seufzte Teddi, „ische er immer noch nicht loschbedangen.“

Wirklich! Die Scheren saßen immer noch an Teddis armem kleinen Finger, und Tante Alice verdarb sich bei dem hastigen Versuch, sie loszulösen, ein Paar neue Handschuhe. Bär lachte noch immer. Endlich machte die Heiterkeit der Bruderliebe Platz, und er fragte zärtlich:

„Teddilein, hast du Bärbruder lieb?“

„J—a—a“, schluchzte Teddi.

„Kiek mal, dann mußt du fuchba glücklich sein,“ sagte Bär, „denn du hast mich fuchba glücklich gemacht. Wenn der Krebs dich nicht gefangen hätte, dann hätte der General ihn nicht abreißen können, und dann wär er nicht in den Teich geplumpst — oh, hat der geplantscht!“

„Dann muscht du dich auch mal von dem ollen Kjebsch beischen laschen, und dann musch der alte Kenejal wieder jeinfallen, hör schu, basch Teddi auch wasch schu lachen kjiegt.“

„Ihr seid ganz unartige Jungen“, sagte Frau Buren. „Nennt ihr das euren armen kranken Onkel pflegen?“

„Hat er ihm beflegt,“ verteidigte sich Teddi, „hat er ihm ne wunnaschöne Bibeldeschichte verschählt, basch hascht du nicht detan, und er hätte dateinen schönen Schonntag dehabt, wenn Teddi nich verschählt hätte. Und heut nachmittag fahren wir ihm pschaschieren.“

Frau Buren wollte so schnell wie möglich nach Hause, aber immerzu traf sie auf neugierige Bekannte. Als sie endlich da war, schickte sie ihre Neffen auf ihr Zimmer,

knicte am Lager ihres Mannes nieder und — brach in
Tränen aus.

„O Heinz!"

Herr Buren sah mit Kennermiene die ruinierte Toi=
lette seiner Frau und sagte kurz:

„Die Jungens!"

„Was soll ich nur mit ihnen anfangen?" fragte die
unglückliche Frau.

Herr Buren war ein liebevoller Gatte. Er betete die
Frauen an und hatte für alle ihre Lebensbeschwerden ein
mitfühlendes Herz. Der Versuchung aber, seine geliebte
Gattin mit ihrer vor fünf Tagen so siegesgewiß ausge=
sprochenen Ankündigung zu necken, konnte er nicht wider=
stehen. Er flüsterte:

„Drück' ihnen den Stempel deines überlegenen Geistes
auf."

„J—i—ch — —"

Das Geständnis ihrer Niederlage wurde Frau Alice
erspart.

Schwere Schritte ließen sich hören, und herein kam ihr
Schwager, Tom Lorenz, der scherzend bemerkte:

„Ihr habt wohl zarte Geheimnisse, was? Ich will
nicht stören und werde gleich wieder gehen. Aber Helene
geht es so gut, daß sie es absolut nicht mehr ohne ihre
Jungen aushalten kann — und von mir muß ich leider
dasselbe sagen. Ihr könnt sie doch entbehren, nicht?"

Das schalkhafte Augenblinzeln, mit dem Tom Lorenz
die Antwort abwartete, würde zu einer anderen Zeit Frau
Alices ganzen angeborenen Trotz wachgerufen haben;
jetzt aber sah sie nur an ihrem Kleid herunter und sagte
einfach:

„Ich denke schon, lieber Tom, ein paar Stunden wer=
den wir ohne sie fertig!"

„Du arme kleine Spartanerin", sagte Tom in unge=
heucheltem Mitgefühl. „Bis zur Bettgehzeit sollst du vor
ihnen Ruhe haben."

Und Frau Buren machte die Gesichtsbandage ihres
Gatten zurecht, nur um ihm ins Ohr flüstern zu können:

„Gott sei Dank!"

Sechstes Kapitel

Der einzige Dämpfer auf die nahezu vollkommene
Sonntagsnachmittagsfreude des Burenschen Ehe=
paars bestand in den Vorgeschmack der Rückkehr ihrer
Neffen, aber auch dieser erwies sich als verfrüht: die
Knaben kehrten erst in tiefem Schlafe zurück. Bär wurde
von seinem Vater auf dem Arm getragen, und Teddis
Lockenköpfchen ruhte auf der Schulter des treuen Kuntze.
Außer einem einzigen schlaftrunkenen: „Was'n Pschasch!"
von seiten Teddis gab keines einen Laut von sich, bis zum
nächsten Morgen. Ihre ungewöhnlich lange Morgenruhe
veranlaßte Frau Buren heraufzugehen, um sie zu wecken.
Bär saß aufrecht im Bett und rieb sich mit der einen
Hand die Augen, während er mit der anderen seinen
Bruder schüttelte, was häßliche grunzende Töne als Er=
widerung hervorrief.

„Ted!" rief er, „Ted, wach doch auf! Wir sind gar
nicht mehr, wo wir waren."

„Dansch ejal," knurrte Teddi, „isch er wo esch — viel
— schöner isch — in fubba giosche — Bonbonladen."

„Nein, das bist du nicht," sagte Bär, indem er ihn
heftig schüttelte und versuchte ihm die Augen mit seinen
Fingern aufzumachen, „du bist bei Tante Alice, und ein=
geschlafen bist du bei Mammi."

„Au—aa—o—a," stöhnte der Kleine, sich langsam
aufrichtend, „du bischt ein gäschlich niedatjächtiger oller

Bengel, Bär; hat er getjäumt, war er in Bonbonladen
und tjiegte alle Taschen voll von Bonbonsch und auch
alle Hände voll, und du hascht ihm aufbeweckt, und nu
isch nischt in scheine Hände, und Tscheug mit Taschen
hat er danich an.“

„Na, andermal wenn du träumst, weck ich dich nicht
auf, und wenn du von gräßlichen ollen Hexen träumst.
Du, Tante Alice, wie träumt man eigentlich, möcht ich
mal wissen? Wie kommt es, daß alles weggeht und was
anderes ist?“

„Das rührt von unbestimmten Eindrücken auf das
halb schlafende Gehirn her“, sagte Frau Buren.

„Ach so“, entgegnete Bär.

Frau Buren glaubte in dem Ausruf ihres Neffen einen
Anflug von Spott zu hören, aber er war noch so klein
und sein Gesichtchen so unschuldig, daß sie den Verdacht
sofort wieder fallen ließ. Außerdem hatte ihr Neffe
Tebbi schon eine ganze Weile mit immer wachsenden
Stimmitteln „Tante Ali — Tante Alisch — Tante
Alische —“ gerufen, bis sie sich endlich nach ihm um=
drehte.

„Was ist denn?“

„Tante Alische, hascht du gesagt, tjäumen kommt,
wenn einer bjücken tut auf schein Gehörn?“

„J—a,“ sagte Frau Buren, „das heißt —“

„Ach, da setsch dich doch bitte fir mal auf schein Topf,
damit dasch der Bonbonladen wiederkommt, bitte, bitte!“

„Du, Tante Alice“, kam jetzt Bär wieder an die
Reihe, „weißt du was? Manchmal weiß ich gar nichts
mehr, als ich vorher schon wußte.“

„Das versteh’ ich nicht, Bär.“

„Na, ich meine, wenn welche Leute mir was sagen,
was ich sie gefragt habe, und sie sagen es mir — dann
weiß ich es doch nicht besser als vorher. Ist das bei gro=
ßen Leuten auch so?“

Frau Buren dachte einen Augenblick nach und er=
innerte sich vieler ähnlicher Erfahrungen, wie die von
Bär mitgeteilte — Erfahrungen, die sie mit derselben
höflich=gezwungenen Miene hinnahm, wie sie Bär vor=
hin gezeigt hatte. Sie dachte auch daran, wie bitter sie
es als Ungerechtigkeit empfunden hatte, wenn sie tun
mußte, als ob sie alles begriffen hätte. Und jetzt? War
es wirklich möglich, daß sie ihrem Neffen gegenüber
denselben Fehler beging, unter dem sie so schwer gelitten
hatte?

Diese Frage versetzte sie in immer tiefere Grübeleien,
aus denen sie Bär mit den Worten schreckte:

„Tante Alice, siehst du den lieber Gott?"

„Nein, Bär," rief Frau Alice, zusammenfahrend,
„wie kommst du darauf?"

„Du kucktest so doll durchs Fenster und gerad dahin,
wo du nichts sehen kannst als Himmel, und deine Augen
sahen so aus, als ob sie ganz weit weg wären, und da
dachte ich, du sähest gerad dem lieben Gott mitten ins
Gesicht."

„Wenn du ihm siehst", bemerkte Teddi, „bitt ihm
doch, dasch er diese Nacht den schönen Tjaum wieda=
kommen läscht. Schag ihm, er scholl so doll auf Tedli
schein Gehörn djücken, dasch der Tjaum wiedakommen
m—u—s—s. Und dann lasch ihm schlafen, bisch er
alle Bonbonsch in scheinen Händen und in scheinen
Taschen auf hat."

Das Erscheinen des Mädchens, das die Kinder an=
ziehen wollte, machte der Unterhaltung ein Ende. Frau
Buren war aber entschlossen, selbige bei nächster Ge=
legenheit wieder aufzunehmen oder vielmehr die Fehler,
die sie eben bei sich entdeckt, in einer neuen besseren
Unterrichtsmethode wieder gutzumachen.

Ihre nachdenkliche Schweigsamkeit verursachte ihrem
Gatten einiges Kopfzerbrechen, denn er konnte deutlich

merken, daß etwas Ungewöhnliches der Grund war und
nicht etwa sogenannte schlechte Laune. Ihr Gesichts=
ausdruck veranlaßte Herrn Buren, Zahnschmerzen vor=
zutäuschen, um den Entschluß, heute zu Hause zu bleiben,
zu rechtfertigen. Aber bei der bloßen Erwähnung dieses
Planes zählte Frau Buren so viele notwendige Dinge
auf, die nur in der Stadt und nur durch ihren Gatten
besorgt werden konnten, daß der Hausherr mit noch
einem früheren Zug als gewöhnlich fahren mußte, und
noch dazu mit den bitteren Gefühlen eines aus seinem
eignen Hause Hinausgeworfenen.

Jetzt führte Frau Buren ihre Neffen ins Wohnzimmer,
setzte sich zwischen sie und sagte, sie liebevoll mit ihren
Armen umfassend:

„Nun, Kinder, habt ihr irgend etwas auf dem Herzen,
was ihr gern wissen möchtet?"

„Ja," sagte Teddi prompt, „möcht er wischen, wasch
esch heut schu Mittag dibt."

„Und ich möchte wissen," sagte Bär, „wann wir wie=
der mal ausfahren?"

„Ach! So was Dummes meine ich doch nicht," sagte
die Tante, „ich meinte —"

„Ische nich dumm", sagte Teddi. „Macht unsch fubba
dalücklich."

Frau Buren erkannte innerlich die Gerechtigkeit dieses
Verweises und seines Zusammenhanges mit demselben
Gegenstand, der ihr ganzes Herz erfüllte. Sie war aber
noch zu sehr Frau Alice Maywald=Buren, als daß sie
einem bloßen Gefühl das Recht eingeräumt hätte, sie
von dem Verfolgen eines einmal vorgezeichneten Planes
abzuhalten; daher antwortete sie:

„Das weiß ich wohl, Teddi; es gibt doch aber viel=
leicht viel wichtigere Dinge, von denen ihr gern etwas
erfahren möchtet?"

„Ach so, du willſt Schule pſchielen?" fragte Bär.
„Du, Pappi ſagt, Schule iſt nicht geſund für Kinder bei
der Hitze, und das meine ich auch."

„Nein, ich will nicht Schule ſpielen, aber ich will euch
ein paar von den Sachen erklären, von denen ihr ſagt,
daß ihr ſie nicht verſteht, nachdem man eure Fragen be=
antwortet hat. Tante Alice iſt ſehr traurig, wenn ſie
denkt, daß ihre lieben kleinen Jungen ſich mit ſo vielen
Dingen quälen müſſen, die ſie gern verſtehen möchten
und nicht verſtehen können. Tante Alice iſt auch mal
ein kleines Mädchen geweſen und hatte genau dieſelbe
Art von Kümmernis, und ſie weiß noch, wie unglücklich
ſie damals war."

„I du meine Güte," ſagte Bär, ſeine Stellung ſo
wechſelnd, daß er der Sprecherin gerade in die Augen
ſehen konnte, „wollteſt du auch mal wiſſen, wieſo der
große Mond immer wieder klein wird?"

„Ja."

„Und haben die großen Leute dir dann auch geſagt,
der Mond wird in Stücker gehackt und Sterne draus ge=
macht? Und du wußteſt doch ganz genau, daß das ein
dolles Geflunker war?"

„Ja, Bär."

„Und wollteſcht du auch immer mal wiſchen, wo daſch
Mittageſchen auſch demacht wird, und die gjoſchen Leute
ſchagten dann ſchu dir: Deht dich daniſcht an?"

„Ja, ja," ſagte Frau Buren und kniff Teddi ein klein
wenig, „auch das hab' ich durchgemacht."

„Dunnerwetter", rief Bär, „dann warſt du ja mal
ganz ſ—uch—b—a klein! Haſt du dich dann auch ge=
wundert, wo der liebe Gott ſtand, als er die Welt
ſchöpftete?"

„Und wollteſcht du auch immer derne wiſchen, wie das
Schüſche um die Fläume= und Dattelſchteine jumdemacht
wird?"

„O ja", sagte die Tante.

„Dann sag uns das alles nu mal", sagte Bär.

„Heut morgen haft du mich nach den Träumen ge=
fragt, mein Liebling," fing Frau Buren an, „und —"

„Weiß schon, nu will ich aber viel lieber von den
Pflaumen und Datteln hören. Ich kann doch erst wieder
träumen, wenn ich zu Bett gehe, aber Datteln kann ich
mir gleich kaufen, wenn du mir bloß 'n Groschen gibst.
Vielleicht — kann ich sie auch umsonst beim Kaufmann
kaufen. Wär es nicht besser, du schicktest mich schnell mal
hin, dann könntest du alles viel besser erklären, wenn
man die Dinge sieht, als wenn man sie sich nur denkt."

„Ich kann dich jetzt nicht entbehren, um Datteln zu
holen, mein Junge, sonst habe ich, wenn du zurück=
kommst, vielleicht keine Zeit mehr, mit euch zu reden."

„Doch", sagte der Jüngling rücksichtsvoll, „wir möch=
ten dir auch nicht so viele Mühe machen; ich denke, wir
werden das schon alles allein rausfinden, wenn wir nur
recht viele haben, um es zu probieren."

„Nun denn," ließ sich Frau Buren zögernd zu einem
Vergleich herbei, „erst erzähl' ich euch jetzt von etwas
anderem, und nachher dürft ihr euch Datteln kaufen, die
ihr dann allein studieren könnt."

„Schön," sagte Bär, „dann sag mal, warum läuft
Terry immer weg, wenn wir ihn gerade haben wollen?"

„Weil ihr ihn so quält, wenn ihr ihn fangt, daß er
euch haßt und fürchtet", sagte Frau Buren, entzückt über
diese Doppelgelegenheit zu einer deutlichen Erklärung
und einer Mahnung zur Menschlichkeit.

„Pasch man obacht", sagte Teddi in kläglichem Tone,
„nu schagt schie bleich ‚Lasch schein'. Wajum tönnen blosch
tleine Jungensch danix tun ohne olles ‚Lasch schein'!"

„Armes kleines Kerlchen," sagte Tante Alice, ihren
Erfolg sofort bereuend, „beinah scheint's, als ob du recht
haft. Nun sag', was möchtest du denn wissen?"

Teddi riß Mund und Augen auf, legte den Kopf auf
die Seite, verfiel minutenlang in tiefes Nachdenken und
sagte dann:

„E—e—e—e—e—r möchte wischen, wajum tleiner
Junge teine Bananen mehr mag, wenn er schon fubba
viele dedeschen hat, und schuerscht mochte er schie so doll
bern?"

„Weil sein kleiner Magen voll ist, und wenn der Magen
voll ist, so weiß er genau, ‚Danke, bin ich satt'."

„Dann isch Magen dummer Schafstopf", sagte
Teddi; „wünscht er, er wär mal schein Magen, würd
ihm schon scheigen, dasch immer noch wasch neindeht."

„Und ich will wissen, wie das mit dem Träumen ist,"
sagte Bär, „denn ich weiß gar nicht mehr als vorher,
nachdem du das geklärt hast."

„Das ist auch sehr schwer zu erklären", sagte Frau
Buren, und sie bemühte sich, eine leicht faßliche Formu-
lierung zu finden. „Unser Gehirn ist das, womit wir
denken, nicht? Und wenn wir schlafen, schläft unser Gehirn auch, aber manchmal ist es nicht so schläfrig wie der
übrige Körper; und wenn es ein bißchen wacht, so denkt
es auch ein bißchen, es denkt aber nicht mehr so ganz
gerade, und dann fällt ein Gedanke über den anderen,
und es kommen lauter Stückchen zusammen, die nicht
zusammengehören."

„Aha, darum träumte ich in der vergangenen Nacht,
eine Kuh saß auf deinem Schaukelstuhl und laste im
Atlas. Aber wie kommt es denn, daß mein Gehürn an
Kühe und Schaukelstühle und Atlasse denken muß?"

„Das ist eins von den Dingen, die man nicht erklären
kann. Vielleicht erinnern wir uns an etwas, was wir
früher einmal gesehen haben, und bringen es durcheinander."

„Wenn er dann nachtsch mal schlaft, will er mal an
Bananen und Datteln und Eischkjem denken; und Fann-

tuchen und Eier und Bonbonsch; dibt 'ne feine Deburtsch=
tagschbesellschaft, nich? Und dann will er tjäumen, dasch
tein annerer tleiner Junge dabei isch.“

„Wenn ich von klein Philibruder träume, heißt das
denn nun nichts anderes, als daß ich mich an ihm er=
innere? Kommt er nicht vom Himmel runter und guckt
in mein Bett?“

„Ich glaube nicht, mein Liebling.“

„Wie kommt es denn aber, daß er so weiß ist und wie
ein Sonnenstrahl und lacht und mit seinen süßen kleinen
weißen Flügeln ganz dicht an mein Gesicht herankommt,
so daß ich sie anfassen kann?“

„Ich glaube, das kommt daher, daß du ihn dir so vor=
gestellt hast“, sagte Frau Buren und zog den Jungen
dicht zu sich heran, um nicht in seine traurig fragenden
Augen blicken zu müssen. „Du hast Bilder von Engeln
gesehen in weißen Kleidern und mit glänzenden Flügeln,
und nun stellst du dir Philibruder ebenso vor.“

„O je“, rief Bär, versteckte sein Gesicht in das Kleid
seiner Tante und brach in Tränen aus. „Ich wünschte,
ich hätte nie erklärt gekriegt, wie Träumen ist. Ich will
nie, nie wieder wissen, wie die Dinger eigentlich sind.
Wenn süßer kleiner Philibruder nur ein Stückchen Den=
ken in mein Gehirn ist, dann gibt es gar nichts, was
richtig was ist. Ich hab schon immer gedacht, es ist
komisch, daß er immer weg ist, wenn ich anfange auf=
zuwachen.“

„Kühe dehen nicht weg, wenn er aufwacht von Tjäu=
men“, sagte Teddi; „die schießt er den danschen Tag,
auch wenn er nicht will.“

„Frau Buren konnte ein Lächeln nicht unterdrücken,
Bär aber hob sein Köpfchen hoch und sagte:

„Na, es hat ja keinen Zweck ungalücklich zu sein.
Wollen wir mal tüchtig viel Quatsch machen und nicht

mehr an so traurige Dinge denken. Weißt du nicht ein
nettes neues Spiel für uns, Tante Alice?"

„Ich fürchte, es wird mir in diesem Augenblick keins
einfallen."

„Wenn du nu zum Beispiel mit uns Kaufladen spiel=
test und 'n Haufen schöne Sachen zum Verkauf hättest,
so wie Zucker und Rosinen und Bonbons, und Steck=
nadeln sind unser Geld. Ja, nicht? Du mußt uns aber
erst die Stecknadeln geben."

„Ja, und mach ein bißchen schnell, ehe esch Mittagsch=
scheit ist, damit die Sachen schur sichtigen Scheit wieder
ausch unscher Magen jauschdehen, damit dasch wir leer
schind, wenn wir wieder voll werden schollen."

„Das geht nicht," sagte Frau Buren, „ihr wißt,
Kinder dürfen nicht zwischen den Mahlzeiten essen."

„Dann erzähl uns was — nein. Wir wollen Mena=
gerie spielen — oder nein! Ich will dir was sagen: Wir
wollen tun, als ob dies unser Haus wäre, und du kommst
zu Besuch, und wir bringen dir Kaffee und Kuchen, weil
du so müde bist."

„Das soll wohl ein Wink mit dem Zaunpfahl sein —"

„Schaunphahl — schum Jüberpschingen, aua fein",
äußerte Teddi.

„Nein, nu hör aber mal was", redete Bär wieder
eifrig. „Erzähl uns doch die feine Geschichte von dem
Mann, wo die Hunde die Doktors waren."

„Hunde, die Doktor waren, was ist das?"

„Weißt du denn das nicht? Es steht doch in der
Bibel?"

„Möglich," sagte Frau Buren, schnell alle biblischen
Hunde, deren sie sich erinnern konnte, Revue passieren
lassend, „aber ich weiß nicht wo."

„Das weißt du nicht mal? Das war son fuchba armer
Mann, daß er nur Krümels zu essen hatte, und Pappi
meint, er hat auch keinen Kunsthonig gehabt. Wir kriegen

immer Kunsthonig zu, wenn Grete uns die Krümel aus
dem Brotkasten holt.“

„So? Meinst du vielleicht Lazarus?“ rief Frau Buren.

„Ja“, sagte Teddi. „Abersch nich der Laschajusch, wo
in Begjäbnis war und dann wieder labendig wurde; der
hatte keine Hunde.“

„Der arme Mann, den ihr meint,“ sagte Frau Buren,
„war sehr arm und krank, so daß er sich von den Bro-
samen nähren mußte, die von eines reichen Mannes
Tische fielen. Aber der Herr sah ihn und kannte die Leiden, die er ausstehen mußte, und beschloß, daß der arme
Mann glücklich werden sollte, nachdem er gestorben war,
damit er für all die Not seines Lebens entschädigt wurde.
Als nun der arme Mann starb, nahm der liebe Gott
ihn gleich in den Himmel.“

„Da muß kein Mensch Brotkrümels essen, nicht?“
sagte Bär. „Aber, Tante Alice, was macht man da mit
den Restern? Darf man sie da wegschmeißen?“

„Machen schie Löcher in’n Fuschboden und schmeißen
Jeschter junter für arme Leute?“ fragte Teddi. „Wenn
er erscht ’n Engel ischt und mit schein Eschen fertig, tlet-
tert er auf die Mauer und schmeißt den Jescht junter
in die Welt. Aber dansch vorschichtig, dasch er nicht
schelbscht junterpurtschelt.“

„Aber ich möchte nu mal wissen,“ sagte Bär, „wie
kriegen sie denn da oben was für die Engel zu essen?
Haben sie Kaufläden und Fleischerläden und Milch-
wagen da oben?“

„Ach Gott bewahre, nein“, rief Frau Buren und hielt
sich instinktiv die Ohren zu. „Der Herr schafft schon die
Speise, die dort nötig ist. Als der arme Lazarus aber ein
Engel war, da guckte er einmal aus dem Himmel heraus hinüber nach der Hölle, und wen sah er da? Den
reichen Mann, dessen Überbleibsel er einst bekommen

hatte, denn der reiche Mann war auch gestorben. Und der reiche Mann bat Abraham —"

„Dacht, er hieße Laschajusch?"

„Der arme Mann hieß Lazarus, aber im Himmel hatte er den guten alten Abraham vorgefunden, und der sorgte für ihn. Der reiche Mann bat Abraham, er möchte doch den Lazarus schicken, und der solle seinen Finger ins Wasser tauchen und seine Lippen bestreichen, er habe solchen Durst."

„Warum hat er sich denn nicht selbst was zu trinken geholt?" fragte Bär; „können die Reichen, selbst wenn sie totgestorben sind, nicht mal was für sich alleine machen?"

„Da gibt es kein Wasser, Bär; deswegen war er so durstig."

„Donnerwetter, wie machen denn kleine Jungensch ihre Sandkuchen?"

„Kleine Jungen kommen hoffentlich da nicht hin", sagte Frau Buren ernst. „Abraham aber sagte: ‚Nicht so, mein Freund. Du hast Gutes genossen, solange du lebtest; nun mußt du sehen, wie du ohne etwas fertig wirst. Aber der arme Lazarus muß glücklich gemacht werden, denn ihm ist es sehr schlecht gegangen, als er lebte.'"

„Ist das wirklich so?" fragte Bär. „Dann muß Abraham sehr nett gegen mich sein, wenn ich mal hinkomm; denn ich erleb hier manchmal fuchbar viel Trauriges. Was fing der alte reiche Mann denn nun an?"

„Er bat Abraham, einen Engel zu seinen Brüdern zu schicken, die noch lebendig waren, der sollte ihnen sagen, sie sollten gut sein, damit sie nicht auch an diesen schrecklichen Ort kämen. Aber Abraham sagte, das hätte keinen Zweck, sie hätten gute Bücher und Prediger, die würden ihnen sagen, was sie tun sollten."

„Und mußte er nu immerzu durstig bleiben?"

„Ich fürchte", sagte Frau Buren leise schaudernd, und

sie verstand, warum die Lehre von der ewigen Qual nicht
eifriger von der Kanzel herab verkündigt wird.

„Weiter!“ sagte Teddi.

„Weiter geht die Geschichte nicht!“

„Du hascht doch aber kein einziges bißchen von den
Hundedoktorsch verschählt.“

„Ach Teddi, von denen ist’s gar nicht so nett zu er=
zählen.“

„Nu, dasch ischt doch gjade dasch Netteschte von der
danschen Deschichte“, sagte Teddi. „Wenn er ’n schlim=
men Finger kjigt, scho schetscht er schich an die Hauschtür
und juft Terry. Aber Terry isch datein buter Doktor,
denn er tommt nich, wenn ich ihm bjauche. Wenn er mal
ne Menge Beulensch hat, wie bei die Winpockensch, und
Terry will schie fubba derne schehen — ätsch — dann
scheigt er schie ihm nicht. Verschähl ne annere Deschichte.“

Plötzlich ertönten Harfen= und Geigentöne und er=
lösten Frau Buren von ihrer schwierigen Pflicht. Die
Knaben eilten vors Haus und sahen zwei kleine herum=
ziehende Italiener, die sich abmühten, ihren erwachse=
nen Mitmenschen den Wert ungetrübter Ruhe recht ein=
bringlich zu Gemüte zu führen. Bär und Teddi lauschten
entzückt dem ganzen Repertoire der Künstler, klatschten
da capo und spendeten die Groschens, die ihnen die Tante
hierfür gegeben hatte; dann taten sie die Absicht kund,
den Musikern auf deren Weg durch den Ort zu folgen.
Leider erhob die Tante Einspruch.

„Du, was tun eigentlich die Jungen mit all den
Groschens, die sie kriegen? Kaufen sie Bonbons dafür?“

„Wasch für ne Menge Bonbonsch!“ rief Teddi be=
wundernd.

„Ich glaube, sie bringen ihr Geld nach Hause zu ihren
Eltern“, sagte Frau Buren. „Die Leute sind meist sehr
arm. Vielleicht sind die Eltern in diesem Augenblick auch
krank und warten mit Sehnsucht auf ihre Kinder.“

„Und machen die kleinen Kinder deswegen all die Mu=
schik, weil schie wen liebhaben?“

„Ja, Teddi.“

„Und belohnt lieber Gott nicht immer Leute, die was
für andere tun, Tante Alice?“ fragte Bär.

„Jawohl, mein Liebling, das tut er.“

„Aber etwasch fubba Nettesch isch bei die tleinen Jun=
gensch“, bemerkte Teddi. „Wenn ihr Pappi und Mammi
tjank isch, scho sagt niemand schu ihnen: ‚Macht euch die
Schuhe nich schtäubig.‘ Hättscht mal schehen schollen, wie
schie dedangen schind in der Mitte von die Schtrasche
und den Tschaub aufdebullert haben. Da schagt nu nie=
mand: ‚Lasch schein!‘ Wollt er, er wär ein Muschikmach=
Jung!“

„Na — nu sind sie weg,“ seufzte Bär, „und dann
brauchen wir was anders, um uns glücklich zu machen.
Sag mal, Tante Alice, warum habt ihr nicht auch ’n
Wagen wie Mammi, so daß du uns mitnehmen kannst
zum Pschazierenfahren?“

„Onkel Heinz ist nicht reich genug, um einen guten
Wagen und gute Pferde zu kaufen, und schlechte Sachen
mag er nicht leiden.“

„Kostet denn ein gutes Pferd soviel?“

„Das kann schon tausend Mark kosten.“

„O je! Da muß man aber lange für sammeln. — Du,
Tante Alice, sag doch mal —“

Diese Frage wartete Tante Alice aber nicht mehr ab;
sie zog sich jetzt zurück mit dem unbestimmten Gefühl,
an diesem Morgen eine Menge Fragen beantwortet zu
haben, die für niemand von irgendwelchem Nutzen sein
konnten.

Bis zum Mittagessen sorgten die Geschwister Lorenz
selbst für sich, erschienen aber mit bescheidenerem Appe=
tit als sonst zur Mahlzeit.

Das neue Fragenbombardement, auf welches die Tante gefaßt war, blieb aus. Der Geist der Kinder schien zur Zeit in einer nachdenklichen, nicht in einer aufnehmenden Verfassung zu sein.

Nach dem Essen verschwanden sie schleunigst, ohne daß Frau Buren einen Versuch machte, sie zurückzuhalten. Sie erwartete nämlich einen höchst wichtigen Besuch, Frau von Wetterhahn, die Gattin des Reichstagsabgeordneten, die hier bei einer Freundin zu Besuch war. Die Mütter beider Damen waren durch eine jahrelange Freundschaft verbunden gewesen, ohne daß die Töchter sich bis dahin kennengelernt hatten. Frau Buren vermutete in dem Besuch eine Respektperson, hatte daher eine untadelhafte Toilette angelegt und war heilfroh, daß keine Hetze wilder Neffen aus dem Hinterhalt hervorbrach. Statt der ehrfurchtgebietenden Dame erschien aber eine allerliebste junge Frau, vor deren sonniger Liebenswürdigkeit Frau Alices angenommene Würde zerschmolz wie Schnee im Frühling. Man fand sich reizend, und alles war im schönsten Zuge.

Mitten in die Unterhaltung ertönte plötzlich das mißtönende Gequietsche einer Geige, vermischt mit den Jammerlauten eines schlecht gespielten Blasinstruments.

„Ach, diese schrecklichen kleinen Italiener!" rief Frau von Wetterhahn; „ich möchte wissen, für welche unserer Sünden wir mit dem Anhören dieser Katzenmusik bestraft werden?"

„Wenn sie wirklich als Strafe für unsere Sünden kommen", sagte Frau Buren, „dann muß ich ein besonders sündiger Mensch sein; denn zu mir kommen sie heute schon zum zweitenmal."

„Dabei sind Sie so prachtvoller Stimmung? Ich sehe schon, ich muß mich bei Ihnen auf ein paar Tage zu Gast laden, um etwas von Ihrer heiligenhaften Geduld zu lernen."

Frau Buren lächelte verbindlich, und Frau von Wetter=
hahn ging zu einem anderen Gesprächsthema über. Da
gab die Violine unter dem Fenster eine Reihe grauenvoll
ächzender Töne von sich, und das Blasinstrument, offen=
bar eine Flöte, kreischte in drei verschiedenen Oktaven.

„Wahrscheinlich ein Versuch, etwas auf einer Saite
hervorzubringen“, stöhnte Frau von Wetterhahn; „was
soll man nur mit diesen unseligen Geschöpfen anfangen?
Man wird ihnen wohl oder übel etwas geben müssen.
Haben Sie die erschütternde Lebensbeschreibung dieser
unglücklichen Wesen vor ein paar Tagen in der Zeitung
gelesen? Sie werden in Italien von schurkischen Men=
schen einfach gepachtet, in fremde Gegenden verschleppt,
wo man ihnen ihre schrecklichen Stücke einprügelt, ehe
man sie zum Betteln ausschickt. Und wenn sie dann nicht
genug nach Hause bringen —“

„Die armen kleinen Geschöpfe“, sagte Frau Buren
mitleidig; „das hab ich gar nicht gewußt. Wie gut, daß
ich ihnen heute morgen reichlich gegeben habe. Sicher
nur in einer Ahnung ihres traurigen Schicksals, denn
musikalischen Genuß habe ich nicht gerade davon gehabt.
Übrigens sind diese Kinder wohl kaum der Kinderstube
entwachsen.“

„Nein, sicher nicht“, sagte die andere Dame, die in=
zwischen an das Fenster getreten war. „Ich halte den
älteren für sechs, den jüngeren für höchstens vier Jahre.
Der Ältere sieht so traurig, so in sich gekehrt aus; der
Kleine hingegen ist voller Erwartung. Zu allen Fenstern
schaut er nach Geldstücken aus. Er ist wohl noch nicht
so gründlich dressiert worden, sein Instrument ist ja eine
gewöhnliche Kinderflöte. Es ist doch eigentlich eine Un=
verschämtheit, wie diese Leute das weichherzige Publikum
prellen. Läßt man ein Kind mit einer Kinderflöte Geld
erspielen unter dem Vorwand, es mache Musik!“

„Wirklich unerhört!“ sagte Frau Buren.

„Und wer weiß, wer die Eltern dieser Kinder gewesen sind“, fuhr Frau von Wetterhahn fort. „Der Ältere hat entschieden edle Züge, nur geschärft durch das Elend der Trennung und der schlechten Behandlung. Der Kleine hat — trotz seines polizeiwidrigen Schmutzes — ein Köpfchen und ein Figürchen zum Malen! Jetzt lächelt er! Wenn doch ein Künstler diesen Ausdruck festhalten könnte!“

Jetzt trat auch Frau Buren an das Fenster: „Vorhin habe ich derartige Reize gar nicht an ihnen entdecken können. Aber ich bin Ihnen wirklich dankbar, daß Sie mich darauf aufmerksam machen. — Himmel!“

„Was ist Ihnen, um Gottes willen —“, rief Frau von Wetterhahn, als sie Frau Buren vom Fenster zurückprallen und in einen Sessel sinken sah.

„Da — das sind — ja — meine — Neffen!“ stieß Frau Buren hervor. „Was soll ich nur mit diesen furchtbaren Kindern machen?“

„Gestohlen?“ forschte Frau von Wetterhahn, etwas wie einen Sensationsroman in greifbarer Nähe witternd.

„Ach nein, bewahre. Vor einer guten Stunde ließ ich sie allein spielen. Wie können sie nur auf diesen Streich verfallen sein! Jungen sind und bleiben schreckliche Geschöpfe, da mag man sagen, was man will. Und natürlich, da hat Bär die Violine von meinem Mann genommen, die meinem Mann mindestens so wert ist wie seine Frau. — Kinder! Bär! Teddi! Kommt augenblicklich ins Haus!“

Damit war Frau Buren auf den Balkon getreten. Die Kinder blickten froh überrascht auf, und Bär rief begeistert:

„O Tante Alice, wir haben vor einem Haufen von Häusern schon gespielt, und wir haben schon beinah drei Mark! Immer haben wir erzählt, wir spielten, damit

Onkel Heinz sich einen Wagen kaufen kann, und dann haben wir gleich was gekriegt!“

„Kommt sofort ins Haus“, wiederholte Frau Buren streng. „Und zwar hinten herum. Ich bin gleich bei euch.“

Langsam und niedergeschlagen unterwarfen sich die zwei Amateur-Italiener dem verhängnisvollen Richterspruch und trotteten ins Haus.

So trübsinnig war der Ausdruck ihrer kleinen Gesichter, so schleppend ihre Schritte, daß Terry, der an der Haustür Wache hielt, nur fragend mit dem Schwanze wedelte und sich nicht von der Schwelle rührte, als die Knaben an seiner Matte vorbeigingen. Ein paar Minuten später kam Frau Buren, deren Besuch sich inzwischen entfernt hatte, zu den Kindern gestürzt.

„Wie könnt ihr euch unterstehn, so etwas Ordinäres, so etwas Gemeines zu tun?“

„Nu, siehst du woll“, sagte Bär. „Das ist mal wieder so was, was man nicht versteht, auch wenn es einem lang und breit erklärt worden ist. Wir dachten bloß, wir wollten genau so gut zu dir und Onkel Heinz sein wie die kleinen Talienerjungens gegen ihre Pappis und Mammis. Und da versuchten wir es, und — da schickst du uns ganz doll nach Hause.“

„Ebenscho, alsch wenn du schagscht: ,Lasch schein!‘“ klagte Teddi.

„Und noch dazu, nachdem wir sonen Berg Geld verdient haben! Pappi sagt, viele große Leute verdienen nur drei Mark am Tage, und wir haben doch beinah soviel verdient. Zum Teil ist es so, weil wir so ehrlich waren und immer die Wahrheit sagteten, nämlich daß wir das Geld unserem Onkel Heinz schenken wollten, damit er sich ein Wagen kaufen könne.“

Und Onkel Heinz, den seine Zahnschmerzen früher als beabsichtigt nach Hause getrieben, hatte unbemerkt den

letzten Teil von Bärs Rede mit angehört und erfuhr
das übrige von seiner Frau. Sein Gesichtsausdruck, der
Blick, den er seinen Neffen zuwarf, die wahnsinnige
Angst, mit der er seine geliebte Violine untersuchte, zeig=
ten den Knaben nur allzu deutlich, wie total gute Ab=
sichten zum Wohle anderer fehlschlagen können. Die
schwergeprüften Jünglinge konnten durch kein Ereignis
der Nachmittagsstunden ihrem bitterschmerzlichen Sin=
nen entrissen werden, und ein sorgenvolles, gebeugtes
Herz war es, das Bär abends in folgendem Gebet aus=
schüttete:

„Lieber Gott, nu hab ich schon wieder Schimpfe ge=
kriegt, weil ich versuchte, was wirklich Nettes für an=
dere Leute zu tun. Nu weiß ich woll, wie den guten Pro=
pheten zumute war und Jesus. Lieber Gott, bitte, laß
mich nicht auch kreuztotgemacht werden, weil ich was
Gutes tun wollte. Amen.“

Dann sprach Teddi:

„Lieba Dott, schie haben schon wieder immerlosch schu
mir deschagt: ‚Lasch schein!‘ Und da denkt er, Tante
Alische schollt schich wasch schämen. Bitte, lasch schie esch
doch tun! Amen!“

Siebentes Kapitel

„Ei,“ murmelte Frau Alice am Dienstagmorgen, als
sie nach beendeter Toilette sich anschickte, zum Früh=
stückstisch hinunterzugehen, „das verspricht einen schönen
Tag. Höre doch, Heinz,“ fuhr sie lauter fort, „wie süß
die Kinder singen. Haben sie nicht entzückende Stim=
men?“

„Den Vogel, der frühmorgens singt, holt abends die
Katze“, brummte der Gatte.

„Schäm' dich, noch dazu, wenn sie solch süße Kinder=
liedchen singen. Da, nun fangen sie wieder an."

Frau Alice verfiel in eine anmutige Lauscherstellung,
während ihr Gatte in der idiotischen militärischen Po=
sition ‚Achtung!‘ verharrte, und beide vernahmen fol=
gendes Liedchen:

> Ich wünscht — ich wär — ein Engelein
> Im schö—nen Himmelsland;
> Die Kron auf meinem Kopfe,
> Den Hopper in — der — Hand."

„Hopper! Famos!" lachte Herr Buren. „Weißt du,
was das ist? Ein Grashüpferhinterbein. Ich vermute,
die Engelexistenz würde den beiden Stricken ohne der=
artiges originelles Spielzeug recht öde vorkommen."

„Du solltest dich wirklich schämen", sagte die Dame
des Hauses. „Ich hoffe, du deutest so etwas den Kin=
dern gegenüber nicht einmal an. Sie würden sicher nicht
solch verzerrte Vorstellungen vom Jenseits haben, wenn
nicht alle möglichen Leute durch unpassende Bemerkun=
gen auf sie eingewirkt hätten, du auch und ihr eigener
Vater, dein Schwager."

„Weißt du," sagte der Angegriffene, sich eifrig mit
seiner Haarbürste beschäftigend, „wenn sie Einflüssen so
zugänglich sind, so hast du sie doch wohl in den meisten
Punkten schon völlig umgebildet, nicht? Du hast sie ja
schon sieben Tage ganz allein in deinen Händen."

„Sechs, bitte, nur sechs", sagte Frau Buren hastig.
„Ich wünschte —"

„Daß der Rest mindestens einen Tag weniger be=
trüge, nicht?" unterbrach der Hausherr und sah seiner
Frau voll ins Gesicht.

Frau Buren schlug die Augen nieder und suchte nach
irgend etwas auf der Erde, was sie gar nicht verloren
hatte. Ihr Mann aber kannte sie zu gut, um sich ein

X für ein U machen zu lassen. Ganz sanft und zärtlich
sagte er:

„Sag' mal die Wahrheit, Liebling, hast du nicht mehr
dabei gelernt als sie?"

Noch immer vermied Frau Buren ihren Mann anzu=
sehen, dann aber entgegnete sie mit bewundernswerter
Fassung:

„Natürlich habe ich eine Menge gelernt, wie immer,
wenn man sich mit einem neuen Gegenstand befaßt. Aber
die neuerworbenen Kenntnisse eines Erwachsenen sind
eine Quelle, aus der neue Kraft fließen soll und neue
Weisheit, die man anderen mitteilen kann."

Zuerst mit Neugier, dann mit unverhohlener Bewun=
derung sah Herr Buren sie an — als er darauf aber sein
Gesicht im Spiegel erblickte, sah ihm aus demselben nichts
als Mitleid entgegen.

Inzwischen hatten das Aufhören des Gesangs, das
Patschen und Trippeln kleiner Füße auf der Treppe und
ein Angstschrei von Terry angekündigt, daß die Kinder
ihr Zimmer verlassen hatten. Gleich darauf hörten die
Burens, daß an ihrer eigenen Tür geklinkt wurde; ein
entrüsteter Fußtritt folgte der Entdeckung, daß die Tür
zugeschlossen war, und endlich ertönte ein laut gebrülltes:

„Hallo—hoh—!"

„Wo brennt's?" fragte der Hausherr.

„Rein wollen wir!" erklang Bärs Stimme.

„Auch sein!" piepste Teddi.

„Wozu?" fragte der Onkel.

Ein Augenblick Stillschweigen, dann sagte Bär:

„Na, weil wir rein wollen. Das kann doch jeder ver=
stehen, ohne viel zu fragen."

„Schön, und wir haben die Tür zugeriegelt, weil wir
nicht wollen, daß einer 'reinkommt. Ich denke, das kann
doch jeder verstehen, ohne viel zu fragen."

„Doch so", sagte Bär. „Dann will ich euch mal sagen,

272

warum wir rein wollen. Wir müssen euch was ganz
furchbar Entzückendes erzählen.“

„Nun, Liebling, willst du ihr ganz echtes Original-
heldenlied hören?“

„Natürlich“, lächelte die Tante.

„Und dein fester Entschluß, ihnen beizubringen, daß
unser Schlafzimmer kein Versammlungslokal ist, noch
dazu vor dem Frühstück?“

„Das werden sie sich doch nicht gleich einbilden, wenn
wir sie einmal hereinlassen.“

„Schön — einmal ist keinmal“, zitierte Herr Buren
lächelnd, wurde aber durch ein Stirnrunzeln seiner Ge-
mahlin augenblicklich wieder zur Ordnung gerufen. Gehorsam zog er den Riegel zurück, und beide Knaben purzelten herein.

„Wir lehnten beide gegen die Tür,“ erklärte Bär,
„deshalb purzelten wir so herein, einer über den anderen.“

Herr Buren sah seine Frau mit einem „sonen“ Blick
an, den sie aber nicht zu bemerken schien; dann sagte sie:

„Was habt ihr denn nun so Entzückendes zu erzählen?“

„J—i—i—i—i—i—ich“, begann Bär.

„E—e—e—e—e—e—er“, schrie Teddi zu gleicher
Zeit.

„Still, Ted“, unterbrach Bär. „Ich fange zuerst an.“

„Teddi hat esch schuerscht debacht“, fuhr Teddi entrüstet auf.

„Ich wer dir was sagen, Ted. Ich erzähl ihnen zuerst, und du quälst ihnen dann; das ist gerecht, nicht?“

Und ohne Teddis Zustimmung zu dieser Verteilung
der Rollen abzuwarten, fuhr Bär fort:

„Was wir wollen? Wir wollen ein Picknic. Pappi
leiht uns seinen Wagen, und wir fahren weit rum um
’n See und machen gräßlich viel Quatsch. Da, wißt ihr,

wo in dem Garten die große Schaukel ist, da wollen wir
hin, und ihr laßt uns schwimmen und fahrt mit uns
Boot und kauft uns süßes Kribbelwasser. Und wir
schmeißen Steine und plantschen und fangen Fische und
laufen Wette. Das alles — nicht die ersten Dinger —
können wir alleine machen, da kannst du und Tante
Alice im Gras unter den Bäumen liegen und Zigarren
rauchen und galücklich sein, weil ihr uns so galücklich
gemacht habt. So macht es Pappi und Mammi auch.
Aber fuchbar viel zu essen müßt ihr mitnehmen, denn
kleine Jungens werden so leicht schrecklich leer, wenn sie
so was machen. Und — o ja — du kannst auch noch
Terry nach'm Stock schwimmen lassen, und was wollen
wir wetten? Da kann er nicht auskneifen, ohne daß
wir ihn kriegen."

„Aber schu eschen musch esch f—u—b—b—a viel
schein", fügte Teddi hinzu. „Mit blosch ein bischen
Eschen isch esch tein Pschasch. Wir wollen, nicht? Wir
schind den danschen Morgen scho fubba bjav dewescht.
Hat er Schonntagschlieder deschungt, bisch schein Halsch
dansch voll Schand war."

„Was ist mit deinem Hals?"

„Schand djin", wiederholte Teddi. „Weischt du nich,
wie djollig deine Hände schind, wenn du Schand djin
jumscheuerscht, wenn du teine Handschuhe anhascht?
Scholl er dir mal welchen jeinholen, schu pjobieren?"

„Laß nur, Teddi", sagte der Onkel, als die Tante
nicht antwortete. „Tante Alice glaubt es dir auch so."

„Und dann, wenn's aus ist, sind wir ganz gewiß
fuchbar müde, dann können wir schön auf eurem Schoß
ein bißchen schlafen, wenn wir zurückfahren, nicht? So
macht es Pappi und Mammi auch."

„Danke", sagte Herr Buren. „Das ist ja fabelhaft
verlockend. Außerdem erklärt es mir, wieso deines Pappis
Anzüge immer so rasch abgetragen aussehen —"

274

„Und weshalb eure Mammi immer etwas an ihren Sachen auszubessern hat", fügte Tante Alice hinzu.

„Ich bin lange fertig mit erzählen", ermahnte Bär. „Warum hast du nicht längst mit Quälen angefangen, Tedd?"

„Ihr wollt b—o—och hi—i—in, nicht? Ihr wollt doch hihin?" flehte Teddi in seinen rührendsten Tönen und hing sich an die Kleider seiner Tante.

„Pappi hat gesagt," wandte sich Bär an seinen Onkel, „du kannst immer leichter ja als nein sagen, und —"

„Da bringt dich ja dein Schwager in einen reizenden Ruf", lachte die Gattin.

„Und ich hab mal gehört, wie eine Dame sagte, dir würde das Jasagen auch nicht schwer, Tante Alice. Ich weiß, sie meinte so was, was du mal zu Onkel Heinz gesagt hast."

„Frau Buren errötete zornig, aber Bär fuhr, ohne darauf zu achten, fort:

„Und du solltest zu uns ebenso gut sein wie zu dem Onkel, denn er ist schon ein großer Mann und kann ganz von allein Spaß haben, wenn er will, und wir müssen immer erst geholfen kriegen. Und dann behälst du ihm immerlos, uns aber hast du bloß noch vier Tage, heute und noch drei Tage."

„Sollte das nicht wieder eine biblische Umschreibung sein? Nutzanwendung tadellos", flüsterte Herr Buren seiner Frau zu. „Wollen wir?"

„Hast du Zeit?" lautete die Gegenfrage der plötzlich strahlenden kleinen Frau.

„Ich denke ja", sagte Herr Buren zärtlich, in dem Wahn, die Aussicht, einen ganzen Tag in seiner Gesellschaft zu verleben, mache seine Frau so glücklich.

Frau Buren wußte recht gut, was er dachte, und hatte ein bißchen schlechtes Gewissen, daß sie seinen Irrtum nicht berichtigte. Der Hauptgrund ihrer Freude war

nämlich die Aussicht, den ganzen Tag der Verantwortlich=
keit für die Kinder enthoben zu sein. Diese hatten von
jeher die Gesellschaft ihres Onkels der ihrigen vorge=
zogen; früher hatte sie dies oft als kränkend empfun=
den, aber dieses Gefühl war ihr in der vergangenen
Woche gänzlich abhanden gekommen.

Die Ankündigung, daß Hausherr und Hausfrau dem
Plan wohlwollend gegenüberstünden, rief bei den Kin=
dern jubelnde Freude hervor, und für die nächsten zwei
Stunden gab es wohl im ganzen Reich keine beschäftig=
teren Persönlichkeiten als Bär und Teddi. Selbst ihr
Appetit wich der Aufregung, und ihres Bleibens am
Frühstückstisch war nicht lange.

Bär stattete seinem Vater einen Besuch ab, um die
Wagenangelegenheit in Ordnung zu bringen, während
Teddi die Oberaufsicht über die Verpackung der Eß=
waren führte, bis er aus der Küche herausgeworfen
wurde und die Köchin sich vor weiteren Einfällen durch
Abschließen der Tür schützte. Dann machten beide Kna=
ben eine Liste des Extragepäcks, zu dessen Unterbringung
ein kleiner Möbelwagen eben ausgereicht haben würde.
Dabei regneten ihre Ratschläge nur so und in einem
Tempo, das selbst durch die augenfällige Mißachtung
ihrer Anweisungen nicht herabgemindert wurde.

Endlich war auch das letzte Paket im Wagen, Terry
hatte seinen Platz, und die Gesellschaft fuhr ab. Als man
ungefähr fünf Minuten unterwegs war, bemerkte Bär:

„Onkel Heinz, ich muß mal trinken.“

„Onke Heinsch,“ folgte Teddi sofort, „isch er schon
beinah totdehungert — hat er beinah tein Lüschek de=
kiegt.“

„Warum denn nicht?“ fragte die Tante. „War nicht
genug auf dem Tisch?“

„Weisch er nicht“, sagte Teddi und sah seine Tante
fragend an, wie um sein Gedächtnis aufzufrischen.

„Warſt du denn zum Frühſtück nicht hungrig?"

„E—ääeäe— meint er, ſchein Magen war woll hunga=
jig, aber ſcheine Tſchähne nicht. Wird ihm beſcher, wenn
er ſchöne Fiſche und Pudding kjiegt."

„O du ätheriſches Weſen!" rief die Tante, und gab
Teddi ein paar Zwiebacke.

„Du, ich hab gar nicht gedacht, daß ich auch ſo hung=
rig wäre," ſagte Bär, „wo es aber Teddi ſagt, merk
ich es auch. Und trinken muß ich auch mal."

Bär erhielt auch ein paar Zwiebacke, und da ein Brun=
nen am Wege war, wurde gehalten, und Herr Buren
ſtieg aus. Dadurch wurde Terry zu einem Platzwechſel
gezwungen, wobei die Knaben ſo gründlich Beihilfe lei=
ſteten, daß Terry plötzlich herunterſprang und anfing,
ſich heimwärts zu begeben, gefolgt von Teddis heftigen
Scheltreden, während Bär mit dem vollen Ernſt der
Überzeugung bemerkte:

„Na, das glaub ich nicht, daß Terry mal in den Him=
mel kommt; nicht einmal will der andere Leute glück=
lich machen."

Der Wagen rollte weiter. Am äußerſten Ende des
Örtchens ſagte Teddi: „Iſch er ſcho fubba durſchtig!"

„Aber Junge, warum haſt du denn nicht getrunken,
als Bär trank?"

„Da mocht er nicht. Meinſch du, er iſch 'ne Puffpuff=
lotive, wo volldemacht wird, weil da ne Waſchertſchelle
iſch? Ne—ehe! Mag er bloſch tjinken, wenn er durſchtig
iſch, und nu iſch er durſchtig."

Man hielt am nächſten Brunnen, und der Lechzende
trank — zwei Schlückchen. Als man ihm Vorſtellungen
über das lächerliche Mißverhältnis zwiſchen ſeinem
Wunſch und deſſen Befriedigung machte, erklärte der
Bengel:

„Scho viel deht nicht in ihm jein. Iſch er doch kein
Ferd, daſch er 'n ganſchen Eimer voll auſchſchaufen tann

und dann noch Platſch hat für 'n danſchen Haufen
Gjaſch. Aber für Stückſchen Tuchen iſch noch Platſch
benug."

„Du kannſt noch einen Zwieback bekommen."

„Will er nicht. Schwieback jutſcht nicht ſo leicht jun=
ter wie Tuchen."

„Ich glaube wahrhaftig," ſagte Frau Buren, „bei die=
ſem Kinde hat die tieriſche Natur vollſtändig die Ober=
hand gewonnen. In dieſer ganzen Woche iſt ſein ein=
ziger Lebenszweck Eſſen und Unfugmachen geweſen. Und
früher hatte er ſoviel Gemüt und Phantaſie."

„Der Sinn der Kinder iſt wie der Wind, mein Herz,"
ſagte Herr Buren, „du hörſt ſein Sauſen wohl, aber du
weißt nicht, von wannen er kommt, und wohin er geht;
du ſtellſt deine Segel nach ihm ein, und ſiehe, er iſt nicht
da, und wenn du ihn am wenigſten erwarteſt, fährt er
daher wie ein Sturm."

„Wie 'n Sturm fahren, ja, das wollen wir nu",
echote Bär.

„Nähähä", widerſprach Teddi. „Wollen doch Picknix
fahren."

„Biſt 'n dummer Bengel, Ted, iſt doch ganz das=
ſelbe."

„Neehe — danich, Schturm iſch ſcheußlich und oſt,
wie böſche Jungenſch, wie du, Bär, aber Picknix iſch ſüſch
und nett wie tlein Schweſterbaby."

„Dooch, klein Schweſtermädchen, das haben wir nu
ſchon zwei Tage nicht geſehen. Laßt uns doch gleich um=
drehen und ſie mal ſehen", ſchlug Bär vor.

„Bär, Bär," ermahnte die Tante, „verſuch' doch ein=
mal mit dem zufrieden zu ſein, was du haſt, und wünſche
nicht immerzu etwas anderes. Du kannſt zum Schweſter=
chen gehen, wenn wir zurückkommen."

„Tann ihr ſchehen, ohne hinſchudehen", ſagte Teddi.
„Tann er wen ſchehen, wenn er will."

„Sei doch nicht so albern, Teddi“, mahnte Frau Buren trotz eines Ellbogenknuffs von seiten ihres Gatten.

„Wie machst du denn das, Teddi?“ fragte Herr Buren.

„Na, denkt er einen tleinen Denk an die Leute, und dann tommen schie in schein Auge, und er schießt schie. Maschenhaft Leute. Abjamunischak und Hinnenburg und tlein David und die Jischalitenjungensch und Hoppehoppe-jeiter und alle. Oh, da isch ein Taninschen. Halt doch man an, will er ihm kjiegen!“

„Nein, nein, laß es nurl Vielleicht will es gerade zum Mittagessen nach Hause, und die ganze Familie wartet schon.“

„Würklich?“ sagte Teddi und riß seine Äuglein weit auf. Dann versank er für mindestens zwei Minuten in tiefes Nachdenken. Darauf fing er wieder an:

„Mal hat er ’ne Taninschefamilie beim Mittageschen deschehen. Dansch tleinen Tisch hatten schie und dansch tleine Schtühle, und der Taninschenpappi betete und —“

„Aber Teddi, du flunkerst ja!“ sagte Frau Buren.

„Isch nich deflunkert“, verteidigte sich Teddi. „Und ein tleiner Taninschenjunge schagte: ‚Musch er mal tjin-ken!‘ Und da dab ihm schein Pappi einen Becher, scho gjosch wie ein Fingerhut, und da hielt er ein gjosches Blatt ein bischen schief, und dasch Tauwascher liefte jein, und dasch kjiegte der tleine Tanischenjunge schu tjinken. Und alsch schie mit Mittag fertig waren, da gab die Mammi jedem von den tleinen Jungensch eine Erdbeere schu lutschen, und teiner muschte ’ne Schavjette umbin-den, denn schie hatten nur ein Tleid, und dasch hatte schone Farbe, wasch nicht schmutschig wird, wie Mammi schagt, esch wär scho dasch jichtige für Teddi.“

„Waren denn bei den Kaninchen lauter Jungen und gar keine Mädchen?“ fragte Herr Buren wahrhaft inter-essiert.

„Hm, da war ein tleines Taninschenschwesterschen;
schie war aber scho tlein, schie tonnte nich am Tisch sit=
schen, da hatte die Taninschenmammi schie auf dem Schoß
und pschielte mit ihre tleinen Schehen ‚Dasch isch der
Daumen‘. Alsch dasch Baby müde war, hat esch die
Taninschenmammi bewiegt in’n Wiegetschuhl und hat be=
sungen:

> ‚Pappi isch auf Jagd bedangen,
> Hat schüsch tlein Taninschen fangen,
> In das Fellschen weisch und fein
> Wickelt er dasch Tindschen ein.‘

Dann wolltete Taninschenbabyschwester nicht mehr bei
schein Mammi schein und tletterte junter und tjauchte
auf schein Hände und schein Bauch und wurde danich
schmutzig und tat ihm auch danich weh, denn da waren
schöne weiche Blätter und Moosch und teine ollen Tep=
pische. Du, weischt du, Onke Heinsch, mal da war Teddi
ein Taninschen.“

„Ach nein“, sagte der überraschte Onkel. „Erzähl‘ uns
etwas davon.

„Aber Heinz!“ wandte Frau Alice ein.

„Er glaubt es, mein Herz, verlaß dich drauf. Er
ist jetzt in der phantasievollen Stimmung, die du vorher
an ihm vermißtest. Nur weiter, Ted.“

„Alscho, war er ein Taninschen und wohnte dansch
balleine in ein Loch unten im Baum. Und manchmal
tamen die anneren Taninschen schu Beschuch, und dann
saschten wir auf unschere Hinnerbeine und machten
‚Diener, Diener‘ mit unschere Ohren. Manschmal tamen
auch Hünde schu Beschuch, aber er liesch schie tlingeln un
sagte danich ‚Hejein!‘ Und mal da tamte ein feiner Herr
und schagte, scholl er tommen in schein Schirkusch und
ihm helfen, die tleinen Jungens lachen schu machen. Und

da lieftete er dansch schnell und hob alle Menschen und
allesch annere Tscheug mit schein Rüssel auf —"

„Aber Teddi, Kaninchen haben doch gar keinen
Rüssel", sagte Herr Buren.

„Weischa woll, isch er aber 'n Ilfant beworden. Kjiegt
er Haufen von Tscheug mit schein Rüssel, und die Leute
gabten ihm Tuchen und Bonbonsch und guckten schu,
wenn er esch mit 'n Rüssel aufasch. Und da war tein
Mammiilifant und sagte, ‚Teddi, Teddi, du kjiegst ja
Bauchweh —'"

„Weiter nichts?" fragte Herr Buren. „Wir sind jetzt
so ziemlich gegen alles abgehärtet."

„Na ja —", sagte Teddi überlegend. „Und — da —
wurde — er ein Löwe, und er muschte scho viel bjüllen,
dasch schein Hals dansch voll Schand wurde. Und dann
— da wurde er wieder tlein Teddi und war fubba hungajig. Und dasch war eben gjade jetscht."

„Kannst du diesem Wink widerstehen, mein Liebling?"
lachte Herr Buren.

Mit einem Seufzer öffnete Frau Alice einen Korb und
gab Teddi ein Stück Kuchen, den der hoffnungsvolle
Jüngling mit den Worten entgegennahm: „Weil er immerlosch die Wahrheit schagt, nich?"

Nicht lange mehr, und das Ziel des „Picknix" war erreicht.

„So," bemerkte Bär, „nu mal Mittagessen."

„Nein", sagte Frau Buren. „Wir essen nicht vor unserer gewohnten Zeit."

„Aber wenn du mal trinken willst," scherzte der Onkel,
„bitte sehr, der ganze See ist voll Wasser."

„Nee—e—e—e, durstig bin ich nicht die Bohne, aber
ich wollt, wir hätten Terry hier, damit er nach 'm Stock
schwimmen könnte. Aber — das kannst doch du, Onkel
Heinz, aua fein. Du bist der Hund, und ich bin der
Onkel, und dann werfe ich dir immerzu was zu."

Inzwischen hatte sich schon Teddi dicht ans Wasser be=
geben und schaute vornübergebeugt nach Fischen aus. Er
stand auf einem etwas schlüpfrigen Stein, und was ge=
schehen mußte, geschah: ein Platschen, ein heftiges Geheul,
und man sah Teddi knietief im Wasser stehen. Ihn zu
retten war das Werk eines Augenblicks, nicht so leicht
war es, der Flut seiner Tränen Einhalt zu tun.“

„Was machen wir nun?“ rief Frau Buren.

„Zieh ihm einfach Schuh und Strümpfe aus und laß
ihn barfuß laufen. Es ist so warm, er kann sich nicht
erkälten.“

„Aua fein“, jubelte Teddi, „darf er den danschen Tag
nackebein laufen? Bär, Bär, wilsch du dollen Pschasch
haben, dann purzel schnell insch Wasser.“

Aber Bär hatte sich seitwärts in die Büsche geschlagen
und zerrte an einem mächtigen Moosbüschel. So fand
ihn seine Tante, der er, ununterbrochen schwer weiter
arbeitend, erklärte:

„Ich dachte — das — würde ein feines — weiches
Kissen — für dich sein, Tante Alice.“ Die letzten Worte
fielen mit dem letzten entscheidenden Ruck zusammen.
Das Moos gab nach, und Bär fiel mit einem gellenden
Aufschrei hintenüber, denn unter dem Moospolster kroch
eine kleine Schlange hervor, die hier ihr Heim aufge=
schlagen hatte und über den Hausfriedensbruch beträcht=
lich entrüstet war.

„Nie wieder tu ich niemals was für niemand. Nu
musch ich immer bloß die olle Schlange sehen, wenn ich
die Augen zumache.“

„Armer lieber kleiner Kerl“, sagte Frau Buren, ihn
zärtlich streichelnd, „Tante Alice möchte gerne helfen,
daß du die Schlange schnell wieder vergißt.“

„Ach, das kannst du nicht“, schluchzte Bär. „Nur,
wenn du mir vielleicht ein Stück Pudding gibst. Ver=
suchen kann man es doch wenigstens.“

Frau Buren eilte zu den Vorräten, das Gewünschte zu holen, und ihr Gatte bemerkte, Bär wäre der geborene Diplomat. Ängstlich äugte sie umher, ob auch Teddi seines Bruders Medizin gewahre und sofort eine Krankheit bekommen würde, für welche dasselbe Heilmittel nötig wäre. Da bemerkte sie, daß Teddi verschwunden war. „O Heinz, er ist fortgelaufen, wenn er nur nicht schon wieder ins Wasser gefallen ist. Bitte, lauf doch mal und such' ihn."

Gehorsam ging Herr Buren auf die Suche und gewahrte den Knaben bald unter einem Busch sitzend, augenscheinlich ganz berauscht vor Entzücken. Er breitete die kleinen Arme aus, ließ seinen Körper hin und her schaukeln und sang aus Leibeskräften mit weit zurückgebogenem Köpfchen. Man sah, sein kleiner Körper bot nicht Platz genug für seine große Seele.

Plötzlich erschien auch Frau Alice, von ihrer inneren Unruhe getrieben. „O Tante Alische", schrie Teddi, als er seine Tante erblickte, eilte auf sie zu und umfing sie mit seinen beiden Händchen. „Schieh doch mal, wie dasch Wascher tantscht. Schieh die Lichter, die lieba Dott andeschteckt hat! Möchtescht du nicht auch mal sein und durchfliegen, dasch alles Wascher so über dich schüttelt und du dich wieder abschütteln muscht und dann wieder jeinfliegen? Scho isch esch auch im Himmel. Weisch er esch dantsch denau, weil er esch mal descheßen hat. Und all die Engels flogen jundjum und jein un jausch und lachteten. Und Jeschusch sasch oben auf'm Schtein und lachte mit."

Herr Buren verdeckte alles von sich bis auf die Augen und den Hut, denn er vermutete eine Meinungsverschiedenheit in nächster Nähe. Aber siehe da, Frau Buren ergriff ihren Neffen und küßte ihn herzhaft. Teddi strampelte sich los und rief:

„Nich doch, nich doch, schonscht kjiegt er annere Augen, wenn er schie danich will!“

Wie lange Teddis Verzückung noch gedauert hätte, haben Burens nie erfahren, denn ungeheures Pferdetrappel auf der Landstraße zog Herrn Burens Aufmerksamkeit auf sich. Zurückblickend, sah er eins der beiden Pferde in wildem Galopp zurückjagend, während Bärs Gestalt in diesem Augenblick die Zügel fahren ließ und sich unter gellendem Geschrei im Staube der Straße wälzte.

Mit dem Instinkt des erfahrenen Reiters versuchte Herr Buren zunächst das Pferd einzufangen; das Tier scheute jedoch mit solchem Erfolg und hatte zudem ein so ebenes Stück Landstraße vor sich, daß die Menschlichkeit in Herrn Burens Herzen sehr schnell wieder die Oberhand gewann und er Bär zu Hilfe eilte.

„Ich — huhuu — wollte — bloß mal — huhuhuh — das Pferd — huhu zur Tränke — hu—huh—huh — führen — wie Pappi es macht, huhu—hu, und da — aua, mein Ellbogen — aua — da reißte es sich los — und weg war es. Aua — huhu — ich hatte es ja am Zügel — hu — aber es schleppte mich mit — huhu — immer mit meinem Mund in’n Schmutz, sicher zehn Meilen. Ph—ph, soviel ich konnte hab ich runtergeschluckt, aber ich hab noch den ganzen Mund voll.“

Herr Buren machte schnell das andere Pferd los, um dem Ausreißer nachzujagen, während Frau Alice, die Unheil gewittert und mit Teddi herbeigeeilt war, die beiden Knaben in den Schatten des Wagens setzte mit der ausdrücklichen Ermahnung, dort still sitzenzubleiben, bis der Onkel wiederkäme.

„Dürfen wir auch danichts jeben?“ fragte Teddi.

„Nein, nur wenn ihr einen besonderen Grund habt“, antwortete Frau Buren, die, wie die meisten Menschen, die in Sorge sind, sich gegen alles sträubte, was sie von

dem völligen Aufgehen in der Qual des Augenblicks ab=
lenken könnte.

„Können denn kleine Jungens nie den Mund halten?"
fügte sie gereizt hinzu.

„'türlich, wenn was drin ist, was ihn stillhält", sagte
Bär.

In äußerster Verzweiflung öffnete Frau Buren alle
Vorratskörbe und hieß die Kinder essen, was sie Lust
hätten. Sie setzte sich allein an den Straßenrand und
sah nach ihrem Gatten aus. Müde endlich des vergeb=
lichen Hoffens, kam sie zu den Kindern zurück, die in=
zwischen fast alles Fleisch und Kuchen aufgegessen, die
Milch ausgetrunken und auch den Zucker vertilgt hatten,
der einen Teil des Zubehörs eines herrlichen Nachmit=
tagskaffees hätte ausmachen sollen; auch eine Büchse
Sardinen war vermittels eines Steines zu einer form=
losen Masse zusammengehauen.

„Ihr bösen Jungen!" rief Frau Buren entrüstet.
„Was soll der arme Onkel nun essen, wenn er müde und
hungrig und durstig zurückkommt? Und alles wegen dei=
nes dummen Streiches, Bär."

„Aber Tante Alice," wandte Bär ein, „die Zwiebacks
haben wir gar nicht angerührt. Die hat er uns auch ge=
geben, als wir sagten, wir wären so doll hungrig, und
der ganze See ist voll von Wasser, hat er uns auch ge=
sagt, als wir durstig waren."

Diese Erklärung schien die Dame nicht sonderlich zu
trösten; immerhin wagte sie sich wieder auf die Land=
straße in dem Gefühl, daß die Aussicht, ihr Mann müsse
verhungern, erträglicher sei als diese Unruhe wegen sei=
nes Ausbleibens. Endlos dehnte sich die Zeit des Har=
rens. Die Knaben wurden bockig und quarrig; endlich um
drei erschien der Ersehnte. Der Ausreißer war fast bis
nach Hause gerannt, hatte unterwegs ein Eisen verloren,
und so hatte Herr Buren noch einen Hufschmied auf=

suchen müssen. Das Pferd, das er ritt, hatte augenschein=
lich noch nie einen Reiter auf seinem Rücken gehabt; da=
her war ihm eine Menge Straßenjungen mit ihren
Witzen über den unbeholfenen Reiter nachgelaufen. Jetzt
wußte er aber nichts weiter, als daß er rasenden Hunger
habe.

„Und die Jungen haben alles aufgegessen bis auf das
Brot und die Zwiebacke“, stammelte Frau Buren ent=
setzt. „Ich habe nicht einen Happen gegessen.“

„Himmel!“ rief Herr Buren und befühlte der Knaben
Gürtel; „ist das die Möglichkeit? Habt ihr nichts weg=
geschmissen?“

„Nur unscheren Halsch junter“, sagte Tebbi stolz.

„Dann geh ich ins Restaurant und esse dort ein an=
ständiges Mittagessen“, erklärte der enttäuschte Mann.

„Aua fein, wir auch,“ rief Bär, „kaltes Fleisch und
Kuchen und Pudding machen einen auf einem Picknix
eigentlich gar nicht ordentlich voll.“

„Dann kann es euch nur gesund sein, ein bißchen leer
zu bleiben“, sagte Herr Buren. „Ihr bleibt hier bei
eurer Tante.“

„Na, denn mach aber mal schnell. Der Nachmittag
ist gleich hin, und du hast uns noch keine Pfeifen ge=
macht, und wir waren noch nicht im Wasser und haben
noch keine Fische gefangen oder Steine ins Wasser ge=
worfen oder sonst was.“

Mit gebührender Demut, die Ermahnungen seiner
Neffen in den Ohren, ging Herr Buren fort. Die Knaben
umkreisten die Tante in seltsamer Feierlichkeit, bis sie
erstaunt fragte:

„Was ist euch eigentlich, ihr seid so merkwürdig?“

„Doch,“ sagte Bär, „wir fühlen uns so fuchbar ein=
sam und möchten getröstet werden.“

„Werdet ihr dann aber auch den armen Onkel Heinz
trösten, wenn er zurückkommt?“

286

„Oh, das hat er gar nicht nötig. Mal hat er gesagt, du seist sein Trost, und Tröster sollte man nicht durcheinandermantschen, daß es dann zu viele sind, das nützt nichts — das sagt mein Pappi."

Frau Buren küßte ihre Neffen und fragte sie, was sie für sie tun könne.

„Weisch er nicht", sagte Teddi.

Eine reine Eingebung, nicht von der Gedankenblässe eines Erwachsenen angekränkelt, kam der Tante zu Hilfe; sie sagte:

„Ihr dürft beide tun, was euch Spaß macht."

„Hurra!" schrie Bär.

„Und du schagscht nich ein einschigesch Mal ‚Lasch schein'? erkundigte sich Teddi.

„Nein", sagte Frau Buren.

„Du meine Güte!" riefen beide. Dann nahmen sie sich an die Hand und gingen, ohne ein Wort zu sagen, langsam davon. Einmal blieben sie stehen und gaben sich einen Kuß, während Frau Buren ihnen in stummer Verwunderung nachsah.

War das wirklich die Folge davon, daß sie nicht immer ein wachsames Auge — ein Polizistenauge nannte es ihr Mann — auf die Kinder hatte?

Nachdem die Knaben ein kleines Stück geschlendert waren, umarmten sie sich, setzten sich ans Wasser und betrachteten stillschweigend die Landschaft. So fanden sie nach einer Weile Onkel und Tante. Diese folgten dem Beispiel der Kleinen, und süßer Friede herrschte für eine Stunde an den Ufern. Aber der Sonnenuntergang mahnte, daß es Zeit sei zur Rückkehr.

„Wir müssen nach Hause, Jungens", sagte Herr Buren mit einem Seufzer. Diese Worte zerrissen mit einem Schlage den unsichtbaren Zauberfaden, der die Kinder gefangenhielt, und sie wurden wieder Jungens, freilich nicht ohne einen sehnsüchtigen Blick auf das Paradies zu werfen, das sie verlassen mußten.

„Weißt du, Onkel Heinz, etwas gibt es aber noch, was abslut zu einem ordentlichen Picknix gehört, und das ist, daß ich fahre.“

„Und Teddi die Peitsche hält!“ ergänzte Teddi.

„So? Na, ich finde, ihr habt eigentlich heut reichlich eure Schuldigkeit getan“, sagte der Onkel, unwillkürlich die Zügel fester fassend.

„Das finden wir gar nicht“, erwiderte Bär. „Wir können es fein! Bergauf läßt uns Pappi immer fahren, und er sagt, die Pferde fühlen es gleich, wenn wir sie in die Hand nehmen.“

„Das will ich wohl glauben“, sagte der Onkel. „Nun, meinetwegen, hier geht's bergauf. Da halt fest!“

Bär ergriff die Zügel, Teddi die Peitsche. Die edlen Tiere bestätigten sofort die Ansicht ihres Herrn, indem sie in einer für ehrbare Familienpferde höchst unpassenden Weise zu springen anfingen. Frau Alice klammerte sich an den Arm ihres Mannes, der wohlweislich seine Hand mit auf die Zügel gelegt hatte.

Der Höhepunkt war bald erreicht, und die Wagenlenker mußten ihre Würde niederlegen. Ehe aber Teddi seine Peitsche abgab, versetzte er dem Handpferd einen begeisterten Hieb. Oberst Lorenz mochte kein Pferd, bei dem auch nur die Berührung mit einer Peitsche nötig gewesen wäre, wenn auch dieses Abzeichen der Herrschaft immer seinen Wagen zierte. Kein Wunder also, daß das Pferd bei diesem nicht gewohnten unfreundlichen Gruß in edlen Zorn geriet. Sein Gefährte sympathisierte mit ihm, und die Hinterhufe beider Tiere gingen hoch in die Luft. Dann, in einem Tempo, das sie selbst nicht mehr aufzuhalten imstande waren, rasten die Pferde den ziemlich unebenen Weg hinab. Mitten auf der Straße lag ein großer Stein, und Herr Buren, der die Gefahr be-

merkte, versuchte den Wagen zur Seite zu reißen. Was
aber fragt Pferdezorn nach einem Stein? Gerabeswegs
stürmten die Rosse drauflos. Frau Buren bereitete sich
auf die allgemeine Vernichtung dadurch vor, daß sie
mit der einen Hand ihren Gatten krampfhaft umklam=
merte, mit der anderen versuchte, auch ihrerseits die
Zügel festzuhalten. Die Knaben brüllten: „Steh, Lotte,
steh, Fritz, ohoho Onkel!"

Krach, die Räder schlugen gegen den Stein, die Men=
schen beschrieben einen prächtigen Bogen in der Luft und
kamen erst wieder zur Ruhe, als sie in einem menschen=
freundlichen Gebüsch an der Straßenseite landeten. Die
Pferde richteten den Wagen ohne menschliche Beihilfe
wieder auf und rasten mit ihm heimwärts.

Vier Menschenkinder, von denen zwei höchst aufge=
räumt, zwei äußerst knurrig waren, legten nun denselben
Weg zu Fuß zurück, wobei nur Rast gemacht wurde, um
die zerkratzten Gesichter zeitweise am Ufer mit Wasser
zu kühlen.

Einige Stunden später gingen beide Knaben in äußer=
ster Verlassenheit zu Bett, und ihre derzeitigen Beschützer
bejammerten und belachten abwechselnd die Ereignisse des
Tages; da erklang plötzlich von der Treppe her Bärs
Stimme:

„Onkel Heinz, machen wir eigentlich morgen unser
Picknix zu Ende? Wir sind doch heut nicht halb fertig
geworden. Da sind noch so viele Picknix=Sachen, an
die wir gar keine Zeit hatten zu denken."

Und ein zweites Stimmchen rief:

„Aber mehr schu eschen müschen wir mithaben. Isch
er den danschen Tag gieulich hungajig bewescht."

„Nur noch drei Tage", sagte Frau Buren vor sich hin, als durch die Abfahrt ihres Mannes nach der Stadt und das Verschwinden der Kinder ihr ein paar ungestörte Augenblicke zuteil wurden. „Noch drei Tage, dann Frieden und — das lebenslängliche Gefühl einer beschämenden Niederlage. Und durch wen? Durch zwei kleine Kerlchen, Kinder an Jahren, aber an Klugheit, wie reif! Ich hätte sie einzeln nehmen sollen. Sind sie zu zweit, ist es ganz unmöglich, ihren Geist lang genug von ihren Dummheiten fernzuhalten, um ihnen weitere Gesichtspunkte und besseres Verhalten beizubringen. Aber ich habe diese Fehler begangen und habe alles in meinen Mann hineingeredet. Und dabei wird er mit ihnen viel besser fertig und ohne die geringste Mühe. An ihm hängen sie, sitzen stundenlang vor Ankunft des Zuges an der Straße, um den ersten Blick von ihm zu erhaschen, während ich — werde ich uninteressant? Das passiert machen Frauen nach der Heirat, ich dachte aber nicht, daß ich —" sie guckte in einen kleinen Spiegel — „ich dachte nicht, daß ich durch eine Heirat mit solch einem vergnügten, lieben Menschen wie Heinz verdummen könnte!"

Sie prüfte ihre Züge mit größter Aufmerksamkeit, erst mißtrauisch, dann zornig errötend. Bald aber gewannen die edleren Triebe wieder die Oberhand, und ihre Züge wurden weich und milde. Plötzlich schlang sich ein weiches Ärmchen um ihren Hals, und ein zartes Stimmchen sagte:

„Tante Alice, warum machst du nicht immer ein sones Gesicht? Doch, nu ist es weg. Die großen Leute sind doch ganz wie die kleinen Jungens. Mammi sagt, man darf uns nie sagen, daß wir gut sind, sonst ist es gleich aus damit."

„Wann bist du denn hereingekommen, Bär? Ich habe
dich gar nicht kommen hören. Hast du gehorcht? Du
weißt doch, daß man nicht auf Sachen horchen soll, die
nicht für einen bestimmt sind. Und wo hast du deine
Schuhe und Strümpfe gelassen?"

„Ja — die —", stotterte Bär, „die zogte ich aus,
weil ich ein bißchen Kuchen für eine kleine Teegesellschaft
holen und dabei keinen Spektakel machen wollte. Du
sagst immer, unsere Schuhe machen soviel Knarrerei.
Aber nu sag doch, warum machst du es denn nicht?"

„Was soll ich machen?" fragte die Tante, deren ganze
Gedankenkette blitzschnell zerrissen war.

„Das sone Gesicht von vorhin; wenn du das mach=
tetest, dann wollte ich gar nicht mehr spielen oder un=
nütz sein, sondern bloß immerzu stillsitzen und dich an=
gucken."

„Was hab' ich denn für ein Gesicht gemacht, Bär?"
fragte die Tante, den Jungen auf den Arm nehmend.

„Du sahst — als wenn — ich weiß nicht wie. So —
wie Jesus seine Mammi auf Pappis Bild, wenn man
es lange anguckt und keiner da ist und an einem quen=
gelt. Ich hab noch keinen so gesehen, außer mal Mammi,
und dann bin ich ganz still, damit sie nicht aufhört."

„Du kannst den Kuchen holen, den du gern haben
wolltest, Bär."

„Will ich gar nicht mehr", sagte Bär ungeduldig. „Ich
mag auch gar keine Teegesellschaft. Ich will hier bei dir
bleiben, und du sollst mit mir reden, weil du es gerade
wieder anfängst, das sone Gesicht."

Und Bär erdrosselte seine Tante beinah mit seiner Um=
armung und bedeckte ihr Gesicht mit Küssen.

„Lieber kleiner Bär", sagte die Tante, seine Liebkosun=
gen erwidernd, „weißt du, warum ich so aussah? Ich
dachte darüber nach, warum ihr beide, du und Teddi,
Onkel Heinz soviel lieber mögt als mich, und warum ihr

immer tut, was er sagt, und gegen mich sooft ungehor=
sam seid?“

Bär war eine Weile still, und dann sagte er:

„Darum.“

„Warum? Ich würde sehr froh sein, wenn du es mir
sagtest.“

„Ja, darum, weil du anders bist.“

„Aber Bär, ich kenne eine ganze Menge Leute, die
sehr verschieden voneinander sind, und die ich doch gleich
liebhabe.“

„Aber sie sind wohl nicht Onkels und Tanten.“

„Nein,“ sagte Frau Buren erstaunt, was hat das da=
mit zu tun?“

„Und das sind nicht Leute, wo du tun mußt, was sie
sagen?“

„N—nein“, sagte Frau Buren, der von fern ein Licht
zu dämmern anfing, dem sie nachzugehen beschloß.

„Wollen die, du sollst es so machen, wie sie es sagen?“

„Einige wohl“, erwiderte die Tante.

„Tust du es dann?“

„Manchmal.“

„Aber wenn du es nicht von selbst willst, tust du es
doch nicht?“ forschte der Junge weiter.

„Nein“, sagte Frau Buren energisch.

„Na, siehst du, ich auch nicht“, sagte Bär befriedigt.
„Und wenn Onkel Heinz was von mir will, dann will
ich es nach einem Weilchen auch. Wie das kommt, weiß
ich nicht. Aber wenn du was von mir willst, so will ich
es noch lange nicht. Ich hab dich fuchbar lieb, wenn du
mir nichts sagen tust, aber wenn du mir was sagen tust,
will ich es eigentlich nie von alleine. Mehr weiß ich nicht,
ja außer, daß man bei dir immer sone Masse Sachen soll
und bei Onkel Heinz gar nicht. Onkel Heinz freut sich,
wenn wir Quatsch machen und Pschaß haben, du aber,
glaub ich, nicht sosehr. Wir können doch nur glücklich

sein, wenn wir es machen, wie wir wollen, und wie wir
wollen, will auch Onkel Heinz — aber du nicht."

Frau Buren dachte still über das eben Gehörte nach,
und unwillkürlich nahmen dabei ihre Züge einen härteren
Ausdruck an.

„Na ja, nu geht das sone Gesicht schon wieder weg,"
sagte Bär seufzend, indem er sich aufrichtete, „nun will
ich doch wohl den Kuchen für die Teegesellschaft."

„Ach, nicht doch, lieber Bär," rief Frau Buren und
preßte das Kind fest an sich, „wenn dich jemand was
lehrt, was du furchtbar gern wissen möchtest, macht das
dich nicht auch furchtbar glücklich?"

„Au ja, fuchbar!"

„Nun sieh, vielleicht, wenn du's mal versuchst, kannst
du Tante Alice etwas beibringen, was sie sosehr gern
wissen möchte."

„Wahas?" rief Bär. „Ein kleiner Junge soll ne ver=
wachsene Frauensperson was beibringen! Oje! Da will
ich doch lieber hierbleiben."

„Ich möchte das alles verstehen, was so anders ist
bei Onkel Heinz und mir", fuhr Tante Alice fort. „Denkt
mal an vorigen Sommer. Habt ihr da auch immer ge=
tan, was er wollte?"

„Das ist schon so fuchbar lange her, das weiß ich
nicht mehr", sagte Bär. „Aber tun tat ich, was er wollte,
nur wenn ich auch wollte, oder wenn ich mußtete, und
wenn ich mußtete, was ich nicht wolltete, dann hatte ich
ihn nicht die Spur lieb. Da hab ich mal mit Pappi von
gesprochen, als er wieder zu Hause war, und er sagte,
das käme, weil Onkel Heinz uns noch nicht so gut kennte
und nicht Zeit gehabt hätte, um alles ordentlich heraus=
zukriegen. Und dann haben sie auch davon gesprochen,
Pappi und Onkel Heinz, einmal in Pappis Stube. Ich
weiß es, denn ich spielte gerade in einer Ecke mit Büchern
Hausbauen, und da hab ich zugehört, was sie sprachten.

Und da sagte Pappi: „Pst, hier horchen Mäuslein", und dann sagte er zu mir, ich solle ihm mal einen Ge=fallen tun und ihm ein paar Streichhölzer holen. Na ja, und da horchte ich noch 'n Augenmoment, und da sagte Onkel Heinz, er wäre ein Esel gewesen. Und da hat er sich doch ganz gewiß geirrt, ich weiß doch, daß er immer nur die Minascherietiere gewesen ist, und da bin ich gleich wieder reingekommen und hab es ihm gesagt; da haben sie beide fuchbar gelacht, und dann sind sie pschazieren=gegangen. Aber seitdem ist Onkel Heinz immer fuchbar gut zu mir gewesen, sogar wenn ich ihn manchmal quä=len tu, aber nicht mit Willen."

Frau Buren löste ihren einen Arm von dem Nacken ihres Neffen und stützte ihren Kopf in die Hand. Bär sah auf und rief:

„Da ist es wieder. Sag mal, hat dich Onkel Heinz nicht am allerliebsten, wenn du so aussiehst, Tante Alice?"

Frau Buren erinnerte sich ähnlicher Erfahrungen, ehe sie aber etwas sagen konnte, erschien ein kleiner Locken=kopf vorsichtig in der Türspalte, dann folgte das übrige Zubehör von Teddi, der voller Entrüstung seinen Bruder anschrie:

„Du bischt ja ein demeiner gjäschlicher Bengel, Bär. Die gantsche Teedesellschaft lauert auf dir und den Tuchen, und er hat er schon alle Erdbeeren aufdedescht, damit die ollen ekaligen Würmersch ihnen nicht eschen. Und dasch Tohlblatt, wo schie auf lagen, hat er auch mit aufdedescht, weil dasch er scho hungajig war."

„Na ja, so ist es immer," sagte Bär und sprang von seiner Tante Schoß herunter, „immer wenn ich mal jemand liebhabe, gleich geht was schief."

„Machst du dir sowenig aus Tante Alice, Bär?" klagte die Tante. „Ist dir die Teegesellschaft mehr wert?"

Bär dachte einen Augenblick nach.

„Na", sagte er, „geheult hast du aber auch nicht
schlecht, als vorige Woche deine Burtstagsgesellschaft ins
Wasser fiel. Sie war ja größer als unsere, aber du bist
auch größer als wir, 'n ganzes Stück; und ich, ich heul
nicht ein bißchen."

Es half nichts, Frau Buren mußte einsehen, daß der
Junge recht hatte. So wurde dieses vielleicht einzige
Mal eine Erwachsene in die Lage eines Kindes versetzt,
und die Augen wurden ihr geöffnet über die mancherlei
physische und geistige Selbstsucht, die den meisten ihrer
Bestrebungen für die Kinder zugrunde gelegen hatte. An=
genehm war dieser Überblick nicht, und je länger er
währte, desto demütigender wurde er. Vielleicht um ihn
zu bannen, stand die arme Frau auf, holte aus dem
Speiseschrank zwei Stück ihres Lieblingskuchens und gab
sie den Knaben mit den Worten:

„Ihr müßt nicht denken, daß Tante Alice das Essen
zwischen den Mahlzeiten verbietet, weil sie nichts von
ihrem Kuchen hergeben will. Das ist nur, weil es für
Kinder nicht gesund ist, so schwere Sachen außer den regel=
mäßigen Mahlzeiten zu essen. Viele Erwachsene waren
einst glückliche, frohe Kinder und sind jetzt immer ver=
stimmt und verdrießlich, weil ihr Magen nicht in Ord=
nung ist, denn sie haben ständig gegessen, wenn sie nicht
hätten essen sollen, und zwar fettere und schwerere
Sachen, als ihr Körper vertragen konnte."

„Hm," murmelte Bär und stopfte den Inhalt seines
Mundes in die eine Backentasche, „ist es dann nicht viel=
leicht besser, wenn wir was Leichteres und Einfacheres
zu essen kriegen? Ist nicht Spanscherwind oder Schlag=
sahne so was? Soll ich mal in die Küche laufen und
sagen, sie sollen so was machen?"

„Bewahre", sagte die Tante eilig. „Bewegung ist das
allerbeste. Geht ein bißchen spazieren.

„Rauf auf'n Habischtberg?" schlug Teddi vor.

„Auja, und du kommst mit, Tante Alice, ja? Vielleicht
kriegst du dann wieder das sone Gesicht, du weißt doch,
und da will ich doch gern dabei sein.“

Eine so zarte Einladung konnte die Tante nicht ab=
lehnen, und bald war das Trio unterwegs. Frau Alice
ging auf der Rasenkante, die Gebrüder Lorenz schau=
felten dagegen durch den dicksten Straßenstaub und spiel=
ten Pferd, was ihnen auch insofern gelang, als sie eine
Staubwolke hervorbrachten, wie sie ein Viergespann nicht
ansehnlicher hätte liefern können. „Aber Jungens“, rief
ihnen Frau Alice zu. „Erst ladet ihr mich ein, und dann
läßt ihr mich ganz allein gehen?“

„Ich komm zu dir“, rief Bär schnell.

„Will er auch“, sagte Teddi, und beide eilten an die
Seite ihrer Tante.

„Kinderchen,“ sagte Frau Buren sanft, „wißt ihr
auch, daß es eure Eltern sehr viel kostet, wenn ihr immer
soviel Staub aufwirbelt? Seht euch mal eure Anzüge an!
Die müssen in eine Reinigungsanstalt, ehe ihr euch darin
wieder anständig sehen lassen könnt.“

„Weißt du,“ sagte Bär, „dann sind sie gerade gut für
kleine Betteljungens; denk mal, wie die sich freuen wer=
den. Die danken gewiß dem lieber Gott, daß wir in den
Staub gelaufen sind.“

„Die kleinen Betteljungen würden noch froher sein,
wenn sie saubere Anzüge bekämen, und Pappi und
Mammi würde diese Freundlichkeit billiger zu stehen
kommen.“

„Na — ja —; ich denke, wir wollen nun lieber mal
von was anderem reden; wir können ja auch ebensogut
durch'n Wald gehen als wie hier auf der Straße. Oho,
sieh mal eine Kastanie! Ist denn schon wieder Kastanien=
zeit?“

„Ach nein, das ist eine vom vorigen Jahr.“

296

„Hm", sagte Bär. „Das hätte ich wissen müssen. Die ist ja schrecklich altmodisch."

„Altmodisch?" rief Frau Buren.

„Na ja, sie hat doch lauter Runzeln wie das Gesicht von Frau Färber, und du hast doch gesagt, die ist so altmodisch."

„Du, Tante Alische," sagte Teddi, „die Birkerbäume haben immerschu ihr Schonntagschtleid an, nicht? Die schind dansch in Weisch, wie Bär und Teddi am Schonntag. Ojemine", rief er, als er sich an eine Birke lehnte, um ihr Gewand genau zu betrachten. „Schonntagschbäume schind aber tomische Bäume, horch mal, der tann schogar singen!"

Obgleich etwas stutzig über die Tragweite von Teddis Einbildungskraft, näherte sich Frau Buren doch dem Baum, um die Veranlassung zu ergründen. Das Rätsel löste sich gleich: es war der Wind, der leise durch die Zweige strich. Sie erklärte, woher der Laut käme, worauf der junge Mann erwiderte:

„Ach scho, dann isch lieba Dott schu ihm junterdetommt schu singen, weil er schein Schonntagschtleid an hat."

„Nein, Teddi es ist nur der Wind", sagte Frau Buren.

„Ja, aber dachte er immer, lieba Dott pschricht, wenn der Wind weht. Wird ihm woll einer deschagt haben; hat er esch aber schon bedacht, alsch er noch danich viel denken tonnte."

Gemächlich schlenderte Frau Alice den sogenannten Habichtsberg hinan, während ihre Neffen jeden Stein, jeden Baum, jedes Loch am Boden genau untersuchten. Ihr Forschungstrieb wurde endlich belohnt, denn als Teddi mit seinem Stock in ein Loch neben einer Baumwurzel bohrte, fuhr eine kleine Schlange heraus, sichtlich entschlossen, ihren Wohnsitz zu verteidigen.

Teddi flüchtete schreiend zu seiner Tante, während

Bär das Ungeheuer mit seinem Stock bearbeitete, bis es tot war.

„J—i—i—i—", schrie Teddi. „Das olle Ekel! Wajum tönnen Schlanjen nich lieber tleinen Jungensch Apfel deben wie in Pajadiesch, schtatt dasch schie ihn beinah schu Tode antucken?

„Weil die Schlangen sich nicht gern von kleinen Jungens stören lassen", versuchte Tante Alice zu trösten.

„Wenn schie ihm dann wenigschtensch scheigen wollte, wie man auf 'm Bauch jumkjaucht. Wajum wird schie nicht schmutschich? Schieh mal, wie jein und schauber schie isch auf ihre unterschte Scheite. Wünscht er, wir hätten schie befragt, wie schie dasch macht, ehe Bär schie umdebjacht hat."

„Aber Schlangen können doch nicht reden, Teddi."

„Wiescho nicht?" fragte Teddi erstaunt. „Die Schlanje in Darten tonnte doch."

„Das war was anderes — in der war der Teufel."

„Isch der Teufel jeindekjabbelt, weil er in Schtaub pschielen wollte und nich djeckig werden dabei?"

„Nein. Der wollte nur Unheil stiften."

„Jubba dumm. Wenn er schoviel Pschasch haben tonnte mit Kjabbeln, wajum wollte er dann noch was anneres?"

Endlich hatten sie die Höhe erreicht und setzten sich nun auf Baumstämme und Steine zum Ausruhen hin. Bär brach das Schweigen mit folgender Frage:

„Tante Alice, meinst du nicht, unsere Freunde oben im Himmel, die können all das, was wir sehen, ebenso sehen wie wir?"

„Sehr wahrscheinlich, lieber Junge."

„Die können dann aber viel weiter sehen als wir. Du, kriegen unsere Geister eigentlich neue Augen, wenn sie in den Himmel kommen?"

„Das weiß ich nicht, mein Kind. Vielleicht werden sie mit den alten nur besser sehen."

„J, du, nehmen denn die Geischtersch blosch ihre Augen
mit in'n Himmel und laschen alles annere in ihr Gjäb=
nisch?"

Frau Buren merkte, daß sie sich wieder in Dinge ein=
gelassen hatte, die über ihre Erkenntniskraft hinausgin=
gen, und sie versuchte einzulenken. Sie sagte:

„Geistige Augen und körperliche Augen sind was an=
deres."

„Kommt in deischtige Augen auch Asche von die Puff=
pufflotive und macht, dasch die kleinen Engeljungensch
weinen müschen und die gjoschen Leute fubba fluchen?"

„Aber nein. Im Himmel weint und flucht man nicht."

„Was machen denn aber die Engel mit dem Wasser,
das in ihre Augen kommt, wenn sie Musik hören, wo
es ihnen bei ist, als ob der Wind durch sie durchwehtete?"

Frau Alice versuchte die Unterhaltung Gebieten zuzu=
wenden, auf denen sie mehr zu Hause war, und fragte
daher Bär, ob er wüßte, daß es Berge gäbe, die tausend
und tausendmal so hoch wären wie ihr Habichtsberg.

„Wirklich?" rief das Kind. „Von da aus kann man
dann wohl gleich in den Himmel gucken, was?"

Das war nicht gerade das gewünschte Resultat ihres
Versuchs.

Ein wenig ungeduldig sagte sie:

„Nein, und außerdem sind ihre Spitzen mit Schnee
bedeckt, und niemand kann hinauf."

„Dann können woll die kleinen Engeljungen da oben
schneeballern, und kein oller Bjummbär kommt und sagt
,Lasch schein!'" sagte Teddi.

Neuer Versuch:

„Seht mal, wie hoch der Vogel fliegt", und sie zeigte
auf einen Raben hoch oben in den Lüften.

„Ja, der kann in den Himmel fliegen, wenn er will,
weil er Flügel hat. Ich weiß nicht, warum Vögel Flügel
haben und kleine Jungens nicht."

„Kleine Jungen sind schon schwer genug zu finden,
wenn man sie haben will", sagte Frau Buren. „Wenn
sie Flügel hätten, wären sie nie zu finden. Aber warum
sprecht ihr heute unaufhörlich vom Himmel, Kinder?"

„Weil wir ihm hier schon soviel näher sind", erklärte
Bär.

„Meint ihr nicht, es wird jetzt bald Zeit zum Essen
sein?" sagte Frau Buren verzweifelt, in der Hoffnung,
endlich einen Gegenstand gefunden zu haben, der bei ge-
sunden Kindern selten seinen Zweck verfehlt.

„Aber natürlich, ganz meine Meinung", sagte Bär.
„Schnell, Teddi, wir wollen den kürzesten Weg gehen."

Dieser kürzeste Weg benutzte einen ziemlich steilen
Waldpfad, den Bär so schnell herunterrutschte, daß er
das Gleichgewicht verlor und in einem Wassertümpel
endete.

„Pf", pruschtete er, als er sich sammelte und einen
Haufen Schmutz ausspuckte. „Habt ihr gesehen, wie
mein Rücken nach oben ging und ich den Berg auf meinen
Mund runterfuhr. Mir dünkt, die Schlange soll sich nicht
so haben, das ist ja babyleicht. Ich hab's gar nicht erst
probiert, ich tat es eben, und da war ich unten."

„Und hascht auch teine Schümfe betriegt von wegen
deine djeckigen Tleider", sagte Teddi. „Wollen singen:
,Lob, Ehr sei Gott in höschten Tjon.'"

„Schmutz an Kinderkleidung", das war das Thema,
das Tante Alice jetzt beschäftigte. War es möglich, daß
Kinder ein natürliches Recht zu schmutzigen Kleidungsstücken hatten, ohne deswegen einen besonderen Tadel zu
verdienen? War solcher Schmutz etwas Sündhaftes?
Freilich — er war ekelhaft, und das war in Frau Burens
Auge schlimmer als Sünde. Aber konnten denn Kinder
so reinlich sein wie Erwachsene? Hatten sie den dafür
erforderlichen Verstand, das Gefühl für Sorgfalt?

300

Tiefer und tiefer versank die kleine Frau in diese Be=
trachtungen und überließ die Kinder sich selbst, was
diese sich sehr wohl zunutze machten. Schließlich war man
aber doch am Eßtisch und stillte den inzwischen ins
riesenhafte gewachsenen Hunger.

Nach beendeter Fütterung sagte Bär:

„Tante Alice, womit wirst du uns heut nachmittag
glücklich machen?"

„Ich werde euch heut erlauben zu tun, was ihr Lust
habt. Ich muß das Backen beaufsichtigen, denn die
Köchin ist doch noch nicht lange bei uns."

„Dacht er, Backen wär nur am Morgen," sagte
Teddi, „Mammi schagt, blosch faule Leute backen nach=
mittagsch."

„Heut vormittag hatte die Köchin keine Zeit, Teddi",
entgegnete Frau Buren. „Übrigens backen viele Leute
nur deswegen vormittags, weil sie es müssen. Wenn man
das Brot über Nacht aufgehen läßt, muß man es am
anderen Morgen backen, sonst gerät es nicht. Ich aber
brauche ein neues Backpulver; wenn man das hat, kann
man sehr bald nach dem Anrühren auch backen."

„Weißt du was, Tante Alice?" sagte Bär. „Wir kön=
nen auch backen. So viele Male wie wir Mammi schon
geholfen haben! Nur ihre sind verwachsene Kuchen und
unsere sind Kinderkuchen."

„Das soll wohl ein Wink sein, daß ihr mir auch gern
helfen möchtet? Wenn ihr versprecht, daß ihr nur tun
werdet, was man euch sagt, so dürft ihr mit mir in die
Küche gehen. Aber merkt euch, wenn ihr die Köchin
ärgert, gleich geht's raus mit euch."

„Au fummosch", brüllte Teddi. „Und dürfen wir
bleich Teedesellschaft auf 'n Küchentisch machen, wenn
wir fertig sind?"

„Auch das dürft ihr."

„Losch, losch", zerrte Teddi. „Scheine Hände kjabbeln
schon, weil dasch schie arbeiten wollen. Wie viele Torten
willscht du machen?"

„Gar keine."

„Wa—asch?" sagte Teddi. „Dasch kann man doch
nich Backtag nennen? Willsch du nix machen wie olles
häschliches Bjot?"

„Ich will mal sehen, vielleicht kann ich es so einrichten,
daß ihr einen kleinen Kuchen zu backen bekommt, nur
für euch."

„Na schön, dann ische esch doch 'n bischen so wie Back=
tag. Aber scheine Hände, die sind schon wieder nich mehr
kjabblig."

Die drei gingen in die Küche, wo die Köchin sofort mit
den Vorbereitungen begann, nach Kräften unterstützt
durch je ein übereifrig drängendes Knäblein unter ihrem
Ellbogen und zwei gespannt über den Rand der Backform
guckende Gesichtchen.

„Sehr kuchig sieht das aber nicht aus. Sie hat ja gar
kein Pulver rangetan."

„Diese Art Brot braucht kein Pulver. In die Tee=
kuchen, da kommt Pulver."

„Wenn Teetuchen in'n Ofen tommen, schind schie
bansch dünn, und wenn schie wieder jauschtommen,
schind schie bansch dick. Wovon werrn schie scho dick?"

„Das kommt ja gerade von dem Pulver. Ohne das
würden sie hart und geschmacklos sein. Marie, machen
Sie doch ein bißchen von dem Teig mit Zucker zurecht,
damit die Kinder sich Kuchen backen können."

Die Kinder begleiteten nun die Köchin in die Speise=
kammer und wieder zurück zum Tisch und brachten ihre
Nase so nahe wie möglich an die Walze, die den Zucker
zermalmte. Sie beaufsichtigten das Vermengen mit dem
Teig und begrüßten freudevoll das Erscheinen einiger
kleiner Backpfannen, in die die Kinder eigenhändig ge=

formte Kuchen legen durften. Einer glücklichen Eingebung
folgend, holte Frau Alice noch einige Rosinen aus der
Speisekammer und verzierte die Kuchen damit. Ein Dop-
peljauchzer belohnte diese Tat.

„Halt, Teddi," unterbrach Frau Buren ihren Neffen,
der seinen Teich nach Art von Lehmkuchen äußerst kraft-
voll mit den Händen knetete, „wenn du deinen Teig
so bearbeitest, wird er nie im Leben aufgehen."

„Wasch, meinscht du, dasch er nich dick wird?"

„Ja."

„Dasch isch doch aber demein, dansch fubba demein",
rief Teddi empört. „Dann isch esch ja danicht viel! Doch,
mach noch mehr vom Pulva sein, dasch er noch beschwol-
len wird!"

„Ich glaube nicht, daß das was helfen wird, Teddi."

„Aber verschuchen tann mansch doch! Tuck mal an,
Teddi scheine Tuchen schind Tahltöpfe bewerdet!"

„Was sind sie?" fragte Frau Buren erstaunt.

„Bär hat die Joschinen abdedescht, und nu schind scheine
Tuchen Tahltöpfe", heulte Teddi.

„Ich wollte bloß nicht, daß sie alle gleich aussehen",
erklärte Bär hastig und brachte seine Rosinen schleunigst
in Sicherheit, um sie vor etwaigen Angriffen zu schützen.
„Siehst du denn nicht, Teddi, nu hast du zwei Sorten
Kuchen."

„Will er aber nicht", kreischte Teddi. „Will er deinen
Bauch aufschneiden und die Joschinen wieder jausch-
nehmen."

Bär erhielt den gebührenden Verweis, und Teddi wurde
dadurch beruhigt, daß einige von Bärs Rosinen auf seine
Kuchen abwanderten. Dann wurden einige der kleinen
Pfannen in die leeren Stellen im Ofen geschoben, und
während der nächsten fünfzehn Minuten wurde Tante
Alice mindestens zwanzigmal gefragt, ob die Kuchen nun
nicht endlich fertig wären.

Im Endresultat waren Teddis Kuchen so klein wie Flintenkugeln und ebenso hart.

„Mach doch noch ein bißchen Pulver in scheine anneren", flehte Teddi.

„Liebstes Kind, das kann nichts mehr nützen."

Weiteres Quälen führte zu einem Konflikt zwischen Untertanenwillen und Herrschergewalt, und Teddi verschwand brummend, eine seiner kostbaren Pfannen mit sich nehmend. Als er nach einigen Minuten wiederkam, war das Backen zu Ende, und die Ofentür stand offen.

„Debackt musch er noch werren", sagte Teddi, schob seine kleine Pfanne in den Ofen und machte die Tür zu. Seine gute Laune war inzwischen zurückgekehrt, und er lud Tante Alice leutselig zu der Teegesellschaft mit ihren eigenen Kuchen ein.

„Ja, Ted," meinte Bär, „aber sollte sie nicht irgend etwas mitbringen, das macht man immer bei kleine Jungens ihren Teegesellschaften im Garten."

Frau Alice entschied die Frage in eigner Person im günstigen Sinne, indem sie einen kleinen Krug Limonade bereitete. Bär führte die Tante an den Ehrensitz und sagte, als die ganze Gesellschaft Platz genommen hatte:

„Findest du, daß wir genug zu essen haben, um ein Tischgebet zu sagen? Manchmal tun wir's und manchmal auch nicht, je nachdem, ob wir viel oder wenig zu essen haben."

Frau Buren verfaßte eiligst eine kleine Vorlesung über den richtigen Gebrauch des Tischgebets; welches aber die Verdienste dieser Rede gewesen sein mögen, die Knaben haben die Gelegenheit, dies zu erfahren, nie bekommen, denn ein Knall, ähnlich einem Flintenschuß, schreckte alle auf. Ein Stück vom Ofen flog durch das Zimmer und zersplitterte an der Wand. Die Deckel auf den Kochlöchern bebten heftig, und die Türen fielen heraus; der Feuerhaken, der auf dem Herb gelegen hatte,

tanzte wie besessen, und ein Pfännchen mit Fett — wie
es Köchinnen verrückterweise immer zu irgendeinem Zweck
gebrauchen wollen und nie tun — wurde verschüttet und
verbreitete einen Geruch zum Übelwerden. Die katho-
lische Köchin fiel auf die Knie und bekreuzigte sich. Tebbi
kreischte, Bär brüllte, und die Köchin schrie:

„Heilige Mutter Gottes! Der Wasserkessel ist zer-
platzt!"

Frau Buren machte sich aus der Umklammerung ihrer
Neffen los und näherte sich dem Kessel vorsichtig. Alles
war in Ordnung, sogar das Feuer.

„Der Kessel ist es nicht, auch nicht das Feuer. Was
kann nur geschehen sein?"

„Ja, jnäje Frau, wenn ick so frei sein darf, es in
Ihrer Jejenwart zu sagen: ick jloobe, es war der Teufel! Alle Heiligen mögen uns schützen. Ich habe schon
bei uns zu Hause jeheert, daß er die Sorte neue Koch-
maschinen nicht leiden mag, weil da nicht ordentlich Platz
für ihm ist, ins Eckchen zu sitzen. Alle Heiligen! Es war
der Teufel, jnäje Frau; oder woher sollte sonst so'n Je-
stank herkommen?"

Frau Buren schnüffelte in der Luft herum — und kein
Zweifel, es machte sich ein starker Schwefelgeruch geltend.

„Und den allerletzten Tuchen hat er auch mitje-
nommt", klagte Tebbi. „Der scheußliche olle Teufel!
Dacht er, er fjeschte blosch Menschens zu Lüschek!"

Alle waren zu erregt, um weitere Untersuchungen vor-
zunehmen. Das Feuer wurde ausgelöscht, Frau Buren
ging mit den Kindern nach oben, und Marie durfte zu
ihrem Beichtvater gehen.

Die drei gingen Herrn Buren entgegen und erzählten
ihm die Schauergeschichte, die inzwischen Proportionen
angenommen hatte, die einem das Blut in den Adern
erstarren machen konnten. Nur zögernd wurde dem
Hausherrn erlaubt, den Schauplatz des Schreckens zu

betreten. Er konnte aber auch die Ursache nicht entdecken,
und das einzige Resultat waren unerhört schmutzige
Hände. Er lief, um sie zu waschen, ins Schlafzimmer
hinauf, öffnete aber eine Sekunde später erregt die Tür
und rief die Treppe hinunter: „Jungens, wer von euch
ist heute hier oben gewesen?"

Einen Augenblick kam keine Antwort; dann rief Bär:
„Ich nicht!"

Frau Buren sah Teddi fragend an, worauf der junge
Mann schamhaft die Augen abwendete. Jetzt kam der
Onkel herabgestürzt, sah erst den einen, dann den an-
dern an und fragte darauf:

„Teddi, was hattest du mit meinem Pulverhorn zu
schaffen?"

„E—ä—ea—ä—e—ä—?" stammelte der Sünder,
„Tante Alische wollte ihm abschlutsch tein Pulver mehr
deben schu schein Tuchen, und schie hat beschagt, esch
nütscht nischt. Pappi aber hat besagt, verschuchen schadet
nie wasch, und da bingte er mal nach oben und holte 'n
bißchen Pulva ausch'm Blechdingsch bei deine Flinte und
hat niemand wasch besagt, weil esch 'ne Jaschung werden schollte. Und dann hat er immerlosch beleuert, dasch
der Tuchen fertig würde, und da tamte der olle Teufel
und fjeschte ihm auf. Musch woll mein Tuchen fubba
but bewescht schein, schonscht hätt er ihm nicht beschtehlt,
weil er schon schlauer Dieb isch und tann schtehlen, wasch
er will, 'n banschen Tuchenladen voll."

„Wie hast du denn das in den Teig gemischt? Wieviel
hast du denn genommen?"

„Danich bemischt; blosch die Fanne hat er vollbeschippt,
schoviel jeinding. Hättscht mal die anneren Tuchen pjobieren schollen, wo tein Pulva bei war, oh, scho hart
waren diel Tonnt er schie nich beischen, muschte er schie
dansch junterschluckfen."

„Guten Appetit", sagte der Onkel; „weißt du denn
auch, was da für ein Teufel — für ein ganz kleiner
Teufel —"

„Aber Heinz", protestierte die Tante.

„Nun, mein Engel, die Wahrheit ist kurz und gut die:
Dein Neffe —"

„Dein Neffe, wenn ich bitten darf!"

„Schön, also mein — unser Neffe, u n s e r Neffe hat
heut nachmittag eine Portion Schießpulver in den Back=
ofen getan, die für eine sechspfündige Bombenladung
genügt haben würde, und die Ofenhitze ist allmählich
etwas zu stark geworden."

Teddi hatte der Unterhaltung mit ängstlich=fragender
Miene gelauscht; endlich fragte er schüchtern:

„Warsch nicht dasch jichtige Pulver? Dacht er, esch
wär jichtig, weil allesch scho leicht wegfliegen tut, wenn
esch loschdeht."

„Glaubst du noch, daß du mit deiner Erziehungs=
methode je etwas gegen die Logik dieser Knaben aus=
richten kannst, mein Engel?" fragte Herr Buren.

„Und wenn nicht — was dann?"

„Annermal, wird er nich schoviel aufschütteln", sagte
Teddi. „Dasch isch nu aber danich nett, wenn einer wasch
verschucht, und dasch Verschuchtscheug nimmt allesch an=
nere mit weg und wird scho bösch, dasch esch den Ofen
in Schtücker haut und tleine Jungensch und Tante
Alische beinah totkjacht."

Neuntes Kapitel

„Auuua! — ao — au a — aua!"

Das war der Morgengruß, der das Burensche Ehepaar am nächsten Morgen vom Zimmer der Kinder herkommend, beglückte.

„Wieder eine Balgerei, scheint's", brummte Herr Buren in seinem Zimmer. „Da ich schon angezogen bin, kann ich ebensogut hinaufgehen und nachsehen, welcher von den beiden Rangen schon Prügel bekommen hat, und welcher die seinen noch bekommen muß."

Als er oben war, fand er Teddi in der Mitte seines Bettes in festem Schlaf, während Bär mit geschlossenen Augen sehr unruhig und unbehaglich herumwühlte.

„Was fehlt dir, Bär?" fragte der Onkel.

„Meine Seite tut so weh, da wo ich den Berg runterglitschte ins Wasser. Und immer kommt das Harte vom Bett ran und tut weh. Und wenn ich eben das Weiche gefunden habe, dann kommt das Harte wieder rauf und tut wieder weh."

„Wie wär's, wenn du dich umdrehtest und auf der anderen Seite liegenbliebst?"

„Ja—e—i—aj—aha—, siehst du, dann braucht ich nicht nach den weichen Stellen zu suchen, und dann hätte ich nichts zu tun."

„Ach so", sagte Herr Buren schnell und verließ das Zimmer. „Die Fähigkeit, in seinem Elend zu schwelgen, ist dem Menschen nicht angeboren, bewahre! Das muß ich unserem Pastor erzählen; das kann als lehrreiches Beispiel für viele guten Leutchen verwendet werden."

Beim Frühstück aß Bär schweigend, aber mit emsiger Pflichttreue.

„Tante Alice, zuviel Tee ist nicht gesund, nicht wahr?"

„O nein, mein Junge, sogar sehr schädlich."

„Dann ist also eine Tasse eigentlich genug für einen?“

„Jawohl.“

„Pappi trinkt aber manchmal drei oder vier.“

„Vielleicht hat er dann gerade Kopfschmerzen.“

„Ja, das stimmt“, pflichtete Bär bei: „bei Kopf=
schmerzen braucht man mehr Tee, nicht?“

„Ja, sicher.“

„Findest du nicht, daß Seitenweh ebenso schlimm ist
wie Kopfweh?“

Frau Buren merkte, was die Glocke geschlagen hatte,
aber sie schwieg.

„Ein ganz fuchbares Seitenweh,“ fuhr Bär fort, „wo
ein kleiner Junge sich ganz fuchbar die Seite geschunden
hat beim Bergrunterrutschen. Das ist doch sehr schlimm,
nicht?“

Frau Buren biß sich in die Oberlippe und langte nach
Bärs leerem Becher, den der junge Mann ihr höchst zu=
vorkommend mit den Worten reichte:

„Und ich denke, wenn der kranke Junge, der soviel
Tee trinken muß, noch so klein ist, so muß ein tüchtiger
Haufen Zucker hinein, mindestens fünf Stück, damit der
Tee nicht zu stark ist.“

Der Becher wurde ganz der Anweisung nach gefüllt.
Und Herrn Burens Augen tanzten, o so eifrig, daß er
sie nicht anhalten konnte, als Frau Buren sie zufällig
dabei ertappte. Naturgemäß schwiegen die Erwachsenen
nun ein paar Augenblicke lang, und die Kinder benutzten
diese Gelegenheit, um unbemerkt zu verschwinden. Dann
fragte Herr Buren höflich, ob er etwas aus der Stadt
mitbringen sollte, und erhielt als einzige Antwort ein
kurzes:

„Nein!“

Bald fand sich Frau Buren tief in einer neuen For=
schungsreise auf dem Gebiet ihrer Kindererziehung, und

sie fing an einzusehen, daß übergroße Nachsicht ein ebenso
großer Fehler sei wie übergroße Strenge. Wenn sie an
die vielen schlauen Tricks dachte, mittels derer die Kin=
der die von ihr aufgestellten Gesetze zu umgehen wußten,
so wollte ihr nicht ein einziger einfallen, der ihnen nicht
vollkommen geglückt wäre. Sie sah zu ihrer eigenen
Überraschung, daß sie nicht imstande war, fest und kon=
sequent zu bleiben. Oh, was hätte sie jetzt darum ge=
geben, die Frühstücksszene noch einmal in der Hand zu
haben! Unerhört war es, daß sie, die stets sich etwas
darauf zugute getan hatte, hinterlistige Pläne scharf=
sichtig durchschauen und vereiteln zu können, sich wie=
der und wieder von zwei winzigen Bübchen hatte über=
tölpeln lassen. Aber der nächste, der es wieder versuchen
würde, der sollte sich in acht nehmen! Voll Energie biß
Frau Alice auf ihre Lippe, bis es schmerzte. Zweierlei stand
fest: erstens wollte sie ihren Neffen die Ausführung ihrer
schlauen Streiche unmöglich machen, und zweitens
wollte sie ihnen die Unehrenhaftigkeit solcher Anschläge
begreiflich machen und sie durch Weckung des Scham=
gefühls zu vollkommener Aufrichtigkeit erziehen. In die=
Augenblick klang durch das Küchenfenster der Schall
eines immer lebhafter werdenden Wortwechsels, und sie
stand auf, um ihr Schiedsrichteramt anzutreten.

„Weil wir es brauchen — darum —", ließ sich in
diesem Augenblick Bärs Stimme vernehmen.

„Was braucht ihr?" fragte die (wenigstens dem
Namen nach) Herrin des Hauses.

„Hör mal", sagte Bär, dessen Gesicht sich im Vor=
gefühl nahender Hilfe aufklärte. „Wir haben ein gan=
zes Nest voller Eier ganz unten im Gras gefunden. Und
das gehört doch uns, nicht? Und wir wollen sie kochen
und essen, und ich habe Marie schon ein dutzendmal um
einen Topf gebeten, und sie sagt immer bloß: ‚Ich denk'
nich dran.'"

„Worin sie auch vollkommen recht hat," sagte Frau
Buren, „denn mir scheint, ihr hattet ihr nicht gesagt,
wozu ihr den Topf haben wolltet."

„Na, wieso denn", sagte Bär, „meinst du, ich weiß
nicht mehr, daß du neulich abend zu Onkel Heinz sagtest,
nichts wäre dir so übermaßen frechtlich wie Leute, die
immer ihre Nasen in andrer Leute ihre Sachen stecken.
Was übermaßen frechtlich ist, weiß ich nicht. Aber ich
habe ganz gut verstanden, daß du sone Leute meintest,
wo immer bloß fragen, was andere Leute tun."

Frau Buren nahm hastig einen kleinen Topf und hän=
digte ihn Bär ein, während Marie kopfschüttelnd dabei
stand. Und Frau Buren? — Wo waren ihre guten Vor=
sätze geblieben? — Sie ging auf ihr Zimmer und weinte
bitterlich. Welch ein Wahnsinn, zwei kleine Kinder zwi=
schen den Mahlzeiten einen solchen Haufen Eier auf=
essen zu lassen! Und niemand wußte, wo sie waren, und
wie viele Eier es wären. Wahrscheinlich hatten sie ein
Feuer an einer möglichst unpassenden Stelle angelegt,
und der Himmel mochte wissen, welche Gefahren ihnen
jetzt wieder an Leib und Eigentum drohten. Hier war
selbst für einen erfahreneren Kopf als den ihrigen guter
Rat teuer.

Unter derartigen Betrachtungen verging der Vormit=
tag; zu einer Arbeit fand die Gequälte keine Ruhe. Ihr
fiel ein Stein vom Herzen, als sie endlich die beiden Kna=
ben auf einem zwischen Feld und Wiese entlang laufen=
den Weg dem Hause zustreben sah. Der Topf war nir=
gends zu sehen. Tebbi sank geknickt auf einen Stein im
Hofe hin, und Bär schlich ins Wohnzimmer mit der
Miene eines Mannes, der den Becher des Lebens bis zur
Neige ausgekostet und ihn schal gefunden hat.

„Ihr seid also glücklich wieder da?" fragte die Tante
in ängstlicher Spannung, ohne den Mut zu einer direkten
Frage nach den Ereignissen zu haben.

„Ja, zurück find wir," antwortete Bär, aber das nützt
nichts."

„Aber was ist denn meinem lieben Herzensjungen
geschehen?" rief die Tante.

„Oh, son Haufen! Ich will dir mal was sagen, Tante
Alice, es gibt fuchbar viel Komisches auf der Welt, aber
nett ist es nicht die Bohne!"

„Nun erzähl' mir mal alles ordentlich, mein Kleiner!"

„Na ja, aber es ist mir heut alles scheußlich schief ge=
gangen. Wir haben sechzehn Eier in einem Nest gefunden,
und ich bin den ganzen Weg nach Hause gelaufen, um
den Topf zu holen, du weißt doch, und Pfeffer und Salz
hab ich auch mitgenommen, damit sie besser schmecken
sollten, und als wir sie kochen wollten — was glaubst
du wohl? — da war in jedem Ei ein kleines Kücken
drin!"

„Wie greulich!" rief Frau Buren.

„Das will ich wohl meinen", sagte Bär. „Und wenn
du sie mit offen gemacht hättest, was hättest du dann
erst gesagt. Du weißt doch, wie nett Eier eigentlich riechen,
aber die — die stankteten — oh ohoh!"

„Laß uns von was anderem reden", sagte Frau Buren
und drückte unwillkürlich ihr Taschentuch an die Nase.

„Ich bin aber noch nicht fertig. Ich will nur wissen,
warum die kleinen Kücken nicht aus ihrer Schale raus=
gekommen und zu ihre Mammi hingelaufen sind, an=
statt uns so zu ärgern?"

„Wahrscheinlich habt ihr die Mammi verscheucht, als
ihr das Nest gefunden habt."

„Nee, bestimmt nicht. Die ging ganz alleine weg. Wir
sagten freundlich ‚Putt, putt, putt‘ zu ihr, aber sie rannte
rum und gackerte. Da dachten wir, sie wäre fertig mit
ihrem Nest, und nahmen die Eier, damit daß sie nicht
verderben sollten. Pappi sagt, Eier verderben immer,
wenn man sie in der Sonne liegen läßt. Und was wird

wohl die arme Küekenmammi sagen, wenn sie eines
Tages da wieder lang geht und all ihre Kinderchen so
im Mantsch im Gras rumliegen?"

„Wahrscheinlich wird sie sich sagen, da sind ein paar
naseweise Bengel gekommen und haben an gar nichts
gedacht, außer an sich selbst."

Bär sah mit raschem Blick zu seiner Tante auf. Da
er aber in ihrem Gesicht weder Scherz noch Mitgefühl
wahrnahm, seufzte er tief und ging hinaus zu Teddi.

„Bär!" rief ihn Frau Buren zurück.

Der junge Mann blieb stehen und sah sich fragend um.

„Wenn ihr gern etwas haben möchtet, wie z. B. die
Extratasse Tee heute morgen oder den Topf zum Eier=
kochen, so müßt ihr offen und ehrlich darum bitten, nicht
wahr? Und wenn die Erwachsenen euren Wunsch ab=
schlagen, so haben sie ihre guten Gründe dafür, und ihr
solltet euch zufrieden geben und nicht weiter betteln. Ihr
solltet, was recht ist, so liebhaben, daß ihr euch schämt,
hintenherum das zu bekommen, was ihr gern haben
wollt."

„Na, ist denn das hintenherum, wenn ich immer sage,
was ich denke?" fragte Bär. „Pappi sagt, man soll
immer ehrlich sagen, was man meint. So mach ich es
auch immer. Und ich sag die Sachen so, wie die Leute
sie am besten hören können. Tust du das denn nicht
auch?"

Frau Buren konnte nicht „Nein" sagen, und „Ja"
sagen wollte sie nicht, deshalb überließ sie ihrem Neffen
das Siegesfeld, das er aber bald verließ, um den drin=
genden Rufen seines Bruders Folge zu leisten.

„Oh, Bär," rief Teddi, als er Bär kommen sah, „hat
er ihm, hat er ihm! Freust du dich nicht?"

„Wen hast du?" fragte Bär, der nicht gewillt war,
sich ohne genügenden Grund der Mühe einer Gefühls=
aufwallung zu unterziehen.

„Terry hat er!" rief Teddi begeistert, „Terryhund hat er."

„Aua, schick!" rief Bär, klatschte in die Hände und tanzte herum. „Was Fummoseres hab ich noch nicht belebt! Aua, schick! Wie hast da das angefangen?"

„Er schluf, und da hat er ihm 'ne Schtrippe ansch Halschband detnüppert und dasch annere Ende an 'n Baum, und da isch er."

Das Geschwisterpaar ging auf den Hund zu; das unglückselige Tier erkannte nach einem letzten wilden Ruck an seinen Banden das unentrinnbare Verhängnis und klemmte sich winselnd an den Baum.

„Armes Hundchen ist krank", erklärte Bär mit mitleidiger Miene. „Wir müssen Doktor mit ihm spielen und ihn gesund machen. Es scheint mir, als ob er zunächst mal ins Bett muß, nicht?"

„'türlich," sagte Teddi, „und 'n Nachthemd musch er anschiehen, scho wie wir, wenn wir kjank schind."

„Ja, lauf mal hin und hol deins, Teddi. Er kann doch nur ein kleines brauchen. Zieh lieber deine Schuhe aus, damit du Tante Alice nicht störst."

Teddi schlenkerte seine Schuhe ab und verschwand und kam bald mit seinem Nachtröckchen zurück, in das der Hund Terry nicht ohne heftiges Widerstreben eingewickelt wurde. Dann nahm ihn Bär zärtlich in seine Arme und sagte:

„Sein Nachtrock hängt aber gräßlich lang runter. Wir müssen ihm das untere Ende mit Stecknadeln umpieken, so wie's bei Klein Schwesterbaby gemacht wird."

„Hat er keine Nadels."

„Macht nichts. Dann nehmen wir eine Strippe. Das ist auch besser, dann kann er die Füße nicht rausstecken und vergessen, was für ein armes, kleines, krankes Hündchen er ist."

Im nächsten Augenblick waren die überflüssigen Stoff-

teile zusammengefaltet und fest um den Leib der armen
Kreatur geschnürt, während Teddi, der ziemliche Mühe
hatte, den stämmigen kleinen Hund festzuhalten, rief:

„Oh, du, die Vorderscheite isch schon fubba dut! Guck
mal, wie er immerlosch kjabbelt. Aber schein Nachtjock=
kjagen schitzscht danich schön, nicht?“

„Nee, und raus kann er auch, wenn wir nicht auf=
passen. Ich werde da auch ’ne Strippe rummachen. Ob
jemals wer einen entzückenderen kranken Hund gesehen
hat! Wo tun wir ihm nu ins Bett?“

„Wollen ihm schaukeln; dasch mögen wir auch scho
dern, wenn wir kjank schind.“

„Dazu müssen wir ins Haus, hier ist nichts, wo man
so tun kann, als ob’s ein Schaukelstuhl wäre. Also
los!“

Leise schlich das hilfreiche Paar ins Haus und auf ihr
Zimmer. Dann vertraute Bär seine kostbare Last einen
Augenblick Teddis Armen, während er selbst auf einen
Schaukelstuhl fahndete, den er dann auch brachte.

„So,“ sagte er und setzte sich mit dem Invaliden auf
dem Schoß zurecht, „das Doktorspielen laß ich mir ge=
fallen. Was soll er denn nu aber einnehmen, Pillen
oder Pulver?“

„Oder wasch ausch ’ne Flasche jauschlauft?“ schlug
Teddi vor.

„Richtig,“ sagte Bär, „es kommt darauf an, was
wir haben. Wir können ihm schöne Pillen machen aus
Seife.“

„Weisch er schon, wasch“, sagte Teddi, verschwand und
brachte einen alten Wintermantel mit Perlbesatz zum
Vorschein. „Scheh,“ sagte er und riß einige von den
größten Perlen ab, „die gehen fummosch schu Pillen.
Hat er auch neulich benehmt, wie er Doktor und kjanker
Junj war, und schie schmeckten danich scheußlich.“

„Schön, dann reiß man welche ab.“

Dieser Befehl wurde ausgeführt und die einzelnen
Perlen vorsichtig dem Hund in den Schlund gesteckt,
bei welcher Prozedur Bär ihm den Mund mit einem
Finger aufhielt, wie er es von seinem Vater gesehen hatte.
Endlich aber schnappten Terrys Kinnladen mit einem
Ruck zusammen.

„Will er ihm auch beschund machen," beklagte sich
Teddi, „hat er ihm noch danich dedoktert."

„Ja, eigentlich weiß ich nicht, was du noch für ihn
tun kannst, Ted, wo er Pillen nicht mehr mag. Vielleicht
hat er irgendwo auf dem Kopf 'ne Wehwehstelle, wo du
ein Flaster draufkleben kannst. Aber du hast ja gar kein
Flaster. Doch — hol aus Onkel Heinz seinem Schreibtisch ne Briefmarke, das geht prachtvoll."

„Will er ihm auch mal wiegen," sagte Teddi, „will er
ihm nich blosch doktern."

„Ich fürchte, es ist besser für ihn, wenn wir ihm nicht
bewegen", sagte Bär und forschte mit beträchtlicher Be-
sorgnis in den Zügen seines Patienten.

„Pasch mal Obacht," rief Teddi wie mit einer plötz-
lichen Inspiration, „wir hören mal 'n Augenmoment
auf mit ‚scho tun', bisch er ihm depackt hat, und dann
tann er wieder kjanker Jung schein, nicht?"

„Meinetwegen," sagte Bär, offensichtlich gegen seinen
Willen überzeugt, „ich muß wohl, damit auch die ande-
ren Doktors ihr Heil versuchen können. Aber Teddi,
Pappi sagt, so viele Doktors durcheinander sind kranke
Leute ihr Tod. Wollen wir's nicht lieber erst noch mal
ordentlich besprechen. Es würde doch gräßlich sein, wenn
Onkel Heinz sein süßer kleiner Terrymann totsterbstete,
nicht?"

„Na schön," sagte Teddi, „aber hält er ihm, wenn
wirsch allesch orrendtlich beschprechen, und Terry kjigt
auch nicht ein Schnüpschelchen Millischin, bisch wir
wischen, wasch er haben musch."

„Manchmal können verschiedene Arme kranke Leute
schaden", wandte Bär ein und umfaßte den geliebten
Kranken noch zärtlicher, ohne auf Teddis ausgebreitete
Arme zu achten. „Weißt du nicht, wie Mammi damals
sagte von kleine Philli, es wär ein ganz weltlicher Unter=
schied, wer ihm hielte. Und daß die Melizin nicht weiter=
ging in seine Knochen und Muskeln, wenn ihm Leute
nahmen, die es nicht richtig machten? Und weißt du noch,
wie er brüllte, wenn du ranwolltest?"

„Hm — ja — aber dasch war blosch, weil er mit schein
Finger in Philli schein Auge tippte, um schu schehen, wo
dasch Blanke ausch demacht isch. Hat er niemalsch bei
Terry demacht, tonnt ihm nie lange denug kjiegen. Guck
mal, wie tjaujig er dir anschieht. Scheine Augen sagen:
‚Terry schtürbt tot, wenn ihm schein schüscher Dokter
Teddi nich schu halten kjiegt.‘ Hätt’ er nicht bedacht,
dasch du ein scho fubba böscher Tiertwäler bisch, Bär!"

Widerwillig ließ Bär seine kostbare Bürde los, und
Teddi preßte den Patienten so zärtlich an sich, daß das
arme Tier jämmerlich zu heulen anfing und zappelnd
seine Freiheit wiederzuerlangen strebte.

„Da — was hab ich dir gesagt?" triumphierte Bär.
„Du bist von die Leute, die er nicht vertragen kann."

„Ische er nicht, du!" eiferte Teddi. „Isch die Milli=
schin, die nu würkt. Die Perlen — die Pillen — die
bjücken, wenn schie in die Tnochen und Mukschelsch
wollen."

„Ich glaube, das kommt, weil wir die Pillen nicht in
was Schönes eingewickelt haben, so wie Pappi es mit
unsere Milizin macht."

„Wir tönnen ihm ja nu wasch Schönesch deben, val=
leicht läuft esch hinner die Millischin her, und schie dehen
dann schusammen weiter wie schwei tleine Brüders."

„Na schön. Was soll es sein?"

„Tuchen", erklärte Teddi.

„Und wer soll Tante Alice darum bitten? Mir däucht, du bist dran, Ted. Vorigtes Mal ging ich. Ach nee, ich nahmte ihn, ohne zu fragen, aber ich habe versprochen, nu immer erst zu fragen.“

„Dann muscht du esch auch jetzscht dansch bleich tun, schonst verdischt du esch wieder. Weisch er schon, wasch du willscht. Du willscht blosch armes kleines Kindschen wiegen, deschalb scholl Teddi junterdehen.“

„Na,“ sagte der ertappte Bär, „da muß ich woll.“

Bär verschwand, um bald freudestrahlend mit einem großen Stück Obstkuchen wiederzukommen.“

„Was ich dir sagte, Ted, wenn man fuchbar gut ist, schon kriegt man eine Belohnung. Da ging ich doch runter, um Tante Alice zu fragen, ganz wie ich soll, und nirgendwo im ganzen Hause kann ich sie nicht finden. Da war ja nichts anders zu machen, ich mußte den Kuchen selbst nehmen. Und weißt du, ich glaube, wenn sie dagewesen wäre, hätten wir lange kein so großes Stück gekriegt. Nu weiß ich auch, was der dick geschriebene Spruch in der Sonntagsschule bedeuten soll: ‚Die Tugend hat ihren eigenen Lohn.‘“

„Ojungütjerhimmel,“ schrie Teddi auf, seine Hand nach dem Kuchen ausstreckend, „dasch dürfen wir ihm beileib nicht allesch deben, denk mal, wasch er da für fubba ekalige Tjäumersch von kjiegen kann.“

Dabei hielt er dem Hund den Kuchen vor die Schnauze, und Terry biß gierig hinein. „Dunnadoria! Hündesch ihre Münder dehen viel weiter auf alsch Babysch ihre. Glaubt er, Terry hat schon mehr, alsch ihm but isch. Wech, Terry“, als der Hund wieder nach dem Kuchen schnappte. „Wir müschen ihn wohin tun, wo er ihm nicht schehen kann.“

Und mit bewundernswürdig schneller Entschlußkraft stopfte Teddi einen beträchtlichen Teil des Kuchens in seinen Mund.

„Ohhooh —,“ schrie Bär, wütend dem bedrohten Rest
zu Hilfe eilend, „du hast ja nich mal eingenommen. Nu
wirst du aber ordentlich Kühe träumen. Das sollst du
mal sehen. (Das Lorenzsche Alpdrücken war immer eine
Kuh.) Gleich gib es mir!“

„Um—mm—mum—uo—mum—“, murmelte Tebbi
mit Anstrengung, den Kuchen nur noch fester fassend.

„Doch, gib mir, Tebbi“, bettelte Bär. „Laß mich ’s
essen, und dann träume ich dieselben Kühe wie du.
Weißt du nicht, wie oft du dir wünschst, ich soll dasselbe träumen wie du, und wie doll bös du wirst, wenn
ich’s nicht tu?“

Tebbi mußte noch ein paarmal gräßlich würgen und
heftig husten, ehe er antworten konnte:

„Ohoh! Esch isch scho fubba gjäschlich, Kühe schu tjäumen, und er hat schein schüschen Bärbjuda scho lieb,
dasch er nich will, dasch er ekalije Kühe tjäumen scholl,
neehä.“ Sprach’s und ließ den größten Teil des
Kuchens schnell in seinem Mund verschwinden und gab
seinem Bruder den bescheidenen Rest.

„Nu wirscht du — valleicht — schwei — oder djei —
Kühe — tjäumen, und bjauscht dich nich scho gjäschlich
schu twälen wie arm Tlein-Tebbi.“

Höchstwahrscheinlich würde Bär diesen Beweis brüderlicher Fürsorge in passenden Ausdrücken anerkannt haben,
wenn sein Mund nicht in diesem Augenblick anderweitig
beschäftigt gewesen wäre.

Inzwischen hatte der unglückliche Kranke fortgefahren
zu zappeln und zu winseln; mit einer verzweifelten
Kraftanstrengung gelang es ihm, sich aus Tebbis Umarmung zu befreien. Er plumpste auf den Fußboden,
wo er mit wahnsinnigem Gestrampel und Geheul her-
umkollerte.

„Oje, das sind ja Krämpfe — gewiß ist ein Weisheits-
zahn durchgekommen. Was machen wir nu?“

„Ballerjantjoppen", schlug Teddi vor.

„Aber wir haben doch keine. Ich will dir mal was sagen, wir wollen mal 'n Augenblick so tun, als ob er 'n Hund ist, und Wasser auf ihm gießen, das tut man so bei Hunden, wenn sie Anfälle haben."

„Auja — aber dann wird Tante Alische ihr buter Teppich dansch nasch. Wir tönnen ihm in die Badewanne schetzen."

„Das ist eine fumose Hidee", rief Bär, hob das Tier auf, während Teddi vorlief und das Wasser aufdrehte. Terry wurde in die Wanne gesetzt, wo er natürlich seine Anstrengungen, sich zu befreien, verdoppelte. Als Bär das bemerkte, sagte er:

„Du, Teddi, kleine Kinder werden immer mit heißes Wasser gebadet, wenn sie Zähne kriegen — nu wollen wir wieder so tun, als ob er ein Baby wäre, und den anderen Hahn aufdrehen."

Teddi drehte sofort den Heißwasserhahn auf, und das unselige Tier, einsehend, daß ein Entrinnen ausgeschlossen sei, ließ das Unvermeidliche über sich ergehen.

„So, so, es wird schon besser", sagte Bär, ihn mit Kennermiene betrachtend. „Ich meine, er kann nu raus. Aua, das Wasser ist ja gräßlich heiß! Wie sollen wir ihn da nur rauskriegen?"

Teddi beugte sich über den Rand und ergriff den Hund beim Kopf. Das Tier sträubte sich heftig. Mit verdoppelter Anstrengung und leidenschaftlicher Hingebung widmete sich Teddi seiner Rettungsarbeit — da verlor er das Gleichgewicht und fiel kopfüber in die Badewanne. Zwar gelang es ihm, sofort wieder herauszuklettern, aber er brüllte mörderlich; Bär faßte den Hund jetzt wirklich am Kopf und setzte ihn auf den Fußboden des Bade=zimmers.

„Auaua—oaoau—aooa—", brüllte Teddi.

„Tut es so fuchbar weh, armes Teddilein?“ fragte
Bär zärtlich.

„Neehe, Wehweh isch schon abdebangt, aber Wascher
in schein Mund hat allen schönen Tuchen wegdewascht.
Nu schmeckt esch danich mehr nach Tuchen. Ische fubba
bemein!“

„Na weißt du, nu setz dich mal raus in die Sonne,
daß du wieder trocken wirst“, sagte Bär. „Und dann
wollen wir arm Klein=Terry umziehen.“

„Will er auch umdeschieht werrn!“ schluchzte Teddi.

„Na, dann los.“ Damit führte Bär den triefenden
Teddi ins Kinderzimmer und zog das nasse Bündel von
Hund hinter sich her.

„So, nu zieh dich an, und ich mach Terry wieder
fein.“

Sorgsam löste er die Fesseln des Tieres, jedoch mit
der Vorsichtsmaßregel, ein Ende an Terrys Halsband,
das andere an einen Stuhl anzubinden. Dann zog er den
Nachtrock aus, holte Bürste, Kamm und eine Flasche
Eau de Cologne aus dem Zimmer seiner Tante und
fing an, das Fell des Tieres zu bürsten, wobei er ohne
Maß Eau de Cologne darübergoß.

Das Tier, zu dankbar für festen Boden unter den
Füßen, leistete keinen energischen Widerstand, so daß
die Toilettenoperationen glücklich vonstatten gingen, bis
plötzlich ein Strom des Wohlgeruchs den Weg in Terrys
Augen fand. Das verursachte dem armen Dulder einen
so heftigen Schmerz, daß er wie ein Tobsüchtiger durch
das Zimmer raste und den leichten Stuhl dabei hinter
sich herzog. Bär hatte vorhin die Tür offen gelassen, und
so raste der Hund aus dem Zimmer die Treppe hinunter.

Der Stuhl prallte schon oben an das Treppengeländer
und löste sich in seine Hauptbestandteile auf. Ein Teil
blieb an dem Hunde hängen, rasselte hinter ihm die
Treppe hinunter und beschrieb einen blitzschnellen Halb=

kreis in der Luft, wobei er mit einem hübschen Hutstän=
der in Berührung kam, zum entschiedenen Nachteil der
Politur des letzteren. Darauf fuhr das Stuhlgespenst im
Wohnzimmer einem Ziertischchen zwischen die Beine, rem=
pelte im Vorbeirasen einen Blumenständer an, dessen
Sturz er glücklich herbeiführte, blieb im Eßzimmer an
einer Decke hängen, die er auf seinem Wege mit sich
nahm, und traf schließlich in der Küche mit der Herrin
des Hauses zusammen, die von ihren Einkäufen gerade
heimkehrte. Da der ehemalige Stuhl besonders leicht und
teuer gewesen war, hatte Frau Buren den begreiflichen
Wunsch, Terry zur Rede zu stellen; aber das vom Geschick
überbürdete Tier hatte offenbar andere Pläne, die es sich
nicht durchkreuzen lassen wollte. Mit bösartigem Schnap=
pen entwich er in die schattige Einsamkeit des Waldes.

Überlegung mit Erfahrung gepaart ließen Frau Buren
die Ursache von Terrys Erregung erraten. Sie wartete
ein paar Augenblicke, um die für einen Richter notwen=
dige Ruhe und Fassung zu gewinnen, und machte sich
dann auf die Suche nach den Missetätern. In ihrem Zim=
mer waren sie nicht, aber ein Haufen nasser Kleidungs=
stücke und eine allgemeine Unordnung legte Zeugnis von
der stattgehabten Anwesenheit der jungen Herrschaften
ab. Bei weiterer Nachforschung entdeckte Frau Buren
Teddi so sanft und fest auf ihrem eignen Bett schlafend,
daß sie nicht das Herz hatte, ihn zu wecken. Folglich
mußte also Bär der einzige Schuldige sein; schließlich
fand sie ihn auch, der aus dem Fenster der kleinen Stern=
warte im Giebel traumverloren herausguckte. Das Klei=
derrascheln schreckte ihn auf; mit innigem, etwas melan=
cholischem Blick sah er sie an und sagte:

„Tante Alice, alle Menschen müssen sterben, nicht?“

„Ja,“ sagte sie mit Nachdruck, „und wenn du der
Natur ihren Zoll entrichtet hättest, ehe du mir meinen
schönen Stuhl zerstörtest, so würde deine Erdenlaufbahn

weniger verderbenbringend gewesen sein, als sie sich heute
morgen erwiesen hat."

„Du," sagte Bär, ganz ehrlich hingenommen von seinen eignen Gedanken, „siehst du da den Kirchhof? Der
ist ganz fuchbar voll mit toten Leuten, nicht?"

„Ja, aber was die mit meinem kaputten Stuhl zu tun
haben, möchte ich wohl wissen."

„Und ich möchte wissen," sagte Bär, der noch immer
nur an die ihn beschäftigenden Dinge dachte, „ich möchte
gern wissen, wer wird eigentlich Blumen auf dem allerletzten Mann sein Grab streuen, und wer wird ihm sein
Loch graben? Wenn ich das nun wäre? Wie sollte ich
es dann anfangen, mein Begräbnis zu kriegen? Aber ich
weiß was. Ich bete zu lieber Gott, er soll mich grad in
den Himmel nehmen wie den alten Elias. Du, Tante
Alice, wer zog denn den Wagen, wo Elias mit in 'n
Himmel fuhr? Taten es die Raben, die ihm immer was
zu essen gebracht haben?"

„Ich weiß es nicht, aber das kannst du mir glauben,
es wäre sicher kein Wagen für ihn gekommen, wenn er
die Gewohnheit gehabt hätte, anderer Leute Stühle zu
zerbrechen und die Stücke an Hunde anzubinden."

„Doch so", sagte Bär, der jetzt erst anfing zu merken,
wo seine Tante hinaus wollte. „Ich hab doch kein Stück
Stuhl an einen Hund angebunden. Ich habe den ganzen
Terry an einen Stuhl gebunden, und ich war ebenso gut
zu ihm, wie du immer zu uns bist, und plötzlich bürte er
mit dem ganzen Stuhl aus. Weißt du, wie mal in der
Bibel lauter böse Teufel in ne Herde Schweine fuhren
und sie mit ihnen den Berg runter ins Meer sprangen?
Nu, ich glaube, von die ollen Schlingels sind welche in
Terry gefahren."

Frau Burens Glaube an diese teuflische Besessenheit
war wohl nicht so groß, wie Bär vermutete, aber ihr Zorn
jedenfalls war verrauscht. Um sich keiner Niederlage aus-

zuſetzen, verließ ſie Bär und ging in das Wohnzimmer.
Das Bild, das ſich ihr hier darbot, verlegte ihr vollſtän=
dig die Sprache, und ihre haſtigen Verſuche, den Scha=
den zu reparieren, erwieſen ſich nicht als ein ausreichen=
des Mittel gegen einen Rückfall in ihren Zorn. Als ſie in
den tiefſten Tiefen grimmiger Verzweiflung war, kam
Bär herein und rief erſtaunt:

„Aber, Tante Alice, warum haſt du denn den Tiſch
umgeworfen und die hübſche Vaſe mit den ‚Tu=ſo‘=Blu=
men kaputtgemacht?‟

Unwillkürlich ſprang Frau Buren auf, nahm die be=
kannte Lady=Macbeth=Poſitur ein und drohte ihrem Nef=
fen ſo vielſagend mit dem Finger, daß der junge Mann
erſchreckt zurückwich. Seine Tante rief nur das eine
Wort:

„Morgen!‟

Zehntes Kapitel

„Der Anfang vom Ende.‟
„Mit dieſen Worten beendete Herr Buren eine kurze
Geſprächspauſe beim Frühſtück an dem Morgen des letz=
ten Tages, den ſeine kleinen Gäſte bei ihnen zubringen
ſollten.

Frau Buren ſah ſanft aus und erwiderte kein Wort.

„Budas,‟ ſagte Herr Buren, „fühlt ihr euch rekon=
ſtruiert?‟

„Wa—a?‟ ſagte Bär.

„Ich frage, ob ihr euch geiſtig und moraliſch rekon=
ſtruiert fühlt?‟ wiederholte der Onkel.

„Rekonwaſtet?‟ fragte Bär.

„Daſch iſch aber ’n fein dickeſch Wort‟, bemerkte Teddi
mit vollem Mund. „Scho was ſagt der Pfedijer in die
Tirche auch manchmal, und dann muſch Teddi immer
jum und jum jutſchen.‟

„Rekonstruiert heißt neugebildet“, erklärte der Onkel.

„Doch nee“, sagte Bär, nachdem er seine Hände besehen und seinen Bauch befühlt hatte, wie um nachzusehen, ob irgendeine wesentliche Veränderung ohne sein Wissen stattgefunden hätte. „Kann sein, daß wir ein bißchen größer gewachst sind, aber das Wachsen kann man ja nicht selbst sehen.“

„Ist euch nicht schon bange nach Schwesterchen?“ fragte Frau Buren, bemüht, dem Gespräch eine andere Wendung zu geben. „Wollt ihr nicht zu ihr zurück und immerzu dort bleiben?“

„Teddi nicht,“ war die entschiedene Antwort, „weil daſch da tein Hund iſch in unſcher Hauſch, und Hundefangen iſcht der allerdöllſchte Pſchaß, den eſch dibt, bloſch nicht, wenn er ſchich nicht fangen laſchen will wie allermeiſcht Terry.“

„Erst sagt mir mal, ob ihr in der Zeit eures Hierseins gelernt habt, sehr, sehr viel artiger zu sein als vorher“, beharrte Herr Buren, grausamer Weise die deutlichen Wünsche seiner Frau unbeachtet lassend.

„Mja, denkt er woll“, sagte Teddi. „Nie in ſchein Leben hat er ſcho viel debetet und deſchungt wie hier. Und nie und nie hat er mehr Hinterhoppers auſchgejeiſchtet, weil Tante Aliſche ſagte, daſch iſch böſch. Jeiſcht er nur noch Vorderhoppers auſch, die ſchind ſcho tlein, die tun bloſch ein dantſch tlein biſchen weh, nicht?“

„Und wie ist es mit dir, Bär, hast du das Gefühl, daß du nun nach anderen Motiven handelst als früher?“

„Motive? Ist das dasselbe wie Loko—motive? Nee, so fühl ich mir nie, außer wenn ich fuchbar doll gerennt bin. Dann mach ich auch puff puff, aber Dampf kommt nicht aus mir raus. Ich habe gedenkt, da wäre eine Maschine in mir, die immer bum bum macht, aber Pappi sagt, es ist bloß mein Herz, ein kleines Jungenherz.

Wenn das wahr ist, dann könnte doch einem großen Mann sein Herz gewiß einen Eisenbahnzug ziehen.“

„Jedenfalls scheinst du mir noch nicht gelernt zu haben, dich auf den Gegenstand der Unterhaltung zu konzentrieren. Bist du wenigstens imstande, die innere Bedeutung einer Sache zu begreifen?“

„Meinst du, was in uns drin ist?“ fragte Bär.

„Wie schein Lüschek?“ schlug Teddi vor.

„Seid ihr euch dessen bewußt geworden, daß ein über= legener Geist seinen reformatorischen Einfluß auf euer inneres Sein ausgeübt hat?“

„Isch ‚Innerschein‘ und ‚Lasch schein‘ daschelbe? Wir haben doch blosch unscher Lüschek dedescht. Wasch isch da= bei schu, ‚lasch schein‘?“

„Habt ihr beständig, ohne zu zögern, den Weisungen eurer Tante gehorcht, und zwar aus Anerkennung ihrer gottgewollten Oberhoheit?“

„Nun ist’s aber genug, Heinz“, rief Frau Buren, die während dieser ganzen Unterhaltung stumme Bitten an ihren Mann gerichtet hatte, der freilich im Bewußtsein ihren Blicken nicht widerstehen zu können, seine Augen beharrlich von ihrem Gesicht abgewandt hatte. „Wenn du jetzt nicht aufhörst, die armen Kinder mit dummen Konversationslexikonphrasen zu quälen, so bekommst du meine gottgewollte Obrigkeit zu fühlen, und ich nehme sie dir fort und bringe sie nach oben.“

„Nur noch eine Frage, Liebling, und dann bin ich fer= tig. Ich will die Jungen nur noch fragen, ob sie Kon= flikte zwischen ihren verschiedenartigen Erbsünden ver= spürt haben, und wenn ja, auf welcher Seite der Sieg war.“

„Ich glaub, du willst Pastor spielen“, bemerkte Bär.

„Oh“, sagte Herr Buren, der bei dem hellen Auf= lachen seiner Frau ein wenig errötete. „Nun, wie ist euch denn dabei zumute?“

„Na, so wie in der Kirche, wenn ich denke, wenn sie
doch bloß ein bißchen schneller machen täten."

„Teddi auch", nickte Teddi.

„Dann freut euch, ihr könnt jetzt weglaufen und spie=
len", sagte der Onkel, da er merkte, daß die Teller der
Kinder inzwischen leer geworden waren.

Die Knaben stürzten ab, scheinbar von Teddi ange=
führt, der sich indessen völlig unsichtbar gemacht hatte,
als sie ins Freie traten.

„Es war wohl eigentlich nicht nötig, mich so vor den
Kindern zu blamieren", sagte Frau Buren mit wirklich
ernsthaftem Schmollen.

Er beeilte sich, die zwischen Eheleuten übliche Abbitte
zu leisten, und sagte:

„Fürchte nichts, Liebe, sie haben nichts verstanden."

„Nicht verstanden? Ich wünschte, alle meine erwach=
senen Bekannten hätten eine so schnelle Auffassungsgabe
wie diese Kinder. Sie verstehen vielleicht die Worte nicht,
aber für sie genügt ein Ton, ein Blick."

„Aber sie haben ja gar nicht von ihren Tellern auf=
gesehen!"

„Einerlei", entgegnete Frau Buren, froh der Ge=
legenheit, wenigstens in einem Punkt ihre Überlegenheit
wiederaufrichten zu können. „Kinder — Knaben sind
mehr der Frau als dem Manne ähnlich. Ihr Gefühl
unterscheidet äußerst fein, ihre Einfühlungsgabe hat etwas
Engelhaftes —"

„Wirklich? Dann tut es mir leid, daß ich ein Wort
zu ihnen gesagt habe," sagte Herr Buren, der sich für
den Augenblick besiegt gab, „wenn du aber jetzt bereit sein
solltest, auf dem Armsünderstühlchen Platz zu nehmen,
so will ich lieber gehen und dich allein lassen."

„Dazu hast du keine Veranlassung mehr. Ich habe
schon mein Schuldbekenntnis abgelegt — den Kindern
gegenüber, und einmal beichten ist genug. So schlimm

ist das auch gar nicht, wenn man mit liebreichem Ver=
ständnis und nicht mit Hohn und Spott belohnt wird.“

„Also noch einmal, ich bitte um Verzeihung! Und da
ich nun Mitbüßender geworden bin, so vergilt mir Böses
mit Gutem und sage mir, was meine Leidensgenossin
aus Erfahrung gelernt hat.“

„Einfach dies“, sagte Frau Buren: „Niemand versteht
Kinder richtig zu nehmen außer den eigenen Eltern.“

Herr Buren ließ Messer und Gabel fallen.

„Liebling, das ist mehr als eine Erfahrung, das ist
eine Offenbarung! Ich habe dich immer für eine Heilige
gehalten. Nun gibst du mir den Beweis, daß ich recht
hatte.“

Somit gewann Frau Buren ihren Stolz und damit
ihr freundliches Gesicht wieder.

„Mir scheint, daß auch Erwachsene sich nur verstehen
können, wenn sie blutsverwandt sind —“

„Es sei denn, daß die Erwachsenen bescheiden genug
sind, zeitweilig ihr eigenes Selbst beiseitezustellen und
sich in die Seele des anderen zu versetzen.“

Frau Buren machte sehr große Augen und ließ die
Unterlippe ein wenig hängen, faßte sich aber hinreichend,
um fortzufahren:

„Und ich denke, Kinder zu verstehen ist noch schwerer,
weil ihre unvollkommene Natur sich nie harmonisch ent=
wickelt und sie sich nur sehr selten klar und verständlich
auszudrücken vermögen.“

„Daß die Knaben je um einen treffenden Ausdruck
verlegen sind, wenn sie etwas wünschen, ist mir eigent=
lich nie aufgefallen“, sagte Herr Buren.

„Ganz wie ein Mann“, sagte Frau Buren, nun wie=
der vollständig sie selbst. „Als ob ein Kinderherz keine
anderen Wünsche und keine andere Sehnsucht kennt als
nur nach materiellen Dingen. Was bedeutet es denn

deiner Meinung nach, wenn Bär sich in eine Ecke setzt und
auf die Frage, ‚was ihm fehle‘, nur die Antwort gibt:
‚Nichts‘, in einem Ton, der deutlich zeigt, daß ein sehr
wesentliches Etwas ihm den kleinen Kopf verwirrt? Und
was bedeutet es, wenn Teddi halb drollig, halb gefühl=
voll nach Dingen fragt, die weit über sein Verständnis
hinausgehen, und genau so nachdenklich aussieht, wenn
man sie ihm beantwortet hat? Du meinst wohl immer
noch, Kinder denken an nichts als an Essen und
Spielen?“

Herrn Burens Haltung gab deutlich Zeugnis, daß er
sich gedemütigt fühlte. Endlich sagte er:

„Du hast ganz recht, kleine Frau. Ich wollte, ich hätte
dich vorigen Sommer erst um Rat gefragt, ehe ich die
Jungen nahm.“

„Ich bin recht froh, daß du das nicht getan hast. Du
bist mit ihnen sehr viel besser fertig geworden, als es
dir mit meiner Hilfe geglückt wäre. Ihr habt eben das=
selbe Blut, und daher hattest du Erfolge, wo ich schmäh=
liche Niederlagen erlitt. Hätte ich das nur alles gewußt,
ehe sie kamen! Was hätte ich ihnen ersparen können —
und auch mir!“

Herr Buren beeilte sich, seiner Frau einige stumme Be=
weise seiner Teilnahme zu geben.

„Heute gehen sie nun fort,“ sagte Frau Buren, etwas
in ihren Augen fühlend, was den Gebrauch eines Taschen=
tuches nötig machte, „gerade wo ich gelernt habe, wie
ich zu ihnen sein müßte! Aber Heinz — trotz aller ihrer
Streiche — sie sind Engel! So geht es einem immer mit
Engeln, man erkennt sie erst, wenn sie schon ihre Flügel
gespannt haben und wegfliegen wollen.“

„Dies besondere Engelpaar könnten wir uns doch aber
noch auf einen Tag leihen, wenn du es gern haben möch=
test!“ schlug Herr Buren vor.

„Das ist eine himmlische Idee. Ich will selbst hinüber
zu Helene gehen und ihr sagen, ich fände es noch zu ge=
wagt für sie, die Kinder wiederzunehmen.“

„Und ich werde versuchen, Tom zu der gleichen Ansicht
zu bekehren. Ich weiß freilich, er wird ein Gesicht machen,
als hätte sein letztes Stündlein geschlagen.“

Die Burens verließen wenige Minuten später das
Haus, und die Kinder kamen gleich darauf zurück und
suchten ihre Tante. Als sie sie nicht finden konnten, stie=
gen sie in die Küche und verlangten Untertassen, Löffel,
Zucker und Sahne.

„Wozu is denn det nu schon wieder?“ fragte Marie.

„Das sollst du sehen, wenn du uns die Sachen ge=
geben hast“, sagte Bär.

„Esch isch dasch jöteschte un gjöschte, wasch esch dibt.“

„Un nachher, da schleppt ihr det Zeigs Jott weeß wo=
hin“, sagte Marie. „Und wenn, und die Teelöffel sind
wech, wer hat se denn jestohlen? Icke.“

„Aber wir schleppen sie ja nur unter die Bäume auf’m
Hof“, bat Bär. „Und all unsere schönen Beeren verder=
ben, wenn du solang quengelst. Mein Pappi sagt, Beeren
muß man gleich essen, wenn sie gepflückt sind.“

„Na, wenn’s nur Beeren sind, da könnt ihr ja meinet=
wegen die Sachen haben“, sagte Marie und brachte ihnen
die gewünschten Gegenstände.

„Gib uns noch ne Untertasse, dann bringen wir dir
auch welche,“ sagte Bär, „weil du so nett zu uns bist.
Aber dann brauchen wir auch mehr Zucker.“

Einer Schmeichelei gegenüber war Marie durchaus
Weib. Sie ersetzte die Untertasse voll Zucker durch eine
ganze Schale, ja, sie legte noch ein paar Stückchen oben=
auf. „Det muß man zujeben,“ sagte sie zum Haus=
mädchen, als die Jungen fort waren, „der Bär, der is
son richtiger kleener Herr. Det hat er von seim Vater,
der hat ooch so wat Elejantes.“

Frau Buren war länger bei ihrer Schwägerin geblie=
ben, als sie ursprünglich beabsichtigt hatte. Das Baby
war ihr aus besonderer Vergünstigung in die Arme ge=
legt worden und war so niedlich und lustig gewesen, daß
die Zeit im Nu verflogen war. Jetzt schlenderte sie traum=
verloren heimwärts, liebkoste hier ein Gänseblümchen,
dort eine Butterblume, streichelte ein einsames Mutter=
schaf — als plötzlich weinende, schluchzende Töne, un=
verkennbar von Bär und Teddi stammend, ihr Ohr tra=
fen. Sofort ließ sie alle Gedanken an kleinere Wesen
fahren. Noch ein Augenblick — das Getöse hatte die
ganze Zeit zugenommen —, und beide Knaben standen
vor ihr, abwechselnd heulend und sich mit der Hand auf
den Mund schlagend.

Die Tante lief ihnen erschrocken entgegen.

„Kinder, Kinder, was schreit ihr denn so furchtbar!
Was ist denn geschehen?"

„Aua — fui — ba—ba—", schrie Bär.

„Do—weh — haben — tleine — Schtücker — von —
die Hölle — bedescht —", sagte Teddi „mit Schahne
und Schucker djauf — aber esch war aber gjerade scho
etalig, alsch ob danichts djauf bewescht wäre."

„Kommt schnell zurück und laßt Tante mal sehen,
was los ist", sagte die ratlose Tante. Bär heulte und
wand sich, und Teddi schrie: „Will er bei Pappi und
Mammi — die haben alle Tleinjungswehwehs schon be=
habt und wischen, wasch schu machen isch. Will er in un=
scher Eischhausch — oho — und nie wieder jausch."

Das Geschrei der Kinder hatte wohl weiter geschallt,
als Frau Buren dachte, denn mit schweren, eiligen
Schritten kam der treue Kuntze, der Kutscher, angerannt.

„Was fehlt euch denn, ihr kleinen Strolche?" sagte er
und beäugte jeden aufmerksam, da entdeckte er ein rotes
Pünktchen auf Teddis Kittel.

„Himmelbonnerwetter, das ist ja roter Pfeffer!“

Kuntze schoß quer über die Straße, sprang über einen
Zaun in eine Schonung, rannte mit gezücktem Messer
zwischen den Stämmen hin und her, so daß Frau Buren
allen Ernstes glaubte, der Mann habe den Verstand ver=
loren. Dann kam er mit einem Stückchen Baumrinde zu=
rück, das er unterwegs in kleine Teilchen zerschnitt.

„Hier, ihr kleinen Teufelchen, nu freßt das mal auf,“
sagte er und stopfte die Stückchen den Kindern in den
Mund, „das ist Borke von jungen Ulmen, kaut das
ordentlich, dann hört das Brennen auf.“

Die Kinder spukten heftig und schnitten greuliche Ge=
sichter, aber das Brennen ließ wirklich nach.

„Wie in aller Welt seid ihr nur zu Pfefferschoten ge=
kommen?“ fragte Frau Buren, als sich die Kinder nach
und nach erholten.

„Ein Junge hat mir gesagt, es wären Erdbeeren“,
weinte Bär, „und heut sahen wir sone Menge, wo die
Leute ein Treibhaus abrissen, weil sie ein Haus bauen
wollten, und da fragten wir, ob wir sie haben könnten,
und da sagten sie ja, und wir nahmten sie alle in ein
Stückchen Papier mit nach Hause und kosteten kein ein=
ziges, weil wir sie in einer Teegesellschaft essen wollten
wie richtige Herrn, und die erste, die ich aß — ohoh —
weh. Der arme, alte, reiche Mann im Feuer, ich kann mir
denken, wie dem zumute war, als er Abram um ein biß=
chen Wasser bat.“

„Armer, alter, reicher Mann hatte nich all dasch Feuer
in schein Mund und dachte, esch wären Erdbeeren“,
schluchzte Teddi.

„Aber er hatte auch nicht den lieben guten Kuntze,
der ihm Ulmenrinde brachte“, sagte Bär. „Gleich wenn
wir nach Hause kommen, stopf ich Schmutz in die Stall=
pumpe, und wenn du dann sagst, ich soll es sein lassen
— gleich hör ich auf, bloß dir zu Gefallen.“

„Und Teddi wird dir wasch schenken, dansch allein
von ihm. Wasch willscht du lieber haben, 'n doldene Uhr
oder 'n Tüte Bonbonsch?“

Kuntze, der Wohltäter, fand es offenbar nicht leicht,
zwischen zwei so nahezu gleichwertigen Geschenken zu
wählen, und er verschwand, indem er sich in Verlegen=
heit den Kopf kratzte.

Frau Buren ging mit den Kindern nach Hause; sie
sagte:

„Was können wir denn heute besonders Nettes für
meine kleinen Lieblinge anstellen? Mammi erwartet euch
morgen zurück, und diesen letzten Tag möchte Tante euch
recht, recht glücklich machen.“

„Morgen?“ sagte Bär, der nur dies eine gehört hatte.
„Ich dachte, wir gingen heute nach Hause?“

„Eigentlich solltet ihr auch heute gehen, aber ihr schient
es noch nicht so eilig zu haben, und mir wurde es so
schwer, euch so bald wieder fortzulassen. Wollt ihr denn
wirklich so gern schon heute gehen?“

„Ja—j—a, ich hab doch schon immerlos daran ge=
dacht und die Tage ausgerechnet“, sagte Bär. „Manch=
mal dachte ich, ich müßte platzen, wenn ich nicht wieder
nach Hause kämte. Und ich wollte wirklich ganz artig
sein, weil Pappi gesagt hat, es wäre besser für Mammi
und klein Schwesterbaby, wenn wir wegbliebten. Manch=
mal bei Nacht mußte ich heulen, weil ich nicht in mein
sein Bett war.“

„Aber du armer kleiner Junge, warum hast du es
denn Tante Alice nicht gesagt, wenn du so unglücklich
warst?“

„Hm, du konntest mir doch nicht helfen, nur bloß
Mammi und Pappi konnteten das. Und wenn ich Weh=
weh hab im Herzen, da kann ich nicht von reden — da
kommt dann immer was in mein Hals.“

„Hat es dir denn bei uns nicht gefallen, Bär? Haben

Onkel und Tante nicht immer alles versucht, um euch glücklich zu machen?"

„O ja", seufzte Bär. „Aber manche Leute wissen, was wir mögen, und manche Leute wissen, was wir mögen sollen. Und die ersten sind wie Pappi und Mammi, und die anderen sind wie du und Onkel Heinz. Manchmal bist du richtig nett zu uns gewesen, und weißt du, was ich tun will? Ich will Mammi sagen, daß sie dich nach unser Haus einlädt, und dann will ich dir mal zeigen, wie man für kleine Jungen sorgt, und wie man sie glücklich macht."

„Ja, tomm unsch schu besuchen nach unscher Hausch. Du tanscht meinschwegen immer Tuchen schwischen die Mahlscheiten eschen und Sandtuchen machen, wenn du willscht, auch wenn du deine Schonntagstleider anhascht; und ich werr' nie sagen: ‚Lasch schein!', nicht ein einschigesch Mal."

„Und deine Mammi darf jeden Tag kommen und mit dir spielen, und ich wünschte, du hättest auch einen Pappi, der dürfte dann auch kommen. — Du, Tante Alice, wie machen es eigentlich die großen Leute, daß sie ohne ihren Pappi und ihre Mammi auskommen?"

„Das weiß ich auch nicht, mein Liebling", sagte Frau Alice, und sie dachte daran, wie hilflos sie zuerst gewesen war, als ihr Gatte sie den mütterlichen Flügeln entführt hatte.

„Ist dann niemand nicht da, der ihnen sagt, sie sollen es lassen, und ist ihnen nicht, als ob sie ganz wer anders wären, wenn niemand da ist, dem sie alles erzählen können?"

„O ja, so geht es manchem", sagte Frau Buren, die an viele Stunden ihres Lebens dachte, wo sie sich nach einem Vertrauten gesehnt hatte, der weder Liebster noch Freundin war.

334

„Und dann gucken sie sich wohl rundum und denken, hübsch ist es ja, aber ich bin doch fuchbar einsam?“

„So ist es, mein Liebling“, sagte Frau Buren und drückte einen Kuß auf die Stirn des jungen Mannes.

„Musche doch fubba ekalig schein, nicht wen schu haben, wo man kann von Groschens kriegen, wenn einer einscham isch und nich weisch, wasch er tun soll.“

„Ja, und keinen zu haben, der einen festhalten tut, daß man nicht in Stücker bricht, wenn man nun alles gesehen und getan hat und weiß nicht, was nun kommt und lieber möchte, es käme gar nichts? Sag mal, Tante Alice, das braucht man doch alles nicht zu fühlen, wenn man ein Engel ist?“

„Nein, sicher nicht.“

„Ja, meinst du denn, daß die Himmelleute sich freuen, daß sie den lieber Gott haben, wenn sie ihn nicht um irgendwas zu bitten haben? Wenn sie immerlos glücklich sind, weiß ich nicht, ob sie’s eigentlich nett finden, einen Himmelspappi zu haben. Müssen auch kleine Engeljungens mal ein paar Tage weg sein und ihren Pappi gar nicht zu sehen kriegen?“

„Um Gottes willen — nein! Wie kommst du nur auf solch einen Gedanken?“

„Gar nicht woher,“ antwortete der Knabe, „ich komme gar nicht auf Gedanken, sondern die Gedanken kommen auf mir und gehen gar nicht weg, bis ich mir fast zu Stücker gedacht habe, oder bis was anderes kommt, daß ich sie vergessen kann.“

Frau Buren nahm sich sofort vor, gleich etwas Neues für Bär zu finden, schon damit er sich nicht auf Gebiete drängte, die ihr, weil unbekannt, gefährlich vorkamen. Ihre Angstlichkeit wurde durch Teddis materielle Wendung nicht gerade beseitigt.

„Tante Alische, wasch machen die kleinen Engeljungens mit die Groschens, wenn sie welche kriegen? Dibt’s im

Himmel Bonbonläden, und kriegt man da mehr vor'n Groschen als bei uns?"

„Im Himmel braucht man keine Groschen, Teddi", sagte Frau Buren leidenschaftlich bemüht, diesen Wort=helden zu entgegnen, dabei aber eingedenk ihrer Sehn=sucht von heute morgen, die Kinder bei sich zu haben, um einen Weg zu ihren Herzen zu finden und sie auf den Weg ihres Herzens zu führen.

„Wasch? Bjaucht man nicht?" fragte Teddi. „Ojotte doch, wenn er nu jetscht stürbtete und ein Engel würde — wo er siebschehn Gjoschen in scheine Pscharbüksche hat!"

„Du kannst doch die Groschens nicht mit in den Him=mel nehmen, dummer Bengel", sagte Bär. „Wenn alle Straßen aus lauter Gold sind, glaubst du, da kümmert sich einer um deine dummen Groschens? Da kriegst du nich mal 'ne Zuckerstange unter einem Zehnmarkschein."

„Meine kleinen Leckermäulchen," fiel Frau Buren in theologischer Verzweiflung ein, „wie denkt ihr darüber, wenn wir nach dem Essen selbst Bonbons machen?"

„Aua! Können gewöhnliche Leute Bonbons machen?"

„Gewiß, Bär, aber wir sind doch gar keine gewöhn=lichen Leute."

„Na, ich glaub doch wohl, wenn ich denk, was für entzückende Leute die Bonbonmacher sein müssen."

„Wieviel wollen wir machen? Für schwei Groschens?"

„O ja, mehr, als zwei kleine Schlingel an einem Tag aufessen können."

„Kjiegscht du die Motten", rief Teddi, „dasch isch ja mehr alsch 'n danscher Laden voll! Nu mal schnell losch! Wir wollen datein Mittag eschen, damit unschere Magens schön leer bleiben!"

„Ich wette, ich kann schneller als du laufen, Tante Alice", sagte Bär und zog die Tante mit der einen Hand, mit der anderen schob er sie.

„Teddi tann schneller alsch ihr alle beide! Nu losch!“

Tante Alice lehnte Wette wie Wettlauf ab, die Knaben aber rannten ohne sie in wilder Hast bis auf die Veranda, wo sie wie die Wilden herumsprangen, bis Frau Buren sie einholte.

„Worin wird das gemacht, Tante Alice“, fragte Bär schon, als die Tante noch vor der Gartentür stand.

„In einer Backpfanne“, war die Antwort.

„Lieber ’n Waschkeschel — schwei Waschkeschel“, schlug Teddi vor.

„Nun, Bär, willst du immer noch so gern heute nach Hause gehen?“ fragte die Tante neckend.

„Ich — weißt du — wir wollen lieber nicht soviel davon reden, sonst fällt mir’s wieder ein. Was für ne Sorte soll es denn eigentlich werden?“

„Honigbonbons.“

„Harte oder klebrigte?“

„Beide Sorten.“

„Fummosch, fummosch!“ jubelte Teddi, sich an seiner Tante Kleid klammernd. „Will er dir mal tüschen!“

„Und ich will dich mal fuchbar doll liebhaben“, sagte Bär.

Beide Hochachtungsbeweise nahm Frau Buren freundlich entgegen, sehr zum Schaden ihrer Toilette. Dann verbrachte man zwei schreckliche Stunden Wartezeit bis zum Mittagessen. Die Kinder aßen so gut wie nichts und waren so unduldsam gegen den Appetit der Tante, daß das Essen fast unberührt blieb.

Dann wurde die Dame von ihren Neffen in die Küche geleitet, wo ein lebhafter Meinungsaustausch über die Größe der zu benutzenden Pfanne stattfand. Nun wurde die Masse eingefüllt, und die Kinder waren von einer Aufmerksamkeit und Genauigkeit, daß eine Fliege sich nicht ungestraft hätte nähern dürfen. Darauf zankten sie über das Recht zu rühren, so daß Frau Alice Ab=

löfungstermine von drei zu drei Minuten einführte, wobei
natürlich Bär immer behauptete, seine Zeit dauere höch=
stens eine Sekunde, während Teddi behauptete, es wären
zwei Stunden gewesen. Dann kam das kritische Geschäft
des Probierens an die Reihe, und dann folgte die lange
schwere Zeit des Wartens, bis sich die Masse abgekühlt
hatte. Endlich erklärte Frau Buren einen Teil für „fertig
zum Ziehen" und ein tiefer Seufzer der Erleichterung ent=
rang sich jeder kleinen Brust.

„Seht her, so zieht man Bonbons", sagte Frau Buren,
bestrich ihre Finger leicht mit Butter und drehte etwas
Teig in der bekannten Art zu einem losen Faden. „Und
hier ist etwas für euch, nun versucht es einmal."

Bär fettete seine Finger sorgsam ein, wie er es eben
von seiner Tante gelernt hatte, und zog seine Portion vor=
sichtig aus. Teddi aber ergriff seinen Anteil mit beiden
Händen, steckte ihn in den Mund und grub seine Zähne
hinein.

„Halt, Teddi," Frau Buren sprang erschreckt auf ihn
zu, „du klebst dir ja die Zähne damit zusammen!"

Unartikulierte Töne entschiedenen Widerspruchs ließ
Teddi vernehmen, als ihm die Tante gewaltsam die
Masse aus dem Gesicht entfernte. Als er endlich den
Mund wieder öffnen konnte, rief er:

„Will er scheins nicht beschieht haben! Ische fubba dut,
wie esch isch, valleicht deht von Schiehen dasch Beschte
weg!"

„Ach, Kinder, ihr habt ja vergessen, Schürzen umzu=
binden", unterbrach die Tante plötzlich. „Bär, lege dei=
nen Teig hin und lauf schnell und laß dir zwei von
Teddis Schürzen geben."

Bär rannte sofort hinauf, ohne freilich den ersten
Teil des erhaltenen Befehls zu befolgen. Auf dem Rück=
weg kam er gerade an der Eingangstür vorbei, als es

klingelte. Er legte seinen Teig hin und öffnete. Zwei
Damen fragten nach Frau Buren.

„Ja, die ist gerade beim Bonbonmachen, und ich
glaube, sie hat jetzt keine Zeit für fremde Damens, aber
fragen will ich ihr mal. Setzt euch solange hin.“

Zehn Minuten später erschien Frau Buren im Nach=
mittagskleid und begrüßte ihre Besucher. Beide erhoben
sich bei ihrem Eintritt, mit der einen erhob sich gleich=
zeitig ein Schaukelstuhl mit Rohrsitz; er blieb indessen
nur einen Augenblick in der Luft schweben, denn das Kleid
der Dame war nicht aufs Möbeltragen eingerichtet, und
mit einem scharfen Ritsch=Ratsch verwandelte es sich in
ein langes Schleppkleid. Die beiden Damen bemühten
sich, die Unglückliche zu befreien, und Frau Buren wurde
bald blaß, bald rot, als sie den Grund des Unfalls ent=
deckte, gerade als sich Bärs Stimme von der Tür her
vernehmen ließ:

„Tante Alice, hast du nicht meine Bonbons gesehen?
Ich hab sie irgendwo hingelegt, als die Damen kamen,
und nu kann ich sie nirgends finden.“

Ein wütender Wink der Tante verscheuchte ihn, brum=
mend zog er ab. Der Schaden wurde notdürftig aus=
gebessert, und schon lachte man über das Abenteuer, als
aus der Küche ein grausiges Getöse erklang. Kreischende,
winselnde Laute verbanden sich mit dem Geräusch von
etwas schwer zu Boden Fallendem. Das Getümmel stieg,
vermehrt durch unregelmäßige Tritte auf der Küchen=
treppe — es erschien Teddi, Terry am Halsband schlep=
pend, an dessen Vorderfuß an einem immer länger wer=
benden elastischen Band die Pfanne mit den „ungezoge=
nen“ Bonbons hing.

„Dacht er, wenn Terry schöne Schuckerbonbons
kriegte, würde er netter gegen ihn schein,“ erklärte Teddi,
„und da jagt er ihm in der Kammer und scheigt ihm die

Janne und fchagte ihm, er fcholle fchich wafch nehmen.
Und da fchteckte er fchein Fufch fein und —"

Als weitere Erklärung folgten Taten den Worten,
Terry zappelte gewaltig mit den Hinterbeinen, riß sich
von Teddi los und stürmte nach der Tür, seine süßen,
immer wachsenden Bande hinter sich herziehend. Teddi
hinterher, trat auf das Zuckerzeug und fand sich plötz=
lich auf dem Teppich festgeklebt.

Während seines Schmerzausbruchs verabschiedeten sich
die Damen, um die Geschichte weiterzuerzählen, die sich
bis zum nächsten Nachmittag zu der Mär verwandelt
hatte, daß Frau Buren so töricht sei, ihre verzogenen
Neffen auf dem neuen Teppich ihrer Wohnstube Bon=
bons machen zu lassen.

Was nun die Knaben anbetrifft, so aß Bär etwas und
Teddi alles von seinem Bonbonanteil, und nur ein klei=
nes Stück wurde für den Onkel gerettet. Als Teddi in
fleckenlosem Weiß am Abend betete, benachrichtigte er
den lieben Gott, daß er nun wisse, was die Damen mein=
ten, wenn sie sagten, alles wäre so süß gewesen.

Elftes Kapitel

„Wir gehen heim,
Wir gehen heim,
Wir gehen heim
Und sterben gar nicht mehr!"

So sang Bär am nächsten Morgen durchs Haus, und
zwar so oft, daß der Vers schließlich auch auf Teddi Ein=
druck machte.

„Echprüchfcht du die Wahrheit, Bär?"
„Wofo?"

„Bon Schterben nimmamehr; sterbsen Jungens far=
raftig nich, wenn schie 'ne Weile bei schein Onkel und
Tante derwescht schind?“

„Doch, 'türlich; aber ich bin so doll vergnügt, und da
muß ich was singen. Und das erste Stück ist doch gewiß
die Wahrheit, und es ist dreimal größer als das letzte,
und 'n anderes Lied von Zuhausekommen kann ich nicht.“

„Dasch ische aber fubba demein; dacht er, du
schprüchscht die Wahrheit, und da käm nu nie oller ekaliger
Schmutsch in scheine Augen, dasch schie nich nach'n Him=
mel tucken tönnen.“

„Na quäl' dich man nicht deswegen, Tebbilein. Wenn
du totstürbst, dann geht dein Geist gleich rauf in 'n Him=
mel, und dann kannst du mit deine neuen Augen fummos
runtergucken und den ollen Schmutz auslachen, der in
die alten gekommen ist.“

„Will er keine neuen! Scheine alten schind but denug
für ihm!“

„Aber hör doch mal, mein Ted, in die Himmelaugen
kommt niemals Schmutz rein, und sie brauchen niemals
gewaschen zu werden, und die Puffpufflotive kann keinen
Staub hineinblasen.“

„Dunnaschock, tann im Himmel der Puffjauch nicht
durch die Wagenfenster tommen?“

„'türlich nicht, wenn alles da so ist, wie's sich gehört.
Da gibt's gar keine Pufflotiven, denn was sollten die
Engel damit machen? Sie haben ja Flügel und können
fliegen.“

„Und wenn er tausend Flügelsch hätte, will er doch
nicht, dasch die Puffpufflotiven weg schind. Denk mal,
was 'n Pschaß, immer mit die Flügelsch schu flappen,
wenn man durch nen heischen Tunnel fährt.“

„Tunnels im Himmel sind aber gar nicht heiß,“ er=
widerte Bär, „denn heiße Tunnels sind eklig, und im
Himmel kann es nicht Ekliges geben. Ich glaube beinah,

da sind gar keine Tunnels — oder — ja — ganz kleine
werden doch wohl da sein, so lang, daß kleine Jungens
immer raus und rein fahren können."

„Und wie schollen schie jausch und jein fahren, wenn
da teine Lotiven schind, die Wagen schu schieben?"

Bär sann nach und erwiderte:

„Weißt du, Teddy, das sind so von die Sachen, was
nicht in die Bibel steht. Pappi sagte, 'n Haufen Sachen
erzählt lieber Gott den Menschen nicht über den Him=
mel, weil es sie nichts angeht, und ich denke, das gehört
wohl auch dazu."

„Dann wollt er, esch däbe noch mehr Bibelsch, denn
er will noch viel mehr wischen."

„Na, einerlei, heut kommen wir nach Haus, und das
macht mich so voll, daß vom Himmel und so gar nichts
mehr in mich reingeht. Ich möcht mal wissen, wer uns
bringt und all das. Wollen mal Onkel Heinz fragen."

„Ja, man los! Hat er schon die dansche Scheit djüber
nachdedacht, wie er in die Schlafstube tommen tann,
ohne Schimpfe zu kjiegen, und nu weisch er esch!"

So gingen die Knaben nach dem Schlafzimmer und
bearbeiteten die Tür kräftig mit Händen und Füßen.

„Die Engelouvertüre," zitierte Herr Buren, „und da=
mit unwiderruflich das letzte Auftreten."

„Ach sprich doch nicht davon", wehrte seine Frau ab.
„Ich hab' schon im Traum darüber geweint, und mir
ist ganz nach Fortsetzung zumute."

„Ich habe die größte Lust, die da weinen zu machen",
sagte der Herr des Hauses wild. „Kein Schrubber bringt
die Spuren ihrer Schuhspitzen von der Holzfarbe her=
unter."

„Laß sie nur nach Herzenslust stoßen, Heinz. Keine
Scheuerbürste soll ihre kleinen Spuren vertilgen. Mir
ist, als ob ich das ganze Haus durchwandern und jede
Stelle küssen möchte, die sie angerührt haben."

„Dann küss' doch zuerst mal den Resonanzboden mei=
ner Geige, wo sich eine unvertilgbare Schramme von
Teddis Schuhnagel befindet, alldort verewigt an deinem
Geburtstag. Vergiß auch den schönen stattlichen Fleck
auf meinem Schreibtisch nicht, wo Teddi eine Flasche
violetter Tinte umgegossen hat. Vielleicht vermögen deine
Küsse mehr als Fleckwasser. Auch sind an der Tapete
neben den Betten der lieben Gäste ein paar schmutzige
Streifen, wo sie querübergelegen und ihre Köpfe an der
Wand gerieben haben."

„Soll alles bleiben, immer!"

„Was? In deinem geliebten Fremdenzimmer?"

Ein heftiger innerer Kampf zeigte sich auf Frau
Burens Gesichtszügen, doch sie entgegnete:

„Man kann die Möbel umstellen oder einen Bett=
schirm dahin schieben; irgend etwas wird sich schon ändern
lassen, ohne daß wir die lieben Spuren ihrer Gegen=
wart zu vernichten brauchen."

Aber diese Hingebung fand ihren Weg nicht durchs
Schlüsselloch oder beschämte etwa die Lärmmacher drau=
ßen so, daß sie Ruhe gaben. Im Gegenteil, der Lärm
wuchs derart, daß Frau Buren schnell hinging und den
Riegel zurückschob.

„Wir sind es," war die ziemlich überflüssige Anmel=
dung, mit der Bär ins Zimmer kam, „und wir wollen
gern wissen, wann wir nach Hause gehen, wer uns nach
Hause bringt, und wie wir nach Hause kommen, und
was ihr uns zum Andenken schenken wollt, aber wir
wollen keine Blumen haben, denn Blumen haben wir
selbst zu Hause genug."

„Obschtuchen isch wohl dasch netteschte", meinte Teddi.
„Da musch man fubba lange djan denken. Mal da hat
Mammi Pappi befragt, ob er noch an den Obschtuchen
von Fjau Birk dächtete, und da hat Pappi dantsch tjaujig
besagt, da tönnte er nie nicht djan verdeschen. Du, Tante

Alifche, machfcht du auch 'n befchonders feinefch Mittag=
efchen für Leute, die abjeifen müfchen? Mammi macht
dafch immer. Mammi fchagt Leute, wo jeifen wollen,
müfchen fubba dut defüttert werden." (Die Entfernung
der beiden Häufer voneinander betrug ungefähr einen
halben Kilometer.)

„Du follft ein fehr gutes Mittageffen bekommen,
mein Teddilein; das Schönfte, das ich mir ausdenken
kann."

„Mach da lieber 'n Lüfchek aufch", fagte der beforgte
Teddi. „Wenn wir fchon fchu Mittag valleicht fchu Haus
fchind — wafch dann?"

„Ihr braucht nicht fort, bevor ihr euer Abfchiedsmahl
bekommen habt."

„Ich nehme an, zu Haus haben fie auch ein ganz
fummofes Mittageffen für uns gemacht", äußerte Bär.
„Das hatte der Pappi in der Bibel auch, und der hatte
doch nur einen Jungen, der nach Haufe kam, und nicht
zwei, und noch dazu fo 'n unartigen Bengel."

„Was ift dann das nun wieder für eine Bibelgefchichte,
die der Junge da verhunzt?" fragte Frau Buren.

„Tante Alice weiß nicht, wovon du fprichft, Bär. Er=
klär' es ihr mal."

„Na, ich mein doch natürlich den Jungen, für den der
Pappi das fette Kalb fchlachten ließ", fagte Bär. „Aber
ich habe nie begreifen können, was da befonders Schönes
dran ift."

„Erzähl' mal die ganze Gefchichte, mein Junge, wir
wiffen immer noch nicht, wo du hinaus willft."

„Na hört mal, ihr feid aber fcheußlich böfe Menfchen,
wenn ihr die Biblifchen Gefchichten nicht kennt. Ich dachte,
von dem Jungen wüßten alle Menfchen. Alfo, es war mal
'n Junge, der ging zu fein Pappi und fagte zu ihm, alles,
was fein Pappi ihm fchenken wollte, folange er lebte, das
follte er ihm lieber gleich auf einmal fchenken. Und das

344

tat der Pappi. Schicker Pappi, was? Da nahm der
Junge das Geld und verreiste und gab Gesellschaften
und so was. Und schließlich war all sein Geld alle. Sag
mal, Onkel Heinz, warum haben denn nicht alle Leute
soviel Geld, wie sie gern haben wollen?"

„Mein Sohn, das ist das große Weltpreisrätsel. Frag'
mich was Leichteres."

„Wird er immer schoviel Deld haben, wie er bjaucht,
wenn er verwakschen isch", sagte Teddi.

„J, was du sagst! Wie fängst du denn das an?"
fragte der Onkel mit sehr begreiflichem Interesse.

„Erscht isch er fubba dut, und dann bittet er einfach
lieber Dott djum; möcht er woll wischen, wo lieber
Dott all die schönen Sachen aufhebt, wasch die buten
Leute kjiegen, wenn schie ihn um bitten — Deld un scho."

„Na, im Himmel natürlich", sagte Bär.

„Er sagt nur gerade heraus, was viele Erwachsene
denken", sagte der Onkel. „Nun weiter, Bär, mit der
Geschichte."

„Hat er denn da 'ne Pscharbüksche und einen Pschiel=
warenladen?"

„Sch—sch—sch—", machte Frau Alice unwillkürlich.

„Also Geld hatte er nun nicht mehr, und an seinen
Pappi schreiben konnte er nicht, weil es keine Post gab
in dem Land. Da ging er denn auf Arbeit bei 'n Mann,
und da mußte er die Schweine hüten, und er kriegte
dasselbe zu essen wie die Schweine. Ob er aber auch
aus dem Trog gegessen hat, das weiß ich nicht."

„Schade, daß du gerade über diesen Punkt im un=
klaren bist", sagte der Onkel.

„Aber in 'n Schmutz mit die Schweinchen pschielen,
dasch durft er doch, nicht? Schein Pappi war doch schu
weit weg, um esch schu wischen, und konnte nich sagen
‚Lasch schein!'"

„Ja, das durft er woll, ob er aber soviel Spaß davon

gehabt hat, wo er mit ihnen essen mußte, das weiß ich nicht. Als er nu ne Weile Schweinejunge gewesen war, da fiel ihm ein, daß er zu Hause immer fuchsbar genug zu essen gehabt hatte. Onkel Heinz — Jungens sind doch überall gleich, nicht?"

„Das scheint mir auch so, die Anwesenden natürlich ausgenommen; wie kommst du jetzt darauf?"

„Na, siehst du, er wollte nach Hause, als er den Schweinen nicht mehr genug wegklauen konnte, um satt zu werden, und Pappi sagt, wenn eine Mammi ihre kleinen Jungens nicht finden kann, so muß sie nur bis Mittag warten, dann kommen sie schon von alleine. So hat es der Junge in dem anderen Land auch gemacht. Pappi sagt, in der Bibel steht nicht, ob er dem Mann sagte, er solle sich einen anderen Schweinejungen nehmen, oder ob er einfach ausbürte. Jedenfalls kam er bis nach Hause, und ich glaube, er hat sich doll geschämt; deshalb ging er hintenrum, denn auf dem Bild in unserer Bibel, da hat er so scheußlich dreckiges Zeug an, und da hatte er woll Angst, daß er Ausschimpfe kriegte. Da wollte er lieber von hinten gleich in sein Zimmer, ohne daß ihn einer zu sehen bekam."

„Aber Heinz," entsetzte sich Frau Alice, „das ist ja gräßlich — beinahe Gotteslästerung."

„Das Heilige in der Geschichte besteht doch nur in der Nutzanwendung; und darauf kannst du dich verlassen, der Junge findet heraus, worauf es ankommt! Ich wünschte, unsere Theologen verstünden das ebensogut. Weiter, Bär!"

„Er drückte sich also, immer wenn er einen kommen sah, hintenrum, zwischen Bäumen und Sträuchern und Zäunen — aber auf einmal — da sah ihn sein Pappi. Pappis können wohl besser sehen als andere Leute, und irgendwie wissen sie auch immer, wenn ihre Jungens wiederkommen, als ob sie man bloß so gestanden und auf ihnen gewartet hätten. Dem Schweinejung sein Pappi kam also gerad so aus dem Haus raus, ohne Hut und alles, und nahm ihm in die Arme und küßte ihn und hatte ihm so doll lieb, daß er gar keine Puste kriegte, und der Schweinejung fing an zu heulen und —“

„Und hat er nicht besagt: ‚Wie schiehscht du ausch? Wie hascht du dich scho djeckig machen tönnen?‘“

„I bewahre, nicht die Bohne. Und der Schweinejung sagte, er wäre fuchbar oll und unartig gewesen, und nun müßte er woll immer in der Küche essen. Aber davon wollte sein Pappi nichts wissen. Er gab ihm was Anständiges anzuziehen und auch ein Paar neue Schuhe und stachte einen Ring an seinen Finger, als er sich die Hände gewaschen hatte.“

„Jinge schind nich schön schu eschen“, sagte Tebbi. „Hat er mal einen junterbeschlurt, und da kjiegte er olle Millischin, und da kam der Jing wieder jausbeschlurt.“

„Du dämlicher Bengel, er hat ihm doch den Ring nicht zu essen gegeben; Ringe, die drücken immer die Finger, und der eine muß dann immer denken, wie doll der andere, der ihn ihm geschenkt hat, ihn gern mal drücken möchte. Und dann machten sie ein ganzes Kalb tot — weil der Schweinejung so gräßlich leer war —, und sie amüsierten sich prachtvoll. Und dem Schweinehirt sein großer Bruder, der hörte den Krach, den sie machten, und da wurde er gräßlich schlechter Laune, denn er war immer artig gewesen, und nie hat niemand für ihn auch nur ne Teegesellschaft hergerichtet. Aber sein Pappi sagte: ‚Halt du man den Mund; wir haben deinen Bruder wiedergekriegt — da denk mal dran, mein Sohn.‘ Aber weißt du was? Mir tut der große Junge doch schändlich leid; ich weiß, wie das ist, wenn Tebbi oll war und ich gut, und Pappi nimmt ihn auf den Schoß und redet mit ihm und drückt ihm, dann ist mir fuchbar einsam, und ich wünschte, ich wär gar nicht gut gewesen.“

„Und was sagte denn wohl die Mutter, als sie den heimgekehrten Sohn sah?" fragte Frau Buren.

„Ich glaube, die sagte gar nichts, sondern guckte bloß so getrübt, daß der Junge dachte, er wolle nie wieder unartig sein, solang er lebte, und dann stand er hinter ihrem Stuhl und guckte sie immer bloß an, aber nur wenn sie's nicht merkte."

„Und was können wir denn nun aus dieser Geschichte lernen?" fragte Frau Buren, entschlossen, ihrem Neffen wenigstens noch eine theologische Nutzanwendung bei dieser Gelegenheit einzuprägen.

„Na, das ist doch ganz klar; es bedeutet, daß gute Pappis recht wohl wissen, wenn ihre Jungens sich wirklich schämen," sagte Bär, „und daß es dann das beste ist, wenn sie süß und gut zu ihnen sind; und daß solche Pappis, die das nicht sehen und nichts weiter tun als sie ausschelten, die können sich darauf gefaßt machen, daß ihre Jungens nicht wiederkommen."

Frau Buren stutzte, und Herr Buren lachte innerlich über diese Erkenntnis. Aber die Tante faßte sich schnell und kam auf ihren Punkt zurück. „Meinst du nicht, daß wir auch etwas von dem lieben Gott lernen sollen?" fragte sie.

„'türlich", entgegnete Bär. „Der ist der beste von allen Pappis, und deshalb kann er auch güter gegen seine ollen Kinder sein als alle anderen Pappis."

„Ganz richtig," sagte die Tante, „das sollen wir daraus lernen."

„Was ist denn dabei zu lernen, das weiß doch jeder."

„Wenn es alle Menschen wüßten, dann hätte ja Jesus die Geschichte nicht zu erzählen brauchen."

„Doch so, na die ollen Juden, vielleicht haben die's noch nicht gewußt", sagte Bär. „Früher da waren die Leute manchmal scheußlich gemein zu ihren Kindern und glaubten, lieber Gott würde ebenso zu ihnen sein."

„Auch jetzt ist es für manche Menschen gut, diese Ge=
schichte zu hören, Bär. Sie hören sie gern und freuen sich,
wie gut der liebe Gott zu ihnen sein will, wenn —“

„Mögen sie denn das lieber lernen als das, daß sie
gut gegen ihre Kinder sein sollen?“ fragte Bär. „Weißt
du, was sie dann sind? Schweine sind sie. Ich möchte
nicht, daß mein Pappi und meine Mammi so wären.
Die sagen, besser ist was geben als was kriegen. Und
Onkel Heinz hat uns immer noch nicht gesagt, wann wir
nach Hause gehen, und wer uns bringt.“

„Euer Pappi will euch holen, wenn er aus der Stadt
kommt. Ich glaube, er will euch noch was sagen, ehe ihr
nach Hause kommt. Ihr Strolche wißt doch nicht, wie
man sich in einem Haus benehmen muß, wo kranke
Mammis und klitzekleine Babys sind.“

„Dooch, natürlich wissen wir das, wir brauchen nur
stillzusitzen und sie immerlos anzugucken, so doll wie wir
können.“

„Und alle schwei bisch djei Minuten schtehen wir auf
und deben ihn einen Tusch.“

„Ja, und streicheln ihn.“

„Und schtecken fubba nette Sachen in ihr Mund, scho
wie Pappi esch macht, wenn wir kjank schind“, war wie=
der Teddi an der Reihe.

„Und schenken ihr Groschens.“

„Und tlappern mit der Pscharbüksche und machen Mu=
schike vor ihr“, ergänzte Teddi. „So wie Bär esch mit
ihm machte, als er schu kjank war, um esch schelber schu
machen“, sagte Teddi und umarmte seinen Bruder leiden=
schaftlich.

„Und machen ihr Zimmer hübsch.“

„Und bjingen schöne Sandtuchen, dansch fertig de=
backt —“

„Und wir tanzen ihr was vor. Das hab ich auch für
Philli getan, und das machte ihn immer so glücklich.“

„Und Bilder tleben wir an die Wand, wir haben viele,
oben auf'm Boden, die haben wir auschbeschneidet, und
die Flasche Tlebescheug —"

„Das ist mein letzter Jahrgang der ‚Illustrierten', die
gebunden werden sollte. Wie habt ihr denn das gefunden, ihr Räuber?"

„Und ne fubba giosche Flasche mit Tlebescheug haben
wir auch, und Mammis Schimmer isch scho hübsch josa
wie die Blätter in schein Albunck, wo er die Bilder in
schammelt."

„Und das sind nun ihre Ansichten vom Guten und
Nützlichen, rief Frau Buren; die Knaben aber hatten inzwischen schon wieder diese in Aussicht gestellte Tätigkeit vergessen, da ein Rasierapparat ihre ganze Aufmerksamkeit in Anspruch nahm.

„Ja," seufzte Herr Buren, „und sie kommen trotz
ihrer guten Absichten dem Rechten doch kaum näher, als
es im allgemeinen die Erziehungs- und Weltverbesse-
rungspläne der Erwachsenen tun."

„Aber Heinz", rief Frau Buren etwas beleidigt.

„Das soll keine Spitze gegen dich sein, mein Lieb",
sagte Herr Buren schnell. „Das lag mir fern. Ich
wollte nur sagen, daß beide, Erwachsene wie Kinder, die
besten Absichten haben. Aber wie viele Kinder wird es
wohl geben, die die vorhin in der Zärtlichkeit ihrer kleinen Seelen vorgeschlagenen Liebestaten wirklich aus-
führen können, ohne dafür Schelte und Schläge zu erhalten?"

„Heinz, Heinz, du fängst ja an, wie ein Prediger zu
reden, und noch dazu ein recht grausiger!" rief Frau
Buren.

„Wo liegt denn da das Grausige?" fragte Herr Buren,
„du hältst wohl das Aussprechen dieser Dinge für grausiger als ihre Existenz?"

„Sprich doch bitte nicht so", sagte Frau Buren. „Das geschieht doch nicht — höchstens ehe man —"

Herr Buren schloß seine kleine Frau in seine Arme, und dann sahen sich beide nach den Urhebern ihrer ernsten Unterhaltung um — die aber waren verschwunden.

„Ich nehme an, die Sturmglocke ihres seelischen Lebens hat geläutet — die Frühstücksglocke", sagte Herr Buren, „ich bin auch hungrig wie ein Bär. Komm, wir wollen hinuntergehen und sehen, was sie binnen fünf Minuten angestiftet haben.

Im Eßzimmer waren die Jungen nicht zu finden, und das Mädchen wurde auf die Suche geschickt. Das Ehepaar fing langsam an zu frühstücken, wer aber nicht erschien, waren die Knaben.

„Laß nur noch etwas extra herrichten", sagte Herr Buren, als er aufstand, um fortzugehen. „Ein echter Knabenhunger ist ein Kapitel, das nach vollendeter Reife erstaunliche Wucherzinsen anhäuft."

Frau Buren befolgte den Ratschlag ihres Mannes und beschäftigte sich dann im Haushalt. Als aber mehr denn eine Stunde verstrichen war, ohne daß die Knaben wiedergekommen waren, wurde sie unruhig und machte sich auf den Weg, um nach ihnen Ausschau zu halten.

Da es nicht unmöglich war, daß die Knaben in ihrer Ungeduld gleich nach Hause gelaufen waren, ging sie hinüber und fragte den treuen Kuntze.

„Nee", sagte er, „hier sind se nicht jewesen. Ick hab' ihnen wenigstens nich jesehen."

„Wenn sie sich nur nicht verlaufen haben", seufzte Frau Buren.

Kuntze brach in ein anhaltendes wieherndes Gelächter aus und drehte und verrenkte sich umständlich, ehe er wieder das Wort ergriff.

„Nee, enschuljen Se man, aber valoofen? Die finden ihren Weech, wenn se eenmal wo jewesen sind, da kennen

Se sich uff valassen. Warten Se man, bis et Mittach jibt, da werrn se schonst da sind."

Und er brach in ein neues Gelächter aus und eilte in den Stall, während Frau Buren fast beruhigt nach Hause ging.

Aber auch zu Mittag erschien keiner der Jungen. Frau Burens Besorgnisse kehrten in verstärktem Grade zurück, und abermals eilte sie zu Kuntze, den sie beschwor, mit ihr auf die Suche zu gehen.

Der Anblick eines sehr unangenehm aussehenden Strolches weckte Erinnerungen an greuliche Kinderattentate in ihr und trieb ihr Angsttränen in die Augen. Sogar der Zweifler Kuntze wurde unruhig, als er hörte, daß die Kinder den ganzen Tag noch nichts gegessen hatten. In brennender Eile bestieg er ein Pferd.

„Wohin gehen Sie zuerst, Kuntze?" fragte Frau Buren.

„Weeß ick noch nicht, aber finnen muß ick ihnen, det is richtich!"

Fort trabte Kuntze, und Frau Buren, aus Angst, das Gerücht möchte ins Krankenzimmer bringen, lief nach Hause, schickte die Mädchen nach verschiedenen Richtungen aus und ging selbst auch fort, während Kuntze den Kramladen, das Schulhaus, die Brücken, die über die Gräben führten, und allerhand Geheimplätze der Knaben absuchte.

Frau Buren selbst suchte auf den Waldpfaden, zwischen Baum- und Farngruppen, blieb alle Augenblicke stehen, um Umschau zu halten, und verbrachte annähernd zwei Stunden bei diesem Geschäft. Plötzlich sah sie auf einem holprigen Pfad eine ihr vertraute Gestalt, mit einem großen grünen Zweig. „Bär!" schrie sie und rannte auf ihn zu.

Die kleine Gestalt drehte den Kopf, und entsetzt blickte Frau Buren in ein äußerst verstörtes Gesichtchen, dessen

Bläſſe die geröteten Augen, die gedehnten Naſenflügel
und die zuſammengepreßten Lippen des Kindes noch mehr
hervortreten ließen. Und auf dem Aſt, den er krampfhaft
umklammerte, lag Teddi vom Kopf bis zu den Füßen
mit einer dicken Staubkruſte bedeckt.

„Um Gottes willen, was iſt denn geſchehen?" rief die
Tante.

Teddi erhob den Kopf und gab folgende Erklärung ab:

„Iſch er ein beſchoſſener Scholdat und ſcholl er dahin
debjacht werden, wo die Schießer ihm nicht mehr ſchie=
ßen tönnen, wie in Kjieg."

Bär ſank in dieſem Augenblick weinend auf den Weg
hin.

„Was iſt denn nur, Bär, Herzenskind?" weinte nun
auch die Tante, kniete neben Teddi hin und nahm ihn
in die Arme.

„Au—a!"

„Bär, Liebling," ſagte ſie, den Kleinen hinlegend und
zu Bär eilend, „ſagt mir doch nun endlich, was iſt denn
paſſiert?"

Bär öffnete ſeine Augen und ſeinen Mund ſehr zö=
gernd und brachte mit matter Stimme heraus:

„Wart — bis ich — wieder labundig bin, dann —
will ich — dir alles — erzählen. Ich hab nicht — mehr
viele — Wörter — in mir — ſie ſind alle — rausgeſchüt=
telt — ich — bin — ſo — müde — und o —!"

Bär ſchloß wieder ſeine Augen. Zärtlich hob ihn Frau
Buren hoch und ſetzte ſich mit ihm auf einen großen
Stein, ſchaukelte hin und her und küßte ihn wiederholt
weinend, während ſich der Kleine auf ſeinem Bauch her=
umdrehte und die Szene mit augenſcheinlicher Befriedi=
gung betrachtete. Dann ſagte er:

„Tante Aliſche, iſche fubba bjollig, beſchoſſener Schol=
dat ſchu ſchein."

Bär erholte sich allmählich, legte die Arme um die Tante und sagte:

„Tante Alice, es war gräß—lich!"

„Willst du mir nun mal ordentlich alles erzählen? Fühlst du dich wohl genug? Wo seid ihr den ganzen Tag gewesen? Tantens Herz wollte beinah brechen vor Kummer und Angst um euch."

„Ja, guck, wir wollten recht was Nettes für dich tun, ehe wir nach Hause reisten, weil du immer so nett zu uns gewesen bist. Wir konnten und konnten an nichts Ekliges denken, was du uns getan hast, und dabei weiß ich doch, daß mal was Ekliges war — einerlei — wir konnten nicht drauf kommen.

„Anscher dasch du tausendmal besagt hascht ,Lasch schein!'"

„Ja, das hatte Ted noch behalten, aber wir denkteten, daß du es woll nötig zu sagen gehabt hast. Und da fiel uns nichts anderes ein als wilde Blumen, denn zahme, die hast du ja genug in deinem Garten, und da dachten wir, wilde nähmest du am liebsten. Und wir dachten, wir könnten sie noch vor dem Frühstück kriegen, wenn wir fix machten. Da gingten wir in den Wald, bis da wo die großen Steine liegen, und wir fandeten keine. Vielleicht schliefen sie alle noch. Und nu wußten wir nicht, was wir nu machen sollten."

„Himbeeren", sagte Teddi.

„Was zu essen wollt ich aber nicht, denn du solltest was haben, wo du ein paar Tage ansehen kannst und an uns denken.

„Und da sagt er dansch auf einmal: Fannkjaut!" rief Teddi.

„Ja", sagte Bär. „Teddi sagte es zuerst, aber ich denktete es zuerst, und da sahn wir so fuchbar schöne Farnkräuter ganz oben auf den Steinen — guck mal, da kannst du sie sehen!"

Frau Buren sah hinauf und schauderte, denn gerade dieser Stein war an der einen Seite ganz glatt abschüssig, und kein Weg führte hinauf. Oben nickten aus den Ritzen und dem Gesträuch die wunderbarsten Farnkräuter.

„Hier war es nicht, da um die Ecke, wo es weniger steil ist, aber schwerer zu klettern. Hier kletterten wir zuerst rauf.“

„Oh, ihr geliebten, bösen Kinder“, rief Frau Buren und preßte ihr Schoßkind noch einmal mit entsprechender Strenge an sich. „Zu denken, daß zwei so kleine Kinder wie ihr an so gefährlichen Stellen klettern. Ich kann es schon kaum mit ansehen, wenn Onkel Heinz das tut.“

„Schind teine tleinen Tinder, wenn wir hohe Berge tlettern, schind Männers.“

„Als wir dann oben waren, fanden wir genug, aber wir warften sie immer wieder weg, weil wir noch schönere sahen. Du, Tante Alice, warum sehen die Sachen zu alleröberst am allerschönsten aus?“

„Weisch er“, sagte Teddi.

„Wieso denn, Teddi?“ fragte Frau Buren.

„Weil schie näher an Himmel djan schind. Verschähl weiter, Bär. Hört er esch dern.“

„Endlich waren wir ganz oben, und da waren auch die allerschönsten Farne.“

„Und Teddi war am allererschten oben.“

„Ja, das ist wahr, oben war er zuerst, der verflixte kleine Schlingel“, sagte Bär und warf seiner brüderlichen Liebe eine Kußhand zu. „Ich sagte, schönere gäbe es nu nicht mehr, er aber sagte, ‚lieber Gott wird welche wachsen lassen für Tante Alice‘. Und er kletterte immer weiter wie ne Spinne.“

„War er schu allererscht oben.“

„’türlich warst du, weil ich gar nicht erst raufgekommen bin. Und da reißte er an einem ganz dicken Farnbusch und kehrte mir den Rücken zu, und auf einmal sah

ich bloß Teddi in der Luft auf nix liegen und ganz schräg;
und er heulte gräßlich.“

„Weil er junterplumschte auf lauter Sschteiner; aber
den Farnjaut hat er nicht verflorn; da isch er“; und
Teddi hielt ein verwelktes und zerknittertes Etwas her=
auf, was ehemals ein Farnkraut gewesen war. Bei diesem
Anblick setzte Frau Alice Bär sich hin und preßte Teddi
und mit ihm das gerettete Liebeszeichen an sich.

„Halt mich nur noch ein bißchen“, sagte Bär. „Mir
ist noch gar nicht gut.“

„Was fingt ihr denn nun an?“ fragte Frau Buren
und kehrte zu ihrem Wärterinnendienst zurück.

„Na, Teddi brüllte immerlos, und gehen konnte er
nicht, da half ich ihm bis nach dem Weg, und er konnte
immer noch nicht gehen —“

Frau Buren untersuchte Teddis Beine, fand aber alle
Knochen heil.

„Dasch Wehweh isch schu untersch in schein Bein und
schu obersch in schein Fusch“, erläuterte Teddi die Ver=
renkung seines Knöchels.

„Und er brüllte immer ‚Mammi‘ und ‚Pappi‘, so fuch=
bar getrübt — es war gräßlich“, fuhr Bär fort. „Und
ick guckte den Weg rauf, und es kam kein Mensch, und
ich guckte den Weg runter, und es kam auch kein Mensch.
Was ich nu anfangen sollte, wußte ich nicht, denn ich
konnte doch nicht nach Hause laufen und Bescheid sagen
und den armen kleinen Teddibruder so allein und fuch=
bar elend da lassen. Und da fiel mir ein, was Pappi bei
den Soldaten gesehen hatte, wenn kein Wagen da war,
und ich reißte tüchtig an einem dicken Baumzweig, da
wollte ich ihn drauf ziehen.“

„Aber Junge, du willst doch nicht sagen, daß du die=
sen Ast ganz allein losgerissen hast?“

„N—ein, nicht ganz“, sagte Teddi zögernd. „Ich zog
erst an dem einen und dann an dem anderen, aber keiner

wollte abknaxen. Da hab ich dem lieber Gott die ganze
Geschichte erzählt und gesagt, er wollte doch wohl nicht,
daß arm Klein-Teddi hier den ganzen Tag liegenbleiben
sollte, und ob er mir nicht helfen wollte, den ollen Zweig
abzuknaxen, damit daß ich Teddi nach Hause fahren
könnte. Und warraftig, da war ich so stark wie vierzig-
tausend Pferde. Da brauchte der lieber Gott eigentlich
gar nicht mehr zu helfen, nu konnt ich es ganz allein,
ich gab noch einen tüchtigen Ruck, und da war der Zweig,
und ich legte Teddi drauf und schleppte ihn, aber ich
sage dir, das war schwer!"

„Aber pschaßig war esch auch, blosch nicht, wenn da
tleine Schteine waren und daraufsprangen, und basch
Wehweh tat noch döllerer weh."

„Ich fuhrte schon auf den weichen Stellen, wenn ich
konnte, aber manchmal waren auf dem ganzen Weg keine
weichen Stellen zu finden. Und bei mir drinnen, da
hoppste immer was, das war die Herzmotive, du weißt
doch. Greulich. Ich konnte immer bloß son Dutzend
Schritte machen, und dann mußte ich stillstehen. Dann
hörte Teddi auf zu heulen und sagte, er wäre so hungrig,
und dann fiel mir ein, daß ich auch so hungrig war."

„Hat er Fannkjaut nicht verfloren."

Frau Buren zog das Denkzeichen hervor und küßte es.

„Mir scheint, du magscht es f u ch b a r gern, nicht?
Na, dann schadet es alles nichts, Teddi; die Wehwehs und
die Quälerei, nicht, Ted?"

„Nee — denn nicht; wenn wir nu beide befahren
werrn wie deschossene Scholdaten, und schu Hausche dibt
esch Lüschek und Mittag auf einmal."

„Ihr sollt beide ohne Mühe nach Hause kommen",
sagte Frau Buren. „Wartet nur hier ein Weilchen, bis
ich gehe und den Wagen für euch hole."

„Donnerwetter, das ist ja himmlisch", sagte Bär.
„Freust du dich nicht, daß du verwundet wurdest, Ted?

Aber, Tante Alice, haſt du nicht vielleicht ein paar Zwie=
bäcke in der Taſche?“

„Nein, gewiß nicht“, ſagte die Tante, deren Zärtlich=
keit ſich für den Augenblick verminderte.

„Och, ich dachte man bloß ſo. Pappi hat immer welche
für uns in der Taſche, wenn er uns ſuchen geht, wenn
wir ’n bischen lange weggeblieben ſind.“

Plötzlich hörte man auf der Landſtraße Pferde=
getrappel.

„Mich ſoll’s nicht wundern, wenn das Kuntze wäre“,
ſagte Frau Buren. „Er iſt zu Pferd euch ſuchen ge=
gangen.“

„Ich würd mich gar nicht wundern, wenn es Pappi
wäre; Pappi iſt nämlich ſo komiſch, er kömmt immer
gerade dann, wenn wir ihn am allermeiſten brauchen.“

„Und mit Schwiebackſche“, ergänzte Teddi.

Näher und näher kam das Hufgetrappel, und der
Ahnung der Kinder treu erſchien Tom Lorenz zu Pferde
unten auf der Straße mit einem alten Torniſter und
einer Feldflaſche.

„Pappi, Pappi“, jauchzten die Jungen. „Hurra!“
Tom Lorenz ſchwenkte ſeinen Hut, und Teddi ſchrie: „Er
hat Schwiebackſche mit — er hat den Sack!“

Der Reiter hielt und ſtieg ab. Bär ſtürzte ſich in ſeine
Arme, und Teddi rief:

„Pappi, haſch woll lange nich ’nen beſchoſſenen Schol=
dat beſchehen?“

Dann wurde Teddi auf den Sattel geſetzt und Bär
dahinter. Der koſtbare Sack wurde geöffnet und ergab
— belegte Brote! Beide Knaben verſuchten dann aus
der Flaſche zu trinken und begoſſen ſich reichlich mit Waſ=
ſer. Der Vater führte das Pferd ſorgfältig auf der einen
Seite, Frau Buren ging an der anderen und hielt ihre
Hand unter Teddis verſtauchten Knöchel, um Stöße gegen
den Sattel zu vermeiden. Sie ließ ſich in ihrem Sama=

riterbienst nicht beirren, auch nicht, als ein Wagen mit
eleganten Bekannten an ihr vorbeifuhr.

Die kleinen Helden vergaßen recht bald, daß sie Helden
gewesen waren, und plapperten wie gewöhnliche Kinder.
Damit die Kunde des Abenteuers nicht zu der Wöchnerin
bringe, wurde ein kleiner Umweg gemacht, und die Kinder
wurden reichlich bestochen, der Mutter nichts zu sagen,
bis ihr Vater eine Erklärung vorausgeschickt hatte. So
wurden sie denn auf Pappis Armen hineingetragen, um
der Mutter einen Gutenachtkuß zu geben. Und dann als
Extravergünstigung durfte das Schwesterchen einen
Augenblick zwischen den beiden Brüdern liegen. Die gewöhnlichen Abendzeremonien nahmen, dank der vereinig-
ten Anstrengungen von Eltern und Kindern, recht lange
Zeit in Anspruch. Schließlich aber kam man doch zum
Schluß, und Bär betete:

„Lieber Gott, wir sind fuchbar froh, daß wir nun
wieder zu Hause sind, denn so wie Pappi und Mammi
kann doch kein Mensch zu uns sein. Und ich danke dir
auch, daß du mich so stark machtetest, daß ich den Zweig
abknaxen konnte, und segne die Tante Alice, daß sie uns
fand, und noch mehr den armen Kuntze, weil er versuchte,
uns zu finden, und es ihm schief ging, daß er nicht getrübt ist. Und mach allen kleinen Jungens ihre Pappis
so wie unseren, daß er immer grade kommt, wenn sie
ihn am döllsten brauchen. Genau wie du, lieber Gott.
Amen.“

Und Teddi schloß die Augen, dehnte sich in seinem
Bettchen und sprach: „Lieba Dott, Teddi war schuerscht
auf'm Berg — verdisch dasch nicht, lieba Dott. Amen.“

Zwölftes Kapitel

Vierzehn Tage später fand in dem Lorenzschen Hause eine kleine Familienzusammenkunft statt. Es war keine feierliche Sitzung — im Gegenteil —, Frau Lorenz erschien zum ersten Male wieder am Familientisch, und die Burens sollten bei diesem freudigen Ereignis zugegen sein, was sie mit größtem Vergnügen taten. Auch die Söhne des Hauses durften mitessen und entwickelten eine derartige Zungenfertigkeit, daß kein anderer recht zu Worte kam. Schließlich aber war der Augenblick da, wo die einleitenden Zubettgehmaßregeln wirklich nicht länger ausgedehnt werden konnten, obschon die Eltern und Pflegeeltern einmal geküßt worden waren als selbstverständlich, dann ein zweites Mal, um sich zu überzeugen, daß es auch wirklich geschehen sei, und ein drittes Mal, um sich zu vergewissern, daß auch niemand vergessen sei. Dann wurden die Gespräche der Erwachsenen noch oft durch eine Reihe kindlicher Fragen, Bitten und Forderungen von oben her unterbrochen; als aber Tom Lorenz die letzte Frage persönlich beantworten wollte, fand er beide Knaben in festem Schlaf. Jetzt konnten die vier sich ganz einander widmen, und sie taten es mit der Herzlichkeit alter Freunde, die lange voneinander getrennt gewesen waren. Man sprach über dies und das in der Welt, von allerlei, was sich hätte ereignen müssen, wenn es nicht so viele Leute gäbe, die anderer — falscher Ansicht wären; man sang, plauderte, sprach über Kunst — da gab Frau Helene dem Gespräch eine andere Wendung, indem sie sich erbot, den auf Anstiften ihrer Söhne durch Terry zerstörten Stuhl zu ersetzen.

„Auf keinen Fall", sagte Frau Buren. „Sorge nur dafür, daß die kleinen Strolche solche Streiche nicht an=

deren Personen spielen, die sie weniger liebhaben; ich
werde ihnen die Geschichte durchaus nicht nachtragen.“

„Nachtragen?“ rief Frau Lorenz. „Ich bitte dich,
Alice, du hast doch wohl nicht einen Augenblick geglaubt,
die Kinder hätten gewußt, was geschehen würde, wenn
sie Terry an den Stuhl festbänden?“

„Ach bewahre! Aber sie haben es doch getan, und sie
hätten es doch auch woanders tun können, bei Leuten,
die ihnen weniger gut sind, was würden die denn wohl
gesagt haben?“

„Ja ja, Lenchen, deine Schwägerin will dir zart zu
verstehen geben, daß andere deine Sprößlinge für ein
paar recht ungezogene Rangen halten könnten“, sagte
Herr Buren.

„Andere Leute verstehen überhaupt nichts von andrer
Leute Kindern“, sagte Frau Lorenz mit Würde, „und des=
halb sollten sie auch ihre Finger davon lassen und ihre
Meinungen für sich behalten. Niemand weiß Kinder nach
dem, was sie wirklich sind, zu schätzen; man beurteilt sie
nur nach dem Grad von Mühe, die sie verursachen. Blut=
lose kleine Gliederpuppen — fast sind es schon Idioten —
gehen als Musterkinder durch ihre Kindheit, bloß weil
sie nie unruhig, nie unbequem werden. Was küm=
mern sich die Menschen um all das Gute, all das Lieb=
reiche, das diese hilflosen, beinah seelenlosen kleinen Din=
ger tun könnten — und nicht tun!“

„Da hast du dir was Nettes eingebrockt, Frau Alice“,
neckte Herr Buren. „Es ist ratsamer, einer Wölfin, der
man die Jungen geraubt hat, in den Weg zu treten, als
einer Mutter, deren Kinder irgend jemand außer ihr zu
tabeln gewagt hat.“

„Was habe ich getan?“ rief Frau Buren, „wer hat
denn wohl meine völlig harmlose Bemerkung so umge=
bogen, daß sie jeder Frau verletzend klingen müßte? Und
dann noch dazu ein falsch angewendetes Zitat. Ich müßte

mich sehr irren, wenn das Sprichwort von der Wölfin
— Löwin muß es eigentlich heißen — sich nicht irgendwo
auf Narren und so was bezieht. Und wenn du das auf
deine Schwester und ihre Lieblinge anwenden willst —"

Doch dieses ganze Wortgefecht konnte Frau Helene
nicht von dem Verdacht abbringen, daß ihre Schwägerin
einen Tadel beabsichtigt hatte; sie fuhr daher mit einer
gewissen Empfindlichkeit fort:

„Es tut mir sehr leid, daß ich die Kinder zu dir geben
mußte, aber ich hätte mir sonst nicht zu helfen gewußt.
Ja, wenn Tom zu Hause bleiben und für sie hätte sor=
gen können! Ich habe schon oft gedacht, wenn wir ster=
ben müßten, dann wäre es für die Kinder am besten,
uns gleich zu folgen — nichts ist so schrecklich wie der
Gedanke, Kinder anderen Leuten überlassen zu müssen,
die sie beständig mißverstehen und ihre weichen, ehrlichen
kleinen Herzen verhärten und verderben, gerade wenn
sie am meisten gehegt und gepflegt werden sollten."

„Aber Helene," sagte Frau Buren und ergriff die
Hand ihrer Schwägerin, „ich würde jederzeit mein Leben
für deine Kinder lassen, wenn es ihnen etwas nützen
könnte."

„Das weiß ich, mein liebes Herz," sagte Frau Lorenz
nicht ohne Beschämung, „du verstehst mich heute noch
nicht ganz — heute noch nicht. Die Kinder plagen mich
mehr, als sie irgend jemand anders plagen könnten; aber
sie können nicht dafür, und weil ich das weiß, kann ich
es ertragen. Andere können das nicht, und es liegt mir
fern, Leute zu tadeln, die sich über wirklich ärgerliche
Streiche wirklich ärgern."

„Was soll man denn mit Kindern im allgemeinen
machen?" fragte Frau Buren.

„Man soll sie zu Hause behalten; sie sollen so lange
unter der beständigen Aufsicht ihrer Eltern sein, bis sie
alt genug sind, sich selbst überlassen zu werden. Dieser

Zeitpunkt läßt sich aber nicht durch die Ungeduld von Eltern und Erziehern festsetzen."

„Erschrick nicht, Alice", tröstete der Schwager. „Solche Ideen hatte Helene schon, ehe sie eigene Kinder zu verteidigen hatte — sie haben allgemeine Bedeutung."

„Jedenfalls sind sie nicht das Resultat der schönen Erfahrungen, die meine Kinder bei der besten Tante und dem besten Onkel gemacht haben", sagte Frau Lorenz und streichelte die Hand ihrer Schwägerin. „Wenn ihr hören könntet, wie Bär und Teddi euer Lob um die Wette singen, würdet ihr unerträglich eitel werden und euch einbilden, euer eigentlicher Beruf wäre, Waisenhäuser und Kinderbewahranstalten zu leiten."

„Das verhüte der Himmel," entfuhr es Frau Buren so spontan, daß ein teilweises Entziehen der liebreichen Hand die Folge war, „wir haben in der Familie ja nur zwei Kinder —"

„Drei", verbesserte Frau Lorenz prompt.

„Natürlich drei; habe ich zwei gesagt? Also wir haben drei Kinder, und damit kann man ja kein Asyl gründen, zumal ich mich für ganz ungeeignet halte, für Kinder, die ich nicht genau kenne und liebe, die nötige Nachsicht und Geduld aufzubringen."

„Ist es möglich, daß jemand in so kurzer Zeit soviel lernen kann?" rief Tom Lorenz. „Heinz, mein Junge, laß dir gratulieren."

„Daß er mich so gut erzogen hat?" fragte Frau Buren mit erkünsteltem Schmollen.

„Daß er solch ausnehmende Weisheit in der Wahl seiner Ehehälfte bewiesen hat."

„Heinz hat mich ja gar nicht gewählt, das hat doch Bär für ihn getan! Aber ich möchte doch gern wissen, worin denn eigentlich der von mir so plötzlich erworbene Zuwachs an Weisheit besteht? Sollte es in meinen Erfahrungen mit euren Kindern eine geben, durch die ich mich nicht gedemütigt fühle, so möchte ich sie schrecklich gern kennenlernen. Innerhalb einer Stunde nach ihrer Ankunft stieg ich in das Tal der Demütigung, und ich bin seither eigentlich noch nicht wieder herausgekommen."

„Wenn ich nicht fürchtete, in den Ruf eines Moralpredigers zu geraten," sagte Tom, „so würde ich sagen, daß dieses besagte Tal sehr fruchtbar an guten Entdeckungen ist. Aber — Scherz beiseite — die größte Entdeckung ist jedenfalls die, daß man Kinder nur leiten kann durch Liebe und wieder Liebe und abermals Liebe. Und gerade das liebevollste Herz wird oft Sorge und Schmerz haben um Verfehltes und Versäumtes."

„Nicht zu reden von dem schädlichen Einfluß, den diese Sorgen auf den väterlichen Haarwuchs auszuüben pflegen."

„Ich bitte, mit derartigen persönlichen Anspielungen zu warten, bis ich sechzig bin", entgegnete Tom.

„Ich habe gelernt, daß Liebe unerläßlich ist," fuhr Frau Buren fort, „aber ich muß gestehen, ich kann nicht einsehen, warum man es sich gefallen lassen soll, mit Füßen getreten, beschwindelt, als Null angesehen zu werden, kurz sich seiner ganzen Autorität zu begeben, weil —"

„Nun hast du dir schon wieder etwas eingebrockt", flüsterte Herr Buren seiner Frau zu, als er sah, wie die Wangen seiner Schwester sich röteten und sie voll von mütterlicher Hoheit anfing:

„Gibt der große Weltenmeister etwa seine Autorität auf, weil er uns in unserem kindischen Tun und Treiben zeitweilig gewähren läßt? Er weiß, daß jedes Zugeständnis geistiges Wachstum von seiten seiner Kinder zur Folge hat, wenn sie ehrlich sind. Ist dies nicht der Fall, dann werden ihnen, scheint mir, auch keine Zugeständnisse gemacht. Aber m e i n e Kinder sind ehrlich."

Frau Alice öffnete den Mund, aber ihr Mann sagte
ihr leise:

„Laß!"

Nach einer kleinen Weile aber fing sie doch an:

„Wenn man nur immer wüßte, wann die Kleinen
einem ein X für ein U machen. Man kann doch an das
komische kleine Volk nicht den Maßstab der Erwachsenen
anlegen."

„Ist es denn wirklich so furchtbar, wenn einem einmal ein Kind ein X für ein U macht?" sagte Tom. „Tun
wir denn das nie? Geben wir ihnen niemals halbwahre
Antworten, willkürliche Befehle, ja unfreundliche Ein-
schränkungen, nur um uns ein bißchen Mühe oder Nachdenken zu ersparen?"

„Aber Tom", sagte Frau Buren. „So etwas ist mir
gewiß nie eingefallen."

„Warum hast du denn dann ein so empfindliches Gewissen", flüsterte ihr Gatte. „Wenn du dich weiter gegen
jeden allgemeinen Tadel persönlich verwahrst, so wirst du
noch in den Verdacht unerhörter Grausamkeit gegen die
beiden Jungen kommen."

„Ach nein," lachte Tom, „bei mir nicht."

„Sie hat dich doch schon ein halbes Jahr in Zucht gehabt, Heinz, ehe unsere Kinder zu euch kamen," fügte
Helene hinzu, „und du lebst doch auch noch."

„Aber, Tom, im Ernst, du willst doch nicht sagen,
daß Kinder nicht gehorchen und von Ungezogenheiten ab-
gehalten werden müssen, durch die sie ältere Personen
ärgern?"

„Sicherlich sollen sie gehorchen lernen", entgegnete
Tom. „Aber ich will lieber auf diese Forderung verzich-
ten, wenn sie zu gleicher Zeit lernen, daß dies Gehorchen
nur zu Nutz und Frommen der Erwachsenen erfunden
worden ist."

„Mich hat man immer an pünktlichen Gehorsam ge=
wöhnt", sagte Alice in der ihr eigenen, freilich unbe=
wußten Art, ihre persönlichen Erfahrungen als unwider=
legliche Beweise hinzustellen.

„Sag', Heinz, findest du diese Gewohnheit noch sehr
stark in ihr entwickelt?" fragte Tom.

„Aber, Tom," rief Frau Alice lachend, „meinem
Mann tue ich hin und wieder etwas zu Gefallen; gehorcht
habe ich nur meinen Eltern."

„Und an der Weisheit ihrer Befehle hast du selbstver=
ständlich nie gezweifelt?"

„Tom, Tom," warf Helene dazwischen, „wenn du
nicht willst, daß Alice anderer Leute Kinder tadelt, so
nimm dich in acht, was du über anderer Kinder Eltern
sagst."

„Liebes Lenchen, ich habe ja nur in diesem Fall ein
klein wenig berechtigte weibliche Neugier und möchte sie
gern befriedigt sehen."

„Ich glaube allerdings nicht, daß ich immer die Weis=
heit der elterlichen Befehle eingesehen habe, aber wie
konnte ich das auch? Ich war ja nur ein Kind."

„Und später hast du immer — in Gedanken und
Taten — unweigerlichen Gehorsam geleistet? Ich meine,
als du anfingst, eine junge Dame zu werden?" fragte
der wissensdurstige Tom.

„Nein, dann nicht", rief Frau Buren schnell. „Aber
wie soll ein Kind alle Liebe und Sorge der Eltern ver=
gelten, wenn nicht wenigstens durch den Schein einer
musterhaften Übereinstimmung mit den Wünschen der
Eltern!"

„Bravo," rief Herr Buren, „und wie kann ein Ehe=
mann — der natürlich weiß, daß er immer recht hat —
sich besser erkenntlich erweisen für die ehefrauliche Lebens=
gemeinschaft, als daß er unbedingt ihren Willen tut,
gleichviel wie töricht und verdreht er oft ist?"

„Vernunftsgründen kann er zugänglich sein und sich nicht benehmen wie eine eingebildete Gans! Und den Mund kann er halten, damit der Strom brüderlicher Belehrung nicht gehemmt werde", sagte Alice.

„Danke, danke," quittierte Tom, „ich hoffe, deine Ironie schärft auch meinen Witz ein wenig, denn ihr habt mich nun einmal auf mein Steckenpferd gehetzt, und ich muß es reiten, bis ich umfalle."

„Werde aber nicht naseweis", warnte Helene.

„Tom soll sagen, was ihm beliebt", kommandierte Frau Buren, und Frau Lorenz' Lächeln bewies, daß sie ganz einverstanden war.

Der Hausherr hub zu längerer Rede an:

„Kinder — wenigstens neunundneunzig Prozent von denen, die ich kenne — werden von ihren Eltern als ein notwendiges Übel betrachtet. Die guten Väter und Mütter würden natürlich empört sein, wenn man ihnen das sagte. Und entdeckt es wirklich einmal einer oder der andere — schnell nimmt man seine Zuflucht zum Althergebrachten. Sind wir nicht auch so erzogen worden? Es ist eine allbekannte Tatsache, daß freigelassene Sklaven und gewesene Diener die unduldsamsten Aufseher und Herren werden. Solche Vergleiche sind aber sehr fatal für unseren Stolz und unsere Selbstachtung, nicht?"

„'s ist ein Jammer mit uns Menschen", seufzte Heinz. „Du bist nun bald bei Adams Sündenfall, Tom, nicht wahr?"

„Keine Bange nicht!" sachte Tom. „Mich interessiert ganz anderer Leute Sündenfall; Adam hatte doch wenigstens so viel Anstandsgefühl, sich nach seiner früheren ehrenvolleren Stellung zurückzusehnen, die meisten Eltern aber haben gar keinen höheren Standpunkt gekannt und bleiben ruhig, wo sie sind, und nur wenigen schwebt ein höheres Ziel vor Augen."

„Ich sehe aber immer noch nicht, wie ich nun Kinder nach dieser deiner Auffassung erziehen soll; muß man nun jeder Forderung willfahren, jedes Vergehen unbestraft lassen, sich leiten lassen, statt selbst zu leiten?" sagte Alice.

„Man muß noch etwas viel Schwereres tun — man muß für die Kinder leben und nicht für sich selbst", sagte Tom ernst.

„Auf Kosten aller ruhigen Stunden und aller eigenen Pläne?"

„Ja. Es sei denn, daß diese wirklich mehr wert sind als das Leben und Gedeihen einer Menschenseele. In deiner letzten Bemerkung hast du genau den richtigen Ausgangspunkt bezeichnet; studiere den erst einmal für dich in aller Stille, und du wirst mehr daraus lernen, als ich dir darüber sagen könnte, und auf angenehmere Weise."

„Ich mache mir gar nichts aus dem Selbststudium, wenn ich meine Belehrung viel besser aus zweiter Hand erhalten kann."

„Also weiter, Tom," sagte Onkel Heinz, „glänze weiter in deiner Eigenschaft als ‚Praktischer Wegweiser durch die Gesamtwissenschaft der Elternpflichten'. Wir wollen uns ein Ohr zustopfen, damit die Weisheit, die durch das eine eingeht, sich nicht wieder durch das andere verflüchtigen kann."

„Ich will nur noch sagen, daß gerade die ruhigen Stunden und die Pläne, auf die Alice anspielt, dasjenige sind, was jeder vielversprechenden jungen Generation zum Verderben gereicht. Das Kind sollte unterwiesen werden, statt dessen wird es im Zaum gehalten. Es sollte angespornt werden, den Sinn und die Bedeutung alles dessen, was sich ihm unvermeidlich von Jahr zu Jahr aufdrängt, begreifen zu lernen, und statt dessen lernt es nur einsehen, daß Kinderfragen unwillkommene Gäste

sind wie Steuereintreiber oder Gerichtsvollzieher. Und
es ist erstaunlich, wie wenig solcher Winke genügen, um
ein Kind abzustumpfen und sein Gemüt zu verschließen.“

„Deiner Jungen wegen kannst du in dieser Hinsicht
unbesorgt sein, Schwager. Ich zahle die höchsten Preise
für jede Frage, die sie stellen wollten und nicht gestellt
haben.“

„Und eine Unmenge haben sie immer auf Lager, was
natürlich kein Tadel für die Lieblinge sein soll!“ fügte
Frau Buren hinzu.

„Das freut mich, ich hoffe aber, daß sie sich künftig
mit ihren Fragen nur an mich oder an ihre Mutter zu
wenden brauchen.“

„Aber Tom, wie das nun wieder klingt!“ sagte Frau
Buren. „Ich habe ihnen doch meines Wissens nie eine
Frage verweigert oder ihnen unfreundlich geantwortet.“

„Sicher nicht“, entgegnete Tom. „Erlaube mir das
abgedroschene Zitat ‚Ausnahmen bestätigen die Regel‘.
Sosehr ich mich auch bemüht habe, ich habe diese Regel
durch keine Ausnahme bestätigt gesehen — bis du in die
Familie kamst. Du bist die erste.“

„Dürfte ich vielleicht bescheidentlich daran erinnern,
daß ein gewisser Onkel Heinz schon existierte, ehe eine
Tante Alice in die Familie kam?“

„Gewiß, gewiß, aber dieser junge Mann ist für das
Wenige, das er leistete, so überreichlich belohnt worden,
daß sich jede weitere Erwähnung seiner Verdienste er=
übrigt.“

Frau Buren nickte in Anerkennung der Worte ihres
Schwagers und fragte:

„Glaubst du, daß alle Kinderfragen mit wirklichem
Vorbedacht gestellt werden? Meinst du nicht, daß auch
sehr viel gefragt wird, weil sie gerade nichts anderes zu
tun haben, oder weil sie dadurch die Befolgung dieses

oder jenes unbequemen Befehles etwas hinausschieben wollen, oder weil —"

„Sehr wahrscheinlich", erwiderte Tom. „Aber das, worauf es ankommt, sind die Antworten, und dabei ist es ganz gleichgültig, was das Kind zu seinen Fragen veranlaßt haben mag."

„Was für eine Idee!" rief Frau Buren. „Ich glaube wirklich, lieber Tom, jetzt vergaloppierst du dich."

„Ich habe nichts davon gemerkt", sagte Tom. „Jedes Kind hat auch auf eine scheinbar müßige Frage das Recht, eine gediegene, seinem Verständnis angepaßte Antwort zu verlangen. Darum laßt sie fragen, soviel sie wollen — das Antworten ist unsere Pflicht.

„Du willst also behaupten, daß gewissermaßen jede ihrer Fragen etwas Gottgewolltes ist? Daß unlautere Motive gänzlich ausgeschlossen sind?"

„Wie sollte ich wohl? Sie sind doch Menschen, und Menschen haben menschliche Schwächen! Gewiß machen die Kinder die Fehler der Erwachsenen nach und — leider — erben sie auch die Fehler ihrer Eltern. Aber wir sollten doch alle wissen, wie wenig echte Bosheit auch bei den unangenehmsten Menschenexemplaren zu finden ist; wie wenig erst entdeckt man von diesem Laster bei Kindern, wenn man sich ihnen selbstlos und aufrichtig widmet. Freilich muß ich bekennen, daß es manchmal der Weisheit Salomonis bedürfte, um zu erkennen, ob die kleinen Schlingel uns bemogeln oder nicht."

„Und wo kann man diese Weisheit Salomonis herbeziehen?" fragte Frau Buren.

„Ich nehme an, aus derselben Quelle, wo sie Salomo herbezogen hat: aus einem ehrlichen und aufrichtigen Gemüt und aus dem Zutrauen zu dem Ernst und der Aufrichtigkeit der Kinder."

„Und wo bleibt bei diesen Grundsätzen die Autorität

der Eltern, ihr Recht, unweigerlichen, striften Gehorsam zu verlangen?"

Dieses Recht ist die lasterhafteste, gemeinste Tyrannei, die je der Welt zum Fluch geworden ist", rief Lorenz mit erstaunlicher Heftigkeit. „Es gab den Alten Recht über Leben und Tod ihrer Kinder. Heute ist es aber noch viel schlimmer. Damals vernichteten sie den Körper ihrer Opfer, jetzt aber können sie Leib und Seele verderben in die Hölle. Ich denke, ihr kennt eure Bibel."

Frau Buren schauderte, aber ihr Glaube an die Rechte der Erwachsenen war noch nicht völlig erschüttert.

„Haben nun deiner Ansicht nach die Erwachsenen gar keine Rechte, die die Kinder zu respektieren haben?"

„Doch; sie haben das Recht, die Fehler ihrer eigenen Erziehung wieder gutzumachen zum Besten jener Wesen, für deren Existenz sie ganz und gar verantwortlich sind. Kannst du dir ein größeres Verbrechen vorstellen als das, eine Seele ohne ihren Wunsch und Willen ins Leben gerufen zu haben, um sie sich dann nicht zum Freunde, sondern zum Sklaven zu machen?"

„Aber, Tom, du bist wirklich schrecklich", sagte Frau Buren. „Wenn man dich hört, meint man, alle Eltern seien blutrünstige Ungeheuer!"

„Sie sind gedankenlose Geschöpfe, voll von Dünkel und Selbstgerechtigkeit! Die ausgemachten Schurken, gegen die kann man sich schützen, aber die heimlichen Bösewichter, die achtbaren, die unbewußten, die sind es, die das meiste Unheil in der Welt anstiften."

„Und du verlangst also, daß die Eltern ihr ganzes Leben hindurch tausend Tode täglich sterben, statt zu versuchen, die Kinder zu dem zu machen, was sie für richtig halten?"

„Nein!" war die Antwort. „Im Gegenteil: sie sollen täglich ein neues Leben beginnen und den wahren Wert des Lebens erfassen lernen, damit sie aus ihren Kindern

das machen, was sie, ihrer Meinung nach, werden müß=
ten. Denn ich sehe in meinen Kindern weder eine An=
nehmlichkeit noch ein Spielzeug, sondern schon das, was
sie einst sich selbst und der Welt sein sollen, nämlich:
gute Menschen.‟

Der heilige Ernst, mit dem Tom gesprochen hatte,
verfehlte nicht seine Wirkung auf alle Zuhörenden. Ein
Schweigen trat ein.

„Pappi, Pappi‟, klang es plötzlich durch die Stille.
Der Hausherr sprang auf, Helene sah ängstlich aus,
und das Burensche Ehepaar tauschte ein Lächeln.

Tom öffnete die Tür, und eine kleine weiße Gestalt
stand davor.

„Pappi, ich konnte absolut nicht einschlafen‟, sagte
Bär, seine Augen einen Augenblick vor dem Licht schir=
mend. „Ich hab dich so fuchbar lange nicht gesehen,
daß ich ein bißchen auf deinem Schoß sitzen muß, bis wie=
der Schlaf in meine Augen kommt.‟

„Komm zu Tante, Bär‟, sagte Frau Buren. „Der
arme Pappi ist so furchtbar müde — du kannst dir nicht
denken, wie der sich seit einer Stunde abgequält hat.‟

„Pappi sagt immer, mich ausruhen, ruht ihm aus‟,
sagte Bär und umschlang seinen Vater fest.

Die Burens sahen sich mit sichtlichem inneren Ver=
gnügen an. Da ertönte ein zweiter Ruf im Treppenhaus.
„Pappi, Pappi!‟

Wieder eilte Tom zur Tür, während Bär seine Arme
fest um seinen Hals geklammert hatte.

Teddi kroch auf allen Vieren ins Zimmer und rief:

„Ollesch Bett war dansch leer, da isch er die Schtufen
juntergekabbelt, weil ihm scho einsam war, und dansch
leer isch er auch, und wasch schu eschen möcht er.‟

Helene ging an das Büfett und holte ein Stück leichten
Kuchen.

„Dahin sind alle meine guten Lehren“, stöhnte Frau
Buren. „Wie habe ich mich abgequält, diesen Kindern
beizubringen, daß es schädlich ist, zwischen den Mahl=
zeiten zu essen und noch dazu Kuchen, am Abend!“

„Welche Lektionen dann allemal damit endeten, daß
du ihnen den Willen tatest“, lachte der Gemahl.

„Essen zwischen den Mahlzeiten ist das geringere von
zwei Übeln,“ sagte Frau Lorenz, „wenn es sich darum
handelt, einen kleinen Jungen mit verstauchtem Fuß und
knapper Diät im Bett zu halten. Oje, Alice, ich glaube,
wir kommen schon wieder auf unser Thema zurück. Weißt
du, die meisten Unarten der Kinder rühren daher, daß
man ihren körperlichen Bedürfnissen nicht die genügende
Aufmerksamkeit angedeihen läßt.“

„Habt doch Mitleid mit mir!“ rief Frau Buren in
komischem Entsetzen. „Ich bin nun schon felsenfest über=
zeugt, daß ich keine Ahnung von Kindern habe, und wenn
ich heute noch mehr lernen muß, werde ich erst recht
nichts wissen.“

„Muscht du wasch lernen, Tante Alische?“ sagte Teddi,
der etwas von der Unterhaltung aufgeschnappt hatte.
„Ausch wasch für’n Buch lernscht du?“

„Aus der Fibel, Teddilein, der allereinfachsten Baby=
fibel!“

„Was? Kannst du denn nicht lesen?“ fragte Bär.

„Ja freilich“, seufzte die Tante. „Aber unser Wissen
ist Stückwerk, und unser Weissagen ist Stückwerk!“

„Aber die Liebe höret nimmer auf“, ergänzte Frau
Helene.

„Weißt du, wenn du noch was lernen willst, so frag
meinen Pappi. Der kann alles, und er verklärt dir alles
so, daß du es verstehen kannst, wenn du auch noch so
dumm bist.“

„Tausend Dank für den Rat und für den Wink“,
sagte Frau Buren. „Der letztere ist recht bezeichnend für

den Dusel, in dem sich mein Kopf jetzt befindet. Es ist
mir noch nie zum Bewußtsein gekommen, wie sehr man
nichts sein muß, um etwas werden zu können."

Die Knaben hatten sich inzwischen vollständig ihres
Vaters bemächtigt. Auf jedem Knie saß einer; er ließ
sie reiten, plauderte leise mit ihnen und summte ihnen
ein Lied vor. Da dies zufällig alle Anwesenden kannten,
so stimmten sie nach und nach, erst leise, dann lauter mit
ein. Da ließ sich plötzlich ein dünnes Stimmchen von
oben vernehmen.

„Sch—sch, unser Kleinstes ist wach!" rief die Mutter.

Die nun folgenden Töne bewiesen, daß Frau Lorenz
mit ihrer Annahme recht hatte; instinktiv wollte sie nach
oben laufen, aber der Ehegatte hielt sie zärtlich besorgt
zurück, und Frau Alice rief:

„Laß sie doch herunterbringen, bitte, bitte!"

Die Kinderfrau wurde gerufen und erschien bald mit
einem winzigen Bündel aus Flanell und Leinen, aus dem
ein rosiges Gesichtchen und rosige Fingerchen hervor=
guckten.

„Gib sie mir", rief Frau Buren, aber das Baby
quietschte, und die Mutter nahm es an sich. Das Baby
gab sich die größte Mühe, sich an Mutters Busen zu ver=
stecken, und die Mutter tat ihr möglichstes, ihm dabei zu
helfen. Dabei entwischte ein rosiges Füßchen seinen
Hüllen, und Frau Alice bedeckte es mit ihren Händen,
statt, wie es weit zweckmäßiger und weit weniger müh=
sam gewesen wäre, es in seine Umhüllung zurückzustecken.
Selbstverständlich mußten die Brüder näher gerückt wer=
den, um das Baby besser sehen zu können. Da entdeckte
Onkel Heinz, daß er ganz vereinsamt in der Ecke saß,
und er rückte seinen Stuhl, nur aus Geselligkeitsgrün=
den, näher an die Gruppe heran. Die Gesichter von Tom
und Helene wurden immer vergnügter, während Heinz
und Alice immer ernster und feierlicher wurden. Endlich

fanden sich ihre Hände unter den reichlichen Hüllen des Kindes, ihre Blicke trafen sich, und Alicens Augen füllten sich mit Tränen, während ihr Gatte sie voll inniger Zärtlichkeit ansah.

Bär hatte die ganze Szene beobachtet und brach die Stille mit den Worten:

„Tante Alice, warum weinst du denn?“

Da blickten alle auf und machten merkwürdig einfältige Gesichter. Frau Helene beugte sich über das Kind und küßte ihre Schwägerin, die Männer erhoben sich plötzlich von ihren Stühlen, und Tom Lorenz fand sich bewogen, seinem Schwager die Hand zu drücken. Darauf willfahrtete die Kleine dem Wunsch der Tante, ihren Ruheplatz einen Augenblick zu vertauschen, und den Herrn wurde mitgeteilt, daß, wenn sie zu rauchen wünschten, das Eßzimmer der geeignete Ort dafür sei, da Frau Lorenz den Rauch nicht gut vertragen könne.

Als die beiden Herren sich allein befanden, starrten sie sich über ihre Zigarren so verlegen an, als ob sie sich zum ersten Male sähen; die Damen nebenan plauderten wie zwei Zwillingsschwestern, die nie voneinander getrennt gewesen waren. Dann wurden die Knaben zurück in ihre Betten getragen, jeder auf dem Arm eines der beiden Herren, und wiederholte Gutenachtküsse wurden gewechselt. Als Pappi und Onkel Heinz sich zum Gehen anschickten, sagte Teddi:

„Du, Pappi, Mammi hat doch woll nicht tlein Schwestermädschenbaby Tante Alische schu behalten bedeben?

„Nein, mein alter Junge.“

„Neehe“, sagte Bär. „Die darf keiner nicht haben, außer wir bloß ganz allein. Wenn es aber doch einer dürftete, dann wäre es Tante Alice. Wißt ihr was? Ich glaube, sie betete zu klein Schwesterbaby, sie machte son fuchbar komisches Gesicht.“

Die beiden Herren zwinkerten sich mit den Augen zu, und wieder ergriff Tom die Hand seines Schwagers.

Nach einigen Monaten wurden die Besorgnisse der Jungen durch das Erscheinen eines kleinen weiblichen Gastes im Burenschen Hause zerstreut, der ganz so auftrat, als wollte er für immer dort bleiben. Dieses Wesen heilte Frau Alice Buren im Laufe der Jahre endgültig von dem leisesten Schatten ihres Wahns, als könnte irgendein zärtlicher Verwandter sich zum Erzieher eignen für:

„Andrer Leute Kinder.“